수호지

8

수호지 8

이문열 편역 — 시내암 지음

하늘을 대신해 도를 행한다

水滸誌

RHK
알에이치코리아

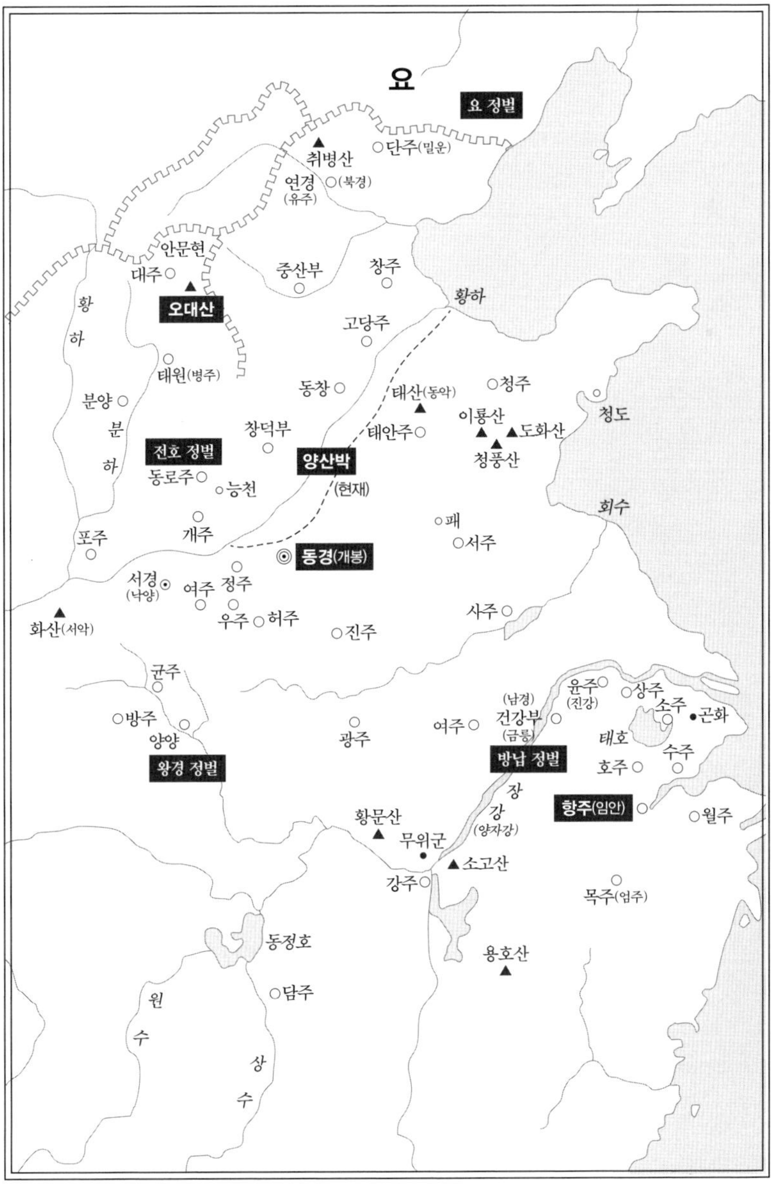

『수호지』의 배경이 된 송나라 지도

차례

8

하늘을 대신해 도를 행한다

水滸誌

고구, 세 번째로 양산박을 치다

걱정이 된 송강은 얼른 오용을 돌아보며 물었다.

"그토록 큰 배가 또한 나는 듯 물 위를 간다니 무슨 수로 그들을 쳐부술 수 있겠소?"

"두려워할 건 조금도 없습니다. 수군 두령 몇몇만 보내면 간단하지요. 땅 위에서의 싸움에서는 우리의 용맹스러운 장수들이 있구요. 게다가 저것들이 그토록 큰 배를 많이 만들려면 앞으로도 두어 달은 더 걸릴 겁니다. 적어도 사오십 일은 더 남은 것 같으니 먼저 우리 형제들 중에 두어 사람을 내려보내 저것들의 배 만드는 곳을 뒤집어 놓읍시다. 그렇게 해서 힘껏 화를 돋운 후에 침착하게 맞서면 뭐 그리 어려운 일은 없을 것입니다."

오용이 자신 있다는 듯 말했다. 송강이 찌푸렸던 얼굴을 활짝 펴며 받았다.

“그 말이 매우 옳은 듯하오. 먼저 고상조 시천과 금모견 단경주 두 사람을 보내 보도록 합시다.”

“그들만으로는 모자랄지도 모르지요. 다시 채원자 장청과 손신으로 하여금 나무를 끌고 오는 인부로 꾸며 사람들과 함께 배 만드는 곳에 끼어들게 합시다. 고대수와 손이랑도 밥 나르는 아낙으로 꾸며 다른 여인네들과 함께 그곳으로 가게 해 시천과 단경주를 돕게 하는 게 좋겠습니다. 그런 다음 몰우전 장청에게 군사를 주어 그들과 호응하게 하면 아무런 일이 없을 겝니다.”

송강은 그 말에 따라 지목된 두령들을 불렀다. 그들이 모두 충의당으로 모이자 송강은 각기 할 일을 들려주었다. 뽑힌 두령들은 기뻐해 마지않으며 길을 나누어 산채를 내려갔다.

한편 고 태위는 밤낮을 가리지 않고 배 만드는 일을 재촉하며 백성들을 닥치는 대로 잡아다가 부렸다. 그렇게 되니 제주에 동쪽 어름은 거의가 배 만드는 곳이 되고 말았다. 수천 명이 넘는 목수들이 백 척이나 되는 대해추선을 만드느라 밤낮으로 북적거렸다. 사납고 모진 군사들이 손에 칼을 뽑아 들고 겁을 주며 밤낮 없이 기일에 맞춰 일을 끝내도록 몰아대니 당하는 인부들의 고통은 말이 아니었다.

시천과 단경주가 산채를 내려간 것은 그 무렵이었다. 먼저 배 만드는 곳에 이른 둘은 머리를 맞대고 의논했다.

“손신과 장청 부부가 배를 모으는 곳에 불을 지른 걸 보고 우리 두 사람이 달려간들 뭘 하겠나? 그래 가지고는 우리 솜씨가 뛰어나다고 할 수는 없지. 우리는 이 근처에 숨어 있다가 그쪽에서 불이 나면 달리 손을 쓰도록 하세. 나는 성문 곁에서 기다리다가 불을 보고 달려오는 군사들이 오면 그 틈에 성안으로 숨어들어 성루에다 불을 지르겠네. 자네는 서쪽 말먹이 풀을 쌓아 둔 곳에다 불을 놓아 저것들이 이쪽도 저쪽도 구하지 못하고 우왕좌왕하게 만들게. 그러면 성안이 모두 적잖이 놀라고 겁먹을 것이네."

시천이 그렇게 말하고 단경주가 고개를 끄덕였다. 이에 두 사람은 각기 불붙이기 좋은 기름과 화약 등을 몸에 감춘 채 알맞은 곳에 숨었다.

한편 채원자 장청과 손신 두 사람은 제주성 안에 숨어들어 보니 몇백 명의 사람들이 나무를 끌어다가 배 만드는 곳으로 옮기고 있었다. 두 사람은 그런 인부들 틈에 끼여 나무를 끌며 가만히 배 만드는 곳에 숨어들었다. 그곳에는 한 이백 명쯤 되는 군졸들이 각기 허리에는 칼을 차고 손에는 몽둥이를 든 채 인부들을 몰아대고 있었다. 서둘러 일을 마치기 위해 성화를 부리는 고태위의 명에 따르기 위한 닦달이었다. 그 주위에는 돌아가며 나무로 울타리를 세웠는데 앞뒤로 이삼백 칸쯤 되는 초가집이 늘어서 있었다. 바로 배를 모으는 곳이었다. 장청과 손신은 그 안으로 들어가 보았다. 장인 수천 명이 나무를 켜고 못을 박고 배를 얽는 일로 북적대고 있었다. 거기에 다시 인부들이 섞여 있어 도대체 몇 명이나 모였는지 알 수가 없을 정도였다.

장청과 손신은 그곳을 벗어나 밥 짓는 움막 쪽으로 갔다. 몸을 숨기면서 보니 손이랑과 고대수가 허름한 옷차림을 하고 밥통을 든 채 다른 밥 짓는 여자들 틈에 섞여 들어오고 있었다.

차츰 날이 저물어 밤이 되었다. 달이 훤하게 떠오를 때까지도 여러 일꾼과 목수들은 일을 끝내지 못한 채 군졸들에게 다그침을 당하고 있었다.

이경 무렵이 되었다. 손신과 장청은 왼쪽 배 만드는 헛간에다 불을 지르고 손이랑과 고대수는 오른쪽 배 만드는 헛간에다 불을 질렀다. 양쪽에서 불길이 일며 마른풀로 이음을 한 헛간은 금세 불길에 휩싸였다. 그 안에서 만들어지고 있던 나무배들도 불길에 휩싸였음은 말할 나위가 없었다. 불길에 놀란 일꾼과 목수들이 아우성을 치며 울타리를 뽑아 던지고 뿔뿔이 달아났다.

그때 고 태위는 막 잠자리에 들려고 하고 있었다. 갑자기 관원 하나가 달려와 알렸다.

"배 만드는 곳에서 불이 났습니다!"

놀라 일어난 고 태위는 얼른 관군을 성 밖으로 내보내 위급함을 구하게 하였다. 구악과 주앙 두 장수는 각기 저희 부대 군사들을 이끌고 불을 끄기 위해 성을 나섰다. 그런데 그들이 성을 나선 지 얼마 되지 않아 이번에는 성루 위에서 불길이 일었다.

그 말을 들은 고 태위는 몸소 말 위에 올라 군사를 이끌고 성 위로 올라가 불을 끄려 했다. 그때 다시 급한 전갈이 들어왔다.

"서쪽 말먹이 풀을 쌓아 둔 곳에서 또 불이 났습니다."

고 태위가 보니 그쪽도 크게 불길이 일어 양쪽 불빛에 성안이 온통 대낮처럼 밝았다. 구악과 주앙 두 장수는 급한 대로 먼저 말먹이 풀 쌓아 둔 곳으로 갔다. 그곳부터 불을 끄고 배 만드는 곳으로 갈 작정이었다. 그런데 그들이 말먹이 풀 쌓아 둔 곳에 이르렀을 때 갑자기 함성과 북소리가 땅을 뒤흔들며 한 떼의 기마대가 쏟아져 나왔다. 몰우전 장청이 오백의 마군을 거느리고 거기 숨어 있다가 구악과 주앙이 오는 걸 보고 달려 나온 것이었다.

"양산박 호걸들이 모두 여기 있다!"

몰우전 장청은 다가오는 구악과 주앙을 향해 큰 소리로 외쳤다. 너무도 겁없는 짓거리라 여긴 구악은 몹시 성이 났다. 말을 박차고 칼을 휘두르며 똑바로 장청을 덮쳐 갔다.

몰우전 장청도 긴 창을 들어 그런 구악을 맞았다. 그러나 미처 세 합도 겨루기 전에 장청이 갑자기 말 머리를 돌려 달아나기 시작했다. 구악은 공을 세우려는 마음에 조급해져 그런 장청을 뒤쫓으며 소리쳤다.

"역적 놈은 달아나지 마라!"

하지만 장청은 정말로 힘이 모자라 달아나는 게 아니었다. 가만히 창을 안장에 꽂더니 비단 주머니에서 돌멩이를 꺼내 들었다. 장청이 갑자기 몸을 돌리며 뒤따라오는 구악을 보고 손을 번쩍 쳐들었다.

"받아라!"

장청의 나직한 외침과 함께 날아간 돌멩이는 그대로 구악의 얼굴에 맞았다. 구악이 몸을 뒤집으며 말에서 떨어졌다. 주앙은 구악이 말에서 떨어지는 걸 보고 몇 명의 아장(牙將)과 함께 구악을 구하려고 달려왔다.

주앙이 장청과 싸우는 동안에 아장들은 구악을 구해 말에 태웠다. 장청은 주앙과도 그리 오래 싸우지는 않았다. 몇 합 어울려 보는가 싶더니 이내 말을 돌려 달아나기 시작했다. 주앙은 구악이 함부로 뒤쫓다가 낭패를 본 뒤라 달아나는 장청을 뒤쫓지 않았다.

장청은 주앙이 따라오지 않자 다시 말 머리를 돌려 덤벼들었다. 그때 왕환, 서경, 양온, 이종길이 이끄는 네 갈래 군마가 그곳에 이르렀다. 장청은 오백의 마군에게 손짓을 해 급히 길을 열고 달아났다. 관군은 복병이 있을까 두려워 감히 그런 장청의 인마를 뒤쫓지 못했다. 군사를 돌려 그저 불이나 끌 뿐이었다.

관군이 세 군데의 불을 다 껐을 때는 이미 날이 훤히 밝아 오고 있었다. 고 태위는 구악의 상처가 어떠한지를 살펴보고 오라 했다. 알아보니 장청이 던진 돌은 바로 구악의 윗입술 어름을 맞혀 구악은 이빨이 네 개나 부러졌을 뿐만 아니라 코와 입술도 모두 터져 있었다. 고 태위는 의원을 보내 다친 구악을 치료하게 했다.

구악의 상처가 생각 밖으로 커 양산박을 향한 고 태위의 한은 한층 더 뼈에 사무쳤다. 이에 고 태위는 한편으로는 섭춘에게 사람을 보내 배 만드는 일을 더욱 서두르게 하고 다른 한편으로는 절도사들을 보내 배 만드는 곳 주위를 철통같이 지키게 하였다.

큰 어려움 없이 맡은 일을 잘 해치운 채원자 장청과 손신 내외 등 네 사람은 모두 기뻐해 마지않았다. 시천과 단경주도 흐뭇한 마음으로 제주성을 빠져나왔다. 오는 도중에 그들의 부하들이 영접을 나와 여섯 사람은 아무런 일 없이 양산박으로 돌아갔다.

그들이 충의당에 올라가 제주에서 불을 지른 일을 낱낱이 들려주자 송강은 몹시 기뻐했다. 그 자리에서 크게 잔치를 열어 시천을 비롯한 여섯 사람의 노고를 치하했다. 그러면서도 한편으로는 수시로 사람을 산 아래로 내려보내 정탐하기를 게을리하지 않았다.

그럭저럭 관군의 배들이 다 만들어졌을 때는 겨울이 다가온 뒤였다. 그러나 그해 겨울은 유난히 따뜻해 고 태위는 마음속으로 은근히 기뻐했다. 하늘이 자신을 돕는 것이라 여긴 까닭이었다.

마침내 섭춘이 싸움배를 다 만들었다고 알리자 고 태위는 서둘러 수군을 배에 태우고 조련에 들어갔다. 크고 작은 해추선들은 차례로 물에 띄워지고 사방에서 그러모은 수군 만여 명은 각기 맡은 일을 익혔다. 반은 배 위에서 수차를 밟는 일을 배우고 반은 쇠뇌 쓰는 법을 배웠다.

한 이십 일도 되기 전에 싸움배 위에서의 조련은 거의 끝이 났다. 이만하면 됐다고 여긴 섭춘이 고 태위에게 사람을 보내 한번 싸움배를 보아 달라고 청했다.

고구는 여러 절도사들과 군관 우두머리들을 데리고 물가로 가서 섭춘이 만든 배들을 구경했다. 삼백 척이 넘는 해추선이 떠 있는데 그중에 여남은 척에는 여러 가지 깃발이 꽂혀 있었다. 징과 북이 울리고 딱딱이 소리가 나자 싸움배마다 양쪽의 수차를 일제히 밟아 돌리니 배들은 마치 나는 듯 내달리기 시작했다.

그걸 본 고 태위는 마음속으로 몹시 기뻤다. 관군의 배들이 그렇게 빠르니 그까짓 도둑 떼가 어떻게 막아 내랴 싶었기 때문이었다. 적어도 고구의 생각으로는 다음 싸움에서는 반드시 이길 것 같았다. 고구는 금은과 비단을 풀어 섭춘에게 상을 내리고 그 밖의 여러 목수와 일꾼들에게도 넉넉하게 여비를 주어 고향으로 돌아갈 수 있게 해 주었다.

다음 날이었다. 고구는 제례를 맡은 벼슬아치를 시켜 검은 소와 흰말과 돼지와 양을 잡게 하고 과일, 떡, 금은, 지전도 마련하여 수신(水神)에게 제사를 지내게 했다. 제상이 모두 차려지자 여러 장군들이 태위에게 향을 사르기를 청했다.

그 무렵 구악은 이미 상처가 아문 뒤였다. 그러나 너무도 어이없게 당한 원한이 뼈에 사무쳐 언젠가는 몰우전 장청을 잡아 그 한을 풀려고 했다. 그날도 구악은 주앙 및 여러 절도사들과 함께 말에 올라 고 태위를 따랐다. 고 태위가 물가에 이르러 말에서 내리자 구악도 고 태위를 따라 내려 수신에게 제사를 드렸다.

향을 사르고 지전을 태운 뒤 제사가 끝나자 여러 장수들은 고 태위에게 경하를 올렸다. 흐뭇해진 고구는 도성에서 데려온 노래하고 춤추는 계집들을 모두 배에 태우고 노래와 춤으로 흥을 돋우게 했다. 이어 수군들에게는 수차를 밟게 하니 배는 곧 나는 듯이 물 위를 달렸다.

배 위에서는 풍악 소리 요란하고 춤과 노래가 간드러지게 어우러졌다. 마시고 웃고 떠들다 보니 날이 저물어도 놀자판이 끝나지 않아 그날 밤 고 태위를 비롯한 여러 사람들은 모두 배 위에서 묵었다.

다음 날도 술상을 열어 남은 흥을 돋우고 그다음 날도 술자리를 이으니 결국 배 위에서의 술판은 사흘에 걸쳐졌다. 싸움이 뒷전으로 밀렸음은 말할 나위도 없었다. 그런데 문득 한 사람이 와서 알렸다.

"양산박의 역적들이 한 편의 시를 써서 제주성 안의 토지묘에 붙여 두었습니다. 어떤 사람이 그걸 뜯어 왔기에 이렇게 가져왔습니다."

고구가 받아 살펴보니 그 시의 내용은 이러했다.

비렁뱅이처럼 떠돌다 때 만난 고구
삼군을 거느리고 물 위에서 잘도 노네
설령 해추선 만 척이 있다 해도
양산박에 들어오면 모두 끝장나리

그걸 본 고 태위는 몹시 성이 났다. 급히 군사를 일으켜 양산박을 치게 했다.

"이 도적놈들을 다 죽이지 않고는 내 맹세코 돌아가지 않으리라!"

고구가 그렇게 외치며 펄펄 뛰는 걸 보고 문환장이 달랬다.

"태위께서는 잠시 노기를 거두십시오. 생각건대 저것들은 두려운 나머지 이 같은 악다구니 말로 우리를 겁주려 하는 것일 뿐 별일 아닙니다. 며칠 더 머물러 계시면서 물과 뭍의 인마를 가지런히 정비해 나아가셔도 늦지 않을 것입니다. 게다가 지금은 한

겨울인데도 날씨가 매우 따뜻한 게 여간 좋은 징조가 아닙니다. 이는 바로 천자께 내리신 큰 복이요, 원수의 범 같은 위엄을 드러내기 위한 하늘의 뜻 같습니다."

그 말을 듣자 고구의 화는 누그러졌다. 오히려 기뻐하는 기색까지 띠며 사람들과 함께 성안으로 돌아가 군사와 장수들의 배치를 의논했다.

뭍길로는 주앙과 왕환이 대군을 이끌고 나아가면서 물 위의 수군과 호응하게 했다. 항원진과 장개는 일만의 군마를 이끌고 바로 양산박 앞의 큰길로 쳐들어가게 되었다. 원래 양산박은 사면팔방이 넓게 틔어 물과 갈대로 둘러싸인 곳이었다. 송공명은 근래에 들어 산 앞에다 전에 없던 큰길을 내었는데 고 태위는 먼저 마군을 보내 그 길을 막게 한 것이었다. 그 밖에 문 참모와 구악, 서경, 매전, 왕문덕, 양온, 이종길 및 장사(長史) 왕근과 배를 만든 섭춘, 그리고 뒤따르는 아장들과 크고 작은 군교들은 모두 고 태위와 함께 배를 타고 나아가기로 되었다. 고 태위의 그 같은 결정을 듣고 난 문 참모가 한마디했다.

"으뜸 되는 원수이신 상공께서는 마군을 거느리고 뭍길로 나아가시는 게 좋을 듯합니다. 몸소 물길로 나아가 험지(險地)로 드셔서는 아니 됩니다."

"아니오, 그래도 괜찮을 것이오. 지난번의 두 차례 싸움에서 사람과 말만 죽이고 배만 잃게 된 것은 내가 마땅한 인재를 얻지 못했기 때문이었소. 그러나 이번에는 다르오. 좋은 배가 있는데도 불구하고 몸소 나서서 싸움을 다그치지 않는다면 어떻게 저

도적 떼를 잡아 없애겠소. 이번에는 반드시 저것들과 죽기로 싸워 결판을 낼 작정이니 너무 여러 소리 마시오."

고 태위가 한마디로 문환장의 의견을 뭉개 버렸다. 그 기세가 하도 엄해 문환장은 두 번 다시 입을 열지 못하고 고 태위를 따라 배에 올랐다. 고 태위는 서른 척의 대해추선으로 선봉을 삼고 구악과 서경, 매전으로 하여금 거느리게 하였다. 소해추선 오십 척은 양온에게 주어 왕근, 섭춘과 함께 길을 열게 하였다. 맨 앞에 나선 배에는 두 폭의 수놓은 붉은 기를 세웠는데 그 큰 깃발에는 열넉 자의 금박 글씨가 쓰여 있었다.

바다와 강을 뒤엎고 거센 물결 헤치며　　攪海翻江衝巨浪
큰 요귀를 없애 나라를 평안케 하리　　安邦定國滅洪妖

란 뜻의 글귀였다. 중군 배 위에서는 고 태위가 문 참모와 노래하고 춤추는 기녀들을 거느리고 중군의 대오를 지켰다. 중군을 따르는 사오십 척의 대해추선은 깃발로 요란히 뒤덮여 있었다. 원수가 탄 배임을 알리는 수자기, 천자의 신임을 보여 주는 황월과 백모, 붉은 깃발과 검은 해가리개가 하나같이 중군의 위엄을 드러내고 있었다. 그 뒤로는 왕문덕과 이종길의 배가 따르며 진세의 뒤를 단단히 지키고 있었다.

때는 동짓달도 중순이었다. 마군이 먼저 명을 받고 떠나고 이어 수군 선봉 구악과 서경, 매전이 뱃머리에 서서 싸움배를 호령하며 떠났다. 구름이 날고 안개가 밀리듯 양산박으로 향해 밀고 드는데, 특히 볼만한 것은 그들이 탄 해추선이었다. 물결을 가르는 모양은 교룡 같고 세차게 달리는 건 고래의 형상이었다. 배 좌우에는 스물네 개의 수차가 돌아가고 뱃전에는 갖가지 무기들이 삼엄하게 늘어서 있었다.

한편 송강과 오용은 그러한 고 태위의 움직임을 풀어놓은 정탐꾼들을 통해 자세히 알고 있었다. 산채의 모든 장졸들에게 미리미리 알맞은 임무를 주어 배치를 끝내 놓고 관군의 배들이 몰려오기만을 기다렸다. 그것도 모르고 관군의 세 선봉은 배를 재촉해 달려왔다. 작은 해추선은 양옆으로 가서 얕은 나루에 머물게 하고 큰 해추선은 물 가운데로 깊숙이 나아갔다.

관군의 여러 장수와 군사들의 눈은 주위를 살피느라 게 눈같이 되었고 그 목은 먼 곳을 보느라 학같이 길어졌다. 그렇게 오로지 앞만 보며 양산박 안으로 깊숙이 들어갔을 때 문득 멀리서 한 무더기 배들이 나타났다. 배마다 열서너 명이 타고 있었는데 모두 다 갑옷을 걸쳤고 그중에는 두령 한 명씩이 섞여 있었다.

앞서 오는 배 세 척에는 세 개의 흰 깃발이 꽂혀 있고 그 깃발에는 '양산박 완씨 삼웅(三雄)'이라 쓰여 있었다. 가운데 배의 두령은 완소이요, 왼편은 완소오, 오른편은 완소칠이었다. 그들은 멀리서 보기에는 번쩍번쩍하는 갑옷을 걸친 것 같았지만 실은 갑옷이 아니라 금박 은박을 옷에 바른 것일 뿐이었다.

관군의 세 선봉은 그들을 보자 명을 내려 배 위에서 화포와 화창(火鎗), 화전(火箭)을 일시에 쏘아 붙이게 했다. 완씨 삼 형제는 그래도 전혀 겁내는 기색 없이 배를 몰아오더니 화살이나 창이 닿을 거리에 이르자 함성과 함께 물속으로 뛰어들어가 버렸다. 구악을 비롯한 관군의 세 선봉은 빈 배 세 척만 거둔 뒤 다시 앞으로 나아갔다.

그런데 미처 세 마장도 나아가기 전에 또다시 세 척의 빠른 배가 바람을 등지고 저어 왔다. 앞장선 배 위에는 여남은 명의 사람이 타고 있는데 모두가 몸에 울긋불긋한 칠을 하고 머리를 풀어 헤친 채 휘파람을 불며 나는 듯 다가왔다.

그 배의 양쪽에 있는 두 척의 배에도 예닐곱 명의 사내들이 타고 있었는데 역시 몸에 붉고 푸른 칠을 하고 있었다. 가운데 배의 두령은 옥번간 맹강이요, 왼편은 출동교 동위, 오른편은 번강신 동맹이었다. 관군의 선봉인 구악은 다시 군사들에게 명을 내려 화포와 불화살을 퍼붓게 했다. 그러자 그 세 척의 배에 타고 있던 사내들도 이내 뜻 모를 고함 소리와 함께 모두 배를 버리고 물속으로 풍덩풍덩 뛰어들어 버렸다.

다시 빈 배 세 척만 얻은 관군은 그래도 기세 좋게 앞으로 밀고 나아갔다. 그런데 세 마장도 가기 전에 또 물 위로 중간 크기의 배 세 척이 저어 오는 게 보였다. 배마다 네 개의 노가 걸려 있고 여덟 명이 저었으며 여남은 명의 졸개들이 타고 있었다. 뱃전에는 한 폭의 붉은 깃발이 꽂혀 있고 그 깃발 아래 한 두령이 앉아 있는데 깃발에 쓰인 글은 이랬다. '수군 두령 혼강룡 이준'. 그 왼편 배 위에도 한 두령이 손에 철창을 잡고 앉았는데 그의 머리 위에서 펄럭이는 녹색 깃발에는 '수군 두령 선화아 장횡'이라고 쓰여 있었다. 오른편의 뱃머리에도 역시 한 호걸이 거의 벌거숭이로 서 있었다. 벌겋게 드러난 다리에다 허리에는 몇 개의 표창을 꽂고 손에는 구리로 된 철퇴를 든 채 한 폭의 검은 깃발 아래 기대섰는데 깃발에 쓰인 글씨는 '두령 낭리백조 장순'이었다. 가까이 배를 저어 온 두령들 중 하나가 우렁찬 목소리로 외쳤다.

"배를 이곳까지 보내주어 고맙소이다."

다분히 빈정거림 섞인 그 소리에 화가 난 관군의 세 선봉장이 군사들을 향해 명했다.

"활을 쏘아라."

명을 받은 군사들이 분주하게 활과 쇠뇌를 쏘아 댔다. 그러자 그 세 척의 배에 타고 있던 호걸들도 약속이나 한 듯 몸을 뒤집으며 물속으로 뛰어들었다.

때는 늦겨울 찬 날씨였다. 관군의 배에도 헤엄깨나 치는 수군들이 타고 있었지만 아무도 물속으로 뛰어들 생각을 못했다.

관군들이 어찌할 줄 몰라 머뭇거리고 있는데 문득 양산박 산꼭대기에서 화포 소리가 잇따라 들렸다. 그리고 그 소리를 신호 삼아 갈대숲 사방에서 천 척이 훨씬 넘는 작은 배들이 쏟아져 나왔다. 마치 송충이 떼가 몰려드는 것 같았다. 배에는 대개 서너 명씩 타고 있었는데 안에 실은 것이 무엇인지는 전혀 알 수가 없었다.

관군의 대해추선은 그런 양산박의 작은 배들에게 몸체로 부딪쳐 깨뜨리려고 했으나 도무지 뜻 같지가 못했다. 수차를 돌리려 했지만 물밑에 무엇이 있는지 수차가 끼여 밟아도 움직이지 않았다. 할 수 없이 활 쏘는 다락으로 올라가 화살을 퍼부어 보았으나 작은 배에 탄 양산박 군사들은 저마다 머리 위로 나무 판때기를 대고 막아 소용이 없었다.

그리하여 관군이 허둥대는 사이에 양산박의 작은 배들은 대해추선 가까이 다가왔다. 작은 배에 탄 호걸들 중에 하나가 갈고리를 던져 대해추선의 키를 걸어 당기고 다른 하나는 배에 뛰어올라 넓적한 칼로 수차를 돌리는 군사들을 베어 넘기기 시작했다. 그렇게 해서 관군의 선봉선에 뛰어오른 양산박 군사는 잠깐 사이에 오륙십 명이 넘었다.

관군은 다급해서 뒤로 물러나려 했다. 그러나 뒤에는 또 저희 배들이 막아 물러날 수가 없었다. 앞에 있는 배들이 어지러운 싸움에 빠져 있을 때 뒤에 있는 배들 속에서도 크게 함성이 일었다.

중군 배 위에 타고 있던 고 태위와 문 참모도 어지럽게 일어나는 함성 소리를 들었다. 뭔가 일이 잘못된 걸로 짐작하고 급히 배를 돌려 언덕으로 오르려 했다. 그러나 갑자기 갈대숲 속에서 징소리, 북소리가 크게 울리더니 배 안의 관군들이 놀라 외쳐 댔다.

"배 밑바닥에서 물이 샌다!"

그 소리를 듣고 보니 정말로 물이 배 안으로 콸콸 들어오고 있었다. 고 태위가 탄 배뿐만 아니라 앞뒤 배가 다 밑창이 뚫렸는지 천천히 물속으로 잠겨 들기 시작했다. 그사이에도 사방의 작은 배들은 개미 떼같이 관군의 해추선으로 몰려들었다. 새로 지은 고 태위의 배가 물이 새게 된 것은 바로 장순이 솜씨 좋은 저희 편 수군들과 함께 배 밑창에 구멍을 뚫은 까닭이었다.

놀란 고 태위는 배 위 다락으로 올라가 뒤에 오는 배에 대고 어서 자기를 구하라 소리쳤다. 그때 물속에서 한 사람이 불쑥 솟아오르더니 배에 뛰어올라 다락 위로 오르면서 말했다.

"태위 나리. 내가 당신의 생명을 구해 드리겠소."

고구가 살펴보니 전혀 모르는 사람이었다. 그러나 사내는 두말 않고 고 태위에게 다가오더니 한 손으로는 두건을 움켜잡고 한 손으로는 허리띠를 거머잡았다. 사내가 한소리 나지막한 기합과 함께 고 태위를 물 위로 집어 던지자 그토록 위세 좋던 중군의 장수는 그대로 물속에 처박혀 허우적거리는 신세가 되고 말았다. 하지만 일은 그걸로 끝나지 않았다. 고 태위가 물에 떨어지는 걸 보고 나는 듯 달려온 작은 배가 그런 고 태위를 배 위로 끌어올렸다.

고 태위를 사로잡은 것은 다름 아닌 낭리백조 장순이었다. 물속에서 사람 잡기를 마치 독 속에서 자라 건져 내듯 하는 그라 고 태위로서는 꼼짝없이 사로잡힐 수밖에 없었다.

선봉이 되어 앞 배에 타고 있던 구악은 관군의 진세가 크게 어지러워진 것을 보고 급히 달아날 궁리를 했다. 그런데 갑자기 물속에서 수군 한 사람이 나타나더니 미처 구악이 손쓸 틈도 없이 한칼에 그를 베어 배 아래로 떨어뜨렸다. 구악을 죽인 사람은 바로 양산박의 금표자 양림이었다.

서경과 매전은 선봉장인 구악이 죽는 걸 보고 함께 양림에게 덤벼들었다.

그때 수군들 속에서 네 명의 양산박 두령이 뛰어나왔다. 백면낭군 정천수, 병대충 설영, 타호장 이충, 조도귀 조정 이 네 사람이었는데 그들이 한꺼번에 덤벼드니 서경과 매전은 놀라지 않을 수 없었다.

서경은 급한 김에 앞뒤 살필 겨를도 없이 물속으로 뛰어들었다. 한목숨 살리려고 한 짓이었으나 누가 알았으랴. 물속에서는 또 그를 기다리는 사람들이 있었다. 그 바람에 서경은 제대로 칼 한번 휘둘러 보지 못하고 사로잡히는 신세가 되고 말았다.

한편 배 위에서는 설영이 창으로 매전의 허벅다리를 찔러 쓰러뜨렸다. 원래 양산박의 두령 중에서 수군을 도우라고 여덟 명을 보냈는데 그들 중 세 명은 그 앞 배에 타고 있었다. 청안호 이운, 금전표자 탕륭, 귀검아 두흥이 그들이었다. 그렇게 되니 관군의 여러 절도사는 비록 머리가 셋이고 팔이 여섯이라 할지라도 어찌해 볼 수가 없었다.

양산박의 송강과 노준의도 각기 물길과 뭍길로 나누어 싸웠다. 송강이 수군을 이끌고 노준의는 땅 위에서 싸우는 인마를 이끌게 되었다.

송강의 수군이 여지없이 관군을 쳐부수고 있는 사이에 노준의는 노준의대로 여러 장수들과 함께 산 앞으로 밀고 나아갔다. 그 앞으로 가로막고 있는 관군의 장수는 주앙과 왕환이었다. 노준의를 본 주앙이 말을 달려 나오며 큰 소리로 꾸짖었다.

"나라에 반역하는 도둑놈아. 나를 알아보겠느냐!"

"이름 없는 조무래기가 죽음이 눈앞에 있는데도 아무것도 모르고 설치는구나."

노준의가 그렇게 맞받아 소리치며 창을 끼고 말을 달려 나아갔다.

주앙이 큰 도끼를 휘둘러 노준의와 맞붙었다. 두 장수는 산채 앞의 큰길 앞에서 무려 스무 합 이상이나 싸웠으나 승부가 가려지지 않았다. 그런데 갑자기 뒤따르던 관군의 마군 뒤에서 크게 함성이 일었다. 양산박의 인마가 산 앞 양쪽 숲속에 매복해 있다가 일제히 함성을 지르며 뛰쳐나온 것이었다. 동남쪽에서 달려 나온 것은 관승과 진명이요, 서북쪽에서 달려 나온 것은 임충과 호연작이었다.

숱한 호걸들이 사방에서 일시에 쏟아져 나오니 항원진과 장개는 막을 도리가 없었다. 그저 한 줄기 길을 열어 목숨을 건지기에만 바빴다. 뒤가 무너지니 주앙과 왕환도 싸울 마음이 없어졌다. 창과 도끼를 끌며 그저 길을 찾아 달아나기에만 바빴다. 물길로 나아갔던 관군의 장수들은 그렇게 겨우 에움을 벗어나 제주성 안으로 기어든 뒤 군사를 풀어 형편을 살피고 있을 뿐이었다.

한편 물길을 맡고 있던 송강은 고 태위를 사로잡았다는 말을 듣자 급히 대종을 시켜 명을 내렸다.

"관군들을 함부로 죽이지 마라."

이에 중군의 대해추선에 있던 문 참모 이하 여러 시중꾼들이며 노래하고 춤추는 기생과 군사들은 모조리 사로잡혀 배에 실렸다. 이윽고 군사를 거두라는 징 소리가 나자 양산박 군사들은 사로잡은 관군과 그 배를 이끌고 대채로 돌아갔다. 송강이 오용, 공손승과 함께 충의당에 기다리고 있노라니 장순이 물에 빠진 생쥐 꼴이 된 고구를 끌고 들어왔다. 송강은 고구가 끌려 오는 걸 보자 황망히 달려 내려가 부축해 올렸다. 그리고 비단으로 지은 새 옷을 내오게 해 고구에게 갈아입힌 뒤 높은 자리에 앉히고 머리를 조아리며 빌었다.

"죽을죄를 지었습니다."

그렇게 되니 더욱 놀란 것은 고구였다. 허둥지둥 답례를 하며 송강의 눈치만 살폈다. 송강은 오용과 공손승을 불러 고구에게 절하게 하고 다시 연청을 불러 명을 전하게 했다.

"이제부터 사람을 죽이는 자는 군령에 따라 무겁게 벌할 것이다!"

그런 송강의 명이 전해지고 얼마 안 돼 여러 수군 두령들이 저마다 사로잡은 관군들을 이끌고 충의당에 이르렀다. 동위와 동맹은 서경을 묶어 왔고 이준과 장횡은 왕문덕을 사로잡아 왔다. 양웅과 석수는 양온을 끌고 왔고 완씨 삼 형제는 이종길을 끌고 왔으며 정천수, 설영, 이충, 조정은 매전을 끌고 왔다. 관군의 장수를 사로잡지는 못하고 목을 가져온 호걸들도 많았다. 양림은 구악의 목을 가져왔고 이운, 탕륭, 두흥은 섭춘과 왕근의 목을 가져왔다. 그 밖에 해진과 해보는 문 참모를 비롯해 중군 배 위에 있던 모든 사람을 끌고 왔다.

관군의 장수 중에서 겨우 몸을 빼쳐 빠져나간 것은 주앙과 왕환, 항원진, 장개 넷뿐이었다.

결국 고 태위는 벼르고 별러 또다시 양산박을 쳤으나 참담한 꼴을 당하고 만 셈이었다. 송강은 사로잡힌 자들에게 모두 새 옷을 갈아입히고 충의당으로 불러 잘 대접했다. 붙잡혀 온 관군들도 모두 제주로 돌려보내고 따로이 좋은 배 한 척을 내어서는 중군선에 타고 있던 춤추고 노래하는 기생들이며 시중꾼들에게 주어 그 속에서 기거하며 서로 보살피게 했다.

이어 송강은 소와 말을 잡게 해 크게 잔치를 열고 싸움에 공이 많은 군사들을 잘 먹였다. 그리고 다른 한편으로는 요란스러운 풍악 아래 크고 작은 두령들을 불러 고 태위를 보게 했다.

모든 예가 끝난 뒤에 송강이 술잔을 드니 오용과 공손승은 술병을 들고 상을 올렸으며 노준의를 비롯한 나머지 두령들은 모두 송강 곁에 시립해서 송강의 위엄을 한층 더 높였다.

송강이 고 태위를 향해 공손히 입을 열었다.

"얼굴에 먹자까지 새긴 하찮은 시골 벼슬아치가 어찌 감히 거룩한 조정에 반역할 수 있겠습니까? 그저 여러 번 죄를 짓다 보니 어쩔 수가 없어 이같이 되었을 뿐입니다. 두 차례에 걸쳐 천자께서 은덕을 베푸셨지만 간사한 무리가 가운데서 일을 그르치는 바람에 그마저도 받아들이지 못하고 말았습니다. 태위께서는 그런 저희들을 가엾게 여기시고 깊은 구렁텅이에서 헤어 나와 밝은 해를 바라볼 수 있게 해 주십시오. 그리하면 그 은혜 뼈에 아로새겨 언젠가는 죽음으로 보답하겠습니다."

그 말을 들은 고구는 곁눈질로 가만히 여러 두령들을 살펴보았다. 모두가 하나같이 영웅이요, 씩씩하고 당당한 호걸들이었다. 그러나 그중에서 임충과 양지가 성난 눈으로 노려보는 것이 금세라도 행패를 부릴 것 같아 먼저 겁을 집어먹었다.

"송공명을 비롯한 여러분은 마음을 놓으시오. 이 고(高) 아무개가 조정으로 돌아가면 반드시 천자께 애써 상주하여 너그러운 처분이 있도록 하겠소. 지금까지의 죄를 모두 용서하고 조정으로 불러들일 뿐만 아니라 무거운 상과 벼슬을 내려 이곳의 의사들 모두가 나라의 녹을 먹고 좋은 신하가 될 수 있도록 해 드리겠소."

고 태위가 그렇게 말하자 송강은 몹시 기뻐했다. 얼른 자리에서 일어나 고 태위에게 절하며 고마움을 나타냈다.

그날의 잔치는 매우 조용하면서도 빠진 게 없는 훌륭한 술자리였다. 크고 작은 두령들은 번갈아 잔을 들어 고 태위에게 권하는데 하나같이 은근하기 그지없었다. 술이 거나하게 되자 마음이 풀어진 고 태위가 문득 큰소리를 쳤다.

"내가 어렸을 적부터 씨름을 배웠는데 아직 한 번도 맞수를 만나보지 못했소."

그때는 노준의도 상당히 취해 있었다. 고 태위가 스스로 자기 솜씨를 자랑하는 게 미워 연청을 가리키며 말했다.

"저기 있는 내 동생도 씨름을 잘하는데 대악(岱岳)에 가서 세 번이나 씨름을 겨루었지만 한 번도 맞수를 만나지 못했습니다."

그러자 고구는 얼른 몸을 일으키더니 옷을 벗어부치고 연청에게 다가가 씨름을 하자고 덤볐다. 여러 두령들은 송강이 고구를 조정의 태위라고 높이 대접하는 바람에 어쩔 수 없이 그가 하자는 대로 해 오는 중이었다. 그런데 뜻밖에도 고 태위가 연청에게 씨름을 걸자 고구의 위세를 꺾어 놓을 좋은 기회라고 보았다. 모두 일어나 고구를 부추겼다.

"그것 참 좋습니다. 씨름 구경이나 한번 합시다."

그러면서 마당으로 내려서니 송강 또한 취해 있던 터라 굳이 말리지 못했다.

고구와 연청이 마당에 내려서자 송강은 푹신푹신한 요를 펴게 해 두 사람이 다치는 것을 막으려 했다.

고구와 연청은 그 요 위에서 씨름 자세를 갖추었다. 먼저 고구가 연청에게 덤벼들자 연청이 슬쩍 손을 쓰는가 싶더니 그대로 고구를 틀어쥐고 볼품없이 내다 꽂았다. 비록 푹신한 요 위라고는 하나 여지없이 내다 꽂힌 고구는 고깃덩이처럼 늘어져 반나절이나 정신을 차리지 못했다. 연청이 쓴 기술은 '수명박(守命撲)'이란 것이었다.

송강과 노준의는 놀라 고구를 부축해 일으킨 뒤 다시 옷을 입혔다. 그리고 좋은 낯으로 웃으며 달랬다.

"태위께서는 몹시 취하셨습니다. 그런데 무슨 수로 씨름에서 이길 수 있겠습니까? 무례했다면 저희 죄를 용서하십시오."

그제야 정신이 든 고구는 황망하기 그지없었다. 아무 말 없이 다시 술자리에 앉아 늦도록 술잔을 비우다가 후당으로 가서 그날 밤을 쉬었다.

다음 날이었다. 송강은 놀란 고 태위의 마음을 풀어 주려고 다시 잔치를 벌였다. 그러나 고구는 여럿에게 작별하고 도성으로 돌아가려 했다. 송강이 그를 말렸다.

"저희들이 귀하신 분을 이곳에 붙잡아 두려는 데는 딴 뜻이 조금도 없습니다. 만약 저희에게 속이려는 마음이 있다면 하늘과 땅이 아울러 벌할 것입니다."

"의사들께서 이 고 아무개를 놓아 보내 주신다면 나도 도성에 돌아가는 즉시로 천자께 의사들을 위해 힘을 다해 상주하겠소. 나라에서 의사들을 불러 무겁게 쓰게 할 작정이외다. 만약 내가 다시 마음이 변한다면 하늘도 땅도 나를 용서하지 않아 창에 찔려 죽거나 화살에 맞아 죽게 될 것이오!"

고구가 그렇게 맹세했다. 듣고 난 송강이 머리를 조아려 그런 고구에게 감사했다. 고구가 그래도 부족하다는 듯 한마디 덧붙였다.

"여러 의사들께서 이 고 아무개의 말을 믿지 못하실 수도 있으니 내가 데려온 여러 장수들은 이곳에 남겨 두는 게 어떻겠소?"

그러나 송강이 손을 내저으며 말했다.

"태위 어른은 높고 귀하신 몸입니다. 그런 분이 어찌 한번 내뱉은 말을 어기겠습니까? 여러 장수들을 남겨 두실 필요가 없습니다. 말과 안장이 갖춰지는 대로 모두 돌려보내 드리겠습니다."

"그렇게까지 해 주신다니 무어라 감사의 말씀을 드려야 할지 모르겠소. 그럼 이만 돌아가 봐야겠소."

고 태위가 송강의 말을 받아 어서 떠나기를 다시 한번 고집했다. 송강을 비롯한 여러 호걸들이 억지로 그런 고 태위를 주저앉히고 다시 크게 잔치를 열었다. 그리고 지나간 일을 이야기하고 앞날을 헤아려 보며 밤늦도록 마시다가 헤어졌다.

사흘째가 되었다. 그날은 고 태위도 반드시 산을 내려가야겠다고 우기고 송강을 비롯한 두령들도 더는 말릴 수가 없었다. 다시 크게 잔치를 열어 고 태위를 위로한 뒤 금은과 비단에다 많은 돈까지 고 태위에게 주어 이별의 예물로 삼았다. 여러 절도사와 그

아랫사람들에게도 각기 푸짐한 예물이 내려졌다. 고 태위는 처음에는 받지 않으려 하다가 어쩔 수 없이 그 모든 걸 받아들였다. 이별의 술잔을 나누는 동안에 송강이 또 조정의 부름에 대해 말을 꺼내자 고구가 다짐하듯 말했다.

"그렇다면 의사께서 한 사람 일을 세밀하게 볼 줄 아는 형제를 골라 저를 따라 보내시지요. 내가 그를 데리고 조정으로 들어가 천자를 뵙고 이 양산박의 일들을 상주하겠소이다. 그리되면 아마도 곧 여러분을 부르는 조서가 내려질 것이오."

송강은 오직 한마음으로 조정의 부름을 기다리던 때였다. 그 자리에서 오용과 의논한 끝에 성수서생 소양을 고 태위에게 딸려 보내기로 했다.

"철규자 악화도 소양과 함께 가게 합시다. 두 사람이 가면 나을 것입니다."

"의사들께서 이렇게 믿어 주시니 저도 문 참모를 이곳에 남겨두도록 하겠습니다."

고 태위가 그렇게 오용의 말을 받자 송강은 몹시 기뻤다. 그날은 다시 잔치로 하루를 보내고 나흘째 날이 되어서야 고구를 보내 주었다. 송강은 오용을 비롯한 이십여 기의 두령들과 함께 금사탄 이십 리 밖까지 가서 떠나는 고 태위와 절도사들과 작별했다. 그리고 산채로 돌아간 뒤 그날부터 오로지 조정의 부름이 있기만을 기다렸다.

연청, 도군 황제를 만나다

한편 양산박을 떠난 고 태위 일행은 제주로 돌아갔다. 고 태위가 먼저 성안으로 사람을 보내 자신이 돌아감을 알리자 그곳에 돌아와 있던 선봉장 주앙과 왕환, 항원진, 장개 네 사람은 태수 장숙야와 더불어 성에서 나가 맞아들였다. 성안으로 들어간 고 태위는 그곳에 며칠 머물면서 군마를 수습하였다. 그리고 여러 절도사에게는 각기 이끌고 온 군사를 데리고 돌아가 잠시 쉬면서 또 다른 부름이 있을 때까지 기다리라 일렀다.

절도사들이 떠나가자 고 태위도 주앙과 크고 작은 장수들 및 삼군을 이끌고 제주를 떠났다. 소양과 악화도 고 태위를 따라갔음은 말할 나위도 없겠다.

고구가 동경으로 돌아간 지 여러 날이 되었을 무렵 양산박 두령들은 뒷일이 어찌 되었는지 궁금해져 한자리에 모였다. 먼저 송강이 입을 열었다.

"이번에 고구를 돌려보냈는데 그 뒤가 어찌 돌아가는지 알 수가 없구려."

오용이 빙긋이 웃으며 그 말을 받았다.

"제가 그 사람의 생김을 보니 범의 눈에 뱀 같은 얼굴이라 돌아서면 이내 사람의 은혜를 잊어버릴 위인 같았습니다. 그는 또 수많은 인마를 잃었을 뿐만 아니라 곡식과 돈도 숱하게 없앴으니 우선 제 앞가림이 급하겠지요. 도성으로 돌아가면 틀림없이 병을 핑계하고 집에 틀어박혀 있으면서 천자께는 두루뭉술 제 좋을 대로만 둘러댈 것입니다. 장수와 군사들은 한곳에 쉬게 하고 소양과 악화는 저희 부중 안에 가두어 두겠지요. 아마도 그자가 힘써서 조정이 우리를 불러 주기를 기다리는 것은 부질없는 짓이 될 듯합니다."

"그럼 어떻게 한단 말이오? 조정이 불러 주기는커녕 우리 형제 둘만 잃게 되고 말지 않았소."

송강이 놀란 얼굴로 그렇게 되물었다. 오용이 이미 생각해 둔 것처럼 계책을 내놓았다.

"형님께서는 다시 두 명의 약삭빠른 형제를 뽑아 금은보화를 많이 주고 도성으로 보내 보십시오. 가서 그곳 소식을 탐지한 뒤 여기저기 뇌물을 써서 천자께 저희들의 심정이 알려지도록 하는 겁니다. 그리되면 고 태위도 더는 숨길 수 없으니 그야말로 상책이 아니겠습니까?"

그러자 연청이 얼른 몸을 일으키며 말했다.

"지난번 동경에 갔을 때도 제가 이사사(李師師)네 집에 없는 연줄을 만들어 들게 되지 않았습니까? 그런데 뜻밖에도 이규 형이 말썽을 부려 그 같은 소동이 벌어지는 바람에 지금쯤은 이사사도 대강은 짐작을 하고 있을 것입니다. 하지만 이사사는 천자의 굄을 받는 터라 크게 의심을 사지는 않았을 테지요. 그녀는 틀림없이 천자께 아뢰었을 겁니다. '양산박에서도 폐하께서 사사로이 저희 집에 다니시는 걸 알고 일부러 놀라게 하려고 그랬을 거예요.'라고 말입니다. 이번에 제가 다시 금은보화를 넉넉히 가지고 가만히 이사사를 찾아가 그녀의 힘을 한번 빌려 보는 게 어떻겠습니까? 베갯머리에서 천자께 저희들 일을 잘 말씀드려 보게 하는 거지요. 그래 놓고 저는 형편을 살피다가 그때그때 마땅한 수단을 부려 보겠습니다."

"아우가 이번에 가는 것은 아무래도 너무 위태한걸."

송강이 그렇게 연청의 말을 받았다. 그러나 대종은 달랐다. 얼른 연청을 거들고 나섰다.

"제가 함께 가서 돕겠습니다."

신기군사 주무도 연청을 편들었다.

"형님께서 지난날 화주를 치실 때 숙(宿) 태위에게 은혜를 베푸신 일이 있지 않습니까. 그 사람은 마음이 착하니 숙 태위로 하여금 직접 천자께 우리 일을 알리게 한다면 모든 게 쉽게 풀릴 것입니다."

그 말에 송강은 문득 구천현녀(九天玄女)의 말을 떠올렸다. '숙

(宿)을 만나면 매우 기쁘리라[遇宿重重喜].'란 말이었다.

구천현녀가 말한 숙이 바로 숙 태위를 가리킨다는 걸 알아차린 송강은 곧 문 참모를 충의당으로 불렀다.

"상공께서 태위 숙원경을 아십니까?"

송강의 그 같은 말에 문환장이 대답했다.

"그는 저와 함께 글을 배운 친구로서 지금은 폐하의 곁에서 한 발짝도 떨어지지 않고 모시는 중입니다. 그 사람은 매우 인자하고 너그러워 사람을 대하는 데 부드러움이 넘치지요."

"그렇다면 상공을 속이지 않고 바로 말하겠습니다. 저희들은 고태위가 도성으로 돌아가도 저희들을 위해서 천자께 상주하지 않을 것으로 생각합니다. 그러나 숙 태위는 지난날 화주에서 이 송강과 한 번 만난 적이 있습니다. 이제 저희들은 사람을 그분께 보내 적당히 뇌물도 쓰고 그분의 힘도 빌려 천자께 저희 사정을 알리려고 합니다. 머지않아 저희들이 바라는 바가 이루어지게 하고자 함인데 상공의 생각은 어떻습니까?"

문환장의 말을 받아 송강이 그렇게 털어놓자 문환장도 기꺼이 도움을 주었다.

"장군의 뜻이 그러하다면 저도 글 한 통을 써서 숙 태위에게 올리도록 하지요."

문환장의 그 같은 말에 송강은 몹시 기뻐했다. 종이와 붓을 가져오게 하는 한편 향을 사르고 구천현녀의 천서를 꺼냈다. 한 차례 기도를 올린 뒤에 점괘를 빼 보니 아주 좋은 괘가 나왔다.

모든 채비가 갖춰지자 송강은 떠나는 대종과 연청을 위해 술자리를 열었다. 대종과 연청은 금덩이와 값진 구슬을 비롯한 뇌물을 두 개의 큰 보따리에서 싸서 하나씩 메고 문환장이 써 준 편지는 몸에 감추었다. 그리고 개봉부(開封府)의 관인이 박힌 공문을 갖춘 뒤 공인 차림을 하고 산채를 내려갔다.

금사탄을 건넌 두 사람은 곧 동경을 향해 떠났다. 대종은 우산을 들고 보따리를 메었으며 연청은 공인들이 들고 다니는 몽둥이에 상자를 꿰어 메었다. 돈이 있다 해도 길 떠나면 괴로움은 따르는 법. 두 사람은 도중에 목마르기도 하고 주리기도 했지만 밤이면 쉬고 새벽이 되면 일어나 부지런히 걸었다. 며칠 안 돼 동경성에 이른 두 사람은 곧장 만수문 쪽으로 갔다. 두 사람이 성문 근처에 이르자 성문을 지키던 군사들이 앞을 막았다. 연청이 상자를 내려놓고 시골 사투리로 물었다.

"뭣 땜시 막는 거여?"

그러자 군사 하나가 대답했다.

"전수부에서 명이 계셨다. 양산박의 패거리들이 성안으로 숨어들지도 모르니 모든 성문에서는 바깥 고을에서 들어오는 사람을 엄하게 살펴보라고 하는 분부셨다."

"보아하니 당신도 눈치깨나 있어 뵈는 사람인데 같은 공인끼리 어찌 이래 빡빡하게 구시오. 우리 두 사람은 개봉부에서 일하는데 지금껏 수만 번도 더 이 문을 드나들었소. 그런 우리보고 이렇게 턱없이 딱딱거리다가 진짜 양산박 놈들이 들어오면 어쩌려구 그러슈."

연청이 그렇게 웃으면서 핀잔을 주어 놓고 몸에서 가짜 공문을 꺼내 문지기에게 보였다.

"이것 보슈. 이게 개봉부의 공문이 아니고 무엇이오?"

그때 감문관(監門官)이 두 사람의 수작을 듣다가 문지기에게 큰 소리로 꾸짖었다.

"개봉부의 공문이 맞다면 왜 그 사람들을 잡고 시빈가? 어서 들여보내!"

그 말에 문지기가 무안한 듯 비켜섰다. 연청은 공문을 말아 다시 품속에 갈무리한 뒤 상자를 지고 성안으로 들어갔다. 아무 말 않고 구경만 하던 대종도 찬 비웃음과 함께 연청을 뒤따랐다. 이윽고 개봉부로 들어간 두 사람은 근처 객점을 찾아 쉬었다.

다음 날 연청은 옷을 갈아입고 차림을 바꾸었다. 무명옷에 허리띠를 질끈 동이고 두건을 쓰니 제법 장안의 한량 같았다. 연청이 상자에서 금은보화를 한 꾸러미 꺼내 들고 주막을 나서면서 대종을 보고 말했다.

"형님, 오늘 제가 이사사네 집으로 가 보겠소. 혹시라도 일이 꼬인다면 형님 혼자 얼른 산채로 돌아가시오."

그러고는 똑바로 이사사의 집을 찾아갔다. 집 앞에 이르러 보니 꽃무늬를 새긴 난간이며 붉은 칠을 한 창은 전과 같았으나 더 좋게 꾸며져 있었다. 연청이 대나무 발을 젖히고 안으로 들어가니 야릇한 향기가 풍겨 왔다.

연청은 객실 안으로 들어가 사방을 살펴보았다. 이름난 사람들의 그림이 여럿 걸려 있고 계단 쪽으로는 스무남은 개의 화분이 놓여 있었다. 화분에는 괴이쩍게 생긴 돌과 푸른 소나무가 심겨 있었다. 값비싼 나무로 꽃을 아로새겨 만든 걸상이며 침상에 펼쳐진 수놓은 비단 요도 전과 비슷했다.

연청이 가볍게 헛기침을 하자 심부름하는 계집아이가 달려 나왔다. 계집아이는 이내 연청을 알아보고 안으로 들어가 이사사와 그 어머니에게 알렸다. 이사사의 어미인 할멈이 나와 연청을 보고 놀라며 물었다.

"자네가 어찌하여 또 여기 왔는가?"

"아씨를 좀 나오게 해 주십시오. 꼭 드릴 말씀이 있습니다."

연청이 이렇게 받자 창 뒤에서 한참이나 엿듣고 있던 이사사가 모습을 드러냈다. 연청이 보니 이사사는 참으로 아름다웠다. 얼굴은 아침 이슬 머금은 해당화 같고 허리는 바람에 하느작거리는 버드나무 줄기 같았다. 선녀인들 그보다 더 아름다울 수가 없을 듯싶었다.

이사사가 비단 치맛자락을 사각이며 연꽃 같은 걸음을 옮겨 객실 안으로 들어서자 연청은 얼른 일어났다. 그리고 가져온 금은보화를 상 위에 얹은 뒤 먼저 할멈에게 네 번 절하고 다시 이사사에게 두 번 절하였다.

"이러시지 않아도 됩니다. 제가 나이가 어린데 어찌 절을 받겠습니까?"

그러나 연청은 기어이 절을 두 번 한 뒤에 몸을 일으켰다.

"지난날 아씨를 놀라게 해 드려 저희들은 어떻게 해야 할지 모르고 있습니다."

연청이 그렇게 말하자 이사사가 담담하게 말했다.

"저를 속이지 말고 바른대로 말해 주세요. 그때 손님은 스스로를 장한(張閒)이라 하고 다른 두 사람은 산동의 장사꾼이라 하셨습니다. 그러나 떠날 무렵 해서 한바탕 소동을 벌이셨지요. 제가 폐하께 교묘한 말로 둘러댔기 망정이지 다른 사람이라면 온 집안이 화를 면하기 어려웠을 거예요. 그런데 그 사람들이 남겨 놓은 시에 '떼지어 나는 기러기 바라보며 고운 님 소식을 기다리리[六六鴈行連八九 只等金雞消息].'라는 구절이 있었습니다. 나는 그때도 그 뜻이 이상해 물어보려고 했지만 뜻밖에도 폐하께서 납시는 바람에 그럴 틈이 없었지요. 게다가 그 뒤에는 그 소동이 벌어져 결국 묻지 못하고 말았습니다. 마침 오늘 이렇게 오셨으니 제 궁금함을 풀어 주셨으면 좋겠습니다. 조금도 숨기지 마시고 바른대로 말씀하세요. 만약 바른대로 말하지 않는다면 저도 가만히 있지 않겠어요!"

그러면서 입을 꼭 다무는 품이 목소리는 담담해도 뜻은 매서워 보였다. 연청도 더는 그녀를 속여서는 안 될 일이라 생각했다. 모든 것을 밝히고 그녀의 도움을 빌릴 작정으로 털어놓기 시작했다.

"이제 제가 조금도 속이지 않고 사실대로 이야기할 테니 꽃 같은 아씨께서는 너무 놀라지 마십시오. 전번에 오신 분들 중에서 살갗이 검고 키가 작으며 윗자리에 앉았던 분이 호보의 송강이고 그다음 자리에 앉았던 얼굴이 희고 잘생겼고 세 갈래 수염이 났던 사람이 바로 시 세종의 적파 자손인 소선풍 시진입니다. 그리고 공인 차림으로 있던 사람들 중에서 앞에 있던 사람은 신행

태보 대종이요, 문 쪽에서 양 태위를 두들겨 팬 사람은 흑선풍 이규라고 합니다. 또 저는 북경 대명부에 살던 놈으로 사람들은 모두 저를 낭자 연청이라고 부르지요. 그때 우리 형님께서 동경 구경을 온 김에 아씨를 보고자 하시기에 저는 장한이라는 거짓 이름을 지어내어 이 집 안으로 들어선 것입니다. 우리 형님이 아씨를 뵈오려고 한 것은 여색을 밝혀서가 아니라 달리 바라는 바가 있어서였습니다. 금상(今上) 폐하께서 아씨 댁을 드나든다는 말을 오래전부터 들어온 터라 형님이 몸소 오셔서 아씨를 통해 폐하께 사정을 아뢰기 위함이었지요. 저희들은, 하늘을 대신해서 도를 행한다는 우리의 마음가짐과 나라를 지키고 백성을 평안케 하려는 뜻을 천자께 아룀으로써 조정의 부름을 받고 싶었습니다. 만약에 그러한 조정의 은혜를 입게 된다면 아씨는 바로 우리 양산박 수만 명의 은인이 되십니다. 그러나 간신들이 권세를 잡아 아첨과 속임수만으로 폐하의 밝으심을 막는 바람에 백성들의 뜻이 위에 계신 천자께 이르지 못하고 있습니다. 이에 한 가닥 길이라도 열어 볼까 하여 찾아뵈러 왔다가 뜻밖에도 아씨를 놀라게 했던 것입니다. 형님께서는 그 일을 죄스럽게 생각하여 변변치 못하나마 약간의 예물을 보내셨습니다. 부디 웃으면서 거두어 주십시오."

말을 마친 연청은 곧 보자기를 풀어 탁자 위에 헤쳐 놓았다. 금은보화와 값진 그릇들이었다.

이사사의 어미는 원래가 재물을 탐내는 아낙이라 연청이 풀어 놓은 값진 물건들을 보고 기뻐 어쩔 줄 몰라 했다. 심부름하는 계집아이를 불러 그것들을 거둬들이게 한 뒤 연청을 안으로 들게 했다. 할멈은 연청을 작은방으로 불러 앉힌 뒤 술과 안주를 내어 대접하는데 여간 은근하지 않았다. 원래 이사사네 집은 천자가 어느 때 찾아올지 모르는 곳이라 귀한 공자나 왕가의 자손이며 부잣집 아들이라 할지라도 그 집에서 차 한 잔 얻어마실 생각을 못하였다. 그러나 싸 가지고 간 금은보화의 덕분인지 연청은 한 상 잘 받았을 뿐만 아니라 이사사가 직접 연청을 대접하는 것이었다.

"저는 한낱 죽을죄를 지은 몸에 지나지 않습니다. 어찌 꽃 같은 아씨와 함께 자리를 할 수 있겠습니까?"

대접을 받은 연청이 송구스러운 듯 그렇게 말했다. 이사사가 다정히 받았다.

"그런 말씀 마세요. 저도 당신네 여러 의사(義士)분들의 크신 이름은 오래전부터 들어 왔습니다. 다만 가운데서 일을 좋게 풀어 주는 사람이 없어서 그렇게 물가에 처박혀 계실 뿐이지 않습니까?"

그 말에 힘을 얻은 연청이 지난 일을 꺼냈다.

"저번에 진 태위께서 천자의 부르심을 전하러 왔을 때도 그렇습니다. 조서에는 저희를 불쌍히 여기고 어루만져 주는 말이 없었을 뿐더러 천자께서 내리신 술까지 바뀌어 있었지요. 두 번째 부르심 때도 마찬가집니다. 조서에 쓰인 글을 일부러 달리 읽어 뜻을 바꾸어 놓았지요. 송강을 제외한 나머지 사람들만 죄를 용서한다라는 뜻으로 읽는 바람에 저희 형제들은 귀순하지 못했습니다.

처음 동(童) 추밀께서 군사를 이끌고 오셨으나 우리와의 두 번 싸움에서 갑옷 한 조각 거두어 가지 못하고 말았습니다. 그다음에 온 것이 고 태위입니다. 고 태위는 천하의 백성들을 다 끌어내다시피 하여 배를 만들고 우리 양산박으로 밀고 들었지요. 그러나 세 번 싸움에서 인마의 태반이 꺾이고 고 태위는 저희 형님에게 사로잡혀 산채로 끌려오게 되었습니다. 저희 형님은 고 태위를 죽이지 않았을 뿐만 아니라 잘 대접해서 도성으로 돌려보냈고 사로잡은 관군들도 모두 놓아주었습니다. 고 태위는 양산박에 있을 때 굳게 맹세하기를, 조정으로 돌아가는 즉시 천자께 상주하여 저희를 부르시게 하리라더군요. 그리고 양산박에서 두 사람을 데리고 갔는데 한 사람은 소양이라는 수재요, 한 사람은 악화라는 노래 잘 부르는 형제였습니다. 그러나 고 태위는 지금 그 두 사람을 자기 집 안에 가둬 놓고 밖에 나오지 못하게 하고 있습니다. 저희와의 싸움에서 수많은 군사와 장수를 잃은 터라 천자를 속이지 않을 수 없는 까닭입니다."

연청의 말을 들은 이사사가 술 한잔을 권하며 말했다.

"그들이 나라의 재물과 곡식을 허비하고 군사와 장수를 잃었으니 어찌 감히 바른대로 천자께 아뢸 수 있겠어요. 그 이야기는 제가 모두 폐하께 알려드릴 테니 우선 술이나 몇 잔 하면서 따로 의논해 보도록 해요."

"저는 태어날 때부터 술을 못 마시게 태어났는가 봅니다. 술이라면 한 방울도 넘기지 못합니다."

연청이 그렇게 사양하자 이사사가 풍류 섞어 다시 권했다.

"바람 서리 마다 않고 먼 길 오신 분이 아니십니까? 이제 몇 잔 술로 회포라도 푸세요."

그 바람에 연청은 더는 마다할 수 없어 두어 잔을 받아 마셨다.

이사사는 그 바탕이 속된 세상에서 뒹굴던 기생이었다. 정이 물흐르듯 거침없는 여자라 연청같이 인물이 잘나고 말 잘하는 남자를 보자 절로 마음이 끌리었다. 술을 권하면서 이런저런 말로 연청의 속셈을 더듬어 보다가 몇 잔 돈 후에는 슬쩍슬쩍 유혹하는 말을 비쳤다. 연청은 원래가 아주 영리한 사람이라 금세 그 눈치를 알아차렸다. 그러나 생김새와는 달리 호걸의 마음을 가진 데다 혹시라도 송강이 시킨 큰일을 그르칠까 겁이 나서 그런 이사사의 유혹을 받아줄 수 없었다. 그 눈치도 모르고 이사사가 다시 콧소리 섞어 말했다.

"저는 오래전부터 오라버니가 여러 가지 악기를 다루는 솜씨가 좋다는 말을 들어 왔어요. 이 술자리에는 들을 만한 게 없으니 오라버니가 한 곡조 들려주세요."

연청은 그것도 사양했다.

"제가 제법 배운다고 배우기는 했지만 아씨 앞에서야 어찌 그따위 잔재주를 부릴 수 있겠습니까."

그러나 이사사가 한층 더 은근하게 말했다.

"그럼 제가 먼저 피리로 한 곡 불 테니 오라버니께서 들어 보세요."

그러고는 심부름하는 계집아이를 불러 피리를 가져오게 했다.

계집아이가 가져온 비단 주머니에서 피리를 꺼낸 이사사는 곧 한 곡조를 불었다.

그 가락이 어찌나 간드러지는지 구름을 헤치고 돌을 쪼개는 듯하였다. 듣고 난 연청은 감탄을 금할 수가 없었다. 다 불고 난 이사사가 피리를 연청에게 넘기며 다시 한번 졸랐다.

"오라버니도 한 곡 불어 보세요. 저를 즐겁게 해 주어 죄 될 것 있나요?"

연청은 어쨌거나 그런 이사사의 환심을 사야 할 형편이었다. 할 수 없이 피리를 받아 들고 재주를 다해 한 곡조 불었다. 흐느끼듯 구성진 피리 소리가 끝나자 이사사가 갈채와 함께 말했다.

"오라버니두 그렇게 피리를 잘 부시면서!"

이사사는 그래 놓고 다시 월금(月琴)을 꺼내 오게 해 가만히 한 곡조 뜯었다. 연청이 들어보니 옥구슬이 서로 부딪는 듯하고 꾀꼴새가 지저귀는 듯한데 여운마저 은은하기 그지없었다.

"그럼 이번에는 제가 아씨께 한 곡조 불러 올리겠습니다."

이사사의 월금 소리를 다 듣고 난 연청이 자청하여 나섰다. 그리고 곧 노래를 부르는데 좋은 목소리에 멋들어진 가락이었다. 연청이 노래를 마치고 다시 이사사에게 절을 올리자 이사사는 잔을 들어 연청에게 권하며 코맹맹이 소리로 수작을 걸어왔다. 연청은 이사사를 찾은 목적이 따로 있는지라 한껏 조심하며 고개를 푹 숙인 채 우물우물 응답할 뿐이었다. 몇 잔 술이 돈 후에 이사사가 간드러진 웃음과 함께 졸랐다.

"듣자 하니 오라버니 몸에는 고운 문신이 수놓아져 있다지요.

한번 보여 주실 수 없으세요?"

"천한 몸에 꽃이 두어 개 새겨져 있기는 합니다만 어찌 감히 아씨께 벗은 몸을 내보일 수 있겠습니까?"

연청이 좋은 낯으로 그렇게 사양했다. 그래도 이사사는 물러서지 않았다.

"몸에 비단 같은 수를 놓은 분이라면 옷을 벗고 살을 드러내는 것이 무에 안 될 게 있겠어요?"

그러면서 네댓 차례 끈질기게 졸랐다. 연청은 하는 수 없이 윗옷을 벗었다. 이사사가 연청의 몸에 새겨진 꽃무늬를 보고 즐거워하며 고운 손을 들어 어루만졌다. 연청은 움찔하며 몸을 빼 다시 옷을 걸쳤다. 이사사가 그런 연청에게 거듭 술을 권하며 나긋나긋하게 수작을 붙여 왔다. 연청은 그녀가 마음먹고 손을 쓰면 빠져나오기 어려울 것 같아 마음속으로 꾀를 하나 생각해 냈다.

"아씨께서는 올해 연세가 어찌 되시는지요?"

연청이 불쑥 그렇게 묻자 이사사가 별 뜻 없이 제 나이를 밝혔다.

"올해 스물일곱이에요."

그러나 연청은 그 나이에 의지해 이사사의 수작을 피하려 들었다.

"저는 올해 스물다섯이니 두 살 아래가 되는군요. 아씨께서 저를 이렇게 사랑하여 주시니 앞으로는 누님으로 모시도록 하겠습니다."

그러면서도 몸을 일으킨 연청은 공손하게 여덟 번 절을 올렸다. 남매의 예를 뜻하는 그 여덟 번의 절은 그녀가 연청을 향해 삿된 마음을 품지 못하도록 만들기 위함이었다. 그래야만 애초에 목적한 큰일이 잘 풀릴 수가 있기 때문이었다. 만약 그가 다른 인간이었다면 술과 계집에 빠져 큰일을 망쳐 버리고 말았을 것이다. 그걸로 미루어 연청은 철석같은 마음을 가진 사람이요, 대단한 호걸이라 아니할 수 없다.

그날 연청은 이사사하고만 남매의 의를 맺은 것이 아니었다. 이사사의 어미까지 찾아가 절을 올려 어머니를 보는 예로 대했다. 그렇게 되자 이사사도 연청에게 딴마음을 품을 수는 없었으나 살뜰한 정만은 여전했다.

"이제 동생은 우리 집에서 지내도록 해요. 객점으로 가지 마세요."

그러면서 무작정 연청을 저희 집에 잡아 두려 했다. 연청도 그것까지 마다하지는 않았다.

"이토록 저를 살뜰히 대해 주시니 그리하겠습니다. 객점에 두고 온 물건들을 가지고 곧 되돌아오도록 하지요."

그렇게 응낙하자 그제야 이사사가 연청을 놓아주었다.

"나를 기다리게 하지 마세요."

"객점은 여기서 멀지 않으니 금세 갔다 오겠습니다."

연청은 그 말과 함께 이사사와 작별하고 객점으로 달려갔다. 연청이 그간에 있었던 일을 대종에게 자세히 들려주자 대종이 걱정스레 말했다.

"그것 아주 잘된 일이군. 그렇지만 아우가 혹시 마음을 걷잡지 못해 일을 그르치게 될까 걱정이네."

"대장부가 세상을 살아가면서 술과 계집에 빠져 그 해야 할 바를 잊는다면 짐승과 다를 바 무엇이겠습니까? 만약 이 연청이 그런 놈이라면 수만 개의 칼날 아래 죽게 될 것입니다!"

연청이 굳은 얼굴로 그같이 맹세했다. 대종이 멋쩍은 듯이 웃으며 말했다.

"자네나 나나 호걸들인데 그렇게 맹세까지 할 필요야 있겠나?"

"제가 이렇게 맹세라도 하지 않으면 틀림없이 형님은 저를 의심할 것입니다."

"아닐세. 그 걱정일랑 말고 어서 가 보게. 그리고 사정을 잘 보아 수단을 부려 일을 마친 뒤에는 곧 돌아오도록 하게. 나를 너무 오래 기다리게 해서는 안 되네. 숙 태위에게 보내는 편지는 자네가 돌아온 뒤에 전하도록 하세."

대종이 그런 말로 연청을 다독여 보냈다. 연청은 한 보따리에 금부스러기와 보배스러운 구슬 따위를 싸 가지고 다시 이사사의 집으로 돌아갔다. 집에 돌아가서 가져간 것의 반은 이사사의 어미에게 주고 나머지 반은 집안사람들에게 골고루 나눠 주니 모두가 기뻐해 마지않았다.

그날부터 연청은 객실 옆의 방 한 칸에서 기거하게 되었고, 집안사람들은 모두 그를 아저씨라고 불렀다. 바로 그날 밤이었다. 일이 잘되려고 그러는지 사람이 와서 천자가 그날 밤에 이사사네 집으로 오리란 걸 알렸다. 그 말을 들은 연청은 얼른 이사사에게로 가서 절하며 말했다.

"누님께서 어떻게든 다리를 놓아 오늘 밤에는 제가 폐하의 용안을 뵙게 해 주십시오. 폐하께서 친히 저의 죄를 용서한다는 글을 써 주기만 한다면 이는 모두 누님의 덕입니다."

연청을 마음에 들어 하던 이사사는 이제 완연히 손위 누이의 목소리가 되어 응낙했다.

"내가 천자를 뵙게 해 주마. 그러면 너는 여러 가지 재간을 보여 폐하를 즐겁게 해 드려라. 잘만 되면야 죄를 용서한다는 글 한 장이 뭐 그리 어렵겠느냐?"

오래잖아 날이 어둡고 달이 떠올랐다. 꽃향기 그윽하고 난초와 사향 냄새 은은한데 도군 황제가 흰옷 입은 선비 차림으로 내시 하나만 딸리고 이사사네 집으로 찾아왔다. 이사사네 집 뒷문으로 난 땅속길을 통해서였다. 천자가 집 안으로 들자 이사사네 집은 앞뒷문이 굳게 닫히고 등불과 촛불이 휘황하게 밝혀졌다. 이사사가 치장 빗을 머리에 꽂고 옷매무시를 단정히 한 뒤 천자 앞으로 나아가 예를 올렸다. 춤추듯 절을 하고 문안을 마치자 천자는 이사사에게 겉옷을 벗고 자신을 모시란 명을 내렸다.

이사사는 그 명에 따라 거추장스러운 치장 옷을 벗어 버리고 천자를 방 안으로 맞아들였다. 방 안에는 이미 향기로운 과일이며 귀한 안주 좋은 술 따위가 한 상 그득히 차려져 있었다. 이사사가 잔을 들어 권하자 천자는 몹시 즐거워하며 이사사를 가까이 불렀다.

"사랑스러운 그대는 이리 와서 앉으라."

이사사는 천자의 얼굴에 즐거움이 가득한 걸 보고 이때다 생각했다. 가만히 천자에게로 다가앉으며 속살거리듯 말했다.

"이 천한 계집에게 고종사촌 동생이 하나 있사온데 어려서부터 객지를 떠돌다가 오늘에야 돌아왔습니다. 그 애가 폐하를 한번 뵙고 싶어 하나 저로서는 외람되이 허락할 수 없었습니다. 폐하께서 굽어 살펴 주옵소서."

"그 사람이 참으로 네 동생이라면 어서 들게 하라. 과인이 못 만나 줄 게 무엇이 있겠느냐."

도군 황제가 그렇게 선선히 응낙했다. 이에 이사사는 심부름하는 계집아이를 시켜 연청을 방 안으로 불러들였다.

천자 앞에 나온 연청은 머리를 조아려 절을 올렸다. 천자는 먼저 연청의 미끈한 생김새가 마음에 들었다. 이사사가 때를 놓치지 않고 연청에게 피리를 불게 했다. 그렇게 하여 어느 정도 천자의 주흥을 돋운 뒤 연청에게 노래를 시켰다. 연청이 천자에게 두 번 절을 하며 공손하게 여쭈었다.

"제가 배운 것은 모두 계집 타령 사랑 노래뿐인데 어찌 감히 폐하 앞에서 불러 올릴 수 있겠습니까?"

"과인이 이렇게 남몰래 기생방을 드나드는 것도 바로 그런 가락이나 즐기면서 심심함을 때우려는 뜻이다. 꺼리지 말고 한 곡 불러보아라."

천자가 그렇게 권하자 연청은 비로소 상아로 만든 박판(拍板)을 받아 든 뒤 다시 한번 절을 올리고는 이사사를 향해 말했다.

"가락이 틀리거든 누님께서 좀 깨우쳐 주십시오."

그러고는 목청을 가다듬더니 박판을 치며 「어가오(漁家傲, 송나라 사패(詞牌) 이름)」 한 곡조를 불렀다.

한번 고향 떠나시더니 소식조차 없네
온갖 시름에 찢어지는 이 가슴 언제 아물는지
제비는 아니 오고 꽃만 시드는 봄
속절없이 이 몸만 야위어 가네
약속한 우리 낭군 언제 돌아오려나
이럴 줄 알았으면 아예 만나지나 말 것을
꿈속에서 만나려 해도 그마저 어려워라
창가의 꾀꼬리 새벽을 울어 깨워 대네

연청의 노래는 그렇게 끝났다. 그러나 아직도 꾀꼬리 우는 소리가 들리는 듯 고운 여운이 그대로 이어졌다. 연청의 놀라운 노래 솜씨에 천자는 즐거워하며 한 곡을 더 부르게 했다. 연청이 바닥에 엎드려 절을 한 뒤 아뢰었다.

"신(臣)이 감자목란화(減字木蘭花, 원래의 글자 수보다 줄인 송사의 한 종류), 한 곡조를 알고 있는데 폐하께 불러올리겠습니다."

천자가 그러는 연청을 재촉했다.

"좋지, 그럼 한번 들어 보자."

이에 연청은 다시 감자목란화를 부르기 시작했다.

들어 주오, 들어 주오
내 슬픈 노래, 이 쓰라린 사연을

기구하게 떠도는 이 몸 누가 알아주리요
알아줄 이 누구리요
하늘과 땅이 무심하여 선악이 뒤바뀌니
무고한 이내 몸 죄인 되어 쫓긴다오
누구든 이 불구덩이에서 날 건져만 주오
이 가슴에 아직 충효가 남아 있어
언젠가는 그 큰 은혜 보답하리다

연청이 노래를 마치자 천자는 놀란 표정을 지었다. 그 애절한 가락에는 반드시 어떤 사연이 숨어 있을 줄 짐작한 것이었다.

"너는 어찌하여 그런 노래를 부르느냐?"

천자가 그렇게 묻자 연청이 울음을 터뜨리며 바닥에 엎드렸다. 천자는 더욱 이상해서 캐물었다.

"너는 거리낌 없이 가슴에 맺힌 일을 털어놓도록 해라. 과인이 알아서 풀어 주리라."

그러자 연청이 울음을 거두고 대답했다.

"저의 죄는 하늘을 가릴 만큼 커서 폐하께 감히 아뢸 수가 없습니다."

"너의 죄를 내가 없이해 줄 테니 어서 말하여라."

궁금한 천자가 자청하여 그런 다짐을 하며 재촉했다. 연청이 마침내 털어놓았다.

"저는 어려서부터 세상을 떠돌다가 산동으로 흘러들게 되었습니다. 한번은 떠돌이 장사꾼들과 함께 양산박을 지나게 되었는데 거기서 그만 그들에게 붙들리어 산채에 든 지 삼 년이 되었습지요. 올해에야 겨우 몸을 빼내 도성으로 돌아와 누님을 만날 수 있었으나 아직도 거리를 나다니지는 못하고 있습니다. 누가 나를 알아보고 관가에 일러바치기라도 한다면 제가 무슨 수로 변명을 하겠습니까?"

그때 이사사가 옆에서 거들었다.

"제 동생의 마음속에 있는 괴로움이 바로 그것입니다. 폐하께서는 부디 굽어 살펴 주시옵소서."

천자는 양산박이란 말에 움찔했으나 이사사까지 그렇게 나오니 연청을 아니 구해 줄 수가 없었다. 빙긋 웃으면서 연청을 안심시켰다.

"그거야 별로 어려운 일이 아니지. 더군다나 네가 이 행수(行首)의 동생인데 누가 감히 잡아갈 수 있겠느냐."

그 말을 들은 연청은 가만히 이사사에게 눈짓을 보냈다. 이사사는 연청과 미리 약조한 대로 전에 없이 애교를 떨며 천자에게 졸랐다.

"폐하, 그런 중한 일은 말씀만으로 되는 게 아닙니다. 손수 저 아이의 죄를 면해 준다는 글을 써 주옵소서. 그래야 제 동생도 마음을 놓지 않겠습니까."

"하지만 옥새가 여기 없는데 글을 써 본들 무슨 소용이 있겠느냐?"

"아니옵니다. 폐하께서 손수 쓰신 글이라면 옥새가 찍히고 안 찍히고가 무슨 차이가 있겠습니까? 그것만으로도 제 동생에게는 몸을 지키기에 넉넉한 부적이 될 것입니다. 그리고 그렇게만 된다면 이 천한 계집도 새삼 폐하를 모신 보람을 느낄 수 있겠습니다."

그렇게 되니 천자는 하는 수 없이 종이와 붓을 가져오게 했다. 심부름하는 계집아이가 금세 문방사보를 받쳐 들고 왔다. 연청이 먹을 진하게 갈고 이사사는 상아 붓 대롱에 자줏빛 털을 엮어 끼운 붓을 받들어 올렸다. 천자는 누런 종이에 큰 글씨로 한 줄 써 내린 뒤 문득 연청을 보고 물었다.

"과인은 그만 네 이름을 잊고 말았구나."

"저는 연청이라고 하옵니다."

연청이 그렇게 대답하자 천자는 붓을 들어 이어 갔다.

> 신소옥부(神霄玉府)의 참주인이요, 선화(宣和) 시절의 우사(羽士)인 허정도군황제(虛靖道君皇帝)는 특히 연청이 지은 모든 죄를 사면하니 여러 관청에서는 이 사람을 잡아가서는 아니 된다.

천자가 써 준 글의 내용은 대강 그러했다. 천자의 수결이 끝나자 연청은 다시 머리 숙여 절을 올리고 그 어서를 받았다. 이사사도 잔을 받들어 올리며 감사를 드렸다.

천자가 문득 연청을 돌아보며 물었다.

"너는 양산박에 있었다 했으니 그곳 일을 자세히 알겠구나."

연청이 기다렸다는 듯 대답했다.

"송강의 무리는 산채에 내건 깃발 위에 '하늘을 대신해서 도를 행한다'는 글씨를 크게 써 놓았고 저희들이 모이는 집의 이름도 충의당이라 합니다. 고을을 함부로 침략하지도 않고 죄 없는 백성을 해치지도 않는데 다만, 썩은 벼슬아치나 간사하고 아첨하는 무리는 죽입니다. 게다가 그들이 기다리는 것은 오직 조정의 부르심으로 그때에는 나라를 위해 힘을 다할 것입니다."

그 말을 들은 천자가 알 수 없다는 듯 되물었다.

"과인은 전에 두 번이나 조서를 내려 그들을 조정으로 불렀다. 그런데 어찌하여 천명에 항거하고 조정으로 귀순하지 않았느냐?"

"첫 번째 부르심 때에는 조서에 저희들을 불쌍히 여기고 어루만져 주는 말씀이 없었을 뿐만 아니라 내려 주신 어주도 시골의 막소주로 바뀌어 있었습니다. 그 바람에 일이 틀어져 버린 것입니다. 두 번째 부르심 때에는 조서를 일부러 띄어 읽어 송강을 없애려 하였습니다. 그 때문에 다시 그 나머지 사람들이 들고일어나 일이 틀어져 버린 것이지요. 동 추밀께서도 군사를 이끌고 오셨으나 두 번 싸우면서 갑옷 한 점 제대로 챙겨 돌아가지 못했습니다. 그다음에 고 태위께서 관군의 인마를 거느리게 되셨지요. 고 태위는 천하의 인부들을 볶아치며 싸움배를 만들어 밀고 들었으나 양산박에서는 부러진 화살 하나 얻어 가지 못했습니다. 세 번 싸움에서 손 한번 제대로 쓰지 못하고 군사만 셋 중에 하나 꼴로 꺾이고 만 것입니다. 뿐만 아니라 고 태위 자신도 산채로 사로잡혀 갔다가 조정의 부르심을 얻어 낸다는 약속을 하고 겨우 풀려났습니다. 그때 고 태위는 산채에 있던 두 사람을 데리고 떠나면서 밑에 있던 문 참모를 인질로 남겨 두기도 했습니다."

천자로서는 모든 게 다 처음 듣는 소리였다. 못된 간신배들의 짓거리에 탄식 섞어 말했다.

"과인이 어떻게 그런 일들을 알 수 있었겠는가? 동관은 도성으로 돌아와 과인에게 아뢰기를 '군사들이 더위를 견뎌 내지 못하므로 잠시 군사를 물리고 싸움을 거두었습니다.'라고 했고, 고구는 돌아와서 말하기를 '몸에 병이 나 군사를 부릴 수 없으므로 잠시 싸움을 거두고 도성으로 돌아왔습니다.'라고 했다. 그런데 이게 무슨 말이냐?"

이사사가 그런 천자를 넌지시 일깨웠다.

"폐하께서는 비록 어질고 밝으신 분이나 구중궁궐 깊숙이 계시옵니다. 간신배들이 어지신 귀를 막아 버린다면 어쩔 수 있겠습니까?"

그제야 일의 내막을 대강 짐작한 천자는 더욱 탄식을 금하지 못했다.

그때는 이미 밤이 깊었으므로 연청은 곧 사면의 뜻이 적힌 천자의 글을 받아 갈무리한 뒤 천자께 절을 올리고 제 방으로 돌아가 쉬었다. 천자는 이사사와 함께 침상에 들었다가 새벽이 되어서야 모시러 온 내시와 함께 대궐로 돌아갔다.

다음 날 새벽같이 일어난 연청은 볼일이 있다는 핑계로 이사사의 집을 나섰다. 연청은 한달음에 대종이 묵고 있는 객점으로 달려가 그 전날 밤에 있었던 일을 낱낱이 일러 주었다. 듣고 난 대종이 말했다.

“일이 그렇게 되었다니 여간 다행이 아닐세. 우리 두 사람은 이제 함께 숙 태위에게 글이나 전하도록 하세.”

“그렇더라도 아침이나 먹고 갑시다.”

연청이 그렇게 말해 두 사람은 아침밥을 재촉해 먹었다.

대종과 연청은 아침 수저를 놓자마자 금은보화를 한 짐 싼 뒤 양산박에서 받아 온 편지를 들고 숙 태위의 부중으로 갔다.

마침내 이루어진 초안

숙 태위의 집이 있는 거리 어귀에서 지나가는 사람을 잡고 물었더니 숙 태위는 아직 집으로 돌아오지 않았다는 것이었다. 연청이 알 수 없다는 듯 물었다.

"지금쯤이면 퇴궐해 있을 때가 아니오? 그런데 어찌 돌아오지 않았단 말이오?"

그러자 그 사람이 찬찬히 일러 주었다.

"숙 태위는 폐하께서 마음으로 아끼는 근시관원(近侍官員)이라 밤이고 낮이고 폐하로부터 한 발짝도 떨어질 수가 없다오. 일찍 돌아올지 늦게 돌아올지는 아무도 알지를 못하오."

그런데 그때 누군가가 알려 주었다.

"마침 태위께서 오시는구려."

연청은 그 말에 몹시 기뻤다. 얼른 대종을 보고 말했다.

"형님은 이 문 앞에서 기다리십시오. 제가 가서 태위를 만나 보겠습니다."

그러고는 성큼성큼 숙 태위에게로 다가갔다. 숙 태위는 한 떼의 비단옷 입고 꽃모자를 쓴 사람들에 둘러싸여 가마 위에 앉아 있었다. 연청은 길거리에서 무릎을 꿇으며 태위에게 소리쳤다.

"제게 태위님께 올릴 서찰이 있습니다."

숙 태위가 연청을 보더니 짤막하게 말했다.

"따라오너라."

이에 연청은 태위의 가마를 따라 집 안으로 들어갔다.

가마에서 내린 태위는 바로 서원으로 들어가 자리 잡고 앉았다. 연청이 부름을 받고 들어가니 태위가 대뜸 물었다.

"너는 어디서 온 사람이냐?"

"저는 산동에서 왔는데 지금 문 참모의 편지를 올리려고 합니다."

연청이 그렇게 대답하자 태위가 얼른 알아듣지 못하고 되물었다.

"문 참모라니? 어떤 문 참모 말이냐?"

그 말에 연청은 대답 대신 가슴에서 편지를 꺼내 바쳤다. 숙 태위가 겉봉을 훑어보더니 말했다.

"어떤 문 참몬가 했더니 어릴 적부터 같이 공부한 문환장이로구나."

그러고는 겉봉을 뜯어 읽었다.

문환장이 손을 깨끗이 하고 백 번 절하며 이 글을 올립니다.

하찮은 것이 어릴 적부터 상공 댁을 드나든 지도 어느덧 서른 해가 넘었습니다. 저는 지난날 고 전수(殿帥)의 부름을 받고 군문으로 들어가 참모의 큰일을 맡게 된 바 있습니다. 그러나 고 전수께서는 제가 권해도 따르지 않고 충언을 올려도 듣지 않아 세 번이나 거듭 싸움에 지니 말씀드리기조차 실로 부끄럽습니다. 고 태위와 저는 함께 사로잡혀 묶인 몸이 되었는데 송공명이 의사인지라 부드럽고 너그럽게 대하면서 해치지는 않았습니다. 이제 고 태위는 양산박의 소양, 악화 두 사람을 데리고 도성으로 돌아가 조정에 저들을 불러들여 줄 것을 청하러 가고, 저는 이곳에 인질로 남아 있습니다. 바라건대 상공께서는 수고로움을 아끼지 마시고 되도록이면 빨리 아뢰어 이들을 부르시는 은전이 하루빨리 내리도록 해 주십시오. 송공명을 비롯한 이곳 의사들의 죄를 용서하고 조정으로 불러 주신다면 그들은 반드시 그 은혜에 보답하여 큰 공을 세울 것입니다. 그것은 나라를 위하여서도 여간한 다행이 아니요, 천하를 위해서도 큰 복일 것입니다. 아울러 이 하찮은 것도 구함을 입게 되니 이는 실로 다시 낳아 주는 것이나 다름없는 은혜가 될 것입니다. 삼가 글을 올리오니 부디 밝게 살펴 주십시오.

선화 4년 봄 정월 문환장이 절하며 올립니다

문환장의 글을 읽고 난 숙 태위는 깜짝 놀라며 연청에게 물었다.

"너는 도대체 누구냐?"

"이 사람은 양산박의 낭자 연청이라 합니다."

연청은 그렇게 대답하고 곧 밖으로 나와 지고 온 상자를 들고 서원 안으로 들어갔다.

"전에 태위께서 화주로 향을 올리러 오셨을 때 제가 곁에서 시중을 든 적이 있습니다만 아마도 태위께서는 저를 잊으신 듯합니다. 여기 송강 형님께서 보낸 변변치 않은 예물이 있어 함께 가져왔습니다. 작으나마 형님의 성의오니 물리치지 마시고 거두어 주십시오. 지금 송강 형님께서는 하루하루 점을 치며 태위께서 저희들을 구해 주러 오기만을 기다리고 있습니다. 저희가 하나같이 바라는 바는 태위께서 나서 주시는 것입니다. 하루빨리 천자께 저희 일을 상주해 주신다면 이는 양산박의 십만이 넘는 이들에게 큰 은혜를 베푸시는 것이 됩니다. 송강 형님께서 날짜를 정해 주셨기로 저는 이만 물러가겠습니다."

연청이 예물을 바치며 그렇게 말한 뒤 절을 올리고 물러났다. 숙태위는 사람을 시켜 연청이 가지고 온 금은보화를 들여놓게 하는 한편 마음속으로는 양산박을 위해 한번 힘써 보리라 다짐했다.

숙 태위의 부중을 나온 연청은 대종과 함께 주막으로 돌아간 뒤 의논했다.

"이사사를 만나서 할 일과 숙 태위를 만나서 할 일은 어느 정도 한 듯합니다. 다만 고 태위의 부중에 갇혀 있는 소양과 악화를 구해 내는 일이 남았군요. 어찌하면 그들을 구해 낼 수 있겠습니까?"

그 같은 연청의 물음에 대종이 꾀를 냈다.

"나와 자네가 시골 사람 차림을 하고 고 태위의 부중 앞에서 기다리며 일을 꾸며 보세. 그 집에서 나오는 사람이 있으면 금은을 주고 적당히 구워삶아 그 두 사람과 한번 만나 보도록 하는 걸세. 서로 소식만 통하게 되면 곧 무슨 수가 나겠지."

연청도 대종의 말을 옳게 여겨 그대로 따랐다. 두 사람은 곧 옷을 갈아입고 금은을 간직한 채 태평교 쪽으로 달려갔다. 두 사람이 고 태위의 부중문 앞에서 지켜보고 서 있는데 한 젊은 우후가 안에서 걸어 나왔다. 뻐기며 걷는 그 우후 곁으로 다가간 연청이 알은척 인사를 했다.

"당신은 누구요?"

그 우후가 거만하게 물었다. 연청이 공손하게 끌었다.

"나리, 우선 저 찻집으로 가시지요. 거기 가서 드릴 말씀이 있습니다."

그러자 우후가 안 될 것도 없다는 듯 연청을 따라나섰다. 연청과 우후가 찻집으로 들어가자 거기서 기다리던 대종이 그들을 맞아 함께 차를 마셨다. 차를 마시는 중에 연청이 우후에게 말했다.

"나리께 속이지 않고 바로 말씀드리겠습니다. 전에 태위께서 양산박 사람 두 명을 데려오신 적이 있는데 그중 악화란 사람이 여기 계신 이 형님과 친척이 됩니다. 형님이 그를 한번 만나고 싶어 하시기에 이렇게 나리를 모신 것입니다."

"그런 소리들 말게. 그 사람들은 부중의 깊숙한 곳에 갇혀 있다시피 하고 있는데 무슨 수로 만난다는 건가?"

우후가 거만스럽게 대답했다. 대종이 얼른 소매에서 커다란 은덩이 하나를 꺼내 탁자 위에 놓고 말했다.

"나리께서는 다만 악화를 나오게 해 저와 한번 만나게만 해 주시면 됩니다. 부중 문밖을 나오지 않아도 좋으니 어찌 됐거나 얼굴만 한번 보게 해 주신다면 이 은덩이를 나리께 바치겠습니다."

재물이면 귀신도 움직인다던가, 커다란 은덩이를 보자 우후는 곧 마음이 바뀌었다.

"그 두 사람이 안에 있는 것은 사실이오. 태위께서는 엄명을 내려 그들을 집 뒤 화원에 묵게 하고 있소. 내가 그들을 불러 줄 터이니 당신들은 말한 대로 이 은덩이를 반드시 내게 주어야 하오."

그렇게 응낙했다. 대종이 다짐했다.

"그야 말할 나위도 없지요."

그러자 우후가 얼른 몸을 일으키며 말했다.

"두 사람은 이 찻집에서 나를 기다리시오."

우후가 서둘러 부중으로 돌아간 뒤 대종과 연청은 찻집에서 기다렸다. 반 시진도 안 돼 그 젊은 우후가 달려 나와 말했다.

"먼저 그 은덩이부터 내놓으시오. 악화는 저 끄트머리 방에다 데려다 놓았소."

대종은 연청의 귀에 대고 무어라고 나직하게 말한 뒤 은덩이를 우후에게 내주었다. 우후는 그 은덩이를 받아 챙긴 뒤에야 대종을 악화가 있는 곳으로 안내했다.

"할 말이 있으면 어서 하고 가도록 하시오."

연청이 악화를 만나자 우후가 그렇게 당부했다. 두 사람만 남자 연청이 악화에게 말했다.

"나와 대종이 이리로 와서 계책을 세우고 있소이다. 어떻게 두 분 형님을 빼내야 할지 모르겠소."

그러자 악화가 말했다.

"우리 두 사람은 모두 후원에 묵고 있는데 담이 높아 빠져나갈 수가 없소. 꽃을 꺾는 데 쓰는 사다리까지 감췄는데 무슨 수로 빠져나가겠소?"

"담장 근처에 나무가 없습디까?"

연청이 무슨 생각이 났던지 악화에게 불쑥 물었다. 악화가 잠깐 생각하더니 대답했다.

"담장 둘레에 큰 버드나무들이 늘어섰소."

"그럼 오늘 밤 늦게 기침 소리를 신호로 삼아서 한번 해 봅시다. 내가 담장 밖에서 밧줄 두 개를 들여보낼 테니 형은 그 밧줄을 안에 있는 버드나무에다 묶도록 하시오. 우리가 밖에서 밧줄을 잡아당기고 있으면 형들은 그 밧줄을 타고 담장을 넘을 수 있을 거요. 사경 무렵에 올 테니 어긋남이 없도록 해 주시오."

연청이 얼른 그런 계책을 내었다. 그때 우후가 방 밖에서 재촉했다.

"두 사람 아직도 이야기가 끝나지 않았소? 어서 빨리 끝내시오."

이에 연청과 헤어져 안으로 들어간 악화는 곧 소양에게도 그 소식을 알렸다. 연청도 얼른 대종에게 달려가 자신의 계책을 알리고 준비를 시작했다.

연청과 대종은 거리에 나가 든든한 밧줄을 사서 몸에 감추었다. 그런 다음 고 태위네 부중 뒤로 가서 지세를 살펴보았다. 부중 뒤로는 강이 흐르는데 기슭에는 멀지 않게 빈 배 두 척이 매어져 있었다.

두 사람은 곧 빈 배에 숨어 밤이 깊기만을 기다렸다. 기다리는 중에 어느덧 사경을 알리는 북소리가 들려왔다. 두 사람은 배에서 기어 나와 언덕으로 올라왔다. 담장 곁으로 가서 기침을 하자 담장 안에서도 기침 소리가 났다. 소양과 악화가 담 저편에 나와 있는 것을 안 연청은 밧줄을 담 안으로 던져 넣었다.

담 안에서 밧줄을 나무에 묶기를 기다려 연청과 대종도 담 밖에서 밧줄을 당겼다. 그러자 밧줄이 팽팽하게 당겨져 담장을 넘을 수 있도록 되었다.

먼저 악화가 그 밧줄을 타고 담 밖으로 나오고 뒤따라 소양이 담을 벗어났다. 두 사람이 넘어 나오자 밧줄을 담장 안으로 집어 던졌다.

연청과 대종은 악화와 소양을 데리고 객점으로 돌아갔다. 문을 두드려 객점을 열게 한 네 사람은 방 안에서 짐을 꾸린 뒤 아침밥을 시켜 먹고 값을 치렀다. 객점을 나온 그들은 곧 성문으로 갔다. 그리고 성문 열리기를 기다렸다가 사람들 틈에 끼여 성을 빠져나갔다.

이사사는 연청이 양산박으로 돌아간 줄을 까마득히 몰랐다. 밤이 되어도 연청이 돌아오지 않자 의아해했다.

한편 고 태위의 부중에서는 난리가 났다. 다음 날 아침이 되어 소양과 악화에게 아침상을 들고 간 집 안 일꾼들은 방 안에 두 사람이 없는 걸 보고 놀라 도관(都管)에게 알렸다. 도관이 얼른 뒤채 화원으로 가서 살펴보니 버드나무에 두 개의 밧줄이 매어져 있었다. 소양과 악화가 그걸 타고 도망간 줄 안 도관은 고 태위에게 달려가 사실을 고했다.

두 사람이 달아났다는 말을 들은 고 태위는 몹시 놀랐다. 이리저리 살펴보니 걱정되는 일이 한두 가지가 아니었다. 이에 병을 핑계하고 일절 문밖을 나서지 않았다.

다음 날의 일이었다. 도군 황제는 조회를 하려고 문덕전에 자리 잡고 앉았다.

문무의 여러 벼슬아치들이 늘어선 가운데 천자는 발을 걷게 하고 좌우 근신에게 명을 내려 추밀사 동관을 불러내도록 했다. 동관이 줄 밖으로 나서자 천자가 물었다.

"그대는 작년에 십만 대군을 이끌고 도둑 떼를 치러 양산박으로 간 적이 있다. 승패가 어찌 되었는가?"

동관이 천자께 무릎을 꿇으며 머뭇머뭇 아뢰었다.

"신이 지난해 대군을 이끌고 양산박을 치러 가기는 했습니다만 일이 뜻 같지가 못했습니다. 신의 정성이 모자란 것이 아니옵고 날이 뜨거운 데다 군사들이 그곳의 물과 흙에 익숙하지 않아 병이 난 까닭입니다. 열에 두셋씩 병으로 죽는 지경에 이르니 신은 사람과 말이 아울러 어려움을 겪는 것을 보고 잠시 군사를 거두었습니다. 각기 본진으로 돌아가 조련을 하며 기다리게 한 것입니다. 도성에서 데리고 간 어림군도 도중에 병이 나 많이 잃었습니다. 그 뒤 조정은 조서를 내려 그 도적들을 불러들이려 하였으나 그들은 듣지 않았습니다. 이에 고구가 다시 군사를 끌고 가게 되었습니다만 그 또한 도중에 병이 나서 돌아오고 말았다고 합니다."

이미 연청에게서 들은 바가 있어 내막을 알고 있는 천자는 몹시 성이 났다.

"너희들, 어질고 일 잘하는 사람들을 시기하는 간신배들이 짐을 속이려 하는구나! 너는 작년에 군사를 이끌고 양산박을 치러 갔는데 두 번 싸움에서 적병에게 인마를 잃고 갑옷 조각 하나 말 한 필 제대로 건지지 못하였다. 싸움에 이기기는커녕 조정에서 보낸 군대가 거듭 지는 꼴만 백성들에게 보인 것이다. 그 뒤 고구란 놈은 여러 고을의 곡식과 돈을 탕진하고 수많은 싸움배를 잃은 데다 군마까지 꺾이고 또 자신은 사로잡혀 도적들의 산채에까지 끌려갔다 다행히 송강을 비롯한 무리가 죽이지 않아 겨우 살아 돌아온 걸 과인은 알고 있다. 듣기에 송강의 무리는 함부로 고을을 침범하지 않고 죄 없는 백성을 해치지 않으며 오직 나라의 부름을 받기를 기다리고 있을 뿐이라고 한다. 그들은 불러 주기만 하면 나라를 위해 힘을 아끼지 않으려 한다는데, 너희 재주 없고 아첨만 하는 신하들은 조정의 벼슬과 녹을 받아 살면서도 오히려 나라의 큰일을 그르치고 마는구나. 너는 명색 추밀원을 맡은 자로서 부끄럽지도 않느냐? 본시 너를 엄하게 문책해야 할 것이로되 이번만은 용서한다. 다시 또 이런 일이 있으면 그때는 용서치 않으리라!"

이미 천자가 모든 걸 알고 있는 일이니 동관이 무어라 대꾸할 말이 있을 리 없었다. 꿀 먹은 벙어리처럼 제자리로 돌아갔다. 천자가 다시 대신들을 향해 물었다.

"그대들 중에 누가 양산박으로 가서 송강의 무리를 달래 보겠는가?"

그러자 미처 그 말이 떨어지기도 전에 태위 숙원경이 줄에서 나와 무릎을 꿇으며 아뢰었다.

"신이 비록 재주 없으나 한번 가 보겠습니다."

"그렇다면 과인이 몸소 붓을 들어 조서를 쓰겠노라."

숙원경이 나서는 걸 보고 천자가 흐뭇한 표정으로 그렇게 말한 뒤 조서를 쓸 종이와 붓을 가져오게 했다.

천자가 몸소 조서 쓰기를 마치자 좌우에서 모시는 근시들이 옥새를 가져와 찍었다. 천자는 또 궁중의 창고를 맡은 벼슬아치에게 금패 서른여섯 개와 은패 일흔두 개, 붉은 비단 서른여섯 필 초록 비단 일흔두 필, 황봉어주(黃封御酒) 백여덟 병을 내오게 해 숙 태위더러 예물로 가져가라 일렀다. 그 밖에 또 천자는 옷감 스물네 필을 내어주고 금박으로 쓴 초안어기(招安御旗) 한 폭을 내어주며 기한을 정해 다녀오도록 했다. 숙 태위는 문덕전에서 천자에게 하직을 드리고 조회를 끝낸 여러 벼슬아치들은 각기 흩어져 돌아갔다. 천자에게 톡톡히 망신을 당한 동 추밀은 얼굴 가득 부끄러운 빛을 띠고 제집으로 돌아간 뒤 역시 병을 핑계하고 조회에 나가지 않았다. 그 소식을 전해 들은 고 태위도 두려워 어쩔 줄 몰라 하며 역시 조정에 나가지 못했다.

숙 태위는 어주와 금패, 은패, 비단들을 모두 말에 실은 뒤 성을 나섰다. 천자께서 내린 금박으로 쓴 누런 기를 앞세우고 떠나는데 모든 벼슬아치들이 남훈문(南薰門)까지 나와 배웅했다. 그 다음 숙 태위가 제주에 이르기까지의 일은 더 말할 나위도 없겠다.

한편 연청과 대종, 소양, 악화 네 사람은 밤낮을 가리지 않고 양산박으로 돌아가 그간에 있었던 일을 송공명과 여러 두령들에게 들려주었다. 연청은 또 도군 황제로부터 받은 친필 사서(赦書)를 꺼내 여러 두령들에게 구경을 시켰다.

"이번에는 반드시 좋은 소식이 있을 것입니다."

연청이 꺼낸 사서를 보고 난 오용이 자신 있게 말했다. 송강은 좋은 향을 사른 뒤 구천현녀가 준 천서를 꺼내 놓고 기도를 드렸다. 기도 끝에 점괘를 풀어 보니 더할 나위 없이 좋은 괘가 나왔다. 송강은 기뻐해 마지않으며 또한 이번에는 반드시 초안이 이루어질 것임을 믿었다.

송강은 연청과 대종을 다시 한번 산 아래로 내려보내 되도록이면 빨리 조정의 움직임을 알아보고 오게 했다. 거기에 맞춰 산채에서도 준비를 갖추기 위함이었다. 떠난 지 며칠 안 돼 돌아온 대종과 연청이 송강에게 알렸다.

"조정에서는 숙 태위를 뽑아 천자께서 친히 쓰신 조서를 가지고 저희들을 부르러 오게 하였다고 합니다. 뿐만 아니라 천자께서는 어주와 금패, 은패, 붉고 푸른 비단 따위를 듬뿍 예물로 내리셨다고 합니다. 이제 머지않아 이곳에 이를 것입니다."

그 말을 들은 송강은 기뻐해 마지않았다. 충의당에서 급히 명을 내려 숙 태위를 맞을 채비를 하게 했다. 양산박에서 제주에 이르는 길에 스물네 개의 정자 같은 시렁을 얽어 거기에 비단과 꽃을 늘어뜨리고 그 안에서는 북과 피리와 거문고로 풍악을 잡게 했다. 악사들은 근처 고을에서 돈을 주고 산 이들을 나누어 보냈고 각 정자에는 한 사람의 작은 두령을 두어 조정의 사신을 맞는 데 소홀함이 없게 했다. 또 송강은 사람을 풀어 과일과 생선, 과자, 마른안주 따위들을 푸짐히 마련하여 조정의 사신이 산채에 이르면 잔치를 벌일 수 있도록 했다.

도성을 떠난 숙 태위는 도중에 별일 없이 제주에 이르렀다. 태수 장숙야는 성 밖까지 나와 숙 태위를 맞아들이고 역관으로 모시고 갔다. 숙 태위에게 예를 드린 태수는 곧 술을 내어 대접하며 말하였다.

"조정에서는 조서를 내려 저들을 부르기를 두 번이나 하였으나 도중에서 그 심부름을 맡은 사람들이 옳지 못해 나라의 큰일을 그르쳤습니다. 이번에는 태위께서 이렇게 오셨으니 반드시 큰 공을 세우실 수 있을 것입니다."

"천자께서도 근간 양산박 무리들의 이야기를 들으신 모양이오. 그들은 의로움을 으뜸으로 치고 함부로 고을을 침범하지 않으며 죄 없는 백성을 해치지 않는다는 걸 천자께서도 아시오. 또 그들은 스스로 하늘을 대신해 도를 행한다는데 그것도 조금은 믿으시는 것 같소. 그리하여 이번에 나를 뽑아 몸소 쓰신 조서를 내려 주셨을 뿐만 아니라 금패 서른여섯 개와 은패 일흔두 개, 붉은 비단 서른여섯 필, 초록 비단 일흔두 필, 황봉어주 백여덟

병, 안팎 옷감 스물네 필을 예물로 주시면서 저들을 달래 불러들이라 하시었소. 태수가 보기에 예물이 너무 적은 것은 아니오?"

숙 태위가 장숙야의 말을 받아 그렇게 물었다. 장숙야가 아는 대로 대답했다.

"저들은 예물이 많고 적음을 가리지 않습니다. 오직 충의로써 나라에 보답하고 후대에 이름을 떨칠 수 있기를 바랄 뿐입니다. 태위께서 진작 이렇게 오셨더라면 죄 없는 장졸들이 죽고 돈과 곡식이 허비되는 일은 없었을 것입니다. 이번에 이들 한 무리의 의사들이 조정에 귀순하면 반드시 나라를 위해 큰 공을 세울 것입니다."

"그럼 나는 여기서 기다릴 테니 번거롭겠지만 태수께서 직접 산채로 가서 내가 왔다는 걸 알려 주시오."

장숙야의 말을 들은 태위가 조금 마음이 놓인다는 듯 그런 부탁을 했다. 장숙야가 기꺼이 일어났다.

"제가 한번 갔다 오지요."

그 한마디와 함께 즉시 말에 올라 성을 나갔다.

가까이 부리는 시중꾼 여남은 명과 함께 양산박으로 달려간 장숙야가 산채 아래 이르자 작은 두령 하나가 기다렸다는 듯 그를 맞으며 산채에 전갈을 보냈다. 전갈을 받은 송강은 뛰듯이 산 아래로 내려와 장 태수를 산 위로 모셔 갔다. 충의당에 이르러 서로 처음 보는 예를 끝낸 뒤 장숙야가 말했다.

"의사들은 기뻐하시오. 천자께서는 특별히 몸소 쓰신 조서를 내리고 의사들을 불러들이게 하였소. 또 천자께서는 금패, 은패와 비단, 어주를 내리셨는데 지금 모두 제주성 안에 있소이다. 의사들께서는 어서 조서를 받을 채비를 하시오."

그 말을 들은 송강은 기쁨을 이기지 못해 주먹으로 이마를 치며 말했다.

"이제 이 송강의 무리는 재생의 기쁨을 맛보게 되었소!"

그리고 장 태수에게 식사와 차를 대접하려 했다. 그러나 장숙야가 사양하며 말했다.

"제가 의사의 뜻을 거스르려는 것이 아니라 태위께서 이상히 여길까 봐 걱정이 돼 빨리 돌아가 봐야겠습니다."

"그렇다고 술 한잔 올리는 것이 크게 예에 어긋나지는 않을 것입니다."

송강이 그렇게 한 번 더 잡았으나 장숙야는 굳이 마다하고 일어났다. 송강은 하는 수 없이 한 쟁반의 금은을 예물로 내왔다. 장 태수가 그걸 보고 얼른 손을 내저었다.

"저로서는 결코 그런 걸 받을 수 없소이다."

그 말에 송강이 간곡히 권했다.

"대단찮은 것입니다만 저희들의 작은 정성입니다. 일이 잘 매듭된 뒤에는 더욱 무겁게 보답하겠습니다."

그래도 장숙야는 사양을 거듭할 뿐이었다.

"의사의 두터운 정은 고마우나 그냥 두십시오. 나중에 다시 와서 청해 가져가도 늦지 않을 것입니다."

그 무렵의 송나라 조정으로 보아서는 보기 드물게 청렴한 벼슬아치라 아니할 수 없었다. 송강은 하는 수 없이 금은을 거둔 뒤 군사인 오용과 주무, 소양, 악화를 불러 장 태수와 함께 산을 내려가게 했다. 먼저 제주로 가서 숙 태위를 찾아보란 뜻이었다. 송강 자신은 이틀 뒤에 크고 작은 두령들을 데리고 산채에서 삼십 리 밖까지 나아가 길가에 엎드려 숙 태위를 맞이하기로 했다.

오용을 비롯한 네 사람은 그날로 태수 장숙야를 따라 산을 내려간 뒤 제주에 이르렀다. 다음 날 네 사람은 역관으로 가서 숙 태위에게 절하고 그 앞에 무릎을 꿇었다. 숙 태위가 모두에게 일어나라 하였으나 네 사람은 겸양하여 그대로 꿇어앉아 있었다. 태위가 그들의 이름을 물어보자 오용이 대답했다.

"저는 오용이라 하옵고 제 아래쪽으로는 주무, 소양, 악화라 합니다. 형님이신 송공명의 명을 받아 특히 상공을 영접하러 왔습니다. 우리 형님과 여러 형제들은 뒷날 산채에서 삼십 리 밖까지 나와 길가에 엎드려 상공을 맞을 것입니다."

오용이 그렇게 공손히 대답하자 숙 태위가 반가운 얼굴로 말했다.

"가량(加亮)선생, 화주에서 한번 헤어진 뒤로 여러 해가 지났구려. 오늘 우리가 다시 만나게 될 줄을 어찌 알았겠소. 나는 여러분 형제들의 참마음을 잘 알고 있소. 가슴에는 충의를 품고 있으나 간신들이 사이를 가로막고 아첨으로 권력을 농간하여 여러분의 진심이 천자께 이르는 것을 막은 것이오. 이제 천자께서도 모든 것을 아시고 특히 명을 내려 나를 보내셨소. 손수 쓰신 조서와 금패, 은패, 붉은 비단, 초록 비단, 어주 등을 보내시면서 여러분을 조정으로 귀순케 하라는 거요. 그러니 여러분들은 의심하지 마시고 진심으로 이 부르심을 받으시오."

그 말에 오용을 비롯한 네 사람은 다시 한번 절을 하고 감사를 드렸다.

"산골짜기에 묻혀 사는 미친것들이 상공을 수고롭게 이곳까지 오시게 하였습니다. 저희들이 이와 같은 하늘의 은혜를 입게 된 것은 모두가 다 태위께서 내리신 것이라고 보아도 크게 틀리지 않을 것입니다. 우리 여러 형제들은 그 은혜를 뼈에 새기고 마음에 묻어 길이 잊지 않겠습니다만 어떻게 보답해야 할지 실로 걱정입니다."

곁에서 보고 있던 장숙야는 흐뭇해하며 잔치를 열어 오용을 비롯한 여러 사람을 대접했다.

사흘째 되는 날 제주성 안은 양산박으로 떠나는 숙 태위 일행 때문에 신새벽부터 분주하였다. 치장한 수레 석 대를 마련해 어주는 한 군데 용봉합(龍鳳盒)에 담고 금패, 은패와 비단들은 또 다른 수레에 실은 뒤 천자가 쓴 조서는 용정(龍亭, 향로 따위를 넣는 작은 정자 모양의 기물) 안에 모셨다. 숙 태위는 말을 타고 용정 옆에 바싹 붙어 따랐고 태수 장숙야가 그 뒤를 이었으며 오용과 세 명의 양산박 두령도 또한 그 뒤를 따랐다. 그 밖에 높고 낮은 벼슬아치며 시중꾼들도 숙 태위를 둘러싸듯 무리 지어 나아갔다. 제일 앞장선 말 위에는 천자가 내린 금박 입힌 누런 깃발이 꽂혔으며 징과 북을 멘 군사와 깃발 든 군사의 대열이 그 앞에서 길을 열었다.

그들이 제주를 떠난 지 십 리도 되기 전에 저만치 송강이 세워 두게 한 임시 정자가 보였다. 숙 태위가 말 위에서 살펴보니 시령에는 울긋불긋한 비단과 꽃들이 걸려 있고 그 아래서는 악사들이 피리와 거문고를 뜯고 북을 울리며 다가오는 숙 태위 일행을 맞았다. 그처럼 임시로 얽은 정자 같은 시령은 그 뒤로도 여럿 있었다.

숙 태위 일행이 다시 몇십 리쯤 가니 이번에는 또 다른 정자가 나타났다. 지금까지 본 것과는 달리 길에까지 자욱한 연기가 피어오르는데, 송강과 노준의가 그 앞에 나와 꿇어앉아 있고 그 뒤로도 양산박의 여러 두령들이 하나같이 무릎을 꿇고 앉아 조서를 기다리고 있었다.

"모두 말에 오르도록 하시오."

숙 태위가 사람을 시켜 그렇게 권하자 비로소 양산박 두령들도 말에 올랐다. 숙 태위 일행과 양산박의 두령들이 한 덩이가 되어 양산박 물가에 이르니 천 척이 넘는 싸움배가 나와 한꺼번에 그들을 건너 금사탄에 내려 주었다.

산채의 세 관 아래위에서는 북소리, 피리 소리가 하늘을 가득 메우는 듯했다. 잘 차린 양산박 군사들이 끊이지 않고 줄지어 선 뒤로는 알 수 없는 향내가 피어올랐다. 숙 태위와 양산박 두령들은 충의당 앞에 이르러 말에서 내렸다. 거기까지 끌고 온 수레와 가마들은 충의당 위로 올려졌다.

충의당 가운데에는 탁자 세 개가 놓였는데 그 위에는 용과 봉이 수놓인 비단보가 펼쳐졌고 그 한복판에 만세용패(萬歲龍牌)가 세워져 있었다. 용정에서 꺼내진 어필 조서는 가운데 탁자에 놓이고 금패와 은패는 왼편 탁자에 놓였으며 붉은 비단, 초록 비단은 오른편에 놓였다. 어주는 특별히 그 탁자들 앞에 놓였다.

금으로 만든 향로 안에서는 좋은 향이 타오르는 가운데 송강과 노준의는 먼저 숙 태위와 장 태수를 권하여 당상에 앉혔다. 소양과 악화는 그런 숙 태위와 장 태수 왼쪽에 세우고 배선과 연청은 뒤에서 시립하게 했으며 자신들은 모두 당 아래 꿇어앉았다. 배선이 절을 하라고 외치자 두령들은 모두 조서가 모셔진 곳을 향해 절을 올렸다. 소양이 조서를 꺼내 읽기 시작했다.

짐이 즉위한 뒤로 인의를 써서 천하를 다스리고 상벌을 공정히 하여 난리를 평정하였다. 널리 어진 사람을 구하는 데 게으름이 없었고 백성을 사랑함에는 두려워 공경하듯 했다. 천하의 어여쁜 백성들은 모두 그 같은 짐의 마음을 알리라. 송강과 노준의를 비롯한 여럿을 보면 원래 충의를 가슴에 품은 자들로 백성들에게 포악한 짓을 한 바 없다. 게다가 조정에 귀순할 마음을 품은 지 오래고 나라의 은혜에 보답할 뜻이 가상하였다. 비록 많은 죄를 지었으나 각기 그 까닭이 있는 터라 그들의 충정을 살피고 불쌍히 여기노라. 이제 짐은 특히 전전(殿前) 태위 숙원경을 뽑아 조서를 내리고 양산으로 보내 송강을 비롯한 여러 사람의 죄를 사면한다. 아울러 금패 서른여섯 개와 붉은 비단 서른여섯 필을 송강을 비롯한 큰 두령들에게 내리고, 은패 일흔두 개와 초록 비단 일흔두 필은 송강 아래 있는 작은 두령들에게 내린다. 사서(赦書)가 이르거든 짐의 이 같은 마음을 저버리지 말고 하루빨리 귀순하여 나라에 무겁게 쓰일 수 있도록 하라. 이에 조칙(詔勅)을 내리나니 모두 밝게 살펴 알진저.

선화 4년 봄 2월

소양이 조서를 다 읽자 송강을 비롯한 양산박의 두령들은 만세를 외치며 다시 절하여 조정의 은혜에 감사했다. 숙 태위는 조서에 이어 천자가 내린 물품들을 내오게 하고 배선을 시켜 모두에게 나누어 주게 하였다. 어주는 은 동이에 쏟은 다음 충의당 앞에서 데워 은 주전자에 담게 하였다. 숙 태위가 그 어주를 금잔에 따른 다음 여러 두령들을 돌아보고 말했다.

"비록 이 숙원경이 천자의 명을 받들어 어주를 가지고 왔지마는 혹시라도 의사들이 의심할지 모르니 먼저 한 잔을 마셔 보겠소. 여러 의사들께서는 눈으로 보시고 혹시라도 의심하는 일이 없도록 하시오."

그리고 여럿이 보는 앞에서 한 잔을 죽 마셨다.

첫 잔을 비운 숙 태위는 다시 금잔에 술을 따라 먼저 송강에게 권했다. 송강이 꿇어앉은 채 잔을 받아 마셨다. 그런 다음 노준의, 오용, 공손승의 순으로 나머지 두령들도 차례로 한 잔씩 어주를 마셨다. 백여덟 명의 두령들이 모두 한 잔씩 마시자 송강은 어주를 모두 걷게 했다. 그런 다음 태위를 가운데 자리에 앉히고 여러 두령들로 하여금 절을 올리게 했다.

"이 송강은 지난날 서악에서 태위의 존안을 뵈온 적이 있습니다. 태위님의 두터운 은혜에 무어라 감사의 말씀을 올려야 할지 모르겠습니다. 천자의 좌우에 계시면서 힘써 상주하시어 저희들을 다시 밝은 햇빛을 보게 해 주셨으니 그 은혜 뼈에 아로새겨 길이 잊지 않겠습니다."

송강이 여러 두령들을 대신해 새삼스레 숙 태위에게 감사를 드렸다. 숙 태위가 겸손하게 받았다.

"나도 여러분 의사들이 충의를 품고 하늘을 대신해 대의를 펼치는 것은 알았으나 저간의 사정을 잘 몰라 폐하의 좌우에 있으면서도 여러분을 위해 상주하지 못했소. 오늘까지 이토록 많은 세월을 기다리게 한 게 부끄럽구려. 그러다가 얼마 전 문 참모의 편지를 받고 또 여러분이 보낸 예물이 있은 다음에야 비로소 사정을 알게 되었소이다. 그런데 어느 날 천자께서 마침 피향전(披香殿)에 납시었는데 거기서 저와 함께 한가롭게 이야기를 나눌 틈이 생기더구려. 천자께서 여러분 의사들 일을 묻기에 내가 아는 대로 사정을 일러 드렸습니다. 뜻밖에도 폐하께서는 이미 자세히 이곳 일을 알고 계시다가 제 말을 듣더니 모든 게 들어맞는다 하시었소. 그리고 다음 날 아침 문덕전에서 조회를 하시면서 동 추밀을 꾸짖고 고 태위를 나무라셨소. 여러 번 조정의 인마를 끌고 가 아무런 공도 세우지 못하고 오히려 조정을 속인 죄를 물으신 거요. 그러신 다음 문방사보를 가져오게 하시더니 손수 붓을 들어 조서를 쓰시고 이 숙(宿) 아무개를 뽑아 보내신 거요. 폐하께서 부르시는 것이니 여러 의사들은 하루빨리 몸을 털고 도성으로 돌아가 폐하의 뜻을 저버림이 없게 하시오."

숙원경의 그 같은 말이 끝나자 여러 두령들은 하나같이 기뻐하며 절을 올려 고마움을 나타냈다.

조서를 받을 때의 예식이 끝나자 장 태수는 고을 일을 핑계 대고 태위와 작별한 뒤 제주성으로 돌아갔다. 송강은 산채에 있던 문참모를 불러내어 태위와 만나 보게 하였다. 오랜만에 만난 두 사람은 즐거운 듯 옛정을 나누니 충의당 안이 온통 기쁨으로 가득한 듯했다.

그날 산채 안에서는 숙 태위가 가장 윗자리에 앉고 문 참모가 그 맞은편에 앉았으며 차례로 여러 두령들이 둘러앉아 크게 잔치가 벌어졌다. 잔을 돌려 가며 마셔 대는데 대청 아래에서는 풍악이 흥겹기 그지없었다. 비록 구운 용 고기와 삶은 봉 고기는 없었지만 술은 바닷물같이 흔하고 고기는 산같이 쌓여 있었다. 모두 마음껏 즐기다가 몹시 취한 뒤에야 각기 흩어져 자리에 들었다.

다음 날 또 잔치가 벌어졌다. 모두 가슴속을 털어놓고 평생에 품고 있던 바람들을 털어놓았다. 셋째 날도 잔치가 있었는데 그 날도 숙 태위를 청해 산을 돌며 놀다가 저물 무렵 해서야 모두 취해 흩어졌다.

그럭저럭 며칠이 지나자 숙 태위가 돌아가기를 원했다. 송강을 비롯한 두령들이 당연히 그런 숙 태위를 말렸다.

"의사께서는 내막을 잘 모를 것이오만 내가 빨리 돌아가려는 데는 까닭이 있소. 폐하의 조서를 품고 와서 이곳에 온 지 벌써 며칠, 다행히 여러 호걸들이 기꺼이 조정에 귀순할 뜻을 밝히셨으니 내가 받은 큰 임무는 이미 이루어진 셈이오. 하지만 빨리 돌아가지 않으면 조정의 간신들이 또 무슨 짓을 할지 모르겠소. 내 공을 시기하여 딴 논의들을 꺼낼지 모르니 어서 돌아가 보는 게 좋을 듯하오."

숙 태위가 그렇게 빨리 돌아가야 하는 까닭을 밝혔다.

조정에 든 호걸들

"그러시다면 굳이 더 말리지는 않겠습니다. 다만 오늘만은 취하도록 마시고 내일 떠나도록 하십시오. 저희들이 내일 아침 상공을 산 아래까지 배웅해 드리겠습니다."

송강을 비롯한 두령들도 더는 숙 태위를 잡지 못하고 그렇게 말했다. 숙 태위도 그것까지는 마다하지 못해 그날 하루를 더 묵었다. 크고 작은 두령들이 모두 나와 잔치를 더욱 흥겹게 했다. 술을 마시면서 하나같이 숙 태위에게 감사를 올리니 숙 태위 또한 좋은 말로 그들을 위로했다.

술자리는 날이 어두워서야 끝났다.

다음 날 새벽이었다. 송강은 수레와 말을 채비해 놓고 몸소 한 쟁반의 금은보화를 받쳐 든 뒤 숙 태위가 있는 장막으로 갔다.

송강이 두 번 절하며 금은보화를 올렸으나 숙 태위는 받으려 하지 않았다. 그러나 송강이 두 번 세 번 받쳐 올리자 하는 수 없이 거두어들이고 자신도 떠날 채비를 했다. 숙 태위를 따라온 사람들도 여러 날 주무와 악화가 잘 대접하여 기분이 좋은 데다 다시 송강이 금은과 비단 등을 후히 주니 하나같이 기뻐해 마지않았다.

송강은 또 문 참모에게도 금은보화를 한 보따리 내주었다. 문 참모도 받으려 하지 않다가 송강이 두 번 세 번 권하자 하는 수 없이 거두어들였다. 송강은 또 문 참모에게 권해 이번에 숙 태위와 함께 도성으로 돌아가게 했다. 문 참모도 더는 양산박에 머물 까닭이 없어 송강의 뜻을 따랐다.

숙 태위가 산채를 내려가는 광경은 볼만했다. 양산박의 두령들은 북과 징에 풍악을 잡히면서 태위를 산 아래까지 모시고 가 금사탄을 건너게 했다. 그리고 다시 삼십 리나 더 따라간 뒤에야 말에서 내려 숙 태위에게 마지막 잔을 올리고 작별을 고했다. 송강이 먼저 술잔을 올리며 말했다.

"태위께서는 돌아가 천자를 뵈옵거든 저희 일을 좋게 말씀하여 주십시오."

"의사께서는 마음 놓으시고 하루빨리 짐을 꾸려 도성으로 올라오도록 하시오. 군마가 도성에 이르거든 먼저 내게 사람을 보내 알려 주셨으면 좋겠소. 그러면 내가 천자께 아뢰어 사신으로 하여금 의사들을 맞아들이게 하겠소. 그때는 사사로운 정이 아니라 나라의 예를 갖춘 만남이 되어야 하지 않겠소?"

숙 태위가 그렇게 말하자 송강이 다시 말했다.

"상공께 한 가지 말씀드릴 일이 있습니다. 왕륜(王倫)이 이 양산박에 자리 잡은 뒤로 조개(晁蓋)를 거쳐 오늘 저에게 이르기까지 여러 해 이곳 백성들에게 끼친 해가 적지 않았습니다. 제 어리석은 생각으로는 지금 있는 재물을 열흘 안으로 모두 팔고 산채를 정리해 도성으로 올라갈까 합니다만 그게 늦어질까 걱정입니다. 아무쪼록 태위께서는 폐하께 상주하시어 저희들에게 기한을 넉넉히 내리시도록 해 주십시오."

숙 태위는 그것도 그렇다 싶었던지 쉽게 응낙했다. 그리고 양산박의 두령들과 작별한 뒤 곧 데리고 온 사람들과 함께 제주로 떠났다.

산채로 돌아온 송강은 충의당에서 북을 울려 모든 사람들을 다 모이게 하였다. 크고 작은 두령들이 모두 다 충의당으로 모이고 군교들이 뜰에 들어서자 송강이 입을 열었다.

"모두들 들으시오. 왕륜이 산채를 열고 조 천왕이 이곳에 오시어 일을 벌이신 뒤로 산채는 이렇듯 흥왕하게 되었소. 그 뒤 내가 강주에서 형제들의 구원을 받아 이곳으로 와 첫째 두령의 자리에 앉은 지도 벌써 여러 해가 되었구려. 그런데 오늘 기쁘게도 조정의 부르심을 받아 다시 하늘의 밝은 해를 보게 되었으니 하루빨리 도성으로 올라가 나라를 위해 힘을 다해야 되겠소. 그대들 중에서 창고의 물건을 가져간 것이 있거든 모두의 것으로 되돌려 주도록 하고 그 밖의 재물은 똑같이 나누어 가지도록 하시오."

이어 송강은 두령들을 돌아보았다.

"우리 백여덟 사람은 위로 하늘의 별자리에 상응해 모인 터라 죽는 것도 사는 것도 같이하기로 한 사이외다. 이제 천자께서는 너그럽게 은혜를 베푸시고 조서를 내리어 우리 죄를 용서하며 불러 주셨소. 우리들 백여덟 명은 머지않아 도성으로 가 폐하를 뵙게 될 것인즉, 앞으로는 천자의 크신 은혜를 저버려서는 아니 될 것이오. 그러나 군교들은 다른 길도 있을 것이외다. 스스로 산속에 들어와 우리와 한패가 된 사람도 있을 것이고, 남을 따라서 산채로 든 사람도 있을 것이오. 관군으로 왔다가 사로잡히기도 하고 다른 곳에서 억지로 붙들려 온 사람도 있을 것이외다. 우리들은 폐하의 부르심을 받아 모두 조정으로 들어가지만 여러분은 뜻대로 하시오. 우리를 따라가기를 원한다면 그 이름을 장부에 올려 데려갈 것이요, 함께 가기를 원치 않는다면 가지 않아도 되게 해 주겠소. 산채를 내려가겠다는 이들에게는 어떻게 살 도리도 꾸려 드리도록 해 주겠소. 모두 좋을 대로 결정하시오."

송강이 그렇게 말을 끝내자 배선과 소양이 따라갈 사람과 따라가지 않을 사람을 가려 명부에 이름을 적었다. 양산박의 사람들은 각기 흩어져 갈 길을 의논했다. 이윽고 뜻을 밝히는데 산채를 떠나겠다는 사람은 사오천 명쯤 되었다. 송강은 그들에게 돈과 재물을 나누어 주어 떠나보냈고, 도성으로 따라가려는 이들은 모두 헤아려 그 이름을 관가에 알렸다.

이튿날 송강은 소양에게 방문을 쓰게 했다. 인근의 성과 마을에 널리 붙일 방문이었는데 그 내용은 산채에서 열흘 동안 장을 연다는 것이었다.

송강을 비롯한 양산박의 의사들은 대의로서 사방에 널리 알리노라. 우리는 지금껏 숲속에 무리를 짓고 살며 여러 곳 백성들에게 많은 괴로움을 끼쳤으나 이번에 다행히도 너그럽고 어지신 천자의 은덕을 입게 되었다. 천자께서 특히 조서를 내리시어 우리를 조정으로 부르시면서 이전의 죄를 모두 용서해 주신 것이다. 그러하되 우리가 한번 귀순하여 조정에 들게 되면 그동안 괴로움을 끼친 이들에게는 보답할 길이 없어 이번에 열흘 동안 이곳에서 장을 열고자 한다. 이상히 여기지 않고 값을 마련해 온다면 조금도 거기 모자람이 없이 하나하나 우리가 가진 바를 내줄 것이다. 이에 특히 알리나니 가깝고 먼 곳에 사는 사람들은 조금도 우리를 의심치 말고 찾아와 주기 바란다. 이 일로 작게나마 보탬을 줄 수 있다면 그보다 더 큰 다행은 없으리라.

선화 4년 3월

양산박의 의사 송강 등이 삼가 청하노라

소양이 그대로 받아쓰자 송강은 가까운 주와 군에 사람을 보내 고을마다 그 방을 붙이게 했다. 그런 다음 창고 안의 금은보화와 비단 따위를 꺼내 몫을 나누었다. 일부는 여러 두령들과 군교들에게 나누어 주고 일부는 도성으로 들어갈 때 쓸 예물로 남겼다. 그리고 나머지는 모두 산채에 벌여 놓고 삼월 초사흘부터 열사흘까지 열흘 동안 팔게 하였다.

송강은 또 소와 양을 잡고 술을 빚게 해 장 보러 올 사람들을 맞을 채비를 했다. 장꾼들뿐만 아니라 그들을 따라온 시중꾼들에게까지도 술과 밥을 대접하기 위함이었다.

정한 날짜가 되자 자루를 멘 사람, 상자를 진 사람들이 사방에서 산채로 구름같이 몰려들었다. 송강이 명을 내려 같은 값으로 물건을 산 아래 저잣거리보다 열 배나 더 주니 사람들은 모두 기뻐하며 감사하고 돌아갔다.

열흘 동안 그렇게 장을 연 뒤 드디어 정한 날짜가 지나가자 장을 거두었다.

송강은 크고 작은 두령들에게 도성으로 가기를 명하고 그들의 가솔들은 모두 고향으로 돌아가게 하였다. 오용이 곁에 있다 송강에게 말했다.

"형님, 그래서는 아니 됩니다. 가솔들은 잠시 이 산채에 머물러 있도록 하십시오. 우리가 조정에 들어 천자를 뵈옵고 은혜를 입은 뒤에 고향으로 돌려보내도 늦지 않을 것입니다."

송강이 들어보니 그것도 옳은 말 같았다.

"군사의 말씀이 옳은 것 같소. 내가 잠시 생각이 못 미쳤구려."

그렇게 말하면서 명을 바꾸었다.

대강 산채가 정돈되자 송강은 여러 두령들과 군사를 재촉해 양산박을 나섰다. 송강의 무리가 제주에 이르러 태수 장숙야에게 감사를 드리자 태수는 크게 술자리를 열어 두령들을 대접하고 이끌고 온 군사들에게도 후한 상을 내렸다.

장숙야와 작별한 송강 일행은 다시 성을 나가 동경으로 향했다. 송강이 먼저 대종과 연청을 보내 숙 태위에게 자신들이 가고 있음을 알리게 했다. 숙 태위는 그 소식을 듣자 얼른 궁궐로 들어가 천자에게 알렸다.

천자는 송강이 무리를 이끌고 도성으로 오고 있다는 이야기를 듣자 몹시 기뻐했다. 숙 태위에게 먼저 어가지휘사(御駕指揮使) 한 사람을 뽑아 천자의 깃발과 신표(信標)를 주고 성을 나가 맞아들이게 했다.

이어 천자의 명을 받은 숙 태위도 도성을 나왔다. 도중에 만난 송강의 인마는 정연하기 그지없었다. 그들은 두 폭의 붉은 깃발을 앞세우고 있었는데 그 한쪽 깃발에는 '순천(順天)' 두 자가 쓰여 있었고 다른 깃발에는 '호국(護國)' 두 자가 쓰여 있었다. 두령들은 모두 갑옷을 걸치고 있었고 오학구와 공손승, 노지심과 무송 넷만이 차림이 달랐다. 오학구와 공손승은 윤건에 도사 차림을 했고 노지심은 붉은 승복이고 무송은 검정 장삼이었다.

여러 날 길을 걸은 끝에 동경성 밖에 이르러 어가지휘사가 신표를 들고 마중을 나왔다는 말을 듣자 송강은 여러 두령들과 함께 앞으로 나가 먼저 숙 태위부터 보았다. 그리고 신조문(新曹門) 밖에 군사를 머물게 한 뒤 천자의 명을 기다렸다. 숙 태위와 어가지휘사가 도성 안으로 들어가 천자께 아뢰었다.

"송강이 이끄는 군마가 신조문 밖에 머물면서 폐하의 어명을 기다리고 있습니다."

그러자 천자가 말했다.

"과인은 오래전부터 양산박의 송강 등 백여덟 명의 이야기를 들었다. 위로 하늘의 별자리에 상응한 호걸들로 하나같이 빼어나고 용맹스럽다 했다. 이제 조정에 귀순하여 도성으로 왔다 하니 과인이 한번 보아야겠다. 내일 백관을 거느리고 선덕루(宣德樓)에 올라갈 것인즉, 송강으로 하여금 갑옷, 투구를 갖춘 뒤 사오백의 마보군만 이끌고 성안으로 들어와 동쪽에서 서쪽으로 지나가도록 하라. 과인도 몸소 살피겠거니와 아울러 성안의 군민들에게도 그들을 보여 이 같은 호걸들이 훌륭한 신하가 되었음을 알도록 하리라. 그런 다음 그들의 갑옷을 벗기고 병기를 없이한 뒤 비단옷을 내리거든 그것으로 갈아입게 하고 동화문으로 들어와 문덕전에서 조회를 올리게 하라."

그 같은 어명을 들은 어가지휘사는 곧 송강의 진채로 들어가 그대로 전했다.

다음 날이 되었다. 송강은 철면공목 배선에게 명을 내려 군사들 중에서도 특히 범같이 날래고 큰 자들로 오륙백 명을 고른 뒤 함께 성안으로 들어가게 채비시켰다. 앞에는 깃발을 앞세우고 뒤에는 창칼과 도끼를 든 부대가 따르게 하였는데, 가운데는 '순천'과 '호국'이라고 쓴 두 폭의 붉은 기를 세웠다. 그리고 장수와 군사 모두 갑옷 차림에 병장기를 든 채 줄지어 동곽문(東郭門)으로 들게 하였다.

송강의 무리가 성안으로 들자 동경의 백성들은 늙은이와 어린 것들을 데리고 길가로 몰려나와 그들을 구경했다. 마치 천신(天神)을 본 듯 놀라고 감탄하는 눈길이었다.

그때 천자는 백관을 이끌고 선덕루 위에서 호걸들의 행렬을 굽어보고 있었다. 행렬의 맨 앞에는 징과 북과 깃발 들이 늘어서

고 창칼과 도끼를 든 군사들이 갈라섰으며, 가운데는 흰말을 탄 마군들이 '순천'과 '호국'이라고 쓴 두 폭의 기를 들고 있었다. 그 뒤를 스무남은 필의 기마가 따르며 북을 울렸고 다시 그 뒤에는 호걸들이 무리 지어 따랐다.

남훈문(南薰門) 밖에 이른 백여덟 명의 호걸들은 만세를 부르며 천자를 뵈었다. 위엄과 충성이 드러나는 씩씩한 목소리였다. 한낱 귀순한 도둑 떼의 우두머리가 아니라 용과 호랑이와 기린과 봉황이 무리 지어 천자를 뵙는 것 같았다.

어찌 보면 그들의 별명이 우연히 붙여진 것 같지 않았다. 용으로는 입운룡(入雲龍), 혼강룡(混江龍), 출림룡(出林龍), 구문룡(九紋龍), 독각룡(獨角龍)이 있었고 그 비슷한 것으로는 출동교(出洞蛟, 동굴을 나온 교룡)와 번강신(翻江蜃, 강물을 뒤엎는 이무기)도 있었다. 호랑이로는 삽시호(插翅虎), 도간호(跳澗虎), 금모호(錦毛虎), 화항호(花項虎), 청안호(青眼虎), 소면호(笑面虎), 왜각호(矮脚虎), 중전호(中箭虎)가 있었으며 그 비슷한 뜻으로는 병대충(病大蟲, 병든 호랑이), 모대충(母大蟲, 암호랑이)이 있었다. 그 밖에 옥기린(玉麒麟)과 마운금시(摩雲金翅, 구름을 뚫고 솟는 금시조)가 있었고, 옛적의 뛰어난 영웅인 초패왕과 이광과 관삭과 여포와 설인귀가 되살아난 듯한 호걸들도 있었다.

선덕루 위에서 백관들과 함께 양산박의 호걸들을 굽어보는 황제는 몹시 기뻤다. 용안을 활짝 펴고 웃으며 백관들을 돌아보고 말했다.

"이들이야말로 참된 영웅들이다."

그러고는 전두관(殿頭官)에게 명을 내려 송강 등에게 전해 하사한 비단옷으로 갈아입은 뒤 천자를 알현하게 했다. 전두관이 그대로 전하자 송강을 비롯한 호걸들은 동화문 밖에서 입고 있던 갑옷, 투구를 벗고 붉고 푸른 비단옷으로 갈아입었다. 역시 천자가 내린 금패, 은패를 걸고 푸른 나막신을 신으니 그들의 모습은 금세 엄숙한 신하로 변했다. 다만 공손승, 노지심, 무송만이 차림이 좀 달랐다. 공손승은 붉은 비단으로 도포를 지어 입고 노지심은 승복을 입었으며 무송은 장삼을 걸쳤으나 그 옷감은 모두 천자가 내린 것이었다.

송강과 노준의는 오용과 공손승을 선두로 하여 줄지어 선 호걸들을 데리고 동화문으로 들어갔다. 그들이 황제를 뵙는 의식은 매우 엄숙하였다. 진시쯤 되어 황제가 탄 가마가 문덕전으로 나왔다.

황제가 어좌에 앉아 의례를 맡은 관원들이 송강의 무리를 차례차례 안내하여 백관들의 관열에 갈라 세웠다. 전두관이 다시 그들에게 절을 시키고 만세를 부르게 하였다. 천자는 몹시 기뻐하며 그들을 문덕전으로 올라오게 하고 서열에 따라 차례로 앉게 한 다음 잔치를 베풀었다. 광록시(光祿寺)가 잔치를 차리고 양온서(良醞署)에서는 술을 내었으며 진수서(珍羞署)에서는 음식을 장만했고 장해서(掌醢署)에서는 밥을 지었으며 대관서(大官署)에서는 반찬을 내왔고 교방사(敎坊司)에서는 풍악을 맡았다.

천자도 보좌에 앉은 채 잔치에 끼었는데 그 광경이 실로 볼만했다. 자리에 나온 그릇들이 하나같이 천하의 명품들이었고 술잔도 유리, 호박, 마노, 산호를 깎은 진기한 것들이었다. 음식들은 더욱 놀라웠다. 바깥에서는 보기 힘든 고기와 나물이 안주로 날라져 왔고 값진 과자와 귀한 떡들이 차려졌다. 술도 모두가 하나같이 천하의 명주들이었다.

천자가 전두관을 통해 술을 권해 술잔이 돌고 음식 접시가 잇따라 나왔다. 술이 다섯 순배에 탕이 세 번 나온 뒤에 춤과 노래가 시작되었다. 이어 교방사에서 마련한 잡극(雜劇)이 나왔다. 다섯 사람의 배우에 예순네 명의 무용수와 백이십 명의 악사들이 어울려 노는 잡극이었다. 그 밖에 미녀들이 나와 춤과 노래를 부르는데 그중에는 당시의 이름난 탈춤도 있었다.

그날 천자가 송강의 무리를 위해 열어 준 잔치는 날이 저물어서야 끝이 났다. 송강을 비롯한 호걸들은 천자의 은혜에 감사하고 머리에 꽃을 꽂은 채 궁궐을 나왔다. 서화문에서 각기 말에 오른 그들은 각기 본채로 들어가 그날 밤을 쉬었다.

다음 날 그들이 다시 성안으로 들어가자 예의사(禮儀司)가 나와 문덕전으로 데려갔다. 그들이 천자의 은혜에 감사를 드리자 천자는 얼굴 가득 기쁨을 띤 채 그들에게 벼슬을 내리려 했다. 송강을 비롯한 호걸들은 다시 한번 천자께 감사를 드리고 본채로 돌아가 벼슬이 내려지기만을 기다렸다.

그때 추밀원에서 천자께 상주문이 올라왔다.

새로이 귀순해 온 사람들은 아직 이렇다 할 공을 세운 바가 없으므로 서둘러 벼슬을 내리셔서는 아니 됩니다. 뒷날 싸움터에 보내어 공을 세운 뒤에 상과 벼슬을 내리는 것이 마땅할 것입니다. 게다가 지금 송강의 무리 밑에는 수많은 군사가 있습니다. 그들이 도성 밖에 진채를 세우고 있는 것은 매우 좋지 못한 일이니 폐하께서는 깊이 살펴 주십시오. 송강의 인마 중에는 원래 관군이었다가 사로잡힌 자들도 있는데, 그들은 모두 원래 있던 곳으로 돌려보내도록 하시고 나머지 인마들도 다섯 길로 나누어 산동과 하북에 흩어 두는 것이 상책일까 합니다.

천자도 읽고 보니 그 말이 옳은 것 같았다. 이튿날 어가지휘사를 송강의 영채로 보내 추밀원에서 상주한 대로 하게 했다. 그 말을 들은 여러 두령들이 못마땅하게 받았다.

"우리는 조정에 투항하였으나 아직 아무런 관직도 받은 바 없습니다. 그런데 이제 우리 형제들부터 먼저 흩어 놓으려 하니 이럴 수가 있습니까? 우리 여러 형제들은 죽고 살기를 함께한 사이니 결코 떨어질 수 없습니다. 꼭 그렇게 하시려 들면 우리는 차라리 양산박으로 돌아가겠습니다."

송강이 얼른 그런 두령들을 말리고 어가지휘사에게도 좋은 말로 그들의 잘못을 빌었다. 하지만 어가지휘사는 천자를 속일 수가 없었다. 대궐로 돌아가자마자 자신이 보고 들은 것을 그대로 전했다. 송강의 무리가 불만을 품고 양산박으로 다시 돌아가려 한다는 말을 들은 천자는 깜짝 놀랐다. 얼른 추밀원 관원을 불러 계책을 의논했다. 추밀사 동관이 나서서 말했다.

"그자들이 비록 어렵게 항복은 해 왔으나 그 속마음은 아직껏 고치지를 못한 듯합니다. 신의 어리석은 생각으로는 폐하께서 그들을 도성 안으로 불러들이신 다음 그 우두머리 백여덟 명을 모두 죽여 없애는 것이 좋을 듯합니다. 그리고 그 나머지 군마를 흩어 버린다면 나라의 근심거리는 절로 사라질 것입니다."

그 말을 들은 천자는 얼핏 생각해 보니 그도 옳은 듯했다. 그러나 한편으로는 차마 그렇게 할 수가 없어 망설이고 있는데 문득 병풍 뒤에서 자주색 도포를 입은 대신 하나가 불쑥 나오며 동관을 꾸짖었다.

"동서남북 국경으로부터 이는 봉화가 아직 사라지지 않고 있는데 너는 다시 나라 안에서 화근을 만들려 하느냐? 너희 같은 용렬하고 못된 신하들이 바로 거룩한 조정과 폐하를 망치는 자들이다!"

천자와 동관이 놀라 그 사람을 보니 그는 다름 아닌 전전 도태위 숙원경이었다. 숙 태위가 다시 황제 앞에 엎드려 상주했다.

"폐하께 아룁니다. 송강을 비롯해 방금 조정에 귀순한 저들 백여덟 명의 호걸들은 마치 형제와 같습니다. 비록 한배를 빌려 태어나지는 않았으나 같이 살고 같이 죽기를 맹세한 이들이니 결코 흩어지지 않으려 할 것입니다. 그런데 어찌하여 이제 그 까닭으로 그들을 속여 죽이려 하십니까? 그들은 모두가 다 지모와 용맹이 뛰어난 자들인데 그러다가 만약 그들이 성안에서 변란이라도 일으킨다면 그 일은 또 장차 어찌하려 하십니까?"

그렇게 천자를 깨우쳐 놓고 다시 한 방책을 올렸다.

"지금 요나라는 십만의 대군을 일으켜 태산 이쪽의 아홉 고을을 침범하고 있습니다. 여러 고을에서 표문을 올려 구원을 청하기에 여러 차례 군사를 보내어 싸우게 하였으나 마치 개미 떼가 끓는 물을 뒤집어쓴 꼴이 되고 말았습니다. 적의 기세는 크고 우리 송나라에서 보낸 군사들은 계책이 시원치 않아 싸움마다 번번이 지고 군사만 잃었습니다. 그런데도 그들은 그 일을 폐하께 알리지 않고 속이고 있을 뿐입니다. 신의 어리석은 생각으로는 송강을 비롯해 이번에 새로이 항복한 장수들로 하여금 수하의 인마를 이끌고 나가 맡게 하는 것이 좋을 듯합니다. 그들이 요나라 도적을 쳐서 공을 세운다면 나라에서 등용해 써도 안 될 것이 없겠습니다. 그러나 신이 마음대로 정할 수 있는 일이 아니라 폐하께 아뢰오니 굽어 살펴 주옵소서."

숙 태위가 그같이 말을 마치자 천자는 눈앞이 훤해 오는 기분이었다. 그래도 혹시 하는 마음에서 곁에 있던 벼슬아치들에게 물어 보았으나 그들도 모두 숙 태위의 말을 옳게 여겼다. 그제야 자신을 얻은 천자는 동관을 비롯한 추밀원 벼슬아치들을 큰 소리로 꾸짖었다.

"너희들 아첨하는 무리가 나랏일을 그르치는구나. 어진 이를 헐뜯고 일 잘하는 이를 모함해 그 길을 막고 거짓말로 속여 실상을 감추니 이것이 나라의 큰일을 그르치는 것이 아니고 무엇이냐? 오늘 당장 너희 죄를 묻지는 않겠으나 두 번 다시 그르치지 말라."

그리고 천자는 몸소 붓을 들어 조서를 썼다. 송강을 파료도선봉(破遼都先鋒)에, 노준의를 부선봉(副先鋒)에 세우고 나머지 장수들은 공을 이룬 뒤 거기에 따라 벼슬을 내리겠다는 내용이었다.

조서 쓰기를 마친 천자는 태위 숙원경에게 그 조서를 주어 송강의 진채 앞에서 읽게 하였다. 명을 받은 숙 태위는 곧 대궐을 나가 송강의 진채로 갔다. 송강을 비롯한 양산박의 호걸들은 황망히 향을 피우며 숙 태위를 맞아들였다. 숙 태위가 조서를 열어 큰 소리로 읽자 호걸들은 모두 기뻐해 마지않았다.

"저희들이 바란 것은 바로 이렇게 나라를 위해 힘을 써서 공을 세우고 업적을 남기는 것입니다. 말하자면 저희들도 충신으로 살고 기억되기를 바랐던 것입니다. 그런데 이번에 태위께서 힘을 다해 천자께 여쭤 주시니 그 은혜 낳아 주신 부모와 다를 바 없습니다. 하지만 지금 양산박은 아직 조 천왕의 위패도 안장하지를 못했고 저희 가솔들도 고향으로 돌아가지 못하고 있습니다. 성곽도 허물지 못한 채며 싸움배 또한 아직 끌어내지 못했습니다. 번거로우시지만 태위께서는 천자께 상주하시어 저희에게 열흘만 말미를 주십시오. 그러면 저희들은 산채로 돌아가 몇 가지 못다 한 일을 마친 뒤에 거기 있는 창칼이며 마필 따위를 점검해 나라에 충성하는 데 쓸 수 있도록 하겠습니다."

그 말을 들은 숙 태위는 기꺼이 그들의 청을 받아 주었다. 조정으로 돌아가 천자께 그들이 원하는 대로 상주했다.

천자는 곧 명을 내려 나라의 창고에서 황금 천 냥, 은 오천 냥, 비단 오천 필을 내어 여러 장졸들에게 나누어 주게 하였다. 태위는 그 하사품을 받아 송강의 영채로 가서 나누어 주며 가솔이 있는 자는 가솔에게 주어 편히 살게 하고 가솔이 없는 자는 본인에게 주어 쓰게 하였다.

송강은 그 같은 하사품과 조서를 받고 천자의 은혜에 감사드린 뒤 여러 두령들에게 골고루 나누어 주었다. 숙 태위는 조정으로 돌아가면서 송강에게 당부했다.

"장군은 되도록이면 빨리 산채로 돌아갔다가 빨리 돌아오도록 하시오. 그리고 돌아오시거든 먼저 나에게 알려 주시면 좋겠소. 천자께서 주신 기한을 어겨서는 아니 되오!"

숙 태위가 돌아간 뒤 송강은 두령들을 모아 놓고 산채로 함께 돌아갈 사람들을 정했다. 송강 자신과 군사 오용 및 공손승, 임충, 유당, 두천, 송만, 주귀, 송청, 완씨 삼 형제가 마군과 보군, 수군 만여 명을 거느리고 돌아가기로 결정이 났다. 나머지 인마는 노준의가 거느리고 도성 밖에 머물기로 하였다.

송강 일행은 별일 없이 양산박에 이르렀다. 충의당에 자리 잡은 송강은 서둘러 명을 내려 그곳에 있던 두령들의 가솔들에게 각기 짐을 싸 산채를 떠나게 했다. 그리고 한편으로는 돼지와 양을 잡고 향과 지전을 마련해 조 천왕에게 정성껏 제사를 올린 뒤 그 위패를 불살랐다.

두령들의 가솔들은 수레와 말을 구해 원래 살던 고을과 마을로 돌아가고 송강의 집 머슴들은 송 태공 이하 그 가솔들과 운성현 송가촌으로 돌아갔다.

가솔들이 모두 떠나간 뒤 완씨 삼 형제는 쓸 만한 배들을 골라내고 쓸모없는 작은 배들은 양산박 근처의 어민들에게 나누어 주었다. 산채에 있는 집들도 부근 백성들에게 마음대로 헐어 가게 하고 세 관의 성벽과 충의당도 모두 헐어 버렸다.

송강은 그 모든 일이 끝나자 인마를 수습하여 도성으로 되돌아갔다. 숙 태위의 당부대로 길을 재촉하니 별 지체 없이 도성에 이를 수 있었다. 노준의가 반갑게 맞아들였다. 이어 연청이 성안으로 들어가 숙 태위를 찾아보고 송강이 곧 군사를 이끌고 요나라를 치러 떠나려 함을 알렸다.

연청의 전갈을 받은 숙 태위는 그날로 대궐에 들어가 천자에게 송강이 돌아온 일을 알렸다. 그리고 이튿날은 송강을 안내하여 무영전(武英殿)에서 천자를 뵙게 하였다. 천자는 얼굴 가득 기쁜 빛을 띠고 송강에게 술을 내린 뒤 당부했다.

"경들은 괴롭다 말고 군마를 몰고 나가 과인을 위해 오랑캐를 무찌르라. 요나라를 쳐부수고 개선가를 부르고 돌아온다면 마땅히 중한 상과 벼슬을 내려 경들을 쓰리라. 군교들도 공에 따라 벼슬을 높여 줄 것이니 태만함이 없게 하라."

송강이 머리를 조아려 감사드리고 공손히 아뢰었다.

"신은 원래 하잘것없는 고을의 벼슬아치로서 잘못 죄를 짓고 강주로 귀양 갔던 몸이었습니다. 그런데 거기서 술에 취해 미친 소리를 늘어놓는 바람에 목이 잘려 저잣거리에 매달리게 될 지경이 됐는데 여러 형제들이 힘을 다해 구해 주고, 갈 곳 없는 저는 양산박 물가에 몸을 숨겼던 것입니다. 이제껏 지은 죄만으로도 만 번 죽어 마땅한데 폐하께서 너그럽게 용서하시고 오히려 벼슬을 내려 불러주셨으니 땅바닥에 간과 뇌를 쏟아 죽는다 한들 어떻게 다 보답할 수 있겠습니까. 이제 다시 폐하의 명을 받들어 떠나게 되었으니 다만 온 힘을 다해 충성을 바칠 뿐 죽음조차 돌보지 않겠습니다!"

그 말을 들은 천자는 몹시 기뻐했다. 다시 술 한 잔을 내린 뒤에 금박 입힌 좋은 활과 화살 한 벌, 이름난 말 한 필과 마구, 그리고 보배로운 칼 한 자루를 가져오게 해 송강에게 하사했다. 송강은 머리를 조아려 천자께 감사드린 뒤 그 앞을 물러 나왔다.

송강은 천자가 내린 보검과 말, 활과 화살 등을 받아 자신의 영채로 돌아갔다. 그리고 장수들과 군교들에게 떠날 채비를 하라 일렀다.

휘종 황제는 이튿날 아침 다시 숙 태위에게 명을 내려 중서성의 관원들로 하여금 송강의 인마를 위로하게 했다. 관원 두 명이 진교역(陳橋驛)으로 가서 송강이 거느린 군사 한 사람마다 술 한 병과 고기 한 근을 나누어 주라는 내용이었다. 명을 받은 중서성은 밤늦게까지 고기와 술을 장만하여 관원 둘과 함께 송강의 진채로 보냈다.

삼군에게 떠날 준비를 하게 한 송강은 군사 오용과 함께 의논한 끝에 인마를 물과 뭍 두 길로 나누어 출발시키기로 했다. 먼저 다섯 호장(虎將)과 여덟 표장(彪將)으로 하여금 군사를 이끌고 떠나게 하고 열 명의 표기장군이 그 뒤를 받쳐 주기로 되었다. 그다음 송강과 노준의는 오용, 공손승과 함께 중군에 남아서 두 길로 나아가는 군사들을 모두 이끌기로 했다.

수군은 완씨 삼 형제와 이준, 장횡, 장순이 두령으로서 동위, 동맹, 맹강, 왕정륙과 기타 수군의 작은 두령들을 이끌고 싸움배에 올라 채하(蔡河)에서 황하로 나와 북쪽으로 향하게 되었다.

송강은 삼군을 재촉해 진교역 큰길을 따라 나아갔다. 각군의 장수들에게 엄하게 명을 내려 그곳 백성들을 조금도 놀라게 하거나 괴롭히지 않았다. 깃발을 휘날리며 나아가는 양산박 군사들은 규율이 엄하기가 관군의 어영병보다 훨씬 더했다.

중서성에서 보낸 두 벼슬아치는 진교역에서 술과 고기를 나누어 주며 송강의 삼군을 위로했다. 그런데 그 두 벼슬아치가 썩어 제 뱃속만 채우려고 나라에서 내린 술과 고기를 중간에서 잘라먹을 줄 누가 알았겠는가? 하지만 그들 간신의 무리는 원래가 사람들로부터 뇌물 받기에 이골이 난 자들이었다. 천자가 내린 것인데도 겁내지 않고 술은 병마다 절반을 비워 내고 고기는 한 근에서 여섯 냥씩이나 잘라 제 욕심을 채워 버렸다.

술과 고기는 선봉 군사들로부터 나누어졌다. 선봉군이 다 받고 후군으로 돌아가 나눠 주는데 검은 투구에 검은 갑옷을 입은 방패수들의 차례가 왔다. 그들은 항충과 이곤이 거느린 군사들이었다. 그들 중 한 군교가 자신에게 돌아온 걸 보니 술은 반 병이요, 고기는 열 냥밖에 되지 않았다. 그 군교가 중서성에서 온 벼슬아치를 손가락질하며 욕했다.

"너희들같이 잇속만 탐하는 무리가 있어 조정이 내린 은덕까지도 더럽히는구나!"

"내가 어찌해서 잇속만 탐한다는 거냐?"

중서성에서 온 벼슬아치가 위세로 그렇게 누르려 들었다. 그 군교가 굽히지 않고 맞받았다.

"황제 폐하께서는 우리에게 술 한 병과 고기 한 근을 내리셨는데 네놈들이 다 잘라먹지 않았느냐? 내가 공연히 시비를 좋아해서가 아니라 네놈들이 너무도 도리를 몰라 하는 소리다. 네놈들은 바로 부처의 얼굴에서도 금을 긁어내 갈 놈들이다!"

그러자 성난 벼슬아치가 더욱 소리를 높여 꾸짖었다.

"네 이놈 간도 크구나. 살을 발라 죽여도 시원찮을 도적놈 주제에 아직도 양산박에서 품고 있던 욕심을 버리지 못하다니!"

그 말에 군교도 몹시 성이 났다. 받았던 술과 고기를 그 벼슬아치의 얼굴에다 던져 버렸다. 성난 벼슬아치가 큰 소리로 외쳤다.

"이 못된 도적놈을 묶어라."

그래도 군교는 조금도 겁내는 기색이 없었다. 오히려 들고 있던 방패에서 칼 한 자루를 빼어 들었다. 중서성에서 온 벼슬아치가 그 군교를 손가락질하면서 여전히 큰 소리로 꾸짖었다.

"이 더러운 좀도둑들아, 칼을 빼 들다니 감히 누구를 죽이겠다는 말이냐?"

"나는 양산박에서 있을 때 너보다 몇 배나 센 놈들도 수없이 죽였다. 너 같은 도둑질하는 벼슬아치쯤이야 식은 죽 먹기지."

군교가 그렇게 받았다. 그날 그 벼슬아치는 아무래도 죽으려고 뭣에 씐 듯했다. 조정에서 왔다는 위세만 믿고 그래도 겁없이 꾸짖기를 계속했다.

"네놈들이 감히 나를 죽이려 드느냐? 어디 죽일 테면 죽여 봐라!"

하지만 그 벼슬아치의 기세도 그걸로 끝이었다. 갑자기 군교가 그에게로 다가들며 번쩍 손을 쳐들어 칼을 내려쳤다. 칼은 바로 그 벼슬아치의 얼굴을 찍었다. 칼에 얼굴을 맞은 벼슬아치가 땅에 쓰러지자 곁에 있던 사람들은 놀라 옆으로 물러났다. 그때 그 군교가 쓰러진 벼슬아치에게 덤벼 다시 몇 차례 칼질을 했다. 정말로 숨통을 끊어 놓으려는 것 같았다. 그제야 보고 있던 군사들이 달려가서 말리려 하였으나 될 일이 아니었다.

항충과 이곤은 중서성에서 온 벼슬아치가 군교의 칼에 맞아 죽었다는 소리를 듣자 나는 듯 달려가 송강에게 알렸다. 송강은 깜짝 놀라 오용을 불러들이고 어찌할까를 의논했다. 오용이 잠깐 생각하다가 대답했다.

"그렇지 않아도 중서성의 벼슬아치들은 우리를 별로 달가워하지 않았습니다. 그런데 이번에 다시 이런 일이 벌어졌으니 바로 그들에게 우리를 해칠 기회를 준 셈이지요. 할 수 없습니다. 먼저 그 군교의 목을 자른 다음 중서성에 알리고 우리는 이곳에서 군사를 멈춘 채 죄를 비는 수밖에 없습니다. 하지만 그보다 더 급한 일은 대종과 연청을 급히 성안으로 들여보내 이 일을 숙 태위에게 자세히 알리게 하는 것입니다. 수고롭겠지만 그분이 먼저 천자께 말씀드려 중서성으로 하여금 우리를 해치지 못하도록 어명을 내리게 해야만 우리가 무사할 수 있습니다."

송강도 그 수밖에 없는 것 같았다. 오용의 계책을 따르기로 하고 몸소 말을 달려 진교역으로 갔다.

그 군교는 자기가 죽인 벼슬아치의 시체 곁에서 꼼짝 않고 있었다. 송강은 명을 내려 술과 고기를 내오게 한 뒤 삼군을 모아 놓고 나누어 주면서 그 군교를 불러 어찌 된 일인가를 물었다. 군교는 아직도 성이 안 풀린다는 듯 씨근거리며 대답했다.

"그 벼슬아치 놈이 말끝마다 저희를 욕했습니다. 양산박의 역적 놈들이니, 살을 발라 죽여도 시원찮을 놈들이라느니 하며 욕질해 대는 바람에 그만 성이 나서 죽이게 된 것입니다. 무엇이든 장군께서 내리시는 벌이라면 기꺼이 받겠습니다."

"그는 조정의 명을 받고 온 벼슬아치라 나도 두려워하는 터에 네가 어찌 감히 그를 죽였느냐? 이번 일은 반드시 우리 모두에게 화를 미칠 것이다. 우리가 비록 요나라를 쳐부수러 가라는 조서를 받기는 하였으나 아직 한 치의 공도 세우지 못하였다. 그런데 오히려 조정에서 보낸 벼슬아치를 죽이는 죄부터 저질렀으니 이를 어찌하면 좋겠느냐?"

송강은 꾸짖기보다는 의논하듯 물었다. 군교가 머리를 조아리며 그저 죽여 주기만을 빌었다. 송강이 그를 그윽이 내려보다가 울면서 말했다.

"나는 양산박 산채에 오른 뒤로 크고 작은 여러 형제 중 어느 누구도 죽인 적이 없다. 하지만 이제 몸이 조정에 묶이고 보니 한 발짝도 내 멋대로 움직일 수가 없구나. 네가 아무리 거친 마음을 가라앉히지 못했다 할지라도 이렇게 옛날처럼 성미를 부려서야 어찌하겠느냐?"

"그저 죽여 주기만을 기다릴 뿐입니다."

그 군교도 자신이 저지른 일의 엄중함을 알았던지 이미 살기를 바라지 않았다. 그러나 송강은 차마 그를 목 벨 수가 없었다.

그 군교에게 술을 주어 실컷 퍼마시고 취하게 한 뒤 스스로 나무에 목을 매달아 죽게 했다.

군교가 원망 없이 목을 매어 죽자 송강은 비로소 그 머리를 자르게 했다. 그리고 먼저 죽은 벼슬아치의 시체를 거두어 관에 넣은 뒤 나란히 중서성으로 보내며 일의 전말을 문서로 알렸다. 겉으로는 중서성의 처분만 바란다는 공손한 태도였다.

단주성 싸움

한편 대종과 연청은 남몰래 성안으로 들어가 숙 태위의 부중을 찾아갔다. 대종이 진교역에서 있었던 일을 자세히 알리자 숙 태위는 그날 밤 대궐로 들어가 천자께 들은 대로 아뢰었다.

다음 날이었다. 천자가 문덕전에서 조회를 받는데 과연 중서성의 관리가 나와 상주했다.

"이번에 새로이 귀순한 송강의 병졸 하나가 저희 성원(省院)에서 내려보낸 관원 하나를 죽였습니다. 술과 고기를 나누어 주러 간 관원을 한낱 병졸이 함부로 죽인 것이니 바라건대 폐하께서는 성지를 내리시어 그자의 죄를 다스리게 하옵소서."

그러자 천자가 오히려 나무람 섞어 받았다.

"과인이 애초에 그 일을 너희 성원에 맡기지 말았어야 했는데 잘못 맡겼구나. 너희들이 사람을 잘못 써서 기어이 일을 내고 말았다. 군사들을 먹이려는 술과 고기를 그렇게나 많이 잘라냈으니 먹인다는 게 말뿐이 되지 않았느냐? 그 일은 그래서 생긴 것이다."

"폐하께서 내리신 술과 고기를 누가 감히 잘라먹겠습니까?"

중서성의 관원은 그래도 저희 편을 들어 거듭 아뢰었다. 천자가 드디어 성난 표정으로 꾸짖었다.

"과인이 이미 사람을 몰래 보내 그 자세한 내막을 알고 있다. 그런데도 너희들은 아직도 교묘한 말과 간사한 표정으로 짐을 속이려 드느냐. 과인이 내린 술은 한 병이었는데 군사에게 돌아간 것은 반 병이었고, 과인이 내린 고기는 한 근이었는데 군사에게 돌아간 것은 열 냥이었다. 그 때문에 그 병졸이 화가 나 피를 보게 된 것이다."

그렇게 그 관원의 입을 막은 뒤 다시 물었다.

"죄를 지은 그 병졸은 어디 있느냐?"

"송강이 이미 그 머리를 베어 여럿에게 보이고 저희 중서성에도 알려 왔습니다. 지금은 군사를 그곳에 머물러 두고 죄를 빌고 있습니다."

중서성의 관리가 그렇게 대답했다. 그러자 천자가 엄하게 잘라 말했다.

"송강이 이미 죄지은 자를 목 베었다면 그가 군사를 엄히 단속하지 못한 죄는 잠시 미뤄 두자. 장부에 그 죄를 얹어 두었다가 요나라를 깨뜨리고 돌아오는 날에 그 공과 견주어 따지면 되리라."

천자가 그렇게 나오니 중서성의 관원도 별수 없었다. 말없이 천자 앞을 물러나 제자리로 돌아갔다. 천자는 그 자리에서 관원 하나를 뽑아 송강에게 보내고 성지를 전하게 했다. 어서 군사를 일으켜 떠나되, 죽은 군사의 목은 진교역에 내걸어 여럿에게 보이게 하라는 명이었다.

천자의 명을 받은 송강은 그대로 따랐다. 그 군교의 목은 진교역에 매달고 몸은 땅에 묻은 뒤 한바탕 곡을 하고 눈물을 뿌리며 말에 올랐다.

그날부터 송강의 군사들은 북쪽 고을을 향해 밀고 올라갔다. 매일 육십 리를 간 뒤 영채를 얽어 쉬는데, 지나는 고을마다 양민들은 털끝 하나 해치지 않았다.

군사들이 요나라 국경 근처에 이르렀을 무렵 송강이 군사 오용을 불러 의논했다.

"요나라 군사가 네 길로 나누어 침범했소. 그러니 우리도 군사를 나누어 나가 싸우는 게 좋겠소? 아니면 그것들의 성을 치는 게 좋겠소?"

"만약 군사를 나누어 나아가게 되면 넓은 땅에 사람을 흩는 꼴이 되어 머리와 꼬리가 서로 합하지 못하게 되는 수도 있을 것입니다. 먼저 그들의 성을 몇 개 쳐부순 뒤에 다시 의논해 보는 것이 좋겠습니다. 우리의 공격이 거세면 그들은 자연히 군사를 거두어 물러갈 것입니다."

오용이 그같이 대답했다.

"군사의 그 계책이 매우 옳은 듯하오."

송강이 그렇게 말하고 선정규를 불러 물었다.

"장군은 북쪽 길에 익으니 우리 군마의 길을 이끌어 주시오. 여기서 가장 가까운 적의 고을은 어디요?"

"이 앞이 바로 단주로서 요나라로 가는 매우 중요한 길목이 됩니다. 그곳에는 한 갈래 깊은 물길이 있는데 노수(潞水)라고 부르며 성채를 에워싸고 있습니다. 그 노수는 바로 위하(渭河)로 연결되어 있어 싸움배로도 단주에 이를 수 있습니다. 먼저 수군 두령들에게 배를 몰아오게 한 뒤 물과 뭍에서 한꺼번에 나아가면 단주를 빼앗을 수 있을 것입니다."

선정규가 아는 대로 대답했다. 송강은 곧 대종을 불러 이준을 비롯한 수군 두령들에게 밤낮없이 배를 모아 노수에 이르게 했다.

송강이 인마를 점고해 놓고 기다리는데 수군의 배들이 때맞춰 이르렀다. 이에 송강은 물과 뭍 양 길로 군사를 몰아 단주로 쳐들어갔다.

이때 단주성 안에는 성을 지키는 관원으로 요나라 동선시랑(洞仙侍郎)이 있고 그 아래 다시 네 명의 용맹스러운 장수가 있었다. 한 사람은 아리기(阿里奇), 또 한 사람은 교아유강(咬兒惟康)이며, 다른 하나는 초명옥(楚明玉)이요, 또 하나는 조명제(曺明濟)였다. 이 네 장수는 모두가 혼자 만 명을 당해 낼 수 있다 할 만큼 힘과 용맹이 뛰어났다. 그들은 송나라가 송강의 무리를 보내 쳐들어오고 있다는 말을 듣자 한편으로는 저희 조정에 글을 띄워 알리고 다른 한편으로는 이웃의 계주, 패주, 탁주, 웅주 네 고을에 구원을 요청했다. 그런 다음 군사를 이끌고 나와 송강의 대군을 맞았는데 먼저 나온 것은 아리기와 초명옥이 이끈 군사들이었다.

그때 대도 관승은 송강군의 선봉으로서 단주에 속하는 밀운현에 이르러 있었다. 그 소리를 들은 현의 관원은 나는 듯 달려가 아리기와 초명옥에게 알렸다.

"송나라의 군사가 크게 깃발을 앞세우고 쳐들어오는데 그들은 이번에 귀순한 송강의 무리라 합니다."

아리기가 그 말을 듣고 껄껄 웃으며 말했다.

"그들이 그따위 좀도둑의 떼거리라면 겁날 게 무엇 있겠소?"

그러고는 자기 군사들에게 명을 내려 다음 날 밀운현을 나가 송강과 싸울 채비를 하게 했다.

다음 날이었다. 송강은 요나라 군사가 가까이 왔다는 말을 듣자 장졸들에게 명을 내렸다.

"싸울 때 전장의 형편을 잘 보아 함부로 흩어지는 일이 없도록 하라."

이에 장수들은 모두 갑옷을 입고 말에 오르고 송강과 노준의도 갑옷으로 몸을 감싼 채 군사들 앞에 나가 싸움을 감독했다. 오래잖아 요나라 군사들이 땅을 휩쓸듯 밀고 들어오는데 검은 깃발이 하늘을 덮고 해를 가리는 듯했다.

양쪽 군사들은 먼저 활과 쇠뇌를 쏘아 붙여 상대편의 기세를 누르려 했다. 그러다가 문득 요나라 진채에서 검은 기가 갈라지며 그 가운데로 한 장수가 말을 타고 달려 나왔다. 당당하게 걸친 갑옷 투구에 긴 창을 비껴들고 은빛 말에 올랐는데 그 깃발에는 '대요(大遼) 상장(上將) 아리기'라 쓰여 있었다.

송강이 그 장수를 살펴보다가 곁에 있는 여러 장수에게 말했다.

"저 장수는 얕보아서는 안 되겠다."

그런데 미처 그 같은 송강의 말이 끝나기도 전에 금창수 서령이 뛰쳐나갔다. 구겸창을 비껴들고 말을 몰아 똑바로 아리기를 덮쳐가는 것이었다. 요나라 장수 아리기가 서령을 보고 큰 소리로 꾸짖었다.

"송나라가 싸움에 지려고 드니 못하는 짓이 없구나. 너희 같은 좀도둑 떼를 장수로 삼아 감히 대국을 침범하려 들다니. 네놈은 죽는 게 무엇인지 알기나 하느냐?"

서령도 지지 않고 맞받았다.

"더러운 나라의 하찮은 조무래기가 감히 무어라고 떠드느냐?"

그러고는 양군의 고함 소리에 묻혀 서로 맞붙었다. 두 장수가 맞붙은 지 서른 합도 못 되어 서령은 적장을 당해 내지 못하고 본진으로 달아나기 시작했다.

화영이 그걸 보고 얼른 활과 화살을 꺼내 드는데 장청이 먼저 손을 썼다. 장청은 안장의 비단 주머니에서 돌멩이를 꺼내 들어 적장이 가까이 오자 냅다 팔매질을 했다. 돌멩이는 그대로 아리기의 왼쪽 눈을 맞히자 아리기는 비명과 함께 말 위에서 떨어졌다. 그걸 보고 화영과 임충, 진명, 삭초 네 장수가 한꺼번에 달려나가 주인 잃은 말을 거두어들임과 동시에 땅에 떨어진 아리기를 사로잡았다.

요나라의 부장 초명옥은 아리기가 꺾이는 걸 보자 급히 군사를 몰아 아리기를 구하려 하였으나 송강의 군사들이 한꺼번에 밀고 드니 당해 낼 재간이 없었다. 밀운현을 버리고 대패하여 단주로 달아났다.

송강은 굳이 그런 초명옥을 뒤쫓지 않고 밀운현에 진채를 얽었다. 오래잖아 끌려온 적장 아리기를 보니 이마는 깨지고 한쪽 눈은 없어져 버렸다. 그나마도 아픔을 이기지 못해 곧 죽어 버리니 송강은 명을 내려 아리기의 시체를 불사르도록 했다. 이어 송강은 공적을 기록하는 장부에다 '장청 제일공(第一功)'을 기록하게 한 뒤 아리기가 입고 있던 갑옷이며 창이며 허리띠와 말까지 모두 장청에게 주었다.

다음 날이었다. 송강은 장막을 거두고 다시 군사를 움직여 밀운현을 떠났다. 단주를 지키는 동선시랑은 전날 싸움에서 장수 하나를 잃자 성문을 굳게 닫아걸고 나가 싸우려 하지 않았다. 송강의 군사가 성 밖에 이르렀다는 전갈에 이어 다시 송강의 수군 싸움배가 성 아래 이르렀다는 소식이 들어왔다. 이에 동선시랑은 여러 장수들을 이끌고 성벽 위로 올라가 살펴보았다. 송강의 진 위에서는 여러 용맹스러운 장수들이 깃발을 흔들고 고함을 지르면서 기세 사납게 싸움을 걸고 있었다. 구경을 하고 있던 동선시랑이 혼잣말처럼 중얼거렸다.

"저러니 소(小)장군 아리기가 어찌 지지 않을 수 있겠는가."

그러자 곁에 있던 초명옥이 받았다.

"소장군이 어찌 저런 것들에게 지겠습니까? 원래는 저 오랑캐 놈들이 싸움에 먼저 지고 우리 소장군은 그놈들을 뒤쫓았습니다. 그러다가 어떤 푸른 옷 입은 오랑캐 장수 놈 하나가 돌멩이를 던져 거기에 맞고 말에서 떨어진 것입니다. 그러자 오랑캐 네 놈이 창을 꼬나들고 달려와 우리 소장군을 잡아가 버렸습니다. 하도 순식간의 일이라 저희들은 미처 손도 써 보지 못하고 한판 지고 말았지요."

"그 돌멩이를 던진 놈의 모양이 어떻게 생겼느냐?"

초명옥의 말을 들은 동선시랑이 그렇게 묻자 마침 장청을 알아본 자가 있어 한쪽을 손가락질하며 소리쳤다.

"성 아래 저기 푸른 두건을 쓰고 있는 저놈입니다. 지금 우리 소장군의 갑옷과 말을 타고 있는 저놈 말입니다."

그 말에 동선시랑은 장청을 좀 더 자세히 보려고 성벽 담장 밖으로 고개를 내밀었다. 그때 장청이 먼저 그런 동선시랑을 보고 말을 박차 달려 나오며 돌멩이 하나를 던졌다. 좌우에서 피하라고 소리치는 바람에 몸을 굽혀 피했으나 어느새 돌멩이는 그 귀밑을 스치면서 귓바퀴의 살가죽을 벗겨 놓았다.

동선시랑이 아픈 귀를 싸쥐며 중얼거렸다.

"저 되놈이 이렇게 모진가!"

그러고는 성 아래로 내려가 한편으로는 저희 국왕에게 글을 올려 송강군의 세력을 알리고 다른 한편으로는 부근 국경에도 알렸다.

단주성 아래에 이른 송강은 그날부터 네댓새나 힘을 다해 성을 쳤으나 빼앗을 수가 없었다. 하는 수 없이 군사를 밀운현으로 물려 그곳에 영채를 세우고 여러 장수들을 모아 단주성을 깨뜨릴 의논을 했다.

그때 대종이 수군 두령들이 싸움배를 이끌고 노수에 이르렀음을 알려 왔다. 송강은 얼른 사람을 보내 이준을 비롯한 수군 두령들도 장막으로 불러들이게 했다. 이준을 비롯한 두령들이 장막으로 오자 송강이 말했다.

"이번 싸움은 옛날 양산박에서 싸운 것하고는 다른 듯하오. 먼저 물의 깊이를 재어 그 깊고 얕음을 안 뒤 군사를 내보내야 할 것이오. 내가 보니 노수는 물살이 빨라 혹시라도 실수가 있으면 서로 구원하기가 어려울 것 같소. 장군들은 마땅히 자세하게 살펴 낭패를 당하는 일이 없게 하시오. 배들은 덮개를 씌워 군량을 나르는 것같이 하고 그대들 장수들은 각기 암기를 감춘 채 배 안에 숨어 있어야 할 것이오. 네댓 사람만 노를 젓게 하고 두어 사람은 기슭에서 배를 끌게 하여 한 걸음 한 걸음 성 밑으로 다가간 뒤 양쪽 언덕에 배를 대고 우리 군사가 밀고 들 때까지 기다리시오. 성안에서 알면 반드시 수문을 열고 나와 우리 배를 빼앗으려 들 것이오. 그때 장군들의 복병이 일어나 수문을 빼앗으면 큰 공을 이룰 수 있을 것이외다."

이준을 비롯한 수군 두령들은 그 같은 송강의 명을 받고 물러났다. 그런데 오래잖아 물길을 살피러 갔던 소교 하나가 와서 알렸다.

"서북쪽에서부터 한 떼의 군마가 몰려오는데 모두 검은 기를 앞세우고 있습니다. 한 만 명쯤 되는 듯합니다."

이 소식을 듣자 오용이 깊이 생각할 것도 없다는 듯 말했다.

"틀림없이 요나라가 보낸 구원병일 것입니다. 우리가 먼저 장수 몇을 보내 도중에서 길을 막고 흩어 버려야 합니다. 그래야만 성안 놈들의 기세가 꺾일 것입니다."

이에 송강은 얼른 장청과 동평과 관승, 임충을 불러들였다. 그리고 각기 열 명의 소두령과 오천의 군마를 붙여 달려가게 했다.

그때 요나라 왕은 양산박 송강의 무리가 하나같이 호걸이라는 말을 들은 데다가 그들이 군사를 이끌고 단주를 에워쌌다고 하자 특히 자신의 조카 둘을 보냈다. 하나는 야율국진(耶律國珍)이고 다른 하나는 야율국보(耶律國寶)였는데, 둘 다 요나라에서는 뛰어난 장수로 역시 홀로 만 명을 당해 낼 수 있다는 용맹을 자랑하고 있었다. 요나라 왕은 그들에게 일만의 군사를 주어 단주를 구원하게 했다.

이윽고 양쪽의 군대가 가까이서 맞닥뜨리게 되었다. 요나라 군사들이 진세를 벌이고 그 진 앞으로 두 장수가 나란히 말을 몰아 나왔다. 비록 오랑캐지만 그 황실의 자제답게 갑옷이나 병기나 말의 치장이 화려하기 그지없었다. 거기다가 특이한 것은 두 장수가 형제일 뿐만 아니라 차림까지도 똑같은 것이었다. 송나라 군사들도 그들 앞에서 진채를 벌이고 쌍창장 동평이 말을 몰아 앞으로 나아갔다.

"오는 것은 어느 곳의 오랑캐 놈들이냐?"

동평이 그렇게 소리치자 야율국진이 벌컥 성을 내며 꾸짖었다.

"물가에 숨어 살던 좀도둑놈들이 어찌 감히 우리 대국을 침범하였느냐? 그래 놓고 오히려 어르신네더러 어디서 왔느냐고 물어?"

그러자 동평은 다시 묻고 자시고 할 것도 없이 말을 박차고 달려나왔다. 동평이 창을 꼬나들고 야율국진에게 덤벼들자 나이 젊은 야율국진도 혈기를 이기지 못하고 창을 휘둘러 맞받아쳤다. 곧 서로 한 발짝도 양보하지 않는 싸움이 벌어졌다.

두 말이 어울리고 창 세 자루가 어지럽게 얽혔다. 자욱이 이는 먼지 속에서 동평은 쌍창으로 재주를 다하고 야율국진은 단창으로 힘을 뽐냈다. 그러나 두 사람이 맞붙은 지 쉰 합이 지나도 승부는 가려지지 않았다.

야율국보는 형이 싸운 지 오랜 시간이 지나도 이기지 못하는 걸 보고 혹시라도 힘이 모자랄까 걱정이 되었다. 곧 군사들에게 징을 울리게 해 형을 불러들였다. 야율국진은 한창 싸움에 열을 올리다가 자신을 불러들이는 징 소리를 들었다. 얼른 몸을 빼어 달아나려 했으나 동평의 두 자루 창이 그를 놓아주지 않았다.

그렇게 되자 야율국진은 마음이 황망하여 창법이 느슨해졌다. 그때 동평이 그 빈틈을 놓치지 않고 오른손의 창을 들어서 야율국진의 목을 찔렀다.

동평의 창은 어김없이 그가 노린 곳에 가서 박혔다. 불쌍하게도 야율국진은 금관을 거꾸로 쓴 채 두 다리를 허공으로 곧추세우며 말 위에서 떨어졌다.

형이 동평의 창을 맞고 말에서 떨어지는 것을 본 야율국보는 얼른 창을 끼고 진문을 나왔다. 그리고 말과 한 몸이 되어 창을 내뻗으며 형을 구하러 달려갔다. 송나라 진채에서 몰우전 장청이 달려오는 야율국보를 그냥 두지 않았다. 급히 들고 있던 창을 안장에 걸고 비단 주머니에서 돌멩이를 하나 꺼내 든 뒤 말을 박차 달려 나갔다.

야율국보가 나는 듯 달려와 장청과의 거리가 열 길도 안 되게 가까워졌다. 장청을 잘 모르는 야율국보는 아무런 방비도 없이 그저 싸우려고 덤비기만 했다. 그때 장청이 돌멩이를 손에 들어 올리며 소리쳤다.

"받아라!"

그 소리와 함께 날아간 돌멩이는 그대로 야율국보의 얼굴을 때렸다. 야율국보는 한마디 짤막한 비명과 함께 말 위에서 떨어졌다. 관승과 임충이 그걸 보고 군사를 휘몰아 밀고 나왔다.

요나라 군사들은 장수를 모두 잃은 터라 어찌할 바를 몰랐다. 제대로 싸우지도 못하고 동서로 흩어져 어지러이 달아났다. 결국 송강이 이끄는 송나라 군사들은 단 한 번 싸움으로 만여 명의 요나라 군사를 쳐부수고 두 장수의 목을 잘랐으며 그들의 말과 안장, 금으로 된 방패 및 보석 박은 투구와 갑옷까지 모두 거둬들인 것이었다.

송나라 장수로 싸운 양산박 호걸들은 야율국진, 야율국보의 목과 그 싸움에서 빼앗은 말 천여 필을 이끌고 밀운현으로 가 송강에게 바쳤다. 송강은 몹시 기뻐하며 삼군에게 후하게 상을 내리고 동평과 장청의 공을 두 번째로 기록하게 했다. 단주성을 쳐서 깨뜨린 다음 천자께 그들의 공을 상주할 작정이었다.

송강은 오용과 밤늦도록 의논한 끝에 단주성을 빼앗을 계책을 정했다. 먼저 임충과 관승으로 하여금 한 갈래의 인마를 이끌고 서북쪽으로 나아가 단주를 치게 하고 다시 호연작과 동평에게도 한 갈래 인마를 주어 동북쪽으로 밀고 들게 하였다. 노준의도 한 갈래 인마를 이끌고 서남쪽으로 나아가게 되었으며 송강이 있는 중군은 동남쪽으로 올라가 단주를 치기로 했다.

"포향이 들리거든 모두 들고일어나 성을 치도록 하라."

송강은 그들 장수들에게 그렇게 명을 내린 뒤 포수 능진과 이규, 번서, 포욱, 항충, 이곤에게 명을 내려 방패를 든 군사 천여 명을 거느리고 성 밑으로 가 포를 쏘게 했다. 신호로 쓸 포를 쏘는 시각은 밤 이경이요, 그때는 물과 뭍에서 한꺼번에 군사들이 밀고 들어 서로 호응하며 싸울 작정이었다.

그 같은 송강의 명이 내리자 모든 장졸들은 거기에 따라 제각기 싸움 채비를 서둘렀다.

한편 요나라의 동선시랑은 굳게 단주를 지키며 구원병이 이르기만을 기다렸다. 그런데 요나라 임금의 조카들이 이끌고 온 군사 중 겨우 몇 명이 목숨을 건져 성안으로 쫓겨 들어가 구원병의 장수는 죽고 군사들은 모두 흩어졌음을 알렸다.

"황질(皇姪)이신 야율국진 대왕께서는 쌍창을 쓰는 적장에게 목숨을 잃으셨고 야율국보 대왕께서는 푸른 두건을 쓴 적장의 돌팔매에 맞아 말에서 떨어지셨습니다."

그 같은 말을 들은 동선시랑은 발을 구르며 욕설을 퍼부었다.

"또 그 되놈들 짓이로구나. 황질 두 분을 잃게 하였으니 내 무슨 낯으로 돌아가 우리 황제를 뵙겠는가. 그 푸른 두건 쓴 적장 놈을 잡기만 하면 천 토막 만 토막 내 놓겠다."

그런데 그날 밤이었다. 군사들이 동선시랑에게 와서 알렸다.

"노수에 오륙백 척의 곡식 실은 배가 떠 있고 물가 양 길로는 군사들이 따라 올라오고 있습니다."

그 말을 들은 동선시랑은 생각했다.

'이 오랑캐 놈들이 이곳 물길을 몰라 여기로 곡식 실은 배를 잘못 끌고 온 것 같다. 그리고 양쪽 언덕으로 오는 인마는 그 곡식 실은 배를 찾아나선 것임에 틀림이 없다.'

이에 동선시랑은 초명옥과 조명제와 교아유강을 불러 명을 내렸다.

"송강을 비롯한 오랑캐 무리들이 오늘 밤 다시 수많은 인마를 보내오고 있다. 그런데 그중에 얼마간의 곡식 실은 배가 우리 물길로 들어왔으니 교아유강은 군사 천 명을 거느리고 성 밖으로 나가 싸우도록 하라. 그사이 초명옥과 조명제는 수문을 열고 나아가 그 배들을 끌고 오도록 하라. 그 군량 중 삼분의 이만 빼앗아도 너희들은 큰 공을 세운 게 된다."

그때 송강의 인마는 이미 움직이기 시작한 때였다. 해 질 무렵하여 이규와 번서를 우두머리로 한 군사들이 성벽 아래 이르러 먼저 성안을 향해 욕부터 퍼부었다. 동선시랑은 교아유강을 재촉하여 성을 나가 그들과 싸우게 했다. 성문이 열리고 적교가 열리자 요나라 군사가 성 밖으로 쏟아져 나왔다.

이규와 번서, 포욱, 항충, 이곤은 일천의 보군을 거느리고 그들을 맞받아쳤다. 송나라의 장수와 병졸이 하나같이 날래고 용맹스러우니 요나라 인마는 하나도 적교를 건너 나오지를 못했다.

그때 포수 능진은 포를 쏠 준비를 끝내고 때가 되기만을 기다렸다. 성 위에서는 그런 능진에게 활을 쏘아 댔으나 방패를 든 군사들이 좌우로 막아내어 아무런 효과가 없었다. 오히려 포욱이 뒤에서 고함을 지르며 군사들을 몰아대니 천여 명밖에 되지 않는 송나라 군사가 만 명도 넘어 보였다.

동선시랑은 성안의 군사가 밖으로 밀고 나가지 못하는 걸 보고 급히 초명옥과 조명제에게 명을 내려 수문을 열고 나가게 했다. 하지만 그때 이미 송강의 수군 두령들은 모두 배에 숨어서 꼼짝하지 않고 오히려 요나라 군사들이 배를 뺏으러 오기만을 기다리고 있었다.

아무것도 모르는 요나라 군사들은 수문을 열고 곡식 실은 배로 위장한 양산박의 싸움배를 끌어들이려 했다. 그 소식을 들은 능진이 풍화포에 불을 붙였다.

포성이 크게 울리자 물길 양 기슭에 대어 있던 싸움배들이 몰려와 요나라 군사의 싸움배를 막았다. 왼쪽에서는 이준, 장순과 장횡이 뛰어나오고 오른쪽에서는 완씨 삼 형제가 달려 나왔다.

그들이 일제히 배를 몰아 요나라 군사들의 싸움배 속으로 뛰어들자 요나라 장수 초명옥과 조명제는 깜짝 놀랐다. 당장에도 적을 막기 어려운 데다 복병까지 겹이 나서 급히 뱃머리를 돌리려 하였다.

송강의 수군들은 달아나려는 요나라의 싸움배를 그냥 두지 않았다. 배 앞을 가로막고 배 위로 뛰어드니 놀란 초명옥과 조명제는 급히 물가 언덕 위로 뛰어올라 도망쳤다.

그사이 송강의 수군 두령 여섯은 먼저 수문부터 빼앗았다. 수문을 지키던 요나라 장수는 더러는 죽고 더러는 달아나 수문은 곧 송강의 수군들이 차지했다. 돌아갈 길이 없어진 초명옥과 조명제는 그 길로 흩어져 각기 목숨을 구해 달아났다.

수문 위에서 불길이 이는 걸 보자 능진이 다시 차상포(車箱砲) 한 방을 쏘아 붙였다. 포탄은 똑바로 허공으로 치솟아 우레 같은 소리를 내며 터졌다.

성안의 동선시랑은 그 무서운 화포 소리에 놀라 얼이 빠졌다. 그때 이규, 번서, 포욱은 방패를 든 항충, 이곤 등과 함께 성안으로 밀고 들었다. 동선시랑과 교아유강은 이미 성안이 모두 빼앗긴 데다 송강의 군사가 네 길로 쳐들어오고 있음을 보자 더 버틸 마음이 없었다. 성을 버리고 말에 올라 북문으로 달아났다.

그러나 그들이 미처 두 마장도 달리기 전에 대도 관승과 표자두 임충이 나타나 길을 막았다. 동선시랑과 교아유강은 그들과도 싸울 엄두가 나지 않았다. 겉으로만 싸우는 척해 보다가 목숨을 다해 길을 뚫고 달아날 뿐이었다. 관승과 임충에게는 단주성을 치는 것이 더 큰일이었다. 굳이 동선시랑을 뒤쫓지 않고 곧바로 성을 향해 밀고 들었다.

송강은 대군을 거느리고 단주성 안으로 들어갔다. 우두머리를 잃은 요나라 군사들은 뿔뿔이 흩어져 달아나 성은 곧 송강의 손안에 떨어졌다. 송강은 방을 붙여 백성들을 위로하고 군사들에게 엄명을 내려 털끝 하나 다치지 못하게 했다. 그리고 싸움배는 모두 성안에 거둬들이게 하는 한편, 삼군에게 상을 내리고 술과 밥을 배불리 먹였다.

송강은 성안에 있는 관원들을 모조리 잡아다가 성이 있는 자는 그대로 쓰고 성이 없는 오랑캐 관리는 모두 성 밖으로 내보내 사막으로 돌아가게 하였다.

그리고 표문을 써서 단주를 얻었음을 조정에 알리면서 아울러 성안의 창고에 있던 재물과 금은보화를 모두 도성으로 실어 보냈다. 숙 태위에게도 글을 보내 이번 일을 천자께 잘 알려 달라고 당부했다.

천자는 송강이 올린 표문을 보고 몹시 기뻐했다. 그 자리에서 동경부의 동지(同知) 조안무(趙安撫)에게 어영군 이만을 이끌고 가서 싸움을 돌봐 주라는 명을 내렸다.

기별을 들은 송강은 장수들을 이끌고 성 밖 멀리까지 나와 조안무를 맞아들이고, 단주성의 관아에 쉬게 하며 그곳을 임시로 행군수(行軍帥)로 삼았다. 여러 장수와 두령들이 모두 그곳으로 와 조안무를 찾아보고 군례를 올렸다.

조안무는 송나라 황실인 조씨 일가의 사람으로서 너그럽고 어질며 덕이 많았다. 또 나라의 일을 처리함에도 깨끗하고 공정하여 숙 태위는 특히 그를 천자께 추천한 것이었다. 그가 싸움터로 가서 인마를 감독한다면 송강에게도 도움이 될 것 같아서였다.

조안무는 송강이 어질고 덕이 있음을 보자 대단히 마음에 들어했다.

"폐하께서는 그대들의 애씀과 군사들의 수고로움을 아시어 특히 나를 보내어 돌보게 하셨소. 금은과 비단 스물다섯 수레를 보냈을 뿐만 아니라 공이 매우 뛰어난 자는 곧 조정에 알려 벼슬을 내릴 수 있도록 하라는 명도 계시었소. 장군은 이미 주와 군을 얻었으니 나는 마땅히 그 공을 다시 조정에 아뢰겠소이다. 나머지 여러 장수들도 충성으로 힘을 다해 하루빨리 큰 공을 이루도록 하시오. 싸움을 끝내고 군사가 도성으로 돌아가면 천자께선 반드시 그대들을 무겁게 쓸 것이외다."

계주성으로

조안무의 그 같은 말에 송강을 비롯한 여러 장수들은 절을 올려 감사했다.

"안무 상공께서는 이 단주를 지켜 주십시오. 저희들은 군사를 나누어 요나라가 긴요하게 여기는 주와 군을 더 치겠습니다. 그리되면 그들은 머리와 꼬리가 서로를 돌보지 못하는 형국이 되고 말 것입니다."

송강은 그렇게 말하고 조정에서 내려온 물품들을 모든 장병들에게 나누어 준 뒤 여러 곳으로 나뉘어 있는 군사들을 불러 모았다.

송강이 모여든 장수들에게 요나라의 주와 군을 치라고 이르자 양웅이 나서서 말했다.

“이 앞으로 가면 계주가 매우 가깝습니다. 계주는 큰 군으로서 곡식과 돈이 아주 많고 쌀과 보리가 흔해 요나라의 창고라 할 수 있는 곳입니다. 계주만 쳐부순다면 다른 곳은 빼앗기 어렵지 않을 것입니다.”

그 말을 들은 송강은 먼저 계주성부터 치기로 하고 군사 오용을 불러 계책을 의논했다.

한편 동선시랑과 교아유강은 무턱대고 동쪽으로 달아나다 역시 송나라 군사에게 쫓겨 달아나던 초명옥과 조명제를 만났다. 그들 네 사람은 싸움에 져서 흩어진 군사들을 조금 그러모은 뒤 함께 계주로 달아났다. 그때 계주성을 지키던 사람은 요나라 임금의 아우인 야율득중(耶律得重)이었다. 계주성 안으로 들어간 네 사람은 야율득중을 찾아보고 말했다.

“송강의 장수와 군졸들은 세력이 몹시 큽니다. 그중에서도 돌팔매질을 잘하는 장수놈이 하나 있는데, 그 솜씨가 얼마나 매서운지 백 개를 던지면 백 개가 다 맞을 정도입니다. 두 분 황질과 장수 아리기도 모두 그놈의 돌팔매에 맞아 죽었습니다.”

“일이 그렇게 되었다면 너는 우선 이곳에 머물러 나를 도와라. 내가 그 도적들을 죽여 없애겠다.”

이야기를 듣고 난 야율 대왕이 동선시랑을 비롯한 네 명에게 그렇게 말했다. 그때 급한 전갈을 가져온 탐마가 들어와 알렸다.

“송강이 군사를 나누어 계주로 밀고 들어오는 중입니다. 한 갈래는 벌써 평욕현에 이르렀고 또 한 갈래는 옥전현에 이르렀습니다.”

야율 대왕은 과연 한 나라 임금의 아우다웠다. 별로 놀라는 기색 없이 그 자리에서 명을 내렸다.

“동선시랑은 이곳의 군마를 이끌고 가서 평욕현 어귀를 지키도록 하라. 그들과 애써 싸울 필요는 없다. 나는 먼저 군사를 이끌고 옥전현으로 가서 그곳의 도적들을 쳐부순 뒤 뒷길로 평욕현을 들이칠 것이다. 그렇게 되면 평욕현의 도적들이 어디로 도망갈 수 있겠는가.”

그리고 한편으로는 이웃 패주와 유주에 글을 보내 그 두 갈래 군마도 계주로 와 싸움을 돕도록 했다.

계주는 요나라의 임금이 특별히 아우 야율득중을 보내 지키게 했을 만큼 중요한 땅이다. 야율득중에게는 네 아들이 있었는데 맏이가 종운(宗雲), 둘째가 종전(宗電)이요, 셋째가 종뢰(宗雷), 넷째가 종림(宗霖)으로 하나같이 용맹스러웠다. 그 밖에 야율득중 밑에는 여남은 명의 장수가 있었는데, 그중에서 총병대장은 보밀성(寶密聖)이란 장수였고, 부총병(副總兵)은 천산용(天山勇)이란 장수였다. 그날 야율득중은 보밀성에게 계주성을 지키게 하고 자신은 대군을 이끈 채 데리고 있던 네 아들 및 부총병 천산용과 함께 옥전현으로 갔다.

그때 이미 송강은 평욕현에 이르러 있었다. 그러나 앞에 험한 관문과 지키는 군사가 있어 함부로 밀고 들지 못하고 평욕현 서쪽에다 군사를 멈추게 했다.

한편 노준의는 여러 장수들과 삼만의 인마를 이끌고 옥전현에 이르렀다. 그런데 노준의가 이른 지 얼마 안 돼 요나라 군사가 다가오고 있다는 전갈이 들어왔다. 노준의는 얼른 군사 주무와 의논했다.

"지금 우리는 요나라 군사와 마주치기는 했지만 마치 오나라 사람이 월나라 땅을 모르듯이 이곳 지리에 대해 아는 바가 전혀 없소. 어떻게 하면 옥전현을 얻을 수 있겠소?"

"제 어리석은 생각으로는 저쪽의 지리를 모르는 만큼 함부로 밀고 들어가서는 안 될 것 같습니다. 대군을 길게 벌여 긴 뱀 같은 형세를 취한 뒤 머리와 꼬리가 서로 돌볼 수 있게 한다면 비록 지리에 어둡다 해도 걱정할 건 없을 듯싶습니다."

주무가 그렇게 대답했다. 노준의도 그 말을 옳게 여겼다.

"군사의 말씀이 내 뜻과 같소."

그러고는 군사를 몰아 앞으로 나아갔다.

오래지 않아 멀리서 다가오는 요나라 군사들이 보였다. 마치 땅을 덮듯이 밀고 들어오는데 그 기세가 여간 아니었다. 연환 갑옷을 든든하게 걸치고 수놓은 전포를 입은 장수들은 하나같이 좋은 말에 올라 위엄을 뽐냈다. 변방에서 태어나 어릴 적부터 말 타기와 활쏘기를 익힌 그들이었다. 옥전현에 이른 야율득중은 군사를 휘몰아 진세를 벌였다. 높은 사닥다리에 올라가 적진을 살핀 주무가 노준의에게 돌아가 말했다.

"오랑캐들이 펼친 진세는 오호고산진(五虎靠山陣)이라는 것으로서 별로 대단할 게 없는 것입니다."

그리고 상장대(上將臺)에 오른 주무는 깃발을 이리저리 흔들어 송나라 군사들도 하나의 진세를 펼치게 하였다. 노준의가 보아도 알 수 없어 주무에게 물었다.

"이것은 어떤 진세지요?"

"저것은 곤화위붕진(鯤化爲鵬陣)이라는 것입니다."

주무가 그렇게 대답하자 노준의가 다시 물었다.

"어찌하여 곤화위붕이라 이름했소?"

그러자 주무가 책을 읽듯 대답했다.

"북해에 한 마리 고기가 있으니 그 이름을 곤(鯤)이라 한다. 변하여 붕(鵬)이 되는데 한번 날면 구만 리를 간다. ……이 진은 멀리서 보나 가까이서 보나 작아 보이지만 일단 와서 쳐부수려 하면 큰 진으로 변하기 때문에 곤화위붕이라 합니다."

말하자면 『장자(莊子)』에 나오는 구절을 인용한 진법인 셈이었다. 듣고 난 노준의는 주무를 칭찬해 마지않았다.

그때 적진에서 북소리가 들리더니 야율 대왕이 몸소 말을 타고 나왔다. 그 곁에는 네 아들들이 벌여 서 있는데 투구며 갑옷, 전포에 말 치장까지 모두 화려하기 그지없었다. 요나라 임금의 아우요, 조카다운 차림이었다.

야율 대왕의 네 아들은 아버지를 가운데로 하고 양쪽으로 둘씩 갈라섰다. 모두 어깨에는 두 개의 거울 같은 철판이 덮여 있었는데 그 철판 가로는 검은 술이 늘어뜨려져 있었다. 그들이 각기 보검을 들고 준마에 오른 채 앞선 뒤로는 수많은 요나라 장수들이 늘어서 있었다. 갑자기 그들 네 장수가 송나라 진채를 보고 소리쳤다.

"이 쥐새끼 같은 좀도둑놈들아! 네놈들이 어찌하여 감히 우리 땅을 침범하였느냐?"

그 말을 들은 노준의는 대꾸 대신 자기편 장수들을 돌아보며 물었다.

"양군이 맞섰으니 어느 영웅이 먼저 나가 싸워 보시겠소?"

그러나 미처 그 말이 떨어지기도 전에 대도 관승이 청룡도를 춤추듯 휘두르며 말을 달려 나아갔다. 요나라 장수 야율종운이 역시 춤추듯 칼을 휘두르며 말을 달려 나와 관승과 맞섰다. 두 장수가 싸운 지 다섯 합을 넘지 않았을 때 다시 요나라 군사들 쪽에서 야율종림이 칼을 휘두르며 달려 나와 형을 도우려 했다.

송나라 군사들 쪽이라고 장수가 없는 게 아니었다. 호연작이 야율종림을 보고 역시 두 갈래 쇠 채찍을 휘두르며 말을 달려 나왔다. 그러자 요나라 진중에서 다시 야율종전과 야율종리 형제가 칼을 비껴들고 말을 박차 달려 나왔다. 송나라 쪽에서는 서령과 삭초가 각기 자신의 병기를 꼬나들고 마주쳐 나가니 싸움은 곧 네 패로 어우러졌다.

네 쌍이 거의 한 덩어리가 되다시피 어울려 싸우고 있을 때, 몰우전 장청이 가만히 말을 몰고 진채 앞으로 나아갔다. 단주 싸움에서 쫓겨난 요나라 군사 하나가 장청을 알아보고 급히 야율 대왕에게 알렸다.

"저기 적진 앞의 녹색 전포를 걸친 되놈이 바로 돌팔매질을 해대는 놈입니다. 저자가 다시 말을 몰아 진 앞으로 나서는 걸 보니 또 지난번의 그 수작을 벌일 것 같습니다."

그때 곁에 있던 천산용이 듣고 야율득중에게 말했다.

"대왕께서는 마음 놓으십시오. 제가 저 오랑캐 놈에게 쇠뇌 맛을 보여 주겠습니다."

원래 천산용은 칠 입힌 쇠뇌를 잘 쏘는데, 그 화살은 한 자 길이의 쇠깃이 달린 것으로 이름이 일점유(一點油)였다. 천산용은 그 말과 함께 자신이 잘 쓰는 쇠뇌를 꺼내 들고 말을 몰아 나아갔다. 앞에는 두 명의 부장을 세워 방패막이가 되게 한 채였다.

그들 세 필의 말이 가만히 진채 앞으로 나서자 장청이 먼저 그들을 알아보았다. 슬그머니 돌멩이 하나를 꺼내들어 우두머리로 보이는 요나라 장수를 향해 내던졌다.

"받아라!"

하는 소리에 이어 날아간 돌은 그 장수의 투구를 스치고 지나갔다. 그때 천산용은 앞선 장수의 뒤에 숨어서 쇠뇌의 화살을 메긴 뒤 장청을 향해 한 대를 날렸다.

"으윽!"

하는 소리와 함께 놀란 장청이 피하려 하였으나 화살은 어느새 목줄기에 와 박혀 장청은 몸을 뒤집으며 말에서 떨어졌다. 쌍창장 동평과 구문룡 사진이 해진과 해보 형제를 이끌고 달려 나가 그런 장청을 구해 냈다.

노준의는 장청이 떠메여 돌아오자 먼저 그 화살부터 뽑게 했다. 그러나 화살을 뽑아도 흐르는 피가 그치지 않아 그냥 둘 수가 없었다. 이에 추연과 추윤으로 하여금 장청을 수레에 싣고 단주로 돌려보내 신의 안도전에게 치료를 받게 했다. 장청을 태운 수레가 떠난 지 얼마 안 돼 진채 앞에서 함성이 크게 일더니 급한 전갈이 들어왔다.

"서북쪽에서 한 떼의 군마가 쳐들어왔는데, 다짜고짜로 우리 진채에 뛰어들어 좌충우돌하고 있습니다."

그때 노준의는 장청이 화살에 다친 터라 싸울 마음이 없었다. 나가 싸우던 네 장수도 거짓으로 진 척하며 진채로 물러났다. 그러나 네 명의 요나라 장수들이 이긴 줄 알고 기세를 올려 그들을 뒤쫓아왔다. 거기다가 서북쪽으로 치고 들어온 요나라 군사가 있고 또 마주 서 있던 요나라 군대까지 밀고 드니 그 기세가 마치 산이 무너지는 듯했다.

주무가 비록 좋은 진법을 펼쳤다 하나 워낙 적의 기세가 사나우니 변화를 주고 자시고 할 틈이 없었다. 송나라의 삼군은 그대로 토막토막이 나서 서로 구해 줄 틈도 없이 무너져 버리고 말았다.

대군이 그 모양으로 무너지니 대장인 노준의도 별수 없었다. 말 한 마리 창 한 자루에 의지해 몰려드는 적병을 무찌르며 길을 열 뿐이었다.

어느새 해가 지고 날이 저물어 왔다. 한바탕 싸움에 이기고 신이나 돌아오던 야율씨 형제 네 장수가 바로 그런 때 노준의와 맞닥뜨렸다. 노준의는 말 한 필 창 한 자루로 범 같은 네 장수와 맞서게 되었으나 조금도 겁을 먹는 기색이 없었다.

혼자서 넷을 상대로 싸운 지 한 시진쯤 되었을 때였다. 노준의가 틈을 얻어 거짓으로 빈 곳을 드러냈다. 야율종림이 칼을 휘두르며 노준의의 빈 곳을 노리고 덤벼 왔다. 노준의가 한소리 외침과 함께 창을 내뻗자 야율종림은 그 갑작스러운 변화에 놀라 제대로 막을 수가 없었다. 한소리 구슬픈 비명과 함께 노준의의 창에 찔려 말에서 떨어졌다.

아우가 말에서 떨어지자 나머지 세 형제 장수들은 몹시 놀랐다. 무서운 노준의의 창 솜씨에 겁을 먹고 모두 말 머리를 돌려 달아나 버렸다.

노준의는 말에서 내려 칼을 빼 들고 야율종림의 목을 잘랐다. 그 목을 안장에 건 뒤 다시 말에 오른 노준의는 남쪽을 향해 달리다가 또 한 떼의 인마를 만났다. 얼른 보아도 천 명이 넘어 보이는 인마였으나 노준의는 겁내지 않고 뛰어들었다. 놀란 요나라 군사들은 노준의 한 사람을 당해 내지 못하고 사방으로 흩어져 달아났다.

요나라 군사들을 흩어 버리고 내닫던 노준의가 몇 마장 가기도 전이었다. 또 한 떼의 군마가 길을 막았다. 그날 밤은 달이 없어 맞닥뜨리게 된 군마가 어느 편인지 알 수가 없었다. 그러나 마침 그들의 말소리가 들려 귀를 기울여 보니 송나라의 말이었다.

"너희들은 누구냐?"

노준의가 얼른 그렇게 소리쳐 물었다. 그 물음에 대답한 것은 다름 아닌 호연작이었다. 노준의는 몹시 기뻐하며 그들과 한 덩어리가 되었다.

"요나라 군사들이 밀고 드는 바람에 서로 구하지를 못하고 흩어지게 되었습니다. 저는 겨우 적진을 뚫고 한도, 팽기와 함께 여기까지 왔습니다만 다른 장수들은 어찌 되었는지 모르겠습니다."

호연작이 그렇게 사정을 설명했다. 노준의도 자신이 거기까지 온 경과를 이야기하고 덧붙였다.

"오다가 적군의 네 장수와 힘든 싸움을 하게 되었는데, 그중의 한 놈은 내게 죽고 세 놈은 달아났소. 그 뒤에 다시 천여 명의 오랑캐와 만났는데 역시 내가 흩어 버렸소. 그리고 여기까지 왔다가 뜻밖에 장군을 만났구려."

두 사람은 무사한 걸 서로 반가워하며 말머리를 나란히 하여 남쪽으로 달렸다. 십 리를 조금 넘었을 때 한 떼의 군마가 그들의 길을 막았다. 호연작이 씩씩하게 그쪽에다 대고 소리쳤다.

"이 어두운 밤에 어떻게 싸우겠느냐? 내일 아침에 한바탕 싸워 결판을 내자!"

그러자 그쪽에서 놀란 소리로 물어 왔다.

"오는 것은 호연작 장군이 아니시오?"

호연작은 그것이 대도 관승의 목소리임을 알아들었다. 반가움을 억누르며 소리쳤다.

"노 두령이 여기 계시오."

그러자 관승이 놀라 달려 나왔다. 다시 한숨을 돌린 그들은 말에서 내려 풀밭에 앉았다. 노준의와 호연작이 그간에 있었던 일을 말하자 관승도 자신이 거기까지 오게 된 경위를 밝혔다.

"싸움터에서 기세를 잃고 밀리는 바람에 서로가 구원하지 못하고 뿔뿔이 흩어졌소이다. 나와 선찬, 학사문, 선정규, 위정국 네 두령은 함께 말에 올라 길을 열고 달아나다가 나중에 군사 천여 명을 수습하고 이곳까지 오게 되었소. 하지만 이곳 지리를 잘 몰라 여기서 숨어 밤을 보내고 날이 밝으면 떠나려 했지요. 그런데 뜻밖에도 형을 만났구려."

이어 두 갈래 군사를 합친 그들은 날이 밝기를 기다려 다시 남쪽으로 향했다. 그들이 옥전현 가까이 이르렀을 때 길을 살피러 나온 한 떼의 인마를 만났다. 가만히 살펴보니 바로 쌍창장 동평과 금창수 서령이 이끈 군마였다. 그들은 형제들이 요나라 군사를 모조리 내쫓고 옥전현에 모여 있음을 알렸다.

"후건과 백승은 송공명 형님에게 우리 일을 알리러 갔습니다만 해진, 해보 형제와 양림, 석용이 보이지를 않습니다."

이야기 끝에 동평이 걱정스러운 듯 그렇게 덧붙였다.

장수와 군졸들이 어지간히 모였다 싶자 노준의는 더 망설이지 않고 군사를 움직였다. 옥전현에 이르러 장졸을 점고해 보니 오천여 명이 보이지 않았다. 노준의는 마음으로 몹시 괴로웠다. 그런데 사시 무렵 군사 하나가 달려와 알렸다.

"해진, 해보, 양림, 석용 네 장군께서 이천여 명을 이끌고 돌아오셨습니다."

노준의는 얼른 그들을 불러 물어보았다. 해진이 그간에 있었던 일을 알렸다.

"저희들 네 명은 오히려 앞으로 치고 나가 적진 깊숙한 곳에서 길을 잃고 말았습니다. 그 바람에 얼른 돌아오지 못하고 이제야 돌아오게 되었습니다. 그런데 오는 길에 요나라 군사를 만나 한바탕 두들겨 부수었습니다."

다행히 군사는 좀 줄었지만 장수들은 아무도 잃지 않은 셈이었다. 이에 노준의는 자신이 얻어 온 야율종림의 목을 높이 내걸어 군사들의 사기를 돋우는 한편 겁먹은 백성들을 위로했다.

그럭저럭 날이 저물어 왔다. 군사들이 쉴 채비를 하는데 멀리 나가 망을 보던 소교가 달려와 알렸다.

"수많은 요나라 군사들이 몰려와 사방으로 성을 에워싸고 있습니다."

놀란 노준의는 연청을 이끌고 얼른 성 위로 올라가 살펴보았다. 수많은 횃불이 밝혀져 십 리 밖까지 비출 지경이었다. 그중에서 장수 한 명이 말을 타고 앞장서서 오는데 그는 바로 야율종운이었다. 연청이 노준의를 보고 말했다.

"어제 장청이 저놈들의 화살에 맞았으니 오늘은 우리가 답례를 해 주어야 하지 않겠습니까?"

그러고는 자신의 쇠뇌를 꺼내 살을 잰 뒤 한 개를 날렸다. 화살은 어김없이 야율종운의 콧등에 박혔다. 야율종운이 외마디 소리와 함께 말에서 떨어지자 군사들이 달려가 부축했으나 야율종운은 이내 숨을 거두었다. 이에 어지러워진 요나라 군사들은 오리나 쫓겨 갔다.

노준의는 현성 아래서 여러 장수들과 함께 앞일을 의논했다.

"비록 화살 한 대로 요나라 군사를 물리치기는 했으나 그들은 날이 밝으면 다시 쳐들어올 것이오. 저놈들이 철통같이 에워싸 버리면 어떻게 뚫고 나갈 수 있겠소?"

"송공명 형님이 이 소식을 들으면 반드시 우리를 구하러 오실 것이오. 그때 우리가 안에서 호응하면 큰 어려움은 없을 것입니다.”

주무가 그렇게 대답했다. 이에 여러 장졸들은 다소간 마음을 놓고 그날 밤을 보냈다.

날이 밝은 뒤에 보니 요나라 군사가 사방으로 성을 에워쌌는데 한 군데도 빈틈이 없었다. 하지만 오래 걱정할 일은 아니었다. 갑자기 동남쪽에서 자욱이 먼지가 일며 수만의 인마가 달려오고 있었다. 주무가 여러 장수들을 돌아보며 말했다.

“이는 틀림없이 송공명 형님이 이끄는 군마가 오고 있는 것입니다. 저놈들이 군사를 거두어 남쪽으로 밀고 들 때 우리도 군사를 내어 그 등 뒤를 후려치도록 합시다.”

요나라 군사들은 새벽부터 한낮까지 성을 에워싸고 있다 보니 지치고 지루했다. 그런데 다시 수많은 송강의 군마가 뒤에서 덮치니 어찌 견뎌 낼 수 있겠는가. 한번 싸워 볼 엄두도 내 보지 못하고 그대로 군사를 거두어 물러났다.

“이때 뒤쫓아 치지 않고 어느 때를 다시 기다리겠는가?”

주무가 달아나는 요나라 군사를 보며 그렇게 소리치자 노준의도 그 말을 옳게 여겼다. 그 자리에서 명을 내려 성의 네 문을 열고 군마를 내몰았다.

뒷덜미를 얻어맞은 요나라 군사는 당장에 뭉그러졌다. 대군이 토막토막이 나 사방으로 흩어져 달아났다. 송강은 그런 요나라 군사를 멀리까지 쫓은 후에 날 밝을 무렵 해서 징을 울리고 군사를 거두었다. 옥전현으로 돌아온 송강은 노준의가 거느린 군사와 합친 뒤에 다시 계주성을 칠 의논을 했다.

송강은 시진, 이응, 이준, 장횡, 장순, 완씨 삼 형제, 왕왜호, 일장청, 손신, 고대수, 채원자 장청, 손이랑, 배선, 소양, 송청, 악화, 안도전, 황보단, 동위, 동맹, 왕정륙을 남겨 조 추밀 밑에서 단주성을 지키게 하고 그 나머지 장수들은 좌우 이군으로 나누었다.

송강은 좌군 인마와 마흔여덟 장수를 거느렸다. 군사 오용, 공손승, 임충, 화영, 진명, 황신, 주동, 뇌횡, 유당, 이규, 노지심, 무송, 양웅, 석수, 손신, 손립, 구붕, 등비, 여방, 곽성, 번서, 포욱, 항충, 이곤, 목홍, 목춘, 공명, 공량, 연순, 마린, 시은, 설영, 송만, 두천, 주귀, 주부, 능진, 탕륭, 채복, 채경, 대종, 장경, 김대견, 단경주, 시천, 욱보사, 맹강이 송강을 따르게 된 마흔여덟이었다.

노준의는 우군 인마와 서른일곱 장수를 거느렸다. 군사 주무, 관승, 호연작, 동평, 장청, 삭초, 서령, 연청, 사진, 해진, 해보, 한도, 팽기, 선찬, 학사문, 선정규, 위정국, 진달, 양춘, 이충, 주통, 도종왕, 정천수, 공왕, 정득손, 추연, 추윤, 이립, 이운, 조정, 석용, 후건, 두흥, 초정, 양림, 백승이 그들이었다.

세력을 둘로 나눈 송나라 군사는 두 갈래 길을 따라 계주를 치기로 했다. 송강이 이끈 군사는 먼저 평욕현을 친 뒤 계주로 향하고 노준의가 이끈 군사는 옥전현을 친 뒤 그쪽 길을 따라 계주로 밀고 들기로 되었다.

조안무와 스물세 명의 장수는 단주에 남아 성을 지키게 되었음은 이미 말한 바 있다.

그러나 송강은 서둘지 않았다. 먼저 군사들이 잇따른 싸움으로 연일 고생한 걸 가엾게 여겨 잠시 쉬게 했다. 계주를 칠 계책은 이미 세워 둔 터라 마음의 여유가 생긴 까닭이었다.

그사이 송강은 단주로 사람을 보내어 장청의 화살 맞은 상처가 어떠한지를 알아보게 했다. 신의 안도전이 사람을 보내어 알려 왔다.

"밖으로 다친 것이지 안으로 병난 것이 아니니 장군께서는 안심하십시오. 고름이 멎게 되면 저절로 나을 것입니다. 요즘은 날씨가 매우 더우니 군사들 중에 병자가 많이 생겨날까 걱정입니다. 그래서 조 추밀 상공께 아뢰어 소양과 송청을 동경으로 보냈습니다. 약제를 사고 궁궐의 태의원(太醫院)에 들러 더위에 쓰는 약제도 받아오게 하기 위함이었습니다. 아울러 말에게 쓸 약제를 타다 달라고 송청과 소양에게 당부하였으니 장군께서는 그리 아십시오."

그 전갈을 받은 송강은 마음이 놓였다. 아직 떠나지 않고 있던 노준의를 불러 계주부터 먼저 칠 의논을 했다. 송강이 이미 세워 둔 계책을 노준의에게 자세히 일러 주었다. 알고 보니 대군은 비록 그곳에 머물러 쉬고 있었지만 몇몇 장수들은 벌써 계주성 안으로 숨어든 뒤였다.

"나는 노 선봉이 옥전현에서 적에게 에워싸여 있는 줄도 모르고 나름대로 계책을 세웠더랬소. 아직도 쓸 만한 계책인 듯하니 그대로 해 봅시다. 공손승은 원래 계주 사람이고 양웅도 거기서 절급 노릇을 한 적이 있소. 석수와 시천도 계주에 오랫동안 살았던 사람들이오. 나는 전날 요나라 군사를 물리칠 때 시천과 석수를 그들 패잔병 속에 끼여 계주성 안으로 숨어들게 하였소. 그들이 이미 성안으로 들어갔다면 그곳에 있을 만한 곳을 마련했을 것이오. 시천이 갈 때 내게 '계주성 안에 보엄사라는 큰 절이 있는데 낭하에는 법륜보장(法輪寶藏)이 있고 그 가운데 대웅보전이 있으며 또 대웅보전 안에는 하늘을 찌를 듯한 높은 탑이 있습니다.'라고 말하더군요. 그러자 석수가 받았소. '저 사람에게 그 탑 안에 숨어 있으라 하십시오. 내가 매일 밥을 날라다가 저 사람을 먹이겠소. 그러면서 그 탑에서 기다리다가 형님께서 성을 급하게 들이칠 때 탑 위에서 불을 질러 신호를 하게 하면 크게 도움이 될 것입니다.' 시천은 원래가 담벼락을 기어오르고 처마에 붙는 재주가 있는 사람이니 어디 간들 그 한 몸을 숨기지 못하겠소? 석수는 석수대로 때가 오면 고을의 관아에다 불을 지르기로 약정하였으니 나는 곧 군사를 수집하여 밀고 들어갔으면 하오."

노준의도 송강이 이미 그같이 손을 써 둔 것을 알자 더 반대할 까닭이 없었다. 이에 송강은 이튿날 평욕현으로 돌아가지 않고 바로 계주로 향했고, 노준의도 자신이 이끄는 군마를 몰아 송강의 뒤를 따랐다.

한편 계주성의 야율 대왕은 두 아들을 잃고 가슴 깊이 한을 품었다. 대장 보밀성과 천산용 및 동선시랑을 불러 놓고 송나라 군사를 쳐부술 의논을 했다.

"이번에 탁주와 패주에서 온 두 갈래의 구원병은 각기 흩어져 되돌아가고 말았다. 지금 송강의 군사는 옥전현에 모여 있는데 머지않아 계주로 밀고 들 것이니 이를 어떻게 하면 좋겠는가?"

야율 대왕이 그같이 묻자 보밀성이 대답했다.

"송강의 군사가 오지 않는다면 모든 게 다 틀어지고 맙니다. 그러나 그 도적놈들이 오기만 한다면 제가 가서 한번 싸워 보겠습니다. 몇 놈 사로잡지 않고서야 그놈들이 어찌 물러가려 하겠습니까?"

그때 동선시랑이 곁에서 보밀성에게 주의를 주었다.

"그놈들 중에 녹색 전포를 입은 놈이 있소. 그놈이 팔매질을 잘하니 미리 방비해야 될 것이오."

"그놈은 이미 내 화살을 맞아 목을 다쳤소. 아마 죽었을 것이오."

천산용이 곁에서 그렇게 자랑삼아 말했다. 동선시랑도 그렇다면 안심이라는 듯 받았다.

"그놈을 빼놓으면 나머지는 그리 대단할 게 없소."

그때 한 군교가 달려와 그들에게 알렸다.

"송강의 인마가 계주성으로 쳐들어오고 있습니다."

그 말을 들은 야율득중은 얼른 삼군을 점고한 뒤 보밀성과 천산용에게 급히 성을 나가 적을 막게 했다.

군사를 이끌고 성을 나간 보밀성과 천산용은 성 밖 삼십 리 되는 곳에 진세를 벌이고 송강과 맞섰다. 요나라 보밀성이 창을 비껴잡고 진채 앞으로 나서자 송강이 그를 보고 좌우를 돌아보며 물었다.

"누가 저 오랑캐 장수놈을 죽이고 깃발을 빼앗아 첫 번째 공을 세우겠는가?"

그러자 표자두 임충이 달려 나가 보밀성과 싸움을 벌였다. 두 사람은 서른 합이 넘도록 힘을 다해 싸웠으나 얼른 승부가 가려지지 않았다.

임충은 반드시 보밀성을 죽여 첫 번째로 공을 세우고 싶었다. 한 자루 장팔사모에 온 힘을 기울여 벽력같은 고함 소리와 함께 보밀성의 장창을 후려쳤다. 그 기세에 보밀성의 장창이 밀려나고 목 부분이 드러났다. 임충은 그 틈을 놓치지 않고 사모를 내질렀다.

임충의 사모에 목이 찔린 보밀성은 한마디 비명과 함께 말 위에서 떨어졌다. 그걸 본 송강은 몹시 기뻐했다. 양군에서는 서로 상반된 함성이 일었다.

요나라 장수 천산용은 보밀성이 임충의 창에 찔려 말에서 떨어지는 것을 보자 참을 수가 없었다. 자신의 창을 비껴들고 말을 박차 달려 나갔다. 그러자 송강 편에서는 서령이 구겸창을 비껴들고 마주쳐 나아갔다.

곧 두 말이 어울리고 창과 창이 얽혔다. 그러나 천산용은 서령의 적수가 되지 못했다. 채 스무 합도 싸우기 전에 서령의 창에 찔려 말 아래로 떨어졌다.

송강은 자기편 장수들이 잇따라 두 적장을 죽이는 걸 보자 더 기다리지 않았다. 대군을 휘몰아 앞으로 밀고 나가게 했다.

장수를 모두 잃고 기세가 꺾인 요나라 군사는 그대로 뭉그러졌다. 싸움다운 싸움 한번 해 보지도 못하고 뿔뿔이 흩어져 계주로 달아났다. 송강은 인마를 휘몰아 십여 리를 뒤쫓다가 군사를 거두었다.

그날 그곳에서 진채를 세워 삼군을 상 주고 하루를 쉰 송강은 다음 날 군사를 움직여 바로 계주성으로 향했다. 셋째 날이었다. 요나라 임금의 아우인 야율 대왕은 두 장수가 죽은 걸 알고 몹시 겁을 먹었다. 거기다가 다시 송나라 군사가 몰려왔다는 말을 듣자 황망히 동선시랑을 불러 말했다.

"네가 한 갈래 인마를 거느리고 성을 나가 싸워라. 나를 대신해 싸워 걱정을 덜어 주었으면 좋겠다."

이에 동선시랑은 하는 수 없이 교아유강과 초명옥, 조명제 등을 데리고 일천 군마와 더불어 성을 나와 맞섰다. 이윽고 성 앞에 이른 송강의 인마는 기러기 날개 모양으로 진세를 벌였다. 진세가 열리고 삭초가 큰 도끼를 메고 나왔다. 그러자 요나라 쪽에서는 교아유강이 달려 나왔다. 두 장수는 서로 말 한마디 건네는 법 없이 싸움을 시작했다.

싸움이 스무 합을 조금 넘었을 때였다. 겁을 먹은 교아유강이 더 싸울 마음이 없어 달아나려 했다. 삭초가 말을 박차 그를 뒤쫓으며 큰 도끼를 휘둘러 그의 정수리를 찍었다. 교아유강은 비명조차 질러 보지 못하고 머리가 두 쪽 나서 죽고 말았다.

그 광경을 본 동선시랑은 급히 초명옥과 조명제를 나가 싸우게 했다. 그들도 겁이 났지만 어쩔 수 없이 창을 잡고 진 앞으로 나섰다. 그러자 송강의 진채에서 구문룡 사진이 칼을 휘두르며 달려 나갔다.

사진이 용맹을 뽐내듯 두 적장을 덮쳐 먼저 초명옥을 한칼에 말 아래로 떨어뜨렸다. 그러잖아도 겁을 먹고 있던 조명제는 초명옥이 죽는 걸 보고 그대로 말 머리를 돌려 달아나려 했다. 사진은 그런 조명제를 놓아주지 않고 다시 한칼로 찔러 말 아래로 떨어뜨리더니 그길로 요나라의 진채를 덮쳤다.

사진이 한 줄기 거센 바람과 같은 기세로 요나라의 진채를 짓밟아 가는 걸 본 송강이 채찍을 들어 앞을 가리키며 크게 군사를 몰아 밀고 나아갔다.

송강의 대군이 성문에 걸린 적교 앞에 이르자 그것을 본 야율득중은 덜컥 겁이 났다. 얼른 적교를 들어 올리고 성문을 닫아걸었다. 그리고 모든 장수들에게 굳게 성을 지키게 하는 한편 저희 임금에게 구원을 청하는 글을 올리고 패주와 유주에도 사람을 보내 구원을 청했다. 적이 높은 성안에서 지키기만 하니 송강도 당장 어찌해 볼 수가 없었다. 답답한 나머지 군사 오용을 불러 물었다.

"저놈들이 이처럼 성안에서 굳게 지키기만 하니 어쩌면 좋겠소?"

그러자 오용이 대답했다.

"석수와 시천이 이미 성안으로 들어가 있으니 어떻게 우리가 오래 머뭇거릴 수 있습니까? 사방으로 포를 쏠 수 있는 높은 포대를 세우고 구름사다리를 만들어 즉시 성을 공격하도록 합시다. 능진이 그 포대에서 사방으로 포를 쏘게 한 뒤 쳐들어가면 될 것입니다. 맹렬하게 공격하면 이까짓 성이 안 떨어지고 어떻게 배기겠습니까?"

송강은 그 같은 오용의 말을 옳게 여겼다. 곧 장졸들에게 명을 내려 밤낮없이 사방으로 계주성을 공격하게 하였다.

야율 대왕은 송나라 군사들이 사방에서 맹렬히 들이치자 계주 성 안에 있는 백성들을 모조리 끌어내어 성벽 위로 몰아붙이고 송나라 군사들을 막게 했다. 그때 석수는 성안의 보엄사에서 며칠을 지낸 뒤였다. 기다려도 기다려도 아무런 움직임이 없어 초조해하고 있는데 시천이 와서 말했다.

"지금 성 밖에서 송강 형님의 인마가 성을 맹렬하게 치고 있소. 우리가 지금 불을 지르지 않고 다시 어느 때를 기다리겠소."

그 말을 들은 석수는 시천과 의논 끝에 먼저 그 절에 있는 탑에다 불을 지르기로 하고 다음으로 불전도 태우기로 했다. 시천이 그 의논 끝에 덧붙였다.

"자네는 얼른 주아로 가서 불을 놓게. 거기가 남문을 지키는데 요긴한 곳이니 불이 일면 밖에서 보고 힘을 들여 칠 것이네. 그리 되면 남문이 깨지지 않을 리 없네."

보엄사에서 불을 지르는 일은 자신이 맡을 테니 석수에게는 남문 쪽을 맡아 달라는 뜻이었다. 석수가 고개를 끄덕여 의논은 그것으로 끝났다. 두 사람은 각기 화약과 부싯돌 따위 불지르는데 필요한 도구들을 몸에 감춘 채 각기 정한 곳으로 갔다.

그날 밤이었다. 송나라 군사들이 기세를 올려 더 심하게 성을 들이쳤다. 먼저 시천이 몸을 움직였다. 시천은 처마 밑을 날아다니고 벽을 기어오르는 데 솜씨가 뛰어난 터라 담장을 넘고 성벽을 기어오르기를 평지같이 하였다. 그는 먼저 보엄사의 탑으로 올라가 불을 질렀다. 그 탑은 근처에서 제일 높은 건물이라 불만 붙으면 성안은 물론 성 밖에서까지 안 보이는 데가 없었다.

탑에 붙은 불길이 멀리 삼십 리나 비추니 마치 성안에 큰 불기둥이 솟은 것 같았다. 시천은 그런 탑을 뒤로하고 다시 불전으로 가서 불을 질렀다. 불전에서 불길이 일자 성안은 그 두 곳의 불길 때문에 벌컥 뒤집혔다. 집집마다 사람마다 그 불길에 놀라고 겁먹어 그냥 있지 못했다. 남자와 여자, 늙은이, 어린이 모두 거리로 뛰어나와 울고불고 허둥지둥 내달았다.

그때 석수가 또 계주 관아의 처마에다 불을 질렀다. 관아에 불이 붙자 계주성 안에는 큰 불길이 세 곳에서 일었다. 그걸 본 백성들은 성안으로 송나라 군사가 들여보낸 세작이 있음을 알아차리고 겁부터 먹었다. 이제 성을 지킬 길은 없다고 생각하고 각기 제집이나 보살피려고 뿔뿔이 흩어져 버렸다.

오래잖아 절로 들어가는 입구에서 다시 불길이 일었다. 시천이 보엄사를 나오다가 지른 불이었다. 야율 대왕은 잠깐 사이에 성안 네댓 곳에서 불길이 일자 송강이 성안으로 사람을 들여보냈음을 알아차렸다. 너무도 놀란 나머지 더 싸울 마음이 나지 않았다. 급하게 군마를 수습해 가솔들을 수레에 태우고 북문으로 달아났다.

송강은 성안의 적군들이 겁먹어 어지러운 걸 보고 군사들을 휘몰아 성안으로 밀고 들었다. 성안, 성 밖에서 함성이 하늘을 찌를 듯하다가 마침내 남문이 송나라 군사들 손에 떨어졌다. 동선시랑도 도저히 송나라 군사를 막을 수 없다 싶어 하는 수 없이 야율득중을 따라 북문으로 달아났다. 대군을 거느리고 계주성 안으로 들어간 송강은 우선 군사들에게 명을 내려 불부터 끄게 했다. 그런 다음 날이 밝기를 기다려 방문을 내붙이고 계주성의 백성들을 안심시켰다.

성안이 대강 진정된 뒤에 송강은 군사들을 모두 성안에 머물게 하고 두텁게 상을 내려 위로했다. 공적부에는 석수와 시천의 공을 으뜸으로 적게 하고 단주에 있는 조안무에게도 계주를 빼앗은 것을 알림과 아울러 조안무로 하여금 계주성으로 옮겨 앉아 주기를 빌었다. 조안무가 글로 회답했다.

나는 잠시 단주에 물러 있을 테니 송 선봉께서 계주를 지켜 주시오. 그리고 요즘은 날이 몹시 더우니 함부로 군사를 움직여서는 아니 될 것이오. 서늘해지기를 기다려 다시 계책을 의논해 보도록 합시다.

송강은 그 같은 조안무의 뜻을 따랐다. 노준의에게는 원래 거느렸던 인마를 이끌고 옥전현으로 가서 머물게 하고 나머지 대군은 계주를 지키게 하였다. 날씨가 서늘해지면 그때 다시 움직일 작정이었다.

한편 요나라 임금의 아우인 야율득중 대왕과 동선시랑은 가솔들과 함께 유주로 달아났다가 다시 연경으로 달려가 대요(大遼)의 국왕을 만났다. 요나라 왕이 금전(金殿)에 문무백관을 불러놓고 조회를 마치자 합문대사(閤門大使)가 나와 아뢰었다.

"계주의 어제(御弟) 대왕께서 지금 돌아와 있습니다."

그 말을 들은 요왕은 얼른 사람을 보내 야율득중을 불러들였다. 야율득중과 동선시랑은 어전 앞에 엎드려 목을 놓고 울었다. 그걸 본 요왕이 물었다.

"아우야, 너무 괴로워하지 마라. 무슨 일이 있었는지 과인에게 자세히 일러 다오."

야율득중이 울먹이며 대답했다.

"송나라의 어린 황제 놈이 송강에게 군사를 주어 쳐들어왔는데, 그 세력이 너무 커서 맞서기가 어려웠습니다. 제 아들 둘이 죽고 단주를 지키던 장수가 그들에게 죽임을 당하고 말았습니다. 그러고도 송나라 군사는 멍석을 마는 듯한 기세로 밀고 들어 계주까지 빼앗아 가니 이에 사람과 땅을 아울러 잃은 신은 전하 앞에 엎드려 죽음을 청할 따름입니다."

대요국 국왕은 그 말을 듣고 동생을 불쌍한 듯 바라보다가 말했다.

"경은 일어나라. 과인과 더불어 자세히 그 일을 의논해 보자."

그러고는 이어서 물었다.

"송나라 군사를 이끌고 온 그 되놈은 어떤 자이기에 그토록 사납던가?"

그 말에 반열에 섰던 우승상 태사(太師) 저견(褚堅)이 나서서 야율득중을 대신했다.

"신이 듣기로 그들 송강의 무리는 원래 양산박 물가에서 도둑질을 일삼던 자들이라 합니다. 그러나 죄 없는 백성은 해치지 않고 모두 하나같은 마음으로 하늘을 대신해 도를 행한다며, 다만 썩은 관리와 백성을 속이고 해치는 자들만 죽였다는 것입니다.

뒷날 송나라 조정은 동관과 고구에게 군사를 주어 그들을 잡아들이게 하였으나 송강은 다섯 번이나 관군을 쳐부수어 갑옷 한 조각 거두어 돌아가지 못하게 하였습니다. 그러자 송나라 조정은 그들 호걸들을 잡을 방법이 없게 되어 젊은 황제가 세 번이나 조서를 내려 부른 끝에 겨우 귀순시켰다고 합니다. 송강은 그렇게 불려 온 터라 다만 선봉사(先鋒使)의 직책을 맡고 있을 뿐 관직조차 받은 게 없고 그 나머지 장졸들도 역시 모두가 아무런 관직이 없습니다. 이번에 우리를 치러 온 군사들의 우두머리는 모두 백여덟 명인데, 그들은 모두 하늘에 있는 별의 운세에 맞춰 태어난 자들이라 하니 대왕께서는 그들을 얕보셔서는 아니 됩니다."

"그게 정말이라면 이제 어찌해야 되겠는가?"

이야기를 듣고 난 요왕이 걱정스러운 듯 여럿을 돌아보며 물었다. 그때 반열 중에서 구양 시랑(侍郞)이 소맷자락을 떨치며 일어나 소리쳤다.

"국왕 전하 만세. 신이 비록 재주 없으나 한 가지 계책을 올리겠습니다. 이대로 따라 주신다면 송나라 군사를 물리칠 수 있을 것입니다."

"경에게 좋은 생각이 있다면 어서 말해 보라."

요왕이 문득 기쁜 낯색을 보이며 그렇게 재촉했다. 구양 시랑이 제 식견을 자랑하듯 말했다.

"송강의 무리는 모두 양산박의 영웅 호걸들입니다. 그러나 지금 송의 조정에는 젊은 황제가 채경, 동관, 고구, 양전이란 네 명의 간신배에게 농락을 당해 그 꼴이 말이 아닙니다. 그들 네 간신은 어진 이를 미워하고 일 잘하는 이를 질투하며 슬기로운 사람이 벼슬길에 나오는 걸 막고 자기들과 친하지 않으면 벼슬을 올려 주지 않으며, 뇌물을 바치지 않으면 써 주지 않고 있습니다. 그런 자들이 어찌 송강의 무리를 좋게 받아들이겠습니까. 신의 어리석은 생각으로는 대왕께서 송강의 무리에게 높은 벼슬을 내리시고 금과 비단과 좋은 말 따위로 후하게 상을 주시면 일이 잘 풀릴 수도 있을 것 같습니다. 신이 사신이 되어 그들에게 가서 우리 대요국(大遼國)으로 귀순해 오도록 달래 보지요. 만약 대왕께서 그들 인마를 얻게 되면 중원을 빼앗기는 손바닥을 뒤집기보다 더 쉬울 것입니다. 하오나 이 일은 신이 마음대로 할 수 있는 바가 아니라서 감히 대왕께 아뢰오니 밝게 살펴 주십시오."

그러자 요왕은 길게 생각할 것도 없다는 듯 그 뜻을 따라 주었다.

"그대의 말이 옳다. 그대는 과인의 사신이 되어 좋은 말 백여덟 마리와 좋은 비단 백여덟 필 및 과인의 칙령을 가지고 가라. 송강을 진국대장군(鎭國大將軍)에 요나라 군사를 총괄하는 대원수(大元帥)로 삼는다고 이르고 금 한 제(提, 한 사람이 겨우 들 수 있는 양)와 은 한 칭(秤, 큰 저울로 한꺼번에 다 달 수 있는 양)을 주어 신물(信物)로 삼게 하라. 아울러 여러 두령의 이름도 모두 적어 와 그들에게도 빠짐없이 벼슬을 내리도록 하라."

그러자 이번에는 올안(兀顔) 도통군(都統軍)이 반열에서 일어나 요왕에게 아뢰었다.

"송강의 무리는 한낱 좀도둑 떼에 지나지 않는데 그까짓 것들을 불러 무엇에 쓰시겠습니까. 신에게는 스물여덟 명의 장수와 열한 명의 대장에 날래고 씩씩한 병사들이 수없이 많으니 그것들을 이기지 못할까 봐 걱정하지 않습니다. 만약 저 오랑캐 놈들이 기어이 물러나지 않는다면 신이 직접 군사를 거느리고 가서 그것들을 모조리 죽여 없애겠습니다!"

그러나 요왕의 뜻은 이미 구양 시랑의 계책 쪽으로 기울어진 뒤였다. 좋은 말로 올안을 달랬다.

"그대가 이처럼 호걸이니 그들마저 불러들인다면 호랑이에 날개가 돋친 격이 되지 않겠는가. 바로 송강의 무리가 그대의 두 날개가 될 수도 있으니 말릴 것 없다."

말은 부드러워도 올안의 뜻을 물리친 거나 다름없으니 누가 다시 딴말을 할 수 있겠는가. 결국 일은 구양 시랑이 낸 계책대로 이루어졌다.

원래 올안 도통군은 요나라의 으뜸가는 장수로서 온갖 무예에 통하지 않은 데가 없을뿐더러 병서며 계략도 모두 능통했다. 나이는 이제 겨우 서른대여섯인데 풍채 또한 늠름하고 당당하기 짝이 없었다. 여덟 척이 넘는 키에 얼굴은 희고 입술은 붉으며 수염은 누렇고 눈동자는 푸르러 누가 보아도 위엄스럽고 용맹이 넘쳐흘렀다. 싸움터에서는 한 자루 혼철로 된 점강창을 잘 썼으며 싸움이 한창 불붙으면 갑자기 허리에서 쇠막대를 꺼내 철그럭거리며 휘두를 때도 있었다. 실로 혼자서 만 명을 이겨 낸다 할 만큼 대단한 장수였다.

올안은 그래도 굽히지 않고 몇 번 더 제 뜻을 고집했으나 소용

없었다. 구양 시랑은 요왕의 칙서와 수많은 예물 및 말을 거느리고 계주로 떠났다.

그때 송강은 계주에서 군사를 쉬게 하고 있었다. 요나라에서 사신이 왔다는 말을 듣자 그게 좋은 일인지 나쁜 일인지 알 수가 없어 구천현녀가 준 책을 꺼내 놓고 점을 쳐 보았다.

패주도 떨어지고

얻은 점괘는 상상길(上上吉)이었다. 송강은 오용을 불러 그 점괘를 보이며 의논했다.

"방금 점을 치니 괘가 아주 좋았소. 아마도 요나라에서 우리를 꾀어 들이려 하는 것 같은데, 군사께서는 어찌했으면 좋겠소?"

"그렇다면 저들의 계책을 우리가 도리어 이용하여 보는 게 어떻겠습니까? 요왕의 부름을 받아들이는 체하고 계주는 노 선봉에게 맡긴 뒤 우리는 가서 패주를 빼앗습니다. 우리가 단주를 빼앗았으니 요나라는 이미 왼팔을 잃은 셈인데, 이제 다시 패주마저 빼앗으면 요나라를 깨뜨리기는 어려울 게 없습니다. 다만 저들의 부름을 받아들일 때는 조심해야겠지요. 처음에는 받아들일 것 같지 않을 것처럼 버티다가 나중에 받아들여 그들의 의심을 사지 않도록 해야 합니다."

송강도 그 같은 오용의 말을 옳게 들었다. 대강 의논을 정해 놓고 기다리는데 구양 시랑이 성 밑에 이르렀다는 전갈이 들어왔다. 송강은 성문을 열어 구양 시랑을 불러들이게 했다. 성안으로 들어온 구양 시랑은 관아 앞에 이르러 말에서 내린 뒤 대청으로 올라왔다. 주인과 손이 인사를 나누고 자리를 정해 앉은 뒤 송강이 먼저 물었다.

"시랑께서는 무슨 일로 오시었소?"

"한 가지 긴히 드릴 말씀이 있으니 좌우의 사람들을 물리쳐 주십시오."

구양 시랑이 문득 정색을 하고 그렇게 대답했다. 송강은 아무것도 모르는 척 좌우의 사람들을 물러나게 하고 구양 시랑을 뒤채 정한 곳으로 데리고 갔다. 사람의 눈이 없는 뒤채에 이르자 구양 시랑이 허리를 굽히며 송강에게 공손히 말했다.

"우리 대요국에서도 장군의 높은 이름은 들은 지 오래되었으나 수륙 만 리 멀리 떨어져 있다 보니 존안을 뵈옵지 못했습니다. 저희들은 또 장군이 양산박 산채에서 여러 형제들과 한마음으로 힘을 합쳐 하늘을 대신해 도를 행하신다는 이야기도 들었지요. 하지만 지금의 송나라 조정에서는 간신들이 어진 이를 받아들이지 않고 있습니다. 금은 비단을 바치는 자는 높은 벼슬아치로 무겁게 쓰나, 뇌물을 바치지 않는 자는 나라를 위해 큰 공을 세워도 벼슬을 높여 주지 않는다는 것입니다. 그 간신배들이 권세를 잡고 아첨과 참소를 일삼아 어질고 일 잘하는 이를 시기하고 상벌을 공정하게 하지 않으니 천하가 크게 어지러워진 것입니다. 강남과 양절(兩浙), 산동, 하북 등에 크게 도적이 일고 백성들은 도탄에 빠져서 살기가 어렵습니다. 그뿐입니까? 장군께서는 십만의 군사를 거느리고 조정에 귀순하였지만 겨우 선봉으로 임명되었을 뿐 벼슬은 아무것도 받지 못하셨습니다. 장군의 형제들도 나라를 위해 수고로움을 아끼지 않고 거친 사막에 와서 온갖 고생을 다 하며 공을 세웠지만 조정에서는 아무 은혜도 베풀지 않고 있습니다. 이 모든 게 바로 그 간신배들의 장난이 아니고 무엇입니까? 장군께서도 만일 그동안에 얻으신 금은보화를 보내어 채경, 동관, 고구, 양전의 무리에게 뇌물을 먹인다면 벼슬을 얻고 천자의 은혜를 입을 수 있겠지만 그렇지 않으면 소용없습니다. 아무리 나라에 충성을 다하여 큰 공을 세운다 하더라도 조정에 돌아가면 도리어 죄인으로 몰리게 될 게 뻔합니다. 저는 오늘 대요국 국왕께서 장군을 우리 요나라의 진국대장군에 총령병마대원수(總領兵馬大元帥)에 봉하겠다 하시므로 그 칙령을 받들고 왔습니다. 국왕께서는 금 한 제와 은 한 칭에 고운 비단 백여덟 필, 좋은 말 백여덟 마리를 내리시면서 백여덟 두령들의 이름을 적어 오면 그 이름에 따라 모두에게 벼슬을 내리겠다 하셨습니다. 이것은 결코 장군을 꾀려 함이 아닙니다. 국왕께서는 장군의 높은 덕성을 믿으시고 저를 보내 장군과 여러 장졸들을 불러다가 우리 요나라를 위해 일하게 하려 하심입니다."

송강은 구양 시랑의 말을 가만히 듣고 있다가 입을 열었다.

"시랑의 말씀이 옳습니다만 받아들이지 못해 죄스럽습니다. 이 송강은 운성현의 하잘것없는 아전바치로서 미천한 몸이 죄를 짓고 양산박에 올라가 잠시 숨어 지내고 있었는데, 송나라 천자께서 세 번이나 조서를 내려 죄를 용서하고 조정으로 불러 주셨습니다. 지금 비록 벼슬은 하잘것없으나 아직 죄를 사면하여 준 은혜조차 보답할 만한 공을 세우지 못하고 있습니다. 그런데 어찌 요나라 국왕께서 보낸 높은 벼슬과 상을 받을 수 있겠습니까? 수고스럽지만 시랑께서는 요왕께서 내리신 것들을 가지고 그냥 돌아가 주십시오. 지금은 무더운 여름철이라 인마를 움직일 수 없으니 계주와 단주 두 성은 저희가 잠시 빌려 군사를 쉬게 해야겠습니다. 뒷일은 가을에 가서 다시 의논하도록 합시다."

거절은 거절이라도 자못 은근한 데가 있어 구양 시랑은 그런 송강을 잡고 늘어졌다.

"장군께서 꺼리지 않으신다면 저희 국왕께서 보낸 금과 비단과 말은 받아 두십시오. 저는 이대로 돌아갔다가 나중에 다시 와서 천천히 의논해도 늦지는 않을 것입니다."

"시랑께서는 우리 백여덟 명을 잘 모르시는 것 같습니다. 사람의 이목이 많은데 그 물건을 받아 두었다고 말이 새 나가기라도 한다면 먼저 화부터 입을 것입니다."

이번에도 송강은 그렇게 거절했으나 전혀 뜻이 없는 것 같지는 않았다. 구양 시랑이 그런 송강을 부추기듯 말했다.

"병권이 장군의 손안에 있는데 누가 감히 장군의 뜻을 따르지 않겠습니까."

"시랑께서는 내막을 잘 모르십니다. 우리 형제들 중에는 강직

한 용사들이 많습니다. 따라서 내가 그들을 좋은 말로 타일러 여럿의 마음이 하나가 된 뒤라야 별일이 없을 것입니다. 그런 다음 천천히 요나라 국왕에게 회답을 드려도 늦지 않을 듯합니다."

송강은 그래 놓고 술상을 내오게 해 구양 시랑을 대접한 뒤 성 밖까지 배웅했다.

구양 시랑이 돌아간 뒤 송강은 곧 군사 오용을 불러 놓고 물었다.

"군사께서는 요나라의 시랑이 한 말을 어떻게 생각하오?"

그 물음에 오용은 긴 한숨과 함께 머리를 숙이며 깊은 생각에 잠겼다. 오용이 얼른 대답하지 않자 송강이 다시 물었다.

"군사께서는 무슨 까닭으로 한숨을 쉬시오?"

"제 생각이 달리 없는 것은 아닙니다만 형님께서는 충의만 내세우시기에 여러 말 하지 않겠습니다. 허나 구양 시랑의 말도 이치가 전혀 없는 건 아닙니다. 지금 송나라의 천자는 밝고 어질다 하지만 채경, 동관, 고구, 양전 같은 간신들이 제멋대로 권세를 농락하고 있습니다. 천자는 그런 줄도 모르고 그들의 말만 믿고 있으니 우리가 나중에 큰 공을 세운다 해도 결코 높은 벼슬은 주지 않을 것입니다. 우리가 세 번이나 부름을 받은 후에 조정에 들게 되었지만 형님이 얻은 것은 겨우 선봉이란 대단찮은 자리뿐이지 않습니까? 저의 어리석은 생각으로는 이 기회에 송나라를 버리고 요나라로 넘어가는 것도 괜찮을 듯싶으나 형님의 충의를 저버릴 수 없어 함부로 권하지 못하고 있습니다."

그 말에 송강이 펄쩍 뛰듯 손을 저으며 말했다.

"군사의 말씀이 틀렸소. 송을 버리고 요를 따른다니 그런 일은 결코 있을 수가 없소. 비록 송나라 조정은 나를 버린다 할지라도 나의 충심은 송나라를 저버리지 않을 것이오. 오랜 뒤에 조정은 설령 상을 내리지 않는다 할지라도 이름만은 청사에 길이 남을 것이외다. 만일 옳은 것을 버리고 그릇된 것을 좇으면 하늘이 용서치 않을 터. 우리는 죽어도 충성을 다해 나라의 은혜에 보답해야 하오."

오용도 이미 짐작하고 있었다는 듯 길게 제 뜻을 고집하지 않았다.

"형님의 마음에 그같이 충의가 있다면 계책도 거기 따라 세워야겠지요. 이대로만 하시면 패주도 빼앗을 수는 있습니다. 그러나 지금은 날씨가 매우 더우니 잠시 머물러 있으면서 군사와 말을 쉬게 하셔야 할 겁니다."

그러고는 자신의 계책을 송강에게 일러 주었다. 송강은 오용의 계책을 받아들여 그대로 쓰기로 했으나 다른 장수들에게는 알리지 않았다. 그저 계주에 머물면서 더위가 지나가기를 기다리는 척할 뿐이었다.

그러던 어느 날이었다. 군막 안에서 공손승과 더불어 이 이야기 저 이야기를 나누던 중에 송강이 문득 물었다.

"아우의 스승이신 나 진인(眞人)은 이 시대에서 으뜸가는 고사(高士)라 들었네. 저번에 고당주를 칠 때 고렴의 요술을 깨뜨리기 위해 대종과 이규를 아우에게 보낸 적이 있었지 않나? 그때 그 사람들이 말하기를 아우의 스승이신 나 진인의 술법이 매우 영

험하다 하더군. 번거롭지만 내일 아우는 이 송강을 스승께로 데려가 줄 수 없겠나? 그 법좌 앞으로 나아가 향을 사르고 절을 올려 내 몸에 묻은 이 세상의 먼지를 씻고 싶네. 어떤가? 데려가 주겠는가?"

그러자 공손승이 오히려 반가워하며 대답했다.

"저도 돌아가서 늙으신 어머님과 스승을 뵙고 싶었으나 형님께서 아직 군사가 머물 자리를 정하지 못한 것 같아 함부로 말씀드리지 못했습니다. 오늘 마침 형님에게 그 일을 말씀드리려 하던 참인데, 뜻밖에도 형님께서 같이 가시겠다니 반갑습니다. 내일 아침 일찍 함께 떠나 스승님을 뵙도록 하지요. 저는 그참에 늙으신 어머님도 뵙고 돌아와야겠습니다."

이에 송강은 다음 날 오용에게 잠시 군마를 맡긴 뒤 자신은 나진인을 찾아뵈러 구궁현 이선산(二仙山)으로 떠났다. 이름난 향과 깨끗한 과일, 금은보화와 비단 등을 예물로 마련하고 화영, 대종, 여방, 곽성, 연순, 마린 여섯 명의 두령과 오천의 보졸을 딸린 채였다. 말을 타고 계주를 떠난 송강 일행은 점점 산속 깊숙이 접어들었다. 길가에는 푸른 소나무가 빽빽이 들어서서 더위가 가시며 서늘한 기운이 돌아 더없이 아름다운 산이었다. 공손승이 말 위에서 일러 주었다.

"이 산은 어비산(魚鼻山)이라고 합니다."

송강이 그 산을 바라보니 개울이며 폭포며 동굴에 갖가지 진귀한 수목들이 과연 신선이 살 만한 산처럼 보였다.

송강은 공손승과 함께 자허관(紫虛觀)에 이르러 말에서 내렸다. 의관을 단정히 하고 졸개들에게 향과 예물을 받쳐 들게 해 학헌(鶴軒)으로 들어가니 거기 있던 도인들이 공손승을 알아보고 모두 앞으로 나와 예를 올렸다.

"스승께서는 어디 계시오?"

공손승이 그렇게 묻자 도인들이 대답했다.

"스승께서는 요즘 뒤채로 물러나 고요히 앉아 계시면서 자허관으로는 별로 나오시지 않습니다."

이에 공손승은 송공명과 함께 뒷산에 있는 나 진인의 거처로 발길을 옮겼다. 자허관을 돌아 험한 오솔길과 구불구불한 층계를 오르내리며 한 마장쯤 가니 소나무, 잣나무가 짙고 푸른 곳이 나오며 가시나무 울타리가 나타났다. 울타리 안에는 진귀한 꽃과 풀들이 덮여 있고 그 한가운데는 세 칸쯤 되는 설동(雪洞)이 있었다. 나 진인은 그 안에 단정히 앉아 경을 외고 있는 중이었다.

나 진인을 시중들던 동자가 찾아온 손님들을 보고 문을 열어 맞아들였다. 공손승이 먼저 초당 안 학헌으로 가 스승을 뵈온 뒤에 아뢰었다.

"제자의 오래된 친구인 산동의 송공명이 스승님을 뵈옵고자 여기로 왔습니다. 송공명은 조정의 부르심을 받아 선봉이 되어 요나라 군사를 물리치러 군사를 이끌고 지금 계주에 와 있습니다."

공손승의 말을 들은 나 진인은 송강을 안으로 불러들이게 했다. 초당으로 들어온 송강은 댓돌까지 내려온 나 진인에게 앉아서 절을 받기를 권했다.

"장군은 나라의 상장(上將)이요, 나는 산골에 묻혀 있는 이름

없는 늙은이인데 어찌 그럴 수 있겠소?"

나 진인이 그렇게 사양했다. 그러나 송강이 기어이 절을 올리려 드니 그제야 마지못해 자리에 앉았다.

송강은 우선 향로를 꺼내 향을 피워 놓고 여덟 번 절을 올린 다음 화영을 비롯한 여섯 두령들에게도 모두 절을 올리게 했다. 예가 끝나자 나 진인은 그들을 모두 자리에 앉히고 동자에게 차와 과일을 내오게 했다.

"장군께서는 위로 하늘에 있는 별의 우두머리 운세를 타고났으며, 다른 여러 별의 운세를 타고난 영웅들과 함께 하늘을 대신해 도를 행하셨소. 게다가 이제는 송나라 조정에 귀순했으니 그 맑고 깨끗한 이름은 만 년이 지나도 지워지지 않으리다."

나 진인이 송강을 그윽이 살펴보다가 그렇게 말했다. 송강이 겸손하게 받았다.

"이 송강은 운성현의 하잘것없는 아전바치로서 죄를 짓고 산속으로 숨어들었습니다. 그런데 고맙게도 사방의 호걸들이 소문을 듣고 바람에 쏠린 듯이 모여들어 서로 돕고 구하게 되었습니다. 친하기는 골육 같고 그 정은 팔다리나 다름없었지요. 그러던 중 하늘이 알려 주어 저희 모두가 땅과 하늘을 지키는 여러 별의 환생으로 한곳에 모이게 되었음을 알았습니다. 특히 이번에는 조정의 명을 받아 대군을 이끌고 요나라를 치러 가는 길에 이처럼 진인께서 계시는 선경을 지나치게 되었으니 어찌 그냥 있을 수 있겠습니까? 여러 세상에 걸친 인연으로 여기고 잠깐이라도 찾아와 절하고 뵙게 된 것입니다. 바라건대 진인께서 어리석은 저희들의 앞날을 일러주신다면 그보다 더한 다행도 없을 것입니다."

그러나 나 진인은 송강의 그 같은 청을 얼른 들어주려 하지 않았다.

"장군께서는 저를 어리석다 않으시고 물어 주셨으나 저는 출가인이라 세상과는 멀어진 지 오래외다. 마음이 이미 불 꺼진 재와 같아 충성을 다할 수 없으니 너무 허물하지 말아 주시오."

그래도 송강은 두 번 세 번 절을 올리며 가르침을 구했다. 나 진인은 그런 송강을 가만히 살피다가 다시 말했다.

"장군께서는 조금 기다리시오. 곧 도량의 변변찮은 밥상이 나올 것입니다. 날도 이미 저물었으니 오늘 밤은 이 거친 산의 초당에서 묵으시고 내일 아침 일찍 떠나시는 게 좋겠습니다."

"이 송강은 스승님의 가르침을 받아 어리석고 미련함에서 벗어나려 왔습니다. 그런데 어찌 그렇게 쉬이 돌아갈 수 있겠습니까?"

송강은 다시 그렇게 말하고는 데려온 사람을 시켜 금은보화와 비단을 나 진인에게 올리게 하였다. 나 진인이 사양했다.

"나는 외진 곳에 묻혀 사는 늙은이라 집 안에만 박혀 있어 금은보화를 받아도 쓸데가 없습니다. 또 무명으로 몸을 가리고 있어 비단을 받아도 걸칠 데가 없소. 장군께서는 수만의 군사를 거느리고 계시니 날마다 상을 줄 일도 많을 것이오. 이 물건들을 도로 가져다 그때나 쓰도록 하시오."

그래도 송강은 거듭 절을 올리며 예물을 받기를 졸랐다. 나 진인은 한사코 받지 않고 밥과 차를 내어 대접할 뿐이었다. 그리고 공손승에게는 집으로 돌아가 어머니를 만나 뵌 뒤 다음 날 아침 일찍 돌아와서 송강과 함께 계주로 돌아가기를 명했다.

공손승이 산을 내려가고 송강은 나 진인의 암자에 머물렀다. 그날 밤 송강은 나 진인과 함께 이야기를 나누다가 마음속을 털어놓고 앞날의 일을 물었다. 나 진인이 주저하다가 마침내 일러주었다.

"장군의 충성스럽고 의로운 마음이 하늘과 땅 같으니 천지신명께서 반드시 도와드릴 것입니다. 앞으로 살아서는 제후로 봉함을 받고 죽은 뒤에는 사당에서 봉양을 받을 것이니 걱정하고 두려워할 것은 아무것도 없습니다. 다만 장군의 명이 짧아 모든 게 다 좋다고는 할 수가 없겠군요."

그 말에 송강이 얼른 물었다.

"스승님, 그렇다면 이 송강이 고이 죽을 수 없다는 말씀입니까?"

"그렇지는 않습니다. 장군은 반드시 집 침상에서 죽게 될 것이요, 죽은 뒤에는 무덤을 가지게 될 것이외다. 다만 명이 박해, 하려는 일마다 곳곳에서 걸리는 게 많고 즐거움보다는 걱정이 더 클 뿐이지요. 그러니 뜻을 이루어 한창 좋을 때 얼른 물러나야지 부귀영화에 너무 오래 매달려서는 아니 될 것이오."

나 진인이 그렇게 일러 주었다. 그 말에 송강이 다짐처럼 받았다.

"스승님, 부귀영화는 이 송강이 뜻하는 바가 아닙니다. 다만 우리 형제들이 언제나 탈이 없고 비록 가난하게 살더라도 그걸 괴롭게 여기지 않는다면 더 바랄 게 없겠습니다."

그러자 나 진인이 껄껄 웃으며 말했다.

"이미 정해진 운수가 돌아오면 그대들이 오래 머물러 있으려 한들 어찌 그대로 되겠소이까?"

송강은 그런 나 진인에게 두 번 절하고 법어(法語)를 구했다. 나 진인이 동자에게 종이와 붓을 가져오게 해 여덟 구절의 법어를 쓴 뒤 송강에게 건네주었다.

충성스러운 자 적고 의로운 자 드물도다
유연(幽燕)에서 공 이루어도 밝은 달빛 헛되도다
겨울이 깊어지면 기러기 떼 흩어져 날고
오나라 초나라에서 벼슬 받자 돌아가리

대략 그 같은 내용이었다. 송강은 그 법어를 받고도 무슨 뜻인지 몰라 다시 빌었다.

"바라건대 스승님께서는 귀한 말씀으로 저의 미련스러움을 깨우쳐 주십시오."

"이는 하늘의 기밀이니 내가 함부로 말할 수 없습니다. 후일 때가 되면 자연히 알게 될 것이오. 이제 밤도 깊었으니 장군께서는 자허관으로 돌아가 하룻밤 묵으시고 내일 보도록 합시다. 나는 여러 해 미룬 잠이 있어 꿈속으로 돌아가야겠으니 장군께서는 너무 허물하지 마시오."

나 진인이 그렇게 말하며 송강의 청을 받아 주지 않았다. 송강은 하는 수 없이 법어 여덟 구를 품속에 간직하고 나 진인의 암자를 나왔다. 송강이 자허관으로 돌아가니 여러 도인들이 맞아들여 하룻밤을 쉬게 돌봐 주었다.

이튿날 아침 일찍 송강이 나 진인을 찾아가니 공손승이 벌써 암자에 와 있었다. 나 진인은 도관에서 먹는 밥과 반찬을 가져오게 해 송강에게 대접했다.

아침 식사가 끝나자 나 진인이 다시 송강에게 조용하게 말했다.

"장군께 한마디 긴히 드릴 말씀이 있소. 잘 듣고, 되도록이면 내 뜻을 따라 주시오."

그러더니 공손승을 흘깃 보고 말을 이었다.

"이 제자 공손승이 원래 나를 따라 출가한 뒤 세속의 먼지를 멀리한 것은 이치에 따른 일이었으되 또한 별의 운세를 받아 태어난 까닭에 장군의 형제들에게로 가지 않을 수가 없었소. 하지만 이제부터는 속세와의 인연은 짧아지고 도를 닦는 날은 길어질 것이오. 마음 같아서는 오늘부터라도 이곳에 붙들어 두고 나를 시중들게 하고 싶으나 그쪽 형제들과의 정분을 보아 차마 그럴 수가 없구려. 오늘은 장군을 따라가 장군이 큰 공을 세우는 걸 돕도록 할 테니, 싸움에 이기고 도성으로 돌아와 떠나려 할 때는 꼭 보내 주도록 하시오. 그것은 첫째로는 공손승이 나의 도를 전해 받을 사람이기 때문이고, 둘째로는 그의 늙은 어머니가 의지할 곳을 얻게 하려 함이외다. 장군께서는 충의의 사람이니 꼭 충의롭게 처결하시리라 믿지만, 어떻소? 내 뜻을 따라 주시겠소?"

"스승님의 가르침을 제가 어찌 듣지 않을 수가 있겠습니까? 더군다나 공손승 선생은 이 송강과 형제간입니다. 그가 가고 그가 오는 것을 어찌 막을 수 있겠습니까?"

송강이 그같이 대답하자 나 진인과 공손승이 머리를 수그리며 감사했다.

"장군께서 허락해 주시니 고맙기 그지없습니다."

송강을 비롯한 여러 사람은 그길로 나 진인에게 절을 올리고 떠날 채비를 했다. 나 진인이 암자 밖까지 나와 송강을 배웅하면서 말했다.

"장군께서는 부디 옥체를 보존하시고 하루빨리 제후로 봉함 받기를 빕니다."

송강이 작별 인사를 마치고 자허관 앞으로 나오자 그를 따라온 사람들이 말들을 끌어내 왔다. 여러 도인들은 자허관 밖까지 나와 송강 일행들을 배웅했다. 송강은 곧장 말에 오르지 않고 산 중턱 평평한 곳에 이를 때까지 걸었다. 그리고 거기서야 공손승과 함께 말에 올라 계주성으로 돌아갔다. 돌아가는 길에는 이렇다 할 일이 없었다. 송강이 계주 관아 앞에 이르러 말에서 내리자 흑선풍 이규가 그들을 맞으며 물었다.

"형님은 나 진인을 만나러 가면서 왜 이 동생은 빼놓았소?"

"나 진인께서는 자네가 그분을 해치려 했다면서 몹시 노여워하셨네."

대종이 송강을 대신해 그렇게 둘러댔다. 이규가 퉁명스럽게 대종의 말을 받았다.

"그거야 뭐 피장파장이지. 나도 그 영감 때문에 혼깨나 났소!"

그 말을 듣고 모두 한바탕 웃음을 터뜨렸다. 송강은 관아 안으로 들어가고 다른 사람들은 모두 뒤채로 갔다.

송강이 나 진인에게서 받은 법어 여덟 구절을 꺼내 오용에게 보여 주며 그 뜻을 물었다. 그러나 오용 또한 아무리 들여다보아도 거기 감춰진 뜻을 알 수가 없었다. 다른 사람들도 마찬가지였다. 곁에서 보고 있던 공손승이 송강에게 넌지시 일렀다.

"그것은 하늘의 뜻이 감추어진 오묘한 말이니 함부로 누설해서는 아니 됩니다. 몸에 잘 간직하여 죽을 때까지 두고 쓰되 의심을 품지 않도록 하십시오. 스승님의 법어는 이미 지난 다음에야 알게 됩니다."

그 말에 송강은 공손승의 말대로 그것을 구천현녀의 천서 속에 감춰 두었다.

그후 계주에 군사를 머물게 한 지 한 달쯤이 지났다. 그러나 그동안은 이렇다 할 일이 벌어지지 않았다. 그런데 칠월 중순이 지나자 단주에 있는 조 추밀로부터 글이 왔다. 조정에서 칙령을 내렸으니 빨리 나가 싸우라는 내용이었다.

송강은 추밀원의 글을 받고 군사 오용과 의논한 끝에 옥전현으로 갔다. 그곳에서 노준의가 거느린 군사와 합쳐 인마를 조련하고 병장기를 수선한 다음 계주로 돌아와 싸울 날을 정할 생각이었다. 그런데 문득 군사들이 알려 왔다.

"요나라의 사신이 이르렀습니다."

송강이 나가 맞고 보니 그는 바로 구양 시랑이었다. 송강은 그를 후당으로 맞아들여 예를 나누었다.

"시랑은 무슨 일로 오시었소?"

송강은 예가 끝난 뒤 그렇게 물었다. 구양 시랑이 받았다.

"좌우를 물리쳐 주시오."

송강은 구양 시랑이 무슨 긴한 일로 찾아왔음을 짐작하고 좌우에 있는 군사들을 모두 내보냈다. 둘만 남게 되자 시랑이 말했다.

"우리 대요국 국왕께서는 공의 덕을 사모하고 계십니다. 만약 장군께서 기꺼이 우리에게로 귀순하시어 대요국을 도와준다면 반드시 제후에 봉할 것입니다. 그러한즉 속히 대의를 이루심과 아울러 저희 임금님의 소망도 풀어 주십시오."

송강은 어느 정도 짐작하던 일이었으나 시치미를 떼고 신중하게 말했다.

"여기에는 바깥 사람이 없으니 나도 진심으로 일러 드리겠소. 시랑께서는 전번에 오셨을 때 우리 편 여러 군관들이 시랑께서 오신 까닭을 모두 안다는 걸 모르시지요. 그런데 나중에 물어보니 그중의 태반이 귀순하려 하지 않았습니다. 만약 제가 시랑과 함께 유주로 가 시랑의 임금님을 만나려 한다면 부선봉 노준의가 반드시 군사를 이끌고 뒤쫓아 올 것이오. 그래서 그 성 아래서 싸우게 되면 지난날 형제같이 지낸 정을 저버리게 될 것이외다. 그러한즉 나는 다만 믿을 만한 사람들만 거느리고 갈까 하니 시랑께서는 어떤 성이든 내가 몸을 감출 만한 곳을 알려 주시오. 그때에는 피한 곳을 알고 그곳까지 뒤쫓아 온다 해도 나는 피할 수 있을 것이며, 또 내가 노준의에게 항복을 권해 보았다가 듣지 않으면 그때 맞서 싸워도 늦지 않을 것입니다. 하지만 만약 그가 우리의 간 곳을 모르면 할 수 없이 인마를 되돌려 동경으로 가겠지요. 그들이 송나라 조정에 우리 일을 알리면 사정은 달라지게 될 것이오. 그때 우리가 요나라 국왕을 뵈옵고 인마를 얻어 그와 싸우면 될 것이외다."

구양 시랑은 송강의 무리가 쉽게 항복하려 하지 않는 것이 오히려 더 미덥게 생각되었다. 송강의 그 같은 말을 매우 흡족해하며 받았다.

"여기서 가깝고 요긴한 곳으로는 패주가 있는데 그곳으로 가려면 두 개의 병목 같은 곳을 지나야 합니다. 하나는 익진관(益津關)으로 양편으로는 모두 높고 험한 산이 있고 그 한가운데로 역마길이 나 있습니다. 또 하나는 문안현으로 역시 양쪽으로는 거친 산들이 있으나 그 관문만 지나면 이내 현청이 나옵니다. 그 두 곳은 바로 패주의 두 대문이라 할 수 있는 곳이지요. 장군의 뜻이 그러하시다면 패주로 가서 숨어 계시는 게 좋겠습니다. 패주는 우리 대요국 국왕의 처남 강리정안(康里定安)이 지키는 곳입니다. 장군께서 그리로 가셔서 우리 국구(國舅, 원래는 왕의 장인이나 외숙. 여기서는 요나라의 벼슬 이름)와 함께 저것들이 어떻게 나오는가를 살피도록 하십시오."

"알겠소이다. 그러면 이 송강은 밤을 틈타 사람을 집으로 보내 뒷걱정부터 덜어야겠습니다. 시랑께서는 몰래 사람을 보내 내가 패주로 가는 길을 이끌도록 해 주셨으면 고맙겠소. 우선 이렇게 정해 놓고 오늘 밤을 기다려 짐을 꾸리도록 하겠소이다."

일이 그렇게 매듭지어지자 구양 시랑은 더없이 기뻐하며 송강과 작별하고 말에 올랐다.

구양 시랑이 떠난 뒤 송강은 노준의와 오용, 주무 등을 계주에 불러 패주를 꾀로 빼앗을 계책을 의논했다. 자세한 의논이 정해지자 노준의가 명을 받고 먼저 떠나가고 오용과 주무는 여러 장군들에게 의논된 계책을 은밀히 일러 주었다.

송강은 임충, 화영, 주동, 유당, 목홍, 이규, 번서, 포욱, 항충, 이곤, 여방, 곽성, 공명, 공량 등 열네 명의 두령과 군졸 만 명만 거느리고 가기로 했다. 송강이 데려갈 장졸들을 모두 뽑아 놓고 기다리는데 구양 시랑이 이틀 만에 나는 듯 말을 달려와서 말했다.

"우리 임금께서는 장군이 매우 성실하고 마음가짐이 바른 분이시란 걸 잘 알고 계십니다. 이미 장군께서 귀순해 오신 터에 그까짓 송나라 군사가 두려울 게 무엇이겠습니까? 우리 대요국은 날랜 병사와 용맹한 장수들이 많으니 힘센 사람과 씩씩한 말로 장군을 돕도록 하겠습니다. 또 장군께서 영존을 모시는 게 걱정된다면 패주에서 우리 국구와 함께 계시게 하지요. 그런 다음 사람을 보내어 모셔가도 늦지 않을 것입니다."

"떠나려는 장졸들은 이미 채비가 되어 있으니 언제라도 떠날 수 있습니다."

송강이 짐짓 침통한 표정을 지으며 그렇게 말했다.

"그럼 바로 오늘 저녁에 떠나도록 합시다. 장군께서는 그렇게 명을 내리십시오."

구양 시랑이 그렇게 서둘렀다.

송강은 곧 명을 내려 모든 말에서 방울을 떼게 하고 군사들에게는 그날 밤에 얼른 떠날 수 있게 채비하라 일렀다. 그리고 한편으로는 좋은 음식과 술을 내 요나라 사신을 접대했다. 이윽고 날이 저물어 왔다. 송강은 서쪽 성문을 열고 성을 빠져나왔다. 구양 시랑이 수십 기를 이끌고 앞서서 길을 안내했다. 그 뒤를 송강이 한 떼의 군마를 이끌고 뒤따랐다. 한 이십 리나 갔을까? 송강이 말 위에서 문득 놀란 외침을 쏟아 냈다.

"아차, 군사 오학구(吳學究)도 나와 함께 대요국에 귀순하기로 했었지. 급히 떠나다 보니 그만 그를 잊고 말았구나. 인마를 천천히 가게 하면서 사람을 보내 그를 데려와야겠소."

송강이 그렇게 말하자 구양 시랑은 별 의심 없이 그가 하는 대로 내버려 두었다.

그때 이미 밤은 삼경 무렵이 되어 있었다. 그들 앞으로 익진관의 관문이 나타났다. 구양 시랑이 큰 소리로 성문을 열라고 외치자 관을 지키던 장수가 아무 소리 않고 문을 열어 주었다. 송강의 인마는 모두 별 어려움 없이 관을 지나 패주에 이를 수 있었다.

날이 밝을 무렵 해서야 구양 시랑은 송강을 성안으로 불러들이고 요왕의 국구인 강리정안에게도 알렸다. 강리정안은 요나라 왕비의 친오라비가 되는 사람으로서 권세가 높은 데다 담력과 용맹이 대단한 자였다. 두 명의 시랑을 데리고 패주를 지키고 있었는데 하나는 금복시랑(金福侍郞)이요, 다른 하나는 섭청시랑(葉清侍郞)이었다.

강리정안은 송강이 투항해 왔다는 말을 듣자 인마는 잠시 성 밖에 놓아 두고 송강만 성안으로 들이게 하였다. 구양 시랑은 그 명에 따라 송강을 데리고 성안으로 들어갔다. 강리정안은 송강의 생김이 범상치 않음을 보고 계단을 내려와 맞아들이고 후당으로 데려갔다. 서로 예를 나눈 뒤 강리정안이 송강에게 높은 자리에 앉게 하자 송강이 사양했다.

"국구는 임금의 인척이 되는 분이요, 저는 한낱 항복한 장수에 지나지 않습니다. 그런데 국구께서 이렇게 후하게 대접해 주시니 장차 어떻게 보답해야 될지 모르겠습니다."

"장군의 이름이 천하에 떨치고 그 위엄은 중원을 뒤덮는다는 말은 많이 들었소이다. 우리 대요국에도 장군의 이름은 널리 알려져 있지요. 우리 국왕께서도 그 때문에 더욱 장군을 사모하고 있습니다."

강리정안이 점잖게 송강을 치켜세웠다. 송강은 감동한 듯 말했다.

"국구께서 제게 이렇게 후하게 대해 주시니 감격스럽습니다. 송강은 마땅히 마음을 다하여 대요국 국왕의 큰 은덕에 보답할 것입니다."

송강이 그렇게 충성을 다짐하자 강리정안은 몹시 기뻐했다. 곧 사람을 불러 송강이 온 것을 반기는 잔치를 벌이게 했다. 그리고 한편으로는 소와 말을 잡아 송강을 따라온 군사들도 후하게 대접했다.

강리정안은 또 성안의 집 한 채를 골라 송강과 화영을 비롯한 두령들을 쉬게 하고, 이끌고 온 군마도 모두 성안에 군막을 치고 머물게 했다. 화영을 비롯한 나머지 장수들도 모두 강리정안 앞으로 나아가 절하고 보았다.

송강은 요나라 장수들과 한곳에서 편히 쉰 다음 구양 시랑을 불러 말하였다.

"번거로우시겠지만 시랑께서는 사람을 뽑아 관문을 지키는 군사들에게 우리 군사(軍師) 오용이 오거든 아무 소리 말고 들여보내라고 일러 주십시오. 나와 오용은 한곳에서 묵도록 하겠습니다. 지난 밤에 급하게 나오느라 기다리지 못하고 먼저 시랑과 함께 나서다 보니 그를 잊고 말았습니다만, 군사를 거느리는 일에는 그가 없이는 아니 됩니다. 우리 군사는 문무를 겸하였을 뿐만 아니라 지모가 뛰어나고 육도삼략에 통하지 않는 데가 없습니다."

그 말을 들은 구양 시랑은 곧 송강이 원하는 대로 했다. 사람을 뽑아 익진관과 문안현에 보내 관문을 지키는 장수들에게 알렸다.

"수재 차림을 한 오용이란 사람이 오면 그대로 들여보내도록 하라."

구양 시랑의 전갈을 받은 문안현에서는 곧 사람을 익진관으로 보내 그대로 전했다. 오래잖아 관문을 지키는 군사가 보니 흙먼지를 하늘 가득 피워 올리며 한 떼의 군마가 익진관 쪽으로 달려오는 것이 보였다. 관문을 지키던 장졸들은 통나무와 돌멩이를 성벽 위에 쌓아 두고 적을 맞을 채비를 했다.

그때 다가온 군사들 앞으로 말 한 필이 나섰는데 그 위에는 수재 차림의 사람이 타고 있었다. 그리고 그 뒤로는 한 떠돌이중과 그를 따르는 행자 및 여남은 명의 백성들이 보였다. 관문 앞으로 달려온 그들이 위를 올려보며 큰 소리로 외쳤다.

"나는 송강 아래에 있는 군사 오용이오. 형님을 찾아오는 중이나 송나라 군사들의 추적이 급하니 어서 문을 열고 나를 구해 주시오."

그를 살펴본 장수가 군사들을 향해 소리쳤다.

"바로 저 사람이다. 어서 문을 열어 드려라."

군사들이 그 명에 따라 관문을 열자 오학구가 들어오고 뒤따라 중의 복색을 한 두 사람도 밀고 들었다. 군사들이 막았으나 그들은 무턱대고 밀고 들며 소리쳤다.

"우리 두 사람은 출가인들이오. 적군이 바짝 뒤쫓고 있으니 우리들도 구해 주시오."

그래도 관문을 지키는 군사들은 그 둘을 관 밖으로 밀어내려 했다. 그러자 중들이 성난 목소리로 외쳤다.

"좋다. 바로 말하지. 우리들은 출가한 사람들이 아니다. 사람 죽이기를 밥 먹듯 해 온 노지심과 무송이 바로 우리다!"

그러고는 화화상은 쇠로 된 선장을 휘둘러 군사들을 때려눕히고 무송은 두 자루의 계도를 뽑아 함부로 찍어 넘겼다. 마치 잘 드는 칼로 호박이나 나무를 베어 눕히는 것 같았다. 뒤따르던 여남은 명의 백성들도 여간내기들이 아니었다. 해진, 해보, 이립, 이운, 양림, 석용, 시천, 단경주, 백승, 욱보사 같은 호걸들이 그런 차림을 했으니 관문을 지키던 군사들이 어떻게 당해 낼 수 있겠는가. 잠깐 동안에 관문을 오용이 데리고 온 사람들에게 빼앗기고 말았다.

오래잖아 노준의가 이끄는 군사들이 그곳에 이르렀다. 그들은 열린 관문으로 밀고 들어가 갑작스레 문안현을 덮쳤다. 문안현의 관원들도 당해 낼 길이 없어 이내 그곳도 노준의의 손에 떨어졌다.

한편 오용은 나는 듯 말을 달려 패주성 아래로 갔다. 성문을 지키던 군사가 지시받은 대로 오용을 안으로 받아들였다. 송강은 구양 시랑과 함께 오용을 맞아 강리정안에게 데리고 갔다.

"제가 형님과 함께 오지 못하고 늦는 바람에 일이 생겼습니다. 성을 나서는데 뜻밖에도 노준의가 알고 쫓아오지 않겠습니까? 지금 익진관 앞까지 와 있습니다만 제가 이곳까지 오는 동안 어떻게 되었는지 알 수가 없습니다."

오용이 강리정안에게 그렇게 말하는데 뒤따라오듯 탐마가 와서 알렸다.

"송나라 군사들이 문안현을 빼앗고 지금 패주로 밀려오고 있습니다."

그 말을 들은 강리정안은 몹시 놀랐다. 얼른 군사를 점고해 성을 나가 싸우려는데 송강이 말렸다.

"아직은 군사를 내지 마십시오. 그들이 성 밑까지 밀려오면 제가 좋은 말로 달래 보겠습니다. 만약 노준의가 제 말을 따르지 않는다면 그때 싸워도 늦지 않을 것입니다."

그러는데 다시 탐마가 와서 알렸다.

"송나라 군사들이 성에서 멀지 않은 곳에 이르렀습니다."

그 말을 들은 강리정안은 송강과 함께 성벽 위에 올라가 내려다보았다. 송나라 군사들이 성 아래에 정연하게 늘어서 있는 가운데 갑옷 투구를 갖춘 노준의가 보였다. 노준의는 창을 휘두르고 말을 달리며 군사들을 점고하고 장수들을 배치하며 위풍을 떨쳤다. 그러다가 성문 아래로 다가와 말을 세우고 큰 소리로 외쳤다.

"조정의 은혜를 저버린 송강은 어디 있느냐? 어서 나와 얼굴을 보여라."

그러자 송강이 성벽 담장 사이로 몸을 내밀며 노준의를 향해 말했다.

"이보게 아우, 내 말을 들어 보게. 송나라 조정은 상과 벌이 밝지 못할 뿐만 아니라 간신들이 권세를 부리며 아첨으로 나라를 마음대로 주무르고 있네. 이에 나는 대요국 국왕께 귀순했으니 자네도 이리로 와 나를 도와주게. 함께 우리 대왕을 받든다면 오랜 시간 양산박에서 함께 나눈 정을 다시 이어 갈 수 있을 것이네."

그러나 노준의는 소리 높여 꾸짖기만 했다.

"옛날 내가 북경에서 집 안에 편안히 살고 있을 때도 너는 나를 속여 산속으로 끌어들였다. 송나라의 천자께서는 조서를 내려 우리를 불러 주셨고 그 뒤에도 서운하게 한 적이 없거늘 너는 어찌하여 조정을 배신했느냐? 이 안목 짧고 쓸모없는 것아. 잔소리 말고 어서 나오너라. 한바탕 싸워 승부를 가려 보자."

그 말을 들은 송강은 몹시 성난 표정을 지었다. 요나라 군사들을 꾸짖듯 성문을 열게 한 뒤 임충, 화영, 주동, 목홍 네 장수를 함께 내보내 노준의를 사로잡으려 했다. 노준의는 그들 네 장수가 달려나오는 걸 보자 저희 군교들에게는 움직이지 못하게 한 다음 홀로 창을 비껴들고 말을 몰아 나갔다. 혼자 그들 네 장수에게로 덤벼드는데 조금도 겁내는 기색이 없었다.

임충을 비롯한 네 장수와 노준의 사이에 싸움이 벌어졌다. 한 스무 합이나 지났을까, 갑자기 네 장수가 힘이 달린 듯 말 머리를 돌려 성안으로 달아나기 시작했다. 노준의가 창을 휘둘러 신호를 보내자 거의 대부분이 한꺼번에 밀고 들었다.

임충과 화영은 적교 위에 올라섰다가 다시 되돌아서 치고 나왔다. 그리고 한바탕 되받아치고는 거짓으로 지는 척하며 성안으로 쫓겨 들어갔다. 그러느라 적교를 올릴 틈이 없어 노준의의 군사들은 그대로 성안으로 밀고 들 수 있었다.

성안에서 일이 그렇게 되기를 기다리고 있던 송강과 여러 두령들도 움직이기 시작했다. 장졸들을 일으켜 사방을 휩쓸며 요나라 군사를 죽여 대니 요나라 쪽으로서는 어찌해 볼 수가 없었다. 군사들은 모두 항복하고 강리정안도 얼이 빠져 서 있다가 구양 시랑을 비롯한 관원들과 꼼짝없이 사로잡히고 말았다.

송강이 군사를 거느리고 관에 이르자 여러 장수들이 들어와 예를 올렸다. 송강은 강리정안, 구양 시랑, 금복 시랑, 섭청 시랑 네 사람을 불러오게 해 자리에 앉히고 예를 갖추어 대하면서 말했다.

“당신네 요나라는 우리를 잘못 보았소. 여기 이 호걸들은 숲속에 몰려 있는 한낱 도둑 떼가 아니라 저마다 별의 운세에 맞춰 타고난 송나라의 신하들이오. 그런 사람들이 어찌 임금을 배반하고 다른 나라에 항복할 리 있겠소? 우리는 다만 이 패주를 빼앗기 위해 그런 꾀를 썼을 뿐이오. 이제 우리의 뜻이 이루어진 이상 당신들을 죽이지는 않겠소. 두려워 말고 당신네 나라로 되돌아가도록 하시오. 부하들과 그 가솔들도 모두 당신네 나라로 돌려보내 드리겠소. 패주성은 이미 송나라 조정으로 돌아왔으니 다시 와서 빼앗을 생각은 아예 마시오. 뒷날 다시 싸움터에서 만나게 된다면 당신들을 결코 용서치 않을 것이오."

그러고는 성안에 있는 요나라 관리들에게도 명을 내려 강리정안을 따라 유주로 가게 했다.

그들이 떠나간 뒤 송강은 방문을 내걸어 백성들을 안심시키고 부선봉 노준의에게는 군사 절반을 주며 돌아가 계주를 지키게 하는 한편 자신은 그 나머지 인마로 패주를 지켰다.

송강으로부터 패주를 빼앗았다는 말을 들은 조 추밀은 몹시 기뻤다. 곧 그 소식을 표문에 적어 조정에 올려 보냈다.

한편 강리정안과 세 시랑은 남은 졸개들을 이끌고 연경으로 돌아갔다. 요나라 국왕에게 송강의 거짓 항복을 믿었다가 송나라에게 패주를 빼앗겼다고 하자 요왕은 몹시 성을 내며 구양 시랑을 꾸짖었다.

"천한 종놈 같은 너의 장난으로 나라를 지키는 데 요충이 되는 패주를 잃고 말았구나. 내 이제 무슨 수로 이 연경을 지켜 낸단 말이냐? 당장 저놈을 끌어내다 목을 베어라!"

그때 올안 도통군이 나와서 말렸다.

"대왕께서는 걱정하지 마십시오. 저까짓 하찮은 것들 때문에

애쓰실 건 없습니다. 소인에게도 생각하는 바가 있으니 구양 시랑의 목만은 붙여 주십시오. 만약 구양 시랑이 죽은 걸 송강이 알면 도리어 우리를 비웃을 것입니다."

화는 나도 올안 도통군의 말을 듣고 보니 그 또한 옳았다. 이에 요왕은 구양 시랑의 목을 붙여 두었다. 기세가 되살아난 올안 도통군이 용맹을 뽐내듯 요왕 앞으로 나아가 말했다.

"제게는 이십팔수(二十八宿) 장군과 십일요(十一曜) 대장이 있습니다. 먼저 그들을 거느리고 가 진세를 벌이고 그 못된 오랑캐들을 북소리 한 번으로 쓸어버리겠습니다!"

그런데 올안 도통군이 미처 제 말을 다 끝내기도 전에 하 통군(統軍)이 나와 말했다.

"제게도 한 수가 있으니 대왕께서는 너무 심려하지 마옵소서. 닭을 죽이는 데 어찌 소 잡는 칼을 쓰겠습니까? 정통군(正統軍)께서 몸소 가셔서 애쓸 까닭이 없습니다. 부통군(副統軍)인 제가 작은 꾀를 써서 그 오랑캐들로 하여금 죽어도 묻힐 곳마저 없게 만들겠습니다."

계속되는 승리

하 통군의 큰소리에 요왕은 다시 마음이 풀어졌다. 얼굴 가득 기쁜 빛을 띠고 물었다.

"경은 내가 가장 믿고 아끼는 사람이다. 그 계책이 무엇이냐?"

하중보(賀重寶)라는 이름의 하 통군은 요나라의 올안 도통군 아래에서 부통군 자리를 맡고 있었다. 키가 아홉 자에 홀로 만 명을 당할 힘을 가진 자로 요술에 능하고 삼첨양인도를 잘 썼다. 그가 요왕의 물음에 자신 있게 대답했다.

"제가 지키고 있는 유주에는 청석욕(靑石峪)이란 곳이 있습니다. 들어갈 수 있는 길이라고는 한 갈래뿐이고 사면은 모두 높고 험한 산이어서 다른 데로는 빠져나갈 수 없는 곳입니다. 제가 마군 십여 기를 거느리고 그 오랑캐들을 청석욕 안으로 끌어들인

다음 인마를 풀어 입구를 틀어막아 버린다면 그것들은 앞뒤로 길이 막혀 굶어 죽고 말 것입니다."

그러자 또다시 공을 세울 기회를 빼앗긴 올안 도통군이 심술궂게 물었다.

"하지만 그놈들을 어떻게 꾀어 들인단 말인가?"

"그놈들은 우리의 큰 고을을 세 개나 빼앗았고 지금은 더욱 기고만장해서 우리 유주까지 탐내고 있을 것입니다. 우리가 많지 않은 군사를 가지고 가서 유인한다면 그들은 반드시 이긴 기세를 믿고 뒤쫓아올 것입니다. 그때 산골짜기 속에 몰아넣고 빠져나갈 길을 막아 버린다면 제 놈들이 어디로 가겠습니까?"

하 통군이 그렇게 자신 있게 말했으나 올안 도통군은 아무래도 못 믿겠다는 듯 받았다.

"그 계책으로는 일이 제대로 될 것 같지가 않소. 아무래도 나의 대군이 가야 될 것이오. 그러나 이왕 말이 나왔고, 대왕께서도 받아들여 주셨으니 한번 가서 싸워 보기나 하시오."

이에 하 통군은 국왕에게 작별을 고하고 유주로 돌아갔다. 그는 유주의 인마를 긁어모아 한 갈래는 유주를 지키게 하고 두 갈래는 패주와 계주로 떠나보냈다. 큰 아우 하탁(賀拆)은 패주로 보내고 작은 아우 하운(賀雲)은 계주로 보내면서 당부하기를 싸움이 붙으면 지는 척하고 송나라 군사를 유주 쪽으로 꾀어 오라 했다. 그렇게만 되면 나머지는 자신이 알아서 처리할 심산이었다.

그 며칠 뒤였다. 패주를 지키는 송강에게 급한 전갈이 들어왔다.

"요나라 군사들이 계주로 쳐들어가고 있습니다. 그곳을 빼앗길

지도 모르니 군사를 보내 구원하도록 해야 합니다."

그 말을 들은 송강은 기다렸다는 듯 중얼거렸다.

"그놈들이 와서 싸움을 건다면 차라리 잘된 일이다. 맞받아 싸워 이 기회에 유주도 빼앗아야겠다."

그러고는 약간의 인마를 남겨 패주를 지키게 한 뒤 나머지는 자신이 이끌고 노준의의 군사와 합쳐 한바탕 크게 싸워 보기로 마음먹었다.

그 바람에 군사를 거느리고 패주로 가던 요나라 장수 하탁은 도중에 계주로 가는 송강의 인마와 마주치게 되었다. 애초부터 될 싸움이 아니었다. 미처 세 합도 싸워 보지도 않아 하탁이 군사를 이끌고 도망치니 송강은 더 뒤쫓지 않았다.

계주를 치러 간 하운도 형과 크게 다르지 않았다. 도중에 호연작에게 걸려 제대로 싸워 보지도 못하고 물러나고 말았다.

계주에 이른 송강은 노준의와 만나 군사를 합쳤다. 그리고 장막 안에 들어가 요나라 군사들을 쳐부술 계책을 의논하기 시작했다. 먼저 오용과 주무가 나와 말했다.

"유주에서 두 갈래로 군사를 나누어 오는 것은 반드시 우리를 유인하려는 계책입니다. 함부로 나아가서는 아니 됩니다."

그러나 노준의는 보는 바가 달랐다.

"군사께서 잘못 보셨소. 그놈들은 거듭 싸움에 졌는데 무슨 기운이 남아 적을 유인하는 계책을 쓸 수 있겠소? 마땅히 얻어야 할 것을 얻지 않는다면 나중에 얻기는 힘들 것이오. 지금 나아가 유주를 빼앗지 않고 어느 때를 다시 기다린단 말이오?"

그러면서 싸우기를 고집했다. 송강에게도 노준의의 말이 옳게 들렸다.

"저것들은 이미 기세와 힘이 다한 것들인데 어떻게 그같이 좋은 계책을 쓸 수 있겠소? 이때를 놓쳐서는 안 될 듯하오."

그런 말과 함께 오용과 주무의 말을 물리치고 유주로 떠났다.

송강은 두 곳의 군마를 합쳐 세 갈래로 나누었다. 송강의 군사가 얼마 가지 않아 앞쪽에서 전갈이 들어왔다.

"요나라 군사들이 길을 막고 있습니다."

송강이 그 말을 듣고 앞쪽으로 나가 살펴보니 산언덕에서 문득 한 떼의 검은 기를 앞세운 적군이 쏟아져 나왔다. 송강이 얼른 군사를 벌여 세우자 요나라 장수도 군사를 네 갈래로 나누어 산기슭에 벌여 세웠다. 송강과 노준의를 비롯한 여러 두령들이 살펴보니 마치 검은 구름 속에 수천 수백만 인마가 한 장수를 에워싸고 나타난 듯했다.

요나라 장수는 삼첨양인도를 비껴든 채 진 앞으로 나와 말을 멈췄다. 하얀 빈철(鑌鐵) 투구에 눈부신 갑옷을 걸쳤는데 그 아래 전포는 붉은 비단이요, 타고 있는 말은 보기에도 날랜 천리마였다. 앞세운 깃발에는 '대요 부통군 하중보'라고 쓰여 있었다. 하중보가 칼을 비껴들고 나서는 걸 보고 송강이 주위를 둘러보며 물었다.

"요나라의 통군이라면 반드시 장수 중에도 뛰어난 장수일 것이오. 누가 나가서 싸워 보겠소?"

그러나 미처 그 말이 끝나기도 전에 대도 관승이 청룡언월도를 춤추듯 휘두르며 적토마를 박차 달려 나갔다.

두 장수는 이렇다 할 말을 주고받음도 없이 대뜸 어울렸다. 싸우기를 서른 합이나 했을까? 하 통군이 힘이 달리는지 문득 저희 편 진채로 달아나기 시작했다. 기세가 오른 관승이 말을 휘몰아 뒤쫓았다. 하 통군은 싸움에 져서 쫓기는 군사를 이끌고 산기슭을 돌아 달아났다. 송강이 군사들을 휘몰아 그런 적을 뒤쫓았다.

한 사오십 리나 갔을까. 문득 사방에서 북소리가 요란하게 울렸다. 송강이 얼른 군사를 물리려 하는데 산 왼쪽 기슭에서 다시 한 떼의 요나라 군사가 나타나 길을 막았다. 송강은 얼른 군사를 나누어 그 새로운 적과 싸우려 하는데 오른쪽에서 다시 한 떼의 요나라 군사가 나타났다. 앞쪽에서 달아나던 하 통군도 군사를 되돌려 치고 나왔다.

갑자기 사방에서 밀고 드는 적의 기세에 송강의 군사는 서로 구원할 겨를이 없었다. 어지럽게 얽혀 싸우는 동안에 앞뒤 두 토막으로 끊기고 말았다.

그때 노준의는 군사를 이끌고 뒤에서 싸우고 있었다. 요나라 군사들 때문에 두 토막이 나 앞선 인마가 보이지 않자 급히 길을 빼앗아 돌아가려 했다. 그러나 요나라 군사가 사방에서 밀고 나와 겹겹으로 에워싸니 노준의는 잠깐 사이에 적병 속에 갇히고 말았다. 노준의는 이끌고 있던 장수들로 하여금 사방으로 치고 나가 길을 열게 하였다. 여러 장수들은 용맹과 무예를 다하여 사방으로 좌충우돌했다.

그때 홀연 음산한 구름이 하늘을 뒤덮더니 검은 안개가 짙게 일었다. 곧 벌건 대낮이 밤처럼 어두워지며 동서남북을 짐작할 수 없었다. 그 갑작스러운 변화에 노준의는 몹시 놀랐다. 얼른 한 갈래 인마를 이끌고 죽을힘을 다해 어둠 속을 뛰쳐나갔다.

노준의가 길을 잡은 것은 말방울 소리가 나는 쪽이었다. 그 소리 나는 곳을 향해 무턱대고 군사를 몰아 나가니 한 군데 산 어귀가 나타나고 그 앞 골짜기에서 사람의 소리와 말 울음소리가 시끄럽게 들려왔다.

노준의는 군사를 이끌고 그 산골짜기로 들어갔다. 그때 갑자기 미친 듯한 바람이 크게 일며 돌이 구르고 모래가 날려 앞을 볼 수가 없었다. 그러나 노준의는 내친김이라 그대로 밀고 들어갔다. 이경 무렵이 되자 비로소 바람이 가라앉고 구름이 걷히고 하늘의 별이 보였다.

겨우 정신을 차린 장수들이 사방을 둘러보니 온통 높은 산이 가로막고 있는데, 그나마 깎아지른 듯한 절벽이라 나갈 길이 없었다. 그때 노준의를 따르고 있는 인마는 서령, 삭초, 한도, 팽기, 진달, 양춘, 주통, 이충, 추연, 추윤, 양림, 백승 등 크고 작은 두령 열둘과 오천의 군사뿐이었다. 별빛 아래 돌아 나갈 길을 찾아보았으나 사방이 높은 산으로 둘러싸여 있어 나갈 수가 없었다.

"군사들이 하루 내내 싸워 몸과 마음이 몹시 지치고 고단해 있을 것이다. 여기서 하룻밤 사람과 말을 쉬게 한 뒤 내일 다시 길을 찾아보자."

노준의는 그렇게 말하고 골짝 한구석에 군사를 쉬게 했다. 한편 송강도 정신없이 싸우다가 갑작스레 검은 구름이 일며 돌과 모래가 날리는 변괴를 당했다. 한 치 앞을 분간할 수 없게 되었는데 공손승은 단번에 그것이 요술임을 알아차렸다. 공손승이 얼른 보검을 뽑아 들고 말 잔등에서 무어라 주문을 외우다가 소리쳤다.

"흩어져라!"

그리고 보검을 들어 검은 구름을 가리키니 갑자기 검은 구름이 사방으로 흩어지며 미친 듯한 바람이 멎었다. 그러자 요나라 군사들은 싸움을 그만두고 스스로 물러갔다.

송강은 군사를 휘몰아 적의 에움을 뚫은 뒤 한 자락 높은 산 밑으로 군사를 물리고 그곳에서 이끌고 있던 군사들을 대부분 수습했다. 군량 실은 수레들을 앞뒤로 엇물리게 하여 성벽과 목책을 대신한 다음 대소 두령들과 인마를 점검해 보니 노준의를 비롯한 두령 열셋과 군사 오천이 보이지 않았다.

날이 밝자 송강은 호연작, 임충, 진명, 관승을 시켜 군사를 이끌고 사방으로 그들을 찾아보게 했다. 그러나 온종일 뒤져 보아도 노준의의 인마가 어디 있는지 알 길이 없었다. 답답해진 송강은 얼른 구천현녀가 준 천서를 꺼내 향을 사르고 점을 쳐 보았다. 점괘를 얻은 송강이 말했다.

"크게 보아서 나쁘지는 않지만 지금은 깊고 어두운 곳에 빠져 있구나. 급하게 빠져나오지는 못하겠다."

하지만 아무래도 마음이 놓이지 않는지 해진과 해보에게 사냥꾼으로 꾸미고 부근의 산속을 헤매며 찾아보게 했다. 시천과 석용, 단경주, 조정도 사방으로 흩어져 노준의의 소식을 알아보았다.

호랑이 가죽으로 지은 옷을 걸친 해진과 해보는 쇠 작살을 들고 깊은 산속으로 찾아 들어갔다. 해 질 무렵 하여 그들은 사람의 자취가 거의 없는 깊고 깊은 산속에 이르렀다. 해진과 해보는 그래도 멎지 않고 몇 개의 산봉우리를 넘었다. 그날 밤 달빛은 희미한데 한참 가다 보니 저만치 산기슭에 한 줄기 불빛이 보였다.

"저기 등불이 보이는 곳에 반드시 사람 사는 집이 있을 것이다. 우리는 저리로 찾아가 밥이라도 얻어먹자."

해진과 해보 형제는 그렇게 의논하고 그곳으로 걸음을 재촉했다.

한 마장 남짓 걷자 수풀가에 작은 초가집이 나타나고 그 허물어진 벽 틈으로 불빛이 새어 나왔다. 해진과 해보가 사립문을 열고 들어가니 등불 밑에 예순이 넘어 보이는 할멈이 앉아 있었다. 형제는 쇠 작살을 뉘어 놓고 그 할멈 앞으로 나아가 절을 올렸다. 할멈이 물었다.

"나는 우리 아이들이 돌아온 줄 알았는데 뜻밖에도 손님이 왔구려. 절은 그만두슈. 하지만 어디 사냥꾼들이오? 어떻게 해서 여기 오게 되었우?"

"저희들은 원래 산동 사람으로 예전에는 사냥꾼이었습지요. 그러나 근래에는 장사를 하고 살았는데 뜻밖에도 싸움터에 끼어들게 되어 이리저리 뜯기다 보니 본전까지 날려 버리고 말았습니다. 그 바람에 살아갈 길이 없어 우리 형제는 다시 산속에 들어 들짐승이라도 잡아먹고 살려 했지요. 그런데 그만 길을 잃어버려 여기까지 오게 되었습니다. 하룻밤만 재워 주시면 그보다 더 고

마운 일이 없겠습니다."

해보가 그렇게 둘러대자 그 할멈이 인정 있게 말했다.

"예로부터 이르기를 '누가 머리에 방을 이고 다니는가'라 했우. 하룻밤 재워 드리지. 내 두 아들도 사냥꾼인데 곧 돌아올 게요. 손님들은 여기 앉아 계시오. 내가 저녁밥을 좀 마련해 주겠우."

"할머니, 정말로 고맙습니다."

해진과 해보가 절을 올려 고마움을 나타냈다.

할멈은 곧 저녁을 마련하러 안으로 들어가고 해진과 해보 형제는 문 앞에서 기다렸다. 오래지 않아 바깥에서 두 사람이 노루 한 마리를 둘러메고 와 소리쳤다.

"어머니, 안에 계십니까?

그러자 할멈이 나왔다.

"너희들이 돌아왔구나. 노루는 거기 놓아 두고, 여기 와서 두 분 손님께 인사나 드려라."

할멈이 그렇게 말하자 해진과 해보는 얼른 그들에게 예를 올렸다. 그들 사냥꾼 형제도 예를 올려 답한 뒤 물었다.

"손님들은 어디 분들이오? 어쩌다가 이리로 오게 되었소?"

해진과 해보는 아까 할멈에게 둘러댄 말을 한 번 더 되풀이했다. 듣고 난 두 형제가 해진과 해보를 살피다가 말했다.

"우리는 조상 때부터 이곳에서 살아왔습니다. 제 이름은 유이(劉二)이고 아우의 이름은 유삼(劉三)이지요. 아버님의 함자는 유일(劉一)이셨는데 불행히도 이미 돌아가시고 어머님만 계십니다. 우리가 오직 사냥으로만 살아온 지도 이삼십 년이 됩니다만, 이곳은 길이 복잡하여 우리도 가 보지 못한 곳이 많습니다. 그런데 손님들은 산동 사람이라면서 어떻게 하다 이곳까지 와서 밥을 빌게 되었습니까? 바로 말씀해 주십시오. 혹시 두 분은 사냥꾼이 아니십니까?"

해진과 해보는 왠지 그들 형제가 믿을 만하게 보였다. 그 자리에서 무릎을 꿇으며 더는 숨기지 않고 털어놓았다.

"저희는 사실 산동의 사냥꾼들이었습니다. 저희는 형제로서 해진과 해보라고 하는데 송공명 형님을 따라 양산박에서 무리를 짓고 오랫동안 숨어 지냈습니다. 그러다가 이번에 조정의 부르심을 받아 형님과 함께 요나라를 치러 왔는데, 며칠 전 하 통군과 싸우다가 한 떼의 인마를 잃어버렸습니다. 그들이 어느 곳에 가 있는지 몰라 송공명 형님은 특히 저희 두 사람에게 소식을 알아보라 하더군요. 그래서 산속을 헤매다가 여기까지 오게 되었습니다."

해진과 해보가 숨김없이 털어놓자 두 형제 사냥꾼이 너털웃음을 웃으며 말했다.

"두 분 호걸께서는 일어나시오. 우리가 그 길을 알려 드리리다. 그건 그렇고, 우선 잠시 앉아 기다리시오. 노루 다리를 삶고 술을 데워 오겠소."

그러더니 한참 뒤에 삶은 고기와 술을 내와 해진과 해보를 잘 대접했다. 술잔을 나누는 중에 유이와 유삼이 말했다.

"우리도 오래전부터 양산박의 송공명이 하늘을 대신해 도를 행하며 죄 없는 백성들은 해치지 않는단 말은 들었소. 그 소문은 우리 요나라에도 널리 퍼져 있다오."

"우리 형님은 충의를 위주로 삼아 착한 사람은 해치지 않고 못된 벼슬아치만 죽여 왔소. 힘센 것만 믿고 약한 사람을 누르고 빼앗는 나쁜 놈들 말이오."

해진과 해보가 그렇게 말하자 두 사람은 머리를 끄덕였다.

"과연 듣던 대로구나!"

그리고 술잔을 나누는데 갈수록 정이 깊어졌다. 해진과 해보가 다시 급한 일부터 꺼냈다.

"우리의 잃어버린 인마는 여남은 명의 두령과 사오천의 병졸이오. 지금 어디 있는지 정말 궁금하구려. 짐작에는 어떤 한곳에 몰려 갇힌 듯하오."

그러자 유이와 유삼이 생각난 게 있다는 듯 말했다.

"형씨들은 아마도 이곳 북쪽의 지리를 잘 모르시는 것 같소. 이곳은 유주에 속하는 땅으로, 그중에 청석욕이란 곳이 한 군데 있는데 그곳은 들어가는 길이 한 갈래 있을 뿐 사방이 깎아지른 듯한 절벽으로 된 높은 산으로 되어 있소. 만약 그리로 들어갔다가 누가 입구라도 막아 버린다면 다시 나올 수가 없소. 우리 짐작에는 아마도 그곳에 갇힌 듯하오. 그곳 이외에는 수천의 인마를 가두어 둘 만큼 넓은 곳이 없기 때문이오. 지금 송 선봉께서 군사를 머물고 있는 곳은 독록산(獨鹿山)이라 하오. 그 산 앞에는 평평한 땅이 있어 싸울 만한 곳이지요. 또 산 위로 올라가서 살펴보면 사방에서 오는 군마를 볼 수가 있습니다.

만약 형씨네가 잃어버린 인마를 구해 내고 싶다면 목숨을 걸고 청석욕 어귀를 열어야 할 것이오. 그러나 청석욕 어귀는 반드시 많은 요나라 군사들이 빠져나올 길을 막고 있을 것이외다. 청석욕으로 들어가는 길목을 찾는 것은 평시라면 어렵지 않소. 그곳에는 줄기 흰 잣나무가 아주 많은데 특히 청석욕 어귀에는 두 그루의 큰 잣나무가 서 있소. 아주 크고 우산같이 생겨 어디서나 잘 보이는데, 그곳이 바로 청석욕으로 들어가는 길목이외다. 하지만 하 통군은 요술을 부리니 송 선봉은 먼저 그 요술부터 깨뜨리는 것이 급한 일일 거요."

해진과 해보에게는 참으로 귀한 귀띔이었다. 두 사람은 그것을 알려 준 유씨 형제에게 절하여 감사하고 그 밤으로 되돌아갔다. 진채로 돌아가자 송강이 그들에게 물었다.

"자네들 두 사람은 무슨 소식이라도 들은 게 있나?"

해진과 해보는 곧 유씨 형제에게서 들은 말을 그대로 전했다. 송강은 놀라 마지않으며 얼른 군사 오용을 불러 의논했다. 두 사람이 한참 궁리를 짜내고 있을 때 한 군교가 와서 알렸다.

"단경주와 석용이 백승을 데리고 왔습니다."

"백승은 노준의와 함께 길을 잃었던 사람이다. 그런데 그가 왔다니 반드시 무슨 일이 있을 것이다."

송강이 그렇게 말하고 그들을 불러오게 해 물었다. 단경주가 먼저 대답했다.

"저와 석용이 높은 산에 올라 골짜기를 살피고 있는데 문득 산꼭대기에서 담요 뭉치가 굴러 내려왔습니다. 우리 두 사람이 산 밑에 이르러 살펴보니 그것은 담요로 두른 헝겊 뭉치였는데 겉에는 새끼줄이 단단히 얽혀 있더군요. 나무 아래 끌어다 놓고 새끼를 끄르니 그 안에서 백승이 나왔습니다."

이어 백승이 그렇게 된 경위를 설명했다.

"노 두령과 저희들 열셋은 한참 싸우다 보니 하늘과 땅이 캄캄해지더군요. 해가 빛을 잃어 동서남북을 분간할 수 없는데 문득 사람과 말이 떠드는 소리가 들려 노 두령은 그리로 밀고 들게 했습니다. 그런데 그곳이 바로 빠져나오기 어려운 땅인 줄 누가 알았겠습니까? 날이 밝은 뒤 살펴보니 사방은 깎아지른 듯한 높은 산이라 빠져나올 계책이 없었습니다. 거기다가 군량도 없고 말먹이 풀도 없으니 그곳의 인마는 모두 어렵기 짝이 없습니다. 이에 노 두령께서는 저를 담요로 싸고 산꼭대기에서 굴러내리면서 길을 찾아보게 한 것이지요. 그런데 뜻밖에 석용, 단경주 두 사람을 만나 이리로 오게 된 것입니다. 형님, 급히 구원병을 풀어 노 두령과 형제들을 구해 주십시오. 늦어지면 그곳의 여러 형제들은 틀림없이 모두 죽고 맙니다."

그 말을 들은 송강은 곧 군사를 점고해 노준의의 인마를 구하러 나섰다. 해진과 해보를 길잡이로 하고 밤길로 그 큰 잣나무 두 그루가 서 있는 청석욕 어귀를 찾아 나섰다. 송강은 마보군에게 명을 내려 죽기로 싸워 청석욕 어귀의 길을 열라 당부했다.

날 샐 무렵 하여 멀리 산 앞에 두 그루 큰 잣나무가 보였다. 정말로 그 모습이 우산을 펴 든 것 같았다. 해진과 해보는 인마를 이끌고 곧바로 그 산 앞으로 밀고 들었다. 청석욕 어귀를 맡고 있던 하통군은 얼른 군마를 펼쳐 진세를 이루었다. 하 통군의 두 동생이 앞다투어 싸우려 했다.

송강도 군사를 휘몰아 그 산 어귀를 빼앗으려 한꺼번에 밀고 들었다. 표자두 임충이 나는 듯 말을 달려 앞서 나가다가 하 통군의 아우 하탁과 만났다. 두 사람이 어울린 지 두 합도 못 돼 임충이 하탁의 배를 찔러 말에서 떨어뜨렸다.

적장 하탁이 말에서 떨어지는 것을 보자 보군 두령들은 마군에게 승리를 빼앗길까 더욱 급하게 치고 나왔다. 흑선풍 이규는 쌍도끼를 휘두르며 닥치는 대로 요나라 군사를 찍어 넘겼고, 그 뒤로는 혼세마왕 번서와 상문신 포욱이 항충과 이곤이 이끄는 방패수들과 함께 요나라 군사들 속으로 뛰어들었다.

성난 호랑이처럼 내닫는 이규 앞에 재수 없게 걸려든 적장이 하통군의 아우 하운이었다. 이규는 하운과 맞닥뜨리자 먼저 한 도끼질로 말 다리를 찍어 버렸다. 말이 쓰러지며 하운이 말 위에서 떨어졌다. 이규는 나는 듯 쌍도끼를 휘두르며 덮쳐 말과 사람을 짓이겨 놓았다. 요나라 군사들이 하운을 구하러 왔으나 그들도 번서와 포욱 두 사람의 손 아래 여지없이 흩어지고 말았다.

하 통군은 두 아우가 죽는 걸 보자 입속으로 주문을 외며 요술을 부리기 시작했다. 갑자기 미친 듯한 바람이 일고 구름이 뒤덮여 산마루가 먹칠한 듯 컴컴해졌다.

그 어두움에서 청석욕 어귀가 묻혀 잘 보이지 않는 걸 보고 공손승이 나섰다. 공손승은 말 위에서 보검을 뽑아 들고 입속으로 주문을 외다가 큰 소리로 외쳤다.

"빨리!"

그러자 사방에서 바람이 일어 구름을 흩어 버리고 다시 붉은 해가 드러나게 하였다. 거기에 힘을 얻은 송나라 군사들이 목숨을 걸고 헤쳐 나가 요나라 군사들을 두들겼다.

하 통군은 자신의 술법이 듣지 않는 데다 송나라 군사들이 거세게 밀고 들자 그냥 있을 수가 없었다. 스스로 칼을 휘두르며 말을 박차 달려 나왔다. 그 바람에 양쪽 군사들이 한꺼번에 어울려 어지러운 싸움이 벌어졌다. 그러나 이미 기세를 탄 송나라 군사였다. 끝내는 요나라 군사가 당해 내지 못하고 동서로 흩어져 달아났다.

마군은 달아나는 요나라 군사를 뒤쫓고 보군은 청석욕 안으로 들어가 길을 열었다. 원래 요나라 군사들은 여덟 덩이의 바위를 가져다가 골짜기 어귀의 길을 막고 있었다. 보군이 그것을 들어내고 청석욕 안으로 들어가자 노준의는 송강의 구원병이 이른 걸 알고 부끄러워했다.

송강은 명을 내려 요나라 군사를 더 뒤쫓지 못하게 하고 군사를 독록산으로 되돌리게 했다. 싸움에 고단한 인마를 쉬게 하려 함이었다. 겨우 골짜기를 빠져나온 노준의가 송강을 보러 와 목 놓아 울며 말했다.

"만약 형님이 와서 구해 주지 않았더라면 이 아우는 몇 번이나 목숨을 잃었을 것입니다."

송강은 그런 노준의와 오용, 공손승을 데리고 진채로 되돌아왔다. 그리고 삼군에게 모두 갑옷을 풀고 편히 쉬게 하였다.

다음 날이었다. 군사 오학구가 송강을 찾아보고 말했다.

"이 틈을 타서 유주도 빼앗는 게 좋겠습니다. 유주를 얻게 된다면 요나라를 망하게 하는 것은 손바닥 뒤집기보다 더 쉽습니다."

이에 송강은 노준의를 비롯한 열세 두령의 인마를 계주로 돌려보내 잠시 쉬게 하고 스스로는 장졸들을 이끌고 독록산을 떠나 유주로 갔다. 한편 하 통군은 겨우겨우 성안으로 물러나기는 했으나 두 아우를 잃은 터라 괴롭기 그지없었다. 그런데 다시 탐마가 달려와 알렸다.

"송강의 군마가 유주를 치러 옵니다."

그 말을 들은 요나라 군사들은 놀라고 겁먹었다. 얼른 성벽 위로 올라가 살펴보니 동북쪽에는 한 떼의 붉은 기가 뒤덮여 있고 서북쪽에는 푸른 기가 뒤덮이듯 하여 두 갈래 군마가 유주로 밀려들고 있었다.

그 같은 전갈을 받은 하 통군은 몹시 놀랐다. 몸소 성벽 위로 올라가 살펴보니 그 깃발은 모두 요나라에서 오는 군사들의 것이라 하 통군의 근심은 큰 기쁨으로 바뀌었다.

붉은 기를 앞세우고 오는 군마는 대요국의 부마 태진서경(太眞胥慶)이 거느린 오천여 명이었다. 또 푸른 깃발을 앞세운 군마는 요나라의 대장 이 금오(金吾)가 이끄는 군사들이었다. 원래 이 금오는 황문시랑(黃門侍郎)의 좌집금오(左執金吾) 상장군으로서 집(集)이라는 이름이 따로 있었으나 흔히 이 금오로 불리었다. 옛적의 이름난 장수 이릉(李陵)의 후손으로 지금은 웅주에서 만여 명의 군마를 이끌고 오는 길이었다.

지난날 대송의 변경을 침범한 것도 바로 이런 태진서경과 이 금오 같은 무리들이었다. 그들은 요나라 국왕이 송나라 군사들에게 여러 개의 성을 빼앗겼다는 소식을 듣자 군사를 이끌고 싸움을 도우러 온 것이었다.

하 통군은 그들이 온 걸 보고 양 갈래 군마에게 사람을 보내 성으로 들지 말고 산 뒤쪽에 매복해 잠시 쉬게 했다. 그러다가 성안의 저희 편 군마가 나가 송강의 인마와 얽혀 싸울 때 좌우에서 나와 들이치라는 당부와 함께였다.

이런저런 준비를 마친 뒤 하 통군은 군사를 이끌고 나가 적을 맞았다.

송강이 군사를 이끌고 유주 부근에 이르렀을 때 오용이 송강을 일깨웠다.

"만약 저것들이 성문을 닫아걸고 나오지 않으면 준비가 없는 것입니다. 그러나 저것들이 군사를 이끌고 성을 나온다면 이는 반드시 매복이 있다는 것입니다. 우리 군사는 먼저 세 갈래로 나누어 가는 게 좋겠습니다. 한 갈래는 바로 유주로 밀고 들고 다른 두 갈래는 날개 같은 모습으로 좌우에서 호위하는 것입니다. 그리하여 만약 적의 매복이 있으면 그 두 갈래 군사들로 하여금 적과 맞서게 하는 것입니다."

오용의 말을 옳게 여긴 송강은 그대로 따랐다. 관승으로 하여금 선찬과 학사문을 데리고 만여 명의 군사와 함께 왼편을 맡게 하고 호연작으로 하여금 선정규, 위정국과 함께 역시 군사 일만을 거느리고 오른편을 맡게 했다. 그들 두 갈래 군사는 송강의 군대를 따라오지 않고 산 뒤 샛길로 천천히 오다가 무슨 일이 있으면 달려 나오기로 되었다. 송강은 그렇게 적의 매복에 대한 채비를 갖춘 뒤에야 대군을 몰아 유주로 나아갔다.

한편 믿을 곳이 생긴 하 통군은 겁 없이 성을 나왔다. 곧 하 통군의 군사들은 송강의 인마와 마주쳐 진세를 벌였다. 양군이 맞서 진세를 벌인 가운데 임충이 먼저 말을 몰고 나아가 하 통군과 싸움을 벌였다. 그러나 하 통군은 다섯 합도 싸워 보지 않고 말머리를 돌려 달아나기 시작했다. 송강이 군사를 휘몰아 그런 하 통군을 뒤쫓았다. 하 통군은 군사를 두 갈래로 나누어 유주성 안으로 들어가지 않고 성을 휘돌아 달아났다. 그걸 수상쩍게 여긴 오용이 말 위에서 소리쳤다.

"뒤쫓지 마라!"

그러나 이미 때는 늦은 뒤였다. 오용의 말이 끝나기도 전에 왼쪽에서 태진 부마가 이끄는 요나라 군사가 쏟아져 나왔다. 다행히 그럴 때를 대비해 따로이 인마를 끌고 뒤따라왔던 관승이 나서서 그들을 막았다. 오른편에서도 사정은 비슷했다. 이 금오가 이끈 요나라 군사가 쏟아져 나왔으나 그쪽을 맡은 호연작이 그들을 대적했다.

그렇게 되니 싸움은 세 갈래로 나뉘어 벌어졌다. 송강의 본대는 하 통군의 군사들과 싸우고 그 좌우에서는 관승과 호연작이 각기 요나라의 복병들과 맞붙었다. 싸움은 뜻밖으로 크게 벌어져 죽은 시체가 들판을 덮고 흐르는 피는 내를 이루었다.

하 통군은 곧 저희 편 군사가 이기지 못할 것임을 알아차렸다. 성벽에라도 의지할까 하여 유주로 돌아가려는데, 때마침 달려온 화영과 진명을 만났다. 하 통군은 죽기로 싸워 그들에게서 벗어난 뒤 서문 쪽으로 달아났다.

그러나 거기서는 다시 쌍창장 동평을 만나 한바탕 힘든 싸움만 치르고 이번에는 남문 쪽으로 가 보았다. 주동이 그곳에 있다가 쫓겨 오는 하 통군을 들이쳤다. 하 통군은 할 수 없이 성안으로 들어갈 생각을 못하고 큰길로 내달아 북쪽을 향하여 달아나 버렸다.

하지만 그 길도 안전하지는 못했다. 난데없이 진삼산 황신이 큰 칼을 휘두르며 달려 나와 하 통군을 덮쳤다.

하 통군은 놀라고 겁먹은 나머지 손발을 제대로 움직일 수 없었다. 허둥지둥하는 사이에 먼저 황신의 칼이 하 통군이 타고 있던 말 대가리를 찍었다. 하 통군은 말을 버리고 걸어서 달아났으나 그것도 마음대로 안 되었다. 뜻밖에도 양웅과 석수가 뛰쳐나와 하 통군을 쓰러뜨린 뒤 깔고 앉았다.

그때 다시 송만이 창을 비껴들고 달려 나왔다. 양웅과 석수는 두령들 간에 서로 공을 다투다가 의기를 상하는 게 걱정이 되었다. 하 통군을 사로잡을 생각을 버리고 창으로 찔러 아예 죽여 버렸다.

하 통군을 뒤따르던 요나라 군사들은 대장이 그 모양으로 죽는 걸 보자 이리저리 흩어져 달아나 버렸다.

태진 부마는 하 통군의 부대에서 수자기(帥字旗)가 넘어지고 군사들이 흩어지는 걸 보자 일이 잘못돼 가고 있음을 알았다. 얼른 자신이 이끌고 온 붉은 깃발의 군대를 이끌고 산 뒤쪽으로 달아나 버렸다. 이 금오도 싸우던 중에 붉은 깃발의 군대가 보이지 않자 대세가 기울어졌음을 짐작했다. 그 또한 자신이 이끌고 온 푸른 깃발의 군대를 데리고 산 뒤쪽으로 달아나 버렸다.

송강은 적의 세 갈래 군마가 모조리 달아나 버리자 군사를 몰아 유주성으로 밀고 들었다. 소란을 떨 것도 없이 북소리 한 번으로 성은 떨어졌다. 성안으로 들어간 송강은 삼군을 쉬게 하는 한편 성안 곳곳에 방문을 붙여 백성들을 안심시켰다. 그리고 사람을 단주로 보내 싸움에 이긴 것을 알리게 하는 한편 조 추밀을 계주로 옮겨 그곳을 지키게 했다. 또 수군 두령들은 모두 배를 모아 유주로 오게 하고 부선봉 노준의는 패주로 가서 그곳을 맡아 지키도록 했다.

오래지 않은 기간에 네 개의 큰 고을을 요나라로부터 빼앗게 되자 조안무는 몹시 기뻐했다. 한편으로는 조정에 그 소식을 알리고 다른 한편으로는 계주와 패주에도 글을 띄워 알렸다. 그리고 수군 두령들에게 배를 몰고 유주로 가서 보군, 마군과 함께 싸울 수 있도록 했다.

송나라 조정이 기뻐하는 것만큼이나 요나라는 근심에 빠졌다. 요나라 국왕은 문무백관을 조정으로 불러들여 송나라를 막을 계책을 의논했다. 좌승상인 유서패근(幽西孛瑾), 우승상에 태사(太師)인 저견에다 통군대장(統軍大將)을 비롯한 여러 대신들이 모인 가운데 요나라 임금이 말했다.

"송강이 국경을 침범한 뒤로 우리의 큰 고을을 네 개나 빼앗아 갔소. 오래잖아 이곳 도성까지 밀고 올 듯하니 연경(燕京)도 지키기 어려울 것이오. 하 통군 삼 형제도 모두 죽고 말았으니 이 일을 어찌하면 좋겠소? 경들은 나라의 위급함을 당하여 계책이 있으면 망설이지 말고 올려 주시오."

그러자 도통군 올안이 나와서 말했다.

"대왕께서는 너무 걱정하지 마십시오. 지난날 제가 군사를 이끌고 가서 싸우겠다고 여러 차례 말씀 여쭈었으나 그때마다 막는 이가 있어 이 지경이 되었습니다. 그동안 도둑들의 기세만 올려 이렇게 큰 화를 만든 것입니다. 바라건대 대왕께서는 신에게 여러 곳의 군마를 끌어모아 싸울 수 있게 해 주십시오. 날을 골라 군사를 일으켜 송강의 무리를 사로잡고 잃어버린 성들을 되찾겠습니다."

올안이 그렇게 대답하자 요나라 임금은 어둠 속에서 한 줄기 빛이라도 찾은 기분이었다. 곧 올안에게 황월(黃鉞)과 백모(白旄) 등 원수의 위엄을 나타내는 의장을 내리며 말했다.

"왕실의 친인척을 가릴 것 없이 어떤 군마이든 그대가 원하는 대로 골라 가라. 하루빨리 군사를 일으켜 짐의 근심을 덜어 주기를 바라노라."

올안 도통군은 국왕의 칙서와 병부(兵符)를 받은 뒤 조련장에 나아가 여러 장수들을 불러 모았다. 그리고 그들에게 이곳저곳에 흩어져 있는 인마를 불러들여 싸움을 도우라는 명을 내렸다. 그의 맏아들인 올안연수(兀顔延壽)가 나와 말했다.

"아버님께서는 대군을 점고하고 계십시오. 저는 먼저 용맹스러운 장수 몇 명을 데리고 가서 태진 부마와 이 금오 장군이 거느리는 두 곳 군마를 하나로 모은 뒤 유주로 가겠습니다. 그 도적들을 거지반 무찔러 아버님께서 오실 때는 독 안에 든 자라를 만들어 놓도록 하지요. 그리되면 아버님께서는 북소리 한 번으로 송나라 군사들을 쓸어버리실 수 있을 것인데 아버님의 뜻은 어떠하십니까?"

"내 아들의 말도 옳은 듯하구나. 이제 너에게 날랜 마군 오천과 골라 뽑은 군사 이만을 줄 터이니 선봉이 되어 나아가라. 그리고 태진 부마와 이 금오를 만나 군사를 합친 뒤 적을 무찔러라. 싸움에 이기거든 되도록 빨리 알려야 한다."

올안이 흐뭇한 얼굴로 그렇게 아들의 청을 들어주었다.

커지는 싸움

아버지 올안으로부터 이만이 넘는 군사를 얻은 올안연수는 다시 태진 부마와 이 금오의 군사까지 아울렀다. 이에 요나라 군사는 모두 합쳐 삼만 오천이 넘게 되었다. 올안연수는 창, 칼, 활과 화살 같은 병기뿐만 아니라 성을 치는 데 필요한 연장들까지 갖춘 뒤 군사를 일으켰다.

오래잖아 정탐을 나갔던 송나라 군사가 그 일을 알고 유주성으로 돌아와 송강에게 알렸다. 송강은 얼른 군사 오용을 불러 말했다.

"요나라가 여러 번 싸움에 지고서도 또 군사를 내는 걸 보니 이번에는 반드시 가려 뽑은 군사에 용맹스러운 장수들이 올 것 같소. 이들을 어떻게 막아 냈으면 좋겠소?"

"먼저 병사들을 성 밖으로 내보내 진세를 벌이고 기다리다가 그것들이 오면 천천히 싸워 봅시다. 만약 그것들이 이렇다 할 재주가 없는 것들이라면 저절로 물러가겠지요."

오용이 별로 생각하는 기색 없이 그렇게 대답했다. 송강은 그 말에 따라 얼른 군사를 모아 성을 나갔다. 성에서 십 리쯤 떨어진 곳에 방산(方山)이라는 평평한 지세가 있었는데, 송나라 군사는 그곳에서 산을 지고 물을 낀 채 구궁팔괘진(九宮八卦陣)을 펼쳤다.

오래 기다리지 않아 요나라 군사들이 세 갈래로 나누어 밀고 들었다. 올안연수의 부대는 검은 기를 썼고 태진 부마는 붉은 기를 썼으며 이 금오는 전처럼 푸른 기를 썼다.

올안연수는 그 아비 밑에서 진법을 익혀 꽤나 깊은 이치까지 깨닫고 있었다. 송강이 쳐 놓은 진을 보자 푸른 깃발의 부대와 붉은 깃발의 부대를 좌우로 나누어 세우고 스스로는 중군이 되었다. 그런 다음 높은 사다리를 놓아 그 위에서 송나라 군사들이 친 구궁팔괘진을 보더니 찬 비웃음을 던지고 내려왔다.

"장군께서는 왜 적의 진세를 보고 비웃으십니까?"

좌우의 부장들이 그런 올안연수를 보고 물었다. 올안연수가 대답했다.

"저것들이 펼친 구궁팔괘진을 누군들 모르겠는가? 저 진세는 다만 사람을 속이는 것에 지나지 않는다. 내 이제 저놈들을 한번 크게 놀라게 해야겠다."

그러고는 군사들에게 세 번 북을 울리게 한 뒤 장대(將臺)에 올랐다. 올안연수가 신호에 쓰는 깃발을 흔들자 한 진세가 펼쳐졌다. 그는 진세가 다 펼쳐진 걸 보고서야 장대에서 내려와 말에 올랐다.

이어 진문을 열고 나온 올안연수의 모습은 한눈에도 그럴듯했다. 머리에는 금관을 쓰고 몸에는 백은(白銀) 갑옷을 걸쳤으며 허리에는 용을 아로새긴 띠를 둘렀고 발에는 가죽으로 만든 푸른 신을 신고 있었다. 그런 그가 한 자루 방천화극을 비껴잡고 무쇠 같은 다리를 가진 말 위에 올라앉아 큰 소리로 외쳤다.

"이놈들아, 그따위 구궁팔괘진으로 누구를 속이려 하느냐? 그 전에 하나 물어나 보자. 네놈들은 내가 친 이 진이 무엇인지 알기나 하느냐?"

그의 외침 소리를 들은 송강은 역시 군중에다 구름사다리를 세우게 하여 그 위에 올라가 요나라 군사들이 친 진을 살펴보았다. 세 갈래 인마가 서로 이어지고 왼쪽과 오른쪽이 서로 돌볼 수 있게 펼쳐진 진세였다. 송강과 함께 구름사다리에 올라갔던 주무가 그 진세를 알아보고 말했다.

"저것은 태을삼재진(太乙三才陣)입니다."

그 말을 들은 송강은 오용과 주무를 장대 위에 남겨 두고 구름사다리에서 내려와 말에 올랐다. 진 앞으로 나온 송강이 채찍을 들어 올안연수 쪽을 가리키며 꾸짖었다.

"저것은 보아하니 태을삼재진이로구나. 무엇이 대단하다고 뽐내느냐?"

그러자 올안연수가 맞받아 소리쳤다.

"네가 나의 진을 알아보았으니 내 변화의 술법도 한번 구경하라. 네가 모르는 것을 보여 주겠다."

그러고는 중군 속으로 말을 몰아가더니 다시 장대에 올랐다. 올안연수가 신호기를 들고 이리저리 흔들자 요나라 군사들의 진세가 전과 다르게 바뀌었다. 오용과 주무는 장대 위에서 그 바뀐 진이 하락사상진(河洛四象陣)임을 알아보았다. 사람을 구름사다리 아래로 내려보내 송강에게 그 진 이름을 알려 주었다.

올안연수가 다시 진문 앞으로 나와 화극을 비껴든 채 물어왔다.

"어떠냐? 이 진법은 알 만하냐?"

"그것은 하락사상진을 변화시킨 게 아니냐?"

송강이 그렇게 대답하자 올안연수가 머리를 절레절레 흔들며 코웃음을 치더니 다시 진중으로 돌아갔다. 장대로 올라 올안연수가 깃발을 좌우로 흔들어 또 한 번 진을 변화시켰다. 오용과 주무가 보니 순환팔괘진(循環八卦陣)이었다. 가만히 사람을 송강에게 보내 새로운 진 이름을 알려 주었다.

"이 진법은 알겠느냐?"

올안연수가 다시 진문 앞으로 나와 물었다. 송강이 비웃음으로 대꾸했다.

"짐작에는 순환팔괘진 같구나. 그게 무에 대단한 진이냐?"

그러자 올안연수는 속으로 생각했다.

'내가 펼쳐 보인 몇 개의 진법은 모두가 남모르게 전해져 온 것들이다. 그런데 뜻밖에도 모두 알아보는 걸 보니 송나라의 진

중에는 반드시 굉장한 인물이 있는 모양이다.'

그래서 마음을 달리한 올안연수는 또 한 번 진중으로 들어가 진세를 바꾸었다. 그가 신호기를 이리저리 흔들어 새로 만든 진세는 사방으로 나갈 길이 없고 안으로는 가로세로 여덟 개씩 예순네 대의 병마가 펼쳐져 있었다.

주무가 구름사다리 위로 다시 올라가 살펴보더니 오용에게 말했다.

"저것은 제갈 무후의 팔진도 같습니다. 꼬리와 머리를 감추면 아무도 알아보지 못하지요."

그러고는 곧 송강을 진중으로 불러 장대 위로 올라오게 하고 그 진법을 설명했다.

"적을 함부로 속이려 들어서는 아니 되겠습니다. 요나라 군사가 친 모든 진은 공들여 전해 받은 것으로, 그 네 개의 진이 모두 한판에서 전해 내려온 것 같습니다. 조금도 그릇됨이 없으니 놀라울 뿐입니다. 맨 처음 것은 태을삼재였고 거기서 하락사상이 나왔습니다. 또 그 사상은 순환팔괘를 낳았고 다시 팔괘는 팔팔이 육십사 개로서 팔진도로 변했습니다. 저것은 끊임없이 돌고 바뀌는 것으로 매우 높은 진법입니다."

송강은 그 말을 가만히 새겨들은 뒤 장대에서 내려가 말에 올랐다. 송강이 다시 진채 앞으로 나서자 요나라의 소(小)장군은 화극을 비껴들고 진채 앞에 나가 있다가 큰 소리로 외쳤다.

"내 진을 알아보겠느냐?"

"너는 나이 어리고 배움이 얕아 우물 안 개구리와 같다. 그따위 진법을 아주 높은 걸로 알고 있지만 머리를 감춘 팔진도법으로 누구를 속이려 드느냐? 우리 대송(大宋)을 속이려 해도 어린 아이조차 속지 않을 것이다."

송강이 꾸짖듯 그렇게 대답했다. 올안연수가 분을 이기지 못하고 소리쳤다.

"네가 비록 내 진을 알아보기는 했다만 진법을 쓰는 데도 솜씨가 있는지 보자. 너는 기이한 진세를 펼쳐 나를 속일 수 있겠느냐?"

그러나 송강이 기다렸다는 듯 대꾸했다.

"나의 구궁팔괘진이 비록 얕고 보잘것없으나 네가 얕보지는 못할 것이다. 그 진을 한번 쳐부수어 보겠느냐?"

"그따위 하찮은 진법을 깨뜨리는 데 어려울 게 뭐냐. 네놈들은 몰래 활이나 쏘지 마라. 내가 들어가 그 진을 박살 내겠다!"

올안연수는 그렇게 말하고 태진 부마와 이 금오를 불렀다. 그 둘에게 각기 군사 천 명을 준 올안연수는 자신이 적진을 쳐부수면 곧 거기 호응하게 시켰다.

올안연수는 군사들에게 북을 울리게 하고 진문을 나섰다. 송강도 싸움을 알리는 북을 울리고 적장이 진 안에 쳐들어오도록 진문을 열어 놓으라고 명했다. 올안연수가 손을 꼽아 보더니 그날이 바로 화일(火日)인 것을 알고 정남쪽인 이(離) 방위를 피하여 서쪽인 태(兌) 방위로 치고 들었다. 그런 그의 뒤에는 아장 스무남은 명과 갑옷을 걸친 마군 일천이 백기를 흔들며 뒤따르고 있었다.

그런데 그들이 송나라의 진 안으로 밀고 들 무렵이었다. 갑자기 뒤쪽에서 화살이 비 오듯 쏟아지는 바람에 마군의 절반밖에 올안연수를 따를 수가 없었다. 나머지는 할 수 없이 저희 진으로 돌아가고 말았다.

구궁팔괘진 안으로 들어온 올안연수는 곧바로 중군을 향해 달려갔다. 그때 갑자기 은과 쇠로 만든 것 같은 높은 담벽이 그들 주위를 겹겹이 둘러쌌다.

'진중에 어떻게 이런 성벽이 있겠는가?'

올안연수는 놀라 흙빛이 된 얼굴로 그렇게 중얼거리며 급히 명을 내렸다.

"어서 사방을 들부수고 왔던 길로 도로 가자. 그 길로 이 진을 빠져나가야 한다!"

명을 받은 군사들이 사방을 둘러보며 빠져나갈 길을 찾았다. 그런데 이게 어찌 된 일인가? 이번에는 사방이 망망한 은빛 바다 같은데 들리는 것은 물소리뿐이었다.

놀라고 겁먹은 올안연수는 군사를 거느리고 남문으로 달려갔다. 그러나 거기에는 또 천 개 만 개 불덩이들이 땅을 덮고 하늘을 사를 뿐 적군의 그림자 하나 보이지 않았다.

올안연수는 감히 남문으로 빠져나갈 수 없어 이번에는 동문으로 달려갔다. 거기에는 잎이 짙은 나무들이 가지가 빽빽이 얽힌 채 들어서 있었다. 거기다가 양쪽에는 나무로 얽은 울타리가 쳐져 있어 앞으로 나아갈 수 없었다.

이에 그는 다시 말을 돌려 북문 쪽으로 가 보았다. 검은 안개와 구름이 하늘을 덮고 해를 가려 제 손발을 제가 볼 수 없을 지경이었다. 흑암지옥(黑暗地獄)이 있다더니 바로 그곳 같았다.

네 문 어느 곳으로도 나갈 수 없음을 알자 올안연수는 속으로 의심이 들었다.

"이것은 틀림없이 송강이 요술을 부리는 것이다. 목숨을 아끼지 말고 죽기로 싸워 뚫고 나가자."

올안연수가 그렇게 말하며 군사들을 몰아 일제히 함성을 지르고 쳐 나가게 했다. 그때 옆에서 한 장수가 말을 달려 나오며 큰 소리로 외쳤다.

"이 어린 놈아! 어디로 달아나려느냐?"

올안연수가 놀라며 그와 맞붙으려 했다. 그러나 손 한번 제대로 써 보기도 전에 채찍이 그의 머리통에 떨어졌다. 눈이 밝고 솜씨가 빠른 올안연수는 얼른 방천화극을 들어 막으려 했으나 또 다른 채찍이 더해지는 바람에 방천화극은 두 동강이 나고 말았다. 무기를 잃은 올안연수는 맨손으로라도 싸워 볼 양으로 덤벼들었다. 그의 몸이 적장의 가슴팍 가까이에 이르렀을 때 적장이 긴 팔을 내밀어 그를 움켜잡았다. 마치 긴 팔 가진 원숭이가 가벼운 물건을 집는 듯했다.

손쉽게 올안연수를 사로잡은 적장이 그를 따르던 군사들을 가로막으며 소리쳤다.

"모두 말에서 내려 항복하라."

요나라 군사들은 사방이 캄캄한 데다 동서를 가릴 수가 없으니 도망치려야 도망칠 수도 없었다. 하는 수 없이 모두 말에서 내려 항복했다.

올안연수를 사로잡은 장수는 다름 아닌 호군대장(虎軍大將)인 쌍편 호연작이었다. 진중에서 적장을 사로잡았다는 전갈을 받은 공손승은 법술을 거두었다. 그러자 진 안은 전과 같아져 맑은 하늘에 밝은 해가 드러났다. 한편 태진 부마와 이 금오는 각기 군사 일천을 거느리고 적진 안에서 소식이 있으면 곧 나서서 호응하려고 기다렸다. 그런데 알 수 없게도 적진 안에서는 아무런 움직임이 없어 함부로 치고 들 수가 없었다. 할 수 없이 마냥 기다리고만 있는데 송강이 진문 앞으로 나와 큰 소리로 외쳤다.

"너희들은 어서 항복하지 않고 어느 때를 다시 기다리느냐? 올안 소장군은 이미 우리에게 사로잡혔다."

그러고는 올안연수를 진 앞으로 끌어내게 했다. 묶인 올안연수가 칼 찬 군사들에게 에워싸여 나오는 걸 보자 이 금오는 그냥 있을 수가 없었다. 말 한 필, 창 한 자루에 의지해 올안연수를 구하려고 달려 나왔다.

송강의 진중에서 벽력화 진명이 가시 돋친 쇠 방망이를 들고 달려 나가 이 금오와 맞붙었다. 두 말이 엇갈리고 병기가 부딪치자 양쪽 군에서는 응원하는 함성이 크게 일었다.

그때 이 금오는 마음이 몹시 급하고 들떠 있어 솜씨가 전 같지 못했다. 빨라야 할 때 빠르지 않고 느려야 할 때 느리지 않으니 싸움이 제대로 될 리 없었다. 몇 합 어울려 보지도 못하고 진명의 쇠 방망이에 머리를 얻어맞았다.

워낙 세차게 내려친 쇠 방망이라 머리가 투구와 함께 바스러지며 이 금오가 말에서 떨어졌다.

태진 부마는 이 금오가 죽는 걸 보고 얼른 군사를 돌려 달아났다. 송강이 장졸을 휘몰아 한꺼번에 요나라 진채로 밀고 들었다. 일이 그쯤 되니 요나라 군사들에게 싸울 마음이 남아 있을 턱이 없었다. 한바탕 크게 지고 사방으로 흩어져 달아나 버렸다.

송나라의 큰 승리였다. 빼앗은 말이 삼천 필을 넘고 적이 남기고 간 깃발과 창칼은 온 골짜기를 덮고 있었다. 송강은 그대로 군사들을 이끌고 연경을 향했다. 멍석 말듯 하는 기세로 밀고 들어 잃어버린 송나라의 땅을 되찾을 작정이었다.

한편 쫓겨 간 요나라 군사들은 올안 도통군에게 돌아가 저희들이 당한 참패를 알렸다. 올안연수는 송나라 군사들이 쳐 둔 진 안으로 들어갔다가 사로잡혔고, 그 나머지 아장과 군사들은 항복했으며, 이 금오는 적의 쇠 방망이에 맞아 죽었고, 태진 부마는 겨우 목숨을 건져 달아났는데 어디로 갔는지 모른다고 했다. 올안 도통군은 그 말을 듣고 크게 놀라며 물었다.

"내 아들은 어려서부터 진법을 배워 현묘한 이치까지 깨닫고 있었다. 그런데 송강이란 놈이 무슨 진법을 펼쳤기에 그 아이를 사로잡을 수 있었단 말이냐?"

그러자 쫓겨 온 군사들이 본 대로 대답했다.

"구궁팔괘진이란 것이었는데 그리 대단한 것도 아니었습니다. 그전에 먼저 우리 소장군께서는 네 개의 진법을 보이셨지요. 그런데 그 도둑놈들은 그 모든 진법을 알아보더군요."

"그래서 어찌 되었느냐?"

"그런 다음 구궁팔괘진을 쳐 놓고 우리 소장군에게 말했습니다. '네가 우리 진을 알아보았으니 들어와서 깨뜨릴 수 있겠느냐.' 구요. 그 말을 들은 우리 소장군은 마군 천여 명을 데리고 서문으로 적진에 뛰어들었습니다. 그때 활과 쇠뇌가 쏟아져 군사 절반은 따라 들어가지 못하고 되돌아왔습죠. 하지만 소장군께서 어떻게 하다 사로잡히게 되었는지는 저희들도 알지 못합니다."

거기까지 들은 올안 도통군이 분한 듯 말했다.

"구궁팔괘진은 깨뜨리기 어려운 진이다. 반드시 그놈들이 진세를 변화시켜 수를 부렸을 것이다."

"저희들이 장대 위에서 적진을 보니 대오도 움직이지 않고 깃발도 바뀌는 법이 없었습니다. 다만 그 상공에 검은 구름이 일어 진을 덮는 게 이상할 뿐이었습니다. 쫓겨 온 군사들이 다시 저희들이 본 것을 들려주었습니다."

"그렇다면 요술을 부린 것임에 틀림이 없다. 좋다. 내가 군사를 내지 않아도 저놈들은 이제 이긴 기세만 믿고 이리로 밀고 들 것이다. 이번에 이기지 못한다면 내 스스로 목을 자르리라. 누가 선봉이 되어 군사를 이끌고 나아가겠느냐? 나도 대군을 이끌고 곧 뒤따라가겠다."

올안 도통군이 그렇게 말하자 두 장수가 달려 나와 말했다.

"저희들 두 사람이 앞장을 서겠습니다."

올안 도통군이 보니 한 사람은 경요납연(瓊妖納延)이고 또 한 사람은 연경의 뛰어난 장수 구진원(寇鎭遠)이었다. 믿을 만한 두 장수가 스스로 나서 준 걸 보고 올안 도통군이 기뻐하며 말했다.

"그대들 두 사람은 조심하며 움직이라. 나는 일만의 군사를 주어 그대들을 선봉으로 삼겠다. 산을 만나면 길을 헤쳐 열고 물을 만나면 다리를 놓으면서 먼저 나아가라. 나의 대군도 뒤따라 이를 것이다."

이에 경요납연과 구진원은 군사를 이끌고 선봉이 되어 나아갔다. 올안 도통군은 곧 자신이 거느리고 있는 십일요(曜) 대장과 이십팔수(宿) 장군을 점검했다. 십일요 대장은 태양성(太陽星) 어제대왕 야율득중과 태음성(太陰星) 천수공주(天壽公主) 답리패(答里孛), 나후성(羅睺星) 황질 야율득영, 계도성(計都星) 황질 야율득화, 자기성(紫炁星) 황질 야율득충, 월패성(月孛星) 황질 야율득신, 동방창룡목성(東方蒼龍木星) 대장 지아불랑(只兒拂郎), 서방태백금성(西方太白金星) 대장 오리가안(烏利可安), 남방형혹화성(南方熒惑火星) 대장 동선문영(洞仙文榮), 북방현무수성(北方玄武水星) 곡리출청(曲利出淸)에다 중앙진성토성(中央鎭星土星)은 상장군인 올안 자신을 합친 열한 명이었다. 그들 중에서 야율득중과 답리패는 각기 오천의 군사를 거느리고 있었고 나머지 아홉 대장은 각기 삼천의 군사를 거느리고 있었다.

이십팔수 장군은 각목교(角木蛟) 손충, 저토학(氐土貉) 유인, 심월호(心月狐) 배직, 기수표(箕水豹) 가무, 우금우(牛金牛) 설웅, 허일서(虛日鼠) 서위, 실화저(室火猪) 조흥, 규목랑(奎木狼) 곽영창, 위토치(胃土雉) 고표, 필월오(畢月烏) 국영태, 삼수원(參水猿) 주표, 귀금양(鬼金羊) 왕경, 성일마(星日馬) 변군보, 익화사(翼火蛇) 적성, 항금룡(亢金龍) 장기, 방일토(房日兔) 사무, 미화호(尾火虎)

고영홍, 두수해(斗水獬) 소대관, 여토복(女土蝠) 유득성, 위월연(危月燕) 이익, 벽수유(壁水貐) 성주나해, 누금구(婁金狗) 아리의, 묘일계(昴日雞) 순수고, 자화후(觜火猴) 반이, 정수안(井水犴) 동리합, 유토장(柳土獐) 뇌춘, 장월록(張月鹿) 이복, 진수인(軫水蚓) 반고아였다.

올안은 그 열한 명의 대장과 스물여덟 장군을 거느리고 날랜 군사 이십여 만을 일으켜 요나라를 떠났다. 그 기세는 하늘을 가리고 땅을 뒤덮을 만했다. 그런 요나라 군사의 선봉이 된 것은 경요납연과 구진원이었다. 그들이 일만의 인마를 이끌고 먼저 밀고 든다는 소식은 곧 세작을 통해 송강에게 알려졌다.

송강은 몹시 놀라며 노준의가 이끄는 인마를 불러들이게 하고 단주와 계주를 지키는 군사들도 모두 유주로 오게 했다. 또한 조 추밀에게도 와서 싸움을 감독해 주기를 청했고 수군 두령들도 수군들을 모두 뭍으로 끌어올려 패주에 모였다가 함께 유주로 오게 했다.

수군 두령들이 조 추밀을 호위해 유주로 오자 와야 할 군마는 다 온 셈이 되었다. 송강은 조 추밀을 찾아가 보고 예를 올렸다. 조 추밀이 답례한 뒤 입을 열었다.

"장군께서 이처럼 수고하시니 나라의 기둥이요, 주춧돌로 길이 이름이 전할 것이외다. 내가 조정으로 돌아가면 천자께 아뢰어 반드시 장군을 무겁게 쓰시도록 해 드리겠소."

"재주 없는 제가 한 보잘것없는 일은 입에 담을 것도 없습니다. 위로는 천자의 크신 덕을 입고 아래로는 원수의 위엄에 기대

우연히 작은 공을 세운 것일 뿐 제가 재주 있어 한 일이 못 됩니다. 그런데 오늘 세작이 와서 알리기를 요나라의 올안 도통군이 이십만 군마를 일으켜 온다고 했습니다. 저들이 나라의 온 힘을 기울여 오는 만큼 우리의 흥망도 이 한판 싸움으로 결판이 날 듯합니다. 바라건대 추밀 상공께서는 십오 리 밖에 따로이 영채를 세우시고 이 송강이 하찮은 힘을 바쳐 싸우는 것을 지켜보아 주십시오. 저는 형제들과 함께 힘을 모아 이 한판 싸움으로 모든 것을 결말짓겠습니다."

송강이 그렇게 비장한 말로 받자 조 추밀도 엄숙한 어조로 힘을 돋워 주었다.

"아무쪼록 장군께서는 잘 살피시어 꼭 이기도록 하시오."

이에 송강은 곧 조 추밀과 작별하고 노준의와 더불어 크게 군사를 일으킨 뒤 유주 고을의 영청현으로 갔다. 그곳에다 군사를 멈추고 영채를 세운 송강은 여러 장수들을 군막에 불러 놓고 장차 있을 싸움을 의논했다.

"이번에 올안 도통군이 몸소 군사를 이끌고 오는데, 이는 요나라가 온 힘을 기울인 것이니 결코 얕보아서는 안 되오. 죽고 살고 이기고 짐이 모두 이 한판 싸움에 달렸소. 여러분 형제들은 힘을 다해 앞으로 나아갈 뿐 물러서는 일이 있어서는 아니 될 것이오. 만약에 자그마한 공이라도 세우게 된다면 조정에 아뢰어 천자께서 내리는 상을 모두 고루 누리게 하겠소."

송강이 먼저 그렇게 입을 열자 여러 두령들은 모두 몸을 일으키며 입을 모아 말했다.

"형님의 명인데 누가 감히 따르지 않을 수 있겠습니까?"

그러고는 다시 적과 싸워 이길 궁리를 짜내기 시작했다. 한창 의논들을 하고 있는 중에 소교 하나가 들어와 알렸다.

"요나라의 사신이 전서(戰書)를 가지고 왔습니다."

송강이 전서를 받아서 뜯어보니 요나라의 선봉장인 경요납연과 구진원이 군사를 이끌고 와서 다음 날로 결판을 내자는 내용이었다. 송강은 그 글 끝에다 마주 싸우러 나가겠다는 내용을 써서 사신에게 준 뒤 술과 밥을 대접하고 돌려보냈다.

때는 늦가을도 다 가고 초겨울이 와 군사들은 모두 두꺼운 갑옷을 입고 말도 갑옷을 씌웠다. 다음 날 새벽같이 일어난 송나라 군사는 아침밥을 지어 먹은 뒤 날 밝을 무렵 하여 모두 진채를 뽑고 떠났다. 하지만 멀리 갈 필요는 없었다. 미처 오 리도 가기 전에 송나라 군사는 곧 요나라 군사와 맞부딪쳤다.

멀리 검은 깃발들 속에서 두 선봉장의 깃발이 앞으로 달려 나왔다. 북소리가 하늘을 메우는 가운데 문기가 열리며 경요납연이 먼저 말을 몰고 달려 나왔다. 입고 있는 갑옷이며 손에 든 문기가 다 대군의 선봉다운 데가 있었다. 경요납연이 창을 비껴들고 진 앞으로 나와 서자 송강은 문기 아래로 나아가 물었다.

"누가 나아가 저 장수와 싸워 보겠는가?"

그러자 구문룡 사진이 칼을 비껴들고 말을 박차 달려 나갔다. 곧 사진과 경요납연 사이에 한바탕 싸움이 벌어졌다. 두 말이 엇갈리고 창칼이 부딪치기를 서른두 번쯤 했을 때였다. 사진은 한 칼질이 허공을 베자 겁먹은 나머지 말 머리를 돌려 송나라 진채

쪽으로 달아나기 시작했다. 경요납연은 기세를 타고 말을 박차 그런 사진을 뒤쫓았다.

그때 송나라 진채 쪽에서는 소이광 화영이 송강의 등 뒤에 있다가 사진이 싸움에 져서 쫓겨 오는 것을 보았다. 가만히 활을 꺼내 들고 시위에 화살 한 대를 메겨 진채 앞으로 나아갔다. 화영은 경요납연의 말이 가까이 오기를 기다려 힘껏 시위를 당겼다가 놓았다. 화살은 그대로 경요납연의 얼굴에 박혔다. 경요납연이 외마디 소리와 함께 몸을 뒤집으며 말에서 떨어졌다.

사진은 정신없이 달아나다가 등 뒤에 무언가 말에서 떨어지는 소리를 들었다. 고개를 돌려보니 자신을 쫓던 경요납연이었다. 사진은 얼른 몸을 돌려 경요납연에게로 가 다시 한칼질을 보태 그를 죽여 버렸다.

한편 요나라의 또 다른 선봉 구진원은 경요납연이 죽는 걸 보자 성난 마음을 참을 길이 없었다. 창을 비껴들고 말을 박차 진 앞으로 달려 나오며 큰 소리로 외쳤다.

"야, 이 도둑놈들아! 네놈들이 어찌하여 우리 형을 더러운 수로 죽였느냐!"

병울지 손립이 말을 채찍질해 달려 나가 그런 구진원과 맞섰다. 북소리와 함성이 요란한 가운데 곧 두 사람 사이에 싸움이 벌어졌다. 그러나 손립의 창 솜씨가 워낙 뛰어나 구진원은 스무 합도 견뎌 내지 못하고 말 머리를 돌려 달아났다.

구진원은 달아나면서도 혹시라도 저희 진채가 흔들릴까 겁이 나 저희 진채 쪽으로는 가지 못했다. 그저 동북쪽을 향해 내달을 뿐이었다. 공을 세우기에 마음이 급한 손립은 그런 구진원을 놓아주지 않고 말을 박차 뒤쫓았다.

손립은 구진원이 점차 멀어지는 것을 보자 창을 말안장에 걸고 활을 꺼냈다. 왼손에 활을 들고 오른손으로 화살을 빼 든 손립은 화살을 시위에 얹기 바쁘게 힘껏 당겼다가 놓았다.

화살은 구진원의 등판을 향하고 날아갔으나 더 빠른 것은 구진원의 솜씨였다. 등 뒤에서 시위 소리를 들은 구진원은 몸을 뒤집으며 손을 뻗쳐 날아오는 화살을 잡았다. 그걸 본 손립은 속으로 구진원의 솜씨를 칭찬해 마지않았다.

"저놈이 활 재간을 부리는구나."

화살을 받아 쥔 구진원이 그렇게 차가운 비웃음을 던지면서 창을 안장에 걸고 왼손으로 활을 꺼내 들었다. 그리고 받아 쥔 화살을 시위에 메기더니 몸을 틀며 손립의 가슴팍을 향해 쏘았다.

하지만 손립도 이미 그런 구진원의 속마음을 뚫어 보고 있었다. 몸을 좌우로 틀다가 화살이 가까이 날아왔을 때 뒤로 홱 젖혀 화살을 몸 위로 날려 보냈다.

손립은 겨우 화살을 피하기는 했지만 그 바람에 말고삐를 놓치고 말았다. 놀란 말이 마구 달려 손립은 말 등에 드러누운 꼴이 되었다. 구진원이 그걸 보고 생각했다.

'틀림없이 내 화살에 맞았구나.'

하지만 그것은 구진원의 지레짐작일 뿐이었다. 다리 힘이 센 손립은 두 다리로 말 배를 꽉 끼고 일부러 넘어져 있는 척하고 있을 뿐이었다.

그것도 모르고 구진원은 말 머리를 돌려 손립을 사로잡으려 했다. 두 사람의 말 사이가 여남은 자 되었을 무렵 손립이 벌떡 몸을 일으키며 큰 소리로 외쳤다. 깜짝 놀란 구진원이 얼른 맞받아 소리쳤다.

"네놈이 내 화살을 피했다만 창까지 피하는가 보자."

그러고는 손립의 가슴팍을 향해 창을 힘껏 내질렀다. 손립은 가슴을 쑥 내밀고 그 창을 받는 척하다가 창 끝이 갑옷에 닿을 무렵해서 옆으로 슬쩍 몸을 비틀었다. 창은 손립의 겨드랑이 사이를 지나가고 구진원은 손립에게 안기듯 다가들었다.

손립이 그 틈을 놓치지 않고 손목에 감고 있던 쇠 채찍을 들어 구진원을 후려쳤다. 구진원은 머리통이 반절이나 날아간 채 말에서 떨어져 죽었다. 반생을 오랑캐 장수로서 이름을 날리던 구진원으로서는 너무도 어이없는 최후였다.

손립이 창을 들고 본진으로 돌아오는 걸 본 송강은 삼군을 휘몰아 밀고 들어갔다. 요나라 군사들은 장수를 잃은 터라 싸울 마음이 없었다. 제각기 목숨을 건지려고 뿔뿔이 흩어져 달아났다. 송강이 한참 그런 요나라 군사를 뒤쫓는데 앞에서 문득 연주포 소리가 들렸다. 송강은 수군 두령들에게 한 떼의 인마를 이끌고 가서 물목을 지키게 했다. 그리고 한편으로는 화영과 진명, 여방, 곽성과 함께 말을 타고 산 위로 올라가 살펴보았다.

송강이 내려다보니 요나라 군사가 새까맣게 들판을 뒤덮으며 몰려오고 있었다. 그 숫자와 기세가 이만저만이 아니라 송강은 얼른 본진으로 돌아가 대군을 잠시 영청현 산 어귀로 물렸다. 급한 싸움을 피한 송강은 곧 노준의와 오용, 공손승을 불러 의논했다.

"오늘 싸움에서는 비록 한바탕 이기고 적의 두 선봉장을 죽였으나 정작 싸움은 이제부터인 듯하오. 내가 높은 언덕에 올라가서 보니 요나라 군사가 엄청난 기세로 들판을 덮으며 오고 있었소. 아마도 오랑캐들이 대군을 몰아오고 있는 듯하오. 내일 반드시 큰 싸움이 있을 터인데 우리 군사가 너무 모자란 것 같아 걱정이오. 어떻게 하면 이길 수 있겠소?"

송강이 그렇게 말하자 오용이 받았다.

"예로부터 군사를 잘 쓰는 이들은 언제나 적은 군사로 많은 적을 이겼습니다. 진(晋)나라의 사현(謝玄)은 겨우 오만의 군사로 부견(符堅)의 백만 대군을 쳐부수었는데 선봉께서는 무얼 걱정하십니까. 먼저 삼군의 여러 장수들에게 명을 내려 내일의 싸움을 단단히 채비하게 해야 합니다. 깃발은 엄정히 세우고 활과 쇠뇌에는 시위를 메우고 칼은 칼집에서 빼고 통나무 울타리는 굳건히 세워 영채를 잘 지킬 수 있게 하십시오. 또 참호는 깊이 파고 여러 가지 병기며 구름사다리와 돌을 날리는 포(砲) 따위도 모두 마련해 펼쳐 두고 기다리게 해야 합니다. 그 위에다 다시 구궁팔괘진을 벌이면 설령 백만의 대군이 온다 해도 무슨 수로 깨뜨릴 수 있겠습니까?"

그 말을 듣자 송강은 적이 마음이 놓이는 모양이었다.

"군사의 말씀이 매우 옳소."

그러고는 곧 명을 내려 삼군의 여러 장수들을 불러들이게 했다.

몰리는 송나라 군사

오용의 계책에 따른 군령을 송강으로부터 받은 여러 장수들은 각기 진채로 돌아가 그대로 시행했다. 새벽에 밥 지어 먹고 날 밝을 무렵에 모두 영채를 거둬 창평현으로 나아간 군사들은 그곳에다 진세를 벌이고 영채를 얽었다.

앞쪽에는 마군을 세웠는데, 호군대장 진명이 앞을 막고 호연작이 뒤를 맡았으며 관승은 왼쪽을 맡고 임충은 오른쪽을 맡았다. 동남쪽은 삭초요, 동북쪽은 서령이었으며 서남쪽은 동평이요, 서북쪽은 양지가 맡았다.

송강은 중간에서 중군이 되고 나머지 장수들은 각기 원래대로 알맞게 자리 잡았다. 또 뒤에는 노준의, 노지심, 무송 등이 거느린 보군들이 따로 한 진을 쳤다. 수만의 군사가 모두 싸움에 익은 장수들처럼 주먹을 옴켜쥐고 한바탕 싸울 채비를 했다.

송나라 군사의 진채가 안정된 지 얼마 되지 않아 요나라 군사들이 몰려왔다. 앞쪽에 여섯 대의 오랑캐 부대가 늘어섰는데 각 부대는 오백 명으로 좌우에 세 부대를 펼쳐 서로 빙빙 돌게 했다. 그 바람에 요나라의 진세는 무시로 변하였다.

그 여섯 부대는 초로(哨路) 또는 압진(壓陣)으로 불리는 부대로서 그 뒤를 큰 부대의 인마가 까맣게 밀고 들었다. 앞선 군사들은 모두 검은 기를 들었는데 그 일곱 문기에는 저마다 천 필의 말과 한 명의 대장이 지키고 있었다. 하나같이 검은 투구를 쓰고 검은 갑옷을 입었으며 검은 전포에 검은 말을 타고 손에 든 무기도 똑같았다.

북방의 두(斗), 우(牛), 여(女), 허(虛), 위(危), 실(室), 벽(壁)의 일곱 방위를 따라 문기 안에는 모두를 총괄하는 상장이 한 사람 있었는데, 그가 차지한 방위는 하늘의 북방 현무 수성(首星) 방위였다.

그 상장의 차림도 호화찬란했다. 두른 것은 금은 갑옷이요, 걸친 것은 번쩍이는 비단이었다. 역시 검은 말에 검은 자루를 박은 칼을 들었는데, 그는 바로 오랑캐의 장수 곡리출청이었다.

곡리출청은 삼천의 검은 갑옷을 입은 군사를 거느리고 북진오기성군(北辰五炁星君) 방위에 자리 잡고 있었는데, 검은 기 아래에 있는 군사는 그 수가 얼마인지 헤아리기 어려울 지경이었다. 그 기세는 마치 해를 가리는 겨울 구름 같고 북해의 바람을 삼키는 검은 살기 같았다.

요나라의 왼쪽 부대는 모두 청룡기를 들었는데 역시 일곱 개에 문기마다 마군 천 명에 대장 하나씩을 세웠다. 그들은 푸른 갑옷, 푸른 전포에 푸른빛 도는 말을 타 모두가 푸른색 일색이었다. 들고 있는 병기가 모두 같은 것도 앞 부대와 마찬가지였다.

동방의 각(角), 항(亢), 저(氐), 방(房), 심(心), 미(尾), 기(箕) 일곱 방위에 맞춰 세운 그 문기 안쪽에도 그들 모두를 거느리는 상장이 하나 앉아 있었다. 바로 하늘의 동방창룡목성 방위였다.

그 상장 또한 푸른색 갑옷, 투구에 푸른색 털빛이 도는 말을 타고 있었는데, 그는 바로 오랑캐의 장수 지아불랑이었다. 동진구기성군(東震九炁星君) 자리에 버텨 앉은 그 역시 삼천의 푸른 갑옷 입은 인마를 거느렸다. 그 밖에 청룡기 아래로는 또한 헤아릴 수 없을 만큼 많은 군사들이 있었다. 그 기세는 마치 푸른빛이 황도(黃道)를 열고 푸른 안개로 자줏빛 구름을 막는 것 같았다.

오른쪽으로는 앞서와 같은 배치의 흰 깃발을 든 부대가 있었는데 방향으로는 서쪽을 맡고 그 우두머리는 요나라 장수 오리가안이었다. 그는 서태칠기성군(西兌七炁星君)의 자리에서 삼천의 흰 깃발 든 인마와 그 뒤를 따르는 헤아릴 수 없는 많은 군사를 거느리고 있었다.

뒤편 군사들은 몽땅 붉은 기를 들고 있었고 무기도 말도 붉은색이었다. 방위는 남방을 차지하고 대장은 동선문영으로 남리삼기성군(南離三炁星君) 자리에 버텨 섰다. 붉은 깃발을 든 군사는 역시 삼천이요, 그 뒤에는 헤아릴 수 없을 정도로 인마가 있었다.

진 앞 왼쪽에는 용맹한 인마 오천이 섰는데, 그들은 붉은 갑옷,

붉은 전포에 붉은 안장 얹은 붉은 말을 탄 대장을 둘러싸고 있었다. 그는 요나라 임금의 아우 야율득중이었다. 태양성군(太陽星君)의 자리를 맡아 갓 떠오르는 아침 해와 같은 기세로 버텨 서 있었다.

진 앞 오른쪽에는 오천의 여자로만 이루어진 인마가 있었다. 은으로 장식된 투구와 갑옷을 걸치고 흰옷, 흰말에 흰 자루 달린 창을 들고 있었다. 그 대장은 호화로운 차림을 한 요나라의 천수공주 답리패로서 태음성군(太陰星君)의 자리를 맡았다.

그 두 진의 복판에 있는 것은 온통 누른 깃발의 인마였다. 갑옷도 누르고 말도 누른데 장수 넷이 각기 군사 삼천을 거느리고 네 모퉁이로 나뉘어서 이루어진 부대였다.

동남쪽 대장은 하늘의 나후성군(羅睺星君)의 자리를 맡은 자로 요나라 임금의 조카 야율득영이었다. 서남쪽은 계도성군(計都星君)의 자리로 역시 요나라 임금의 조카 야율득화가 맡았으며 동북쪽은 자기성군(紫炁星君) 자리로 야율득충이 맡았고 서북쪽은 월패성군(月孛星君)으로 야율득신이 맡았다.

그 누른 깃발의 군사들 부대 한가운데 한 상장이 섰는데 그 차림부터가 어마어마했다. 한 자루 붉은 칠한 방천화극을 들고 황금 갑옷에 칠보를 아로새긴 자금관(紫金冠)을 쓴 그는 비단 안장 놓은 흰말 위에 높이 앉아 중궁토성일기천군(中宮土星一炁天君) 자리를 맡고 있었다. 그는 바로 요나라의 도통군 올안이었다.

그 누른 깃발을 든 부대 뒤에는 요나라의 임금이 탄 수레가 따르고 있었다. 용과 봉을 아로새긴 수레 둘레에는 창칼을 든 군사들이 일곱 겹으로 에워쌌고 다시 그 안에는 서른여섯 명의 누른 수건을 머리에 동인 날랜 무사들이 수레를 호위했다. 금빛 나는 안장을 얹은 좋은 말 아홉 필이 수레를 끌고 가는 뒤로 비단옷 입은 호위 무사 여덟 쌍이 뒤따랐다. 요나라 임금은 천병(天兵)들과 진성(鎭星)들을 거느리고 북극자미대제(北極紫微大帝)의 자리를 차지하고 그 왼편과 오른편에는 하늘의 좌보(左輔), 우필(右弼) 두 성군(星君)이 따라붙었다. 그런 요나라 군사들의 진세는 마치 하늘이 펼쳐 놓은 것처럼 웅장하면서도 현묘했다.

송강은 밀려드는 적군에게 활과 쇠뇌를 쏘아붙여 그 기세를 멈추게 한 다음 구름사다리로 높이 장대를 세워 오용, 주무와 함께 올라가 보았다. 주무가 적병이 친 것이 천진(天陣)임을 알아보고 송강과 오용에게 말하였다.

"저것은 태을혼천상진(太乙混天象陣)입니다."

"그렇다면 어떻게 쳐야겠소?"

송강이 걱정스럽게 주무를 쳐다보며 물었다. 주무가 자신 없게 대답했다.

"이 천진은 변화가 종잡을 수 없고 거기 감추어진 계책 또한 헤아리기 어려워 가볍게 칠 수 없습니다."

그 말을 들은 송강이 더욱 어두워진 얼굴로 물었다.

"저 진세를 쳐부수지 않고서야 어떻게 저놈들을 물리칠 수 있겠소?"

지금껏 말없이 적진을 살피고만 있던 오용이 대답했다.

"저 진세의 허실을 알아내지 않고는 함부로 칠 수 없습니다."

그들이 그렇게 의논을 주고받고 있는데 요나라의 올안 도통군이 명을 내렸다. 그날은 바로 금(金)에 속하는 날이라 항금룡(亢金龍) 장기, 우금우(牛金牛) 설웅, 누금구(婁金狗) 아리의, 귀금양(鬼金羊) 왕경 네 장수에게 태백금성 대장 오리가안을 따라 송강을 치라는 것이었다.

송강이 거느린 여러 장수들이 진 앞에 서서 바라보니 적진의 오른편 일곱 개의 문이 열렸다 닫혔다 하다가 진 안에서 우레 같은 소리가 나며 진세가 빙빙 돌기 시작했다. 깃발의 진 아래서 동쪽으로부터 북쪽으로, 북쪽에서 서쪽으로, 서쪽에서 남쪽으로 자리를 옮기고 있었다. 주무가 말 위에서 그것을 보고 말하였다.

"저것은 천반좌선지상(天盤左旋之象)입니다. 오늘은 금에 속하는 날이고 천반이 좌로 움직이니 반드시 저놈들이 군사를 낼 것 같습니다."

그런데 미처 그 말이 끝나기도 전에 적진에서 다섯 번의 포향이 울리더니 한 떼의 인마가 달려 나왔다. 가운데 태백금성이 서고 네 귀에 네 장군이 서서 모두 다섯 대의 인마가 짓쳐 나오는데 그 기세가 산이라도 무너뜨릴 것 같았다. 송강의 군사들은 그 기세를 당해 내지 못하고 제대로 손쓸 새도 없이 얼른 뒤로 물러났다.

그래도 송강의 대군은 어떻게든 진세를 유지하려 했지만 요나라 군사들이 양쪽에서 치고 들어오니 견딜 수가 없었다. 한바탕 크게 지고 얼른 군사들을 물려 본채로 돌아갔다. 어찌 된 셈인지 요나라 군사들은 그런 송강의 군사들을 굳이 뒤쫓지는 않았다.

송강이 돌아와 장수들을 살펴보니 공량은 칼에 찍혔고, 이운은 화살에 맞았으며, 주부는 코를 다쳤고, 석용은 창에 찔려 피를 흘렸다. 그 밖에 상처를 입은 군사들도 헤아릴 수 없이 많았다. 송강은 즉시 다친 장졸들을 수레에 태워 진세 뒤편에 있는 신의 안도전에게로 보냈다. 그리고 한편으로는 쇠꼬챙이와 나무 울타리를 겹겹이 진채에 둘러 굳게 지키기만 했다.

우선 급한 불은 껐으나 첫 싸움에 밀리고 보니 송강의 기분이 밝을 리 없었다. 걱정에 가득 차 노준의를 비롯한 여러 두령들을 장막으로 불러들여 놓고 의논했다.

"오늘 한바탕 싸움에서 우리가 졌으니 이제 어떻게 했으면 좋겠소? 만약 나아가서 싸우지 못하면 반드시 적들이 쳐들어올 것이오."

노준의가 그 말에 씩씩하게 대답했다.

"내일 먼저 두 갈래 인마를 풀어 적의 앞머리를 쳐 보도록 합시다. 그리고 다시 두 갈래 군마로는 적의 북쪽 일곱 개 진문을 치게 하고 보군에게는 그 가운데로 쳐들어가 적진의 내막이 어떠한지 알아보는 게 좋겠습니다."

송강도 그 수밖에 없다고 보아 노준의의 말에 따랐다.

"그것도 옳은 듯하오. 그렇게 해 봅시다."

이튿날 송강은 노준의의 말대로 진채를 거두고 앞으로 나아가 적을 칠 채비를 하게 했다. 모든 것이 갖춰지자 송강의 군사들은 진문을 활짝 열어젖히고 한꺼번에 밀고 나아갔다.

때마침 요나라 군사 대여섯 갈래가 정탐을 하러 다가오고 있었다. 송강은 관승을 왼쪽에, 호연작을 오른쪽에 세워 본부에 인마를 거느리고 나가 다가오는 군사들을 치게 했다.

많은 군사들이 달려 나가 요나라 군사와 맞붙게 되자 송강은 화영, 진명, 동평, 양지를 시켜 왼쪽으로부터 쳐들어가게 하고 임충, 서령, 삭초, 주동은 오른쪽으로부터 쳐들어가 함께 검은 깃발을 세우고 있는 적의 일곱 진문을 두들겼다.

명을 받은 송나라의 장졸들이 적의 검은 깃발 앞세운 진으로 무찔러 들어가니 적은 흩어지고 북쪽 일곱 개의 문기 아래에 몰려 있던 대오가 어지러워지기 시작했다. 그걸 본 송나라의 보군이 움직였다. 이규, 번서, 포욱, 항충, 이곤이 거느린 오백 명의 방패 든 군사가 달려 나오고 그 뒤로 노지심, 무송, 양웅, 석수, 해진, 해보가 보군 장졸을 이끌고 뒤따랐다.

그때 요나라의 진에서 포향이 어지럽게 울리더니 동쪽과 서쪽 및 정면의 누른 기를 앞세운 군사들이 치고 나왔다. 송강의 인마가 그들을 당해 내지 못하고 돌아서서 달아나자 뒤따라 쳐들어가던 보군들도 여지없이 부서져 본채로 쫓겨 들어왔다.

송강이 급히 장졸을 점검해 보니 군사는 태반이 꺾였고 두천과 송만이 크게 다친 데다 흑선풍 이규가 보이지 않았다. 이규는 싸움에 정신이 팔려 그대로 적진으로 밀고 들었다가 적의 갈고리와 밧줄에 걸려 사로잡히고 만 것이었다. 송강은 그걸 알게 되자 괴롭고 걱정스러웠다. 두천과 송만은 진세 뒤의 안도전에게 보내 치료받게 하고 다친 말은 황보단에게 보내 고칠 것은 고치고 잡을 것은 잡게 한 뒤 다시 오용을 비롯한 여러 두령을 불러 물었다.

"오늘 이규를 잃은 데다 또 한 판을 졌으니 이제 어떻게 했으면 좋겠소?"

오용이 대답했다.

"지난날 우리가 사로잡은 젊은 장수는 바로 올안 도통군의 아들이라고 합니다. 그와 이규를 서로 바꾸면 좋겠습니다."

"이번에야 그렇게 바꿔 올 수도 있겠지만 다음에 또 장수를 잃을 때는 어떻게 구해 내겠소?"

송강이 그렇게 받자 오용이 말했다.

"형님께서는 어찌 그리 답답한 소리만 하십니까? 우선 눈앞에 닥친 일부터 처리하도록 하십시오."

그때 한 소교가 들어와 요나라 장수가 사자를 보내왔다고 알렸다.

송강이 그 사자를 중군으로 불러들이게 했다. 예를 마친 사자가 송강에게 말했다.

"저는 원수(元帥)의 명을 받고 왔습니다. 오늘 우리는 당신네 두령 하나를 사로잡아 죽이지 않고 좋은 술과 고기로 잘 대접하고 있습니다. 통군께서는 그 두령과 아드님 되시는 우리 장군을 바꾸고자 하시는데 어떻습니까? 만약 장군께서 응하신다면 곧 그 두령을 보내 드리겠습니다."

그러잖아도 청하려던 판에 저쪽에서 먼저 그렇게 나오니 송강이 마다할 까닭이 없었다.

"그렇다면 내일 바꾸도록 합시다. 당신네 젊은 장수를 진 앞으로 데려갈 테니 거기서 서로 바꾸도록 하지요."

요나라의 사자는 그 말을 듣자 밝은 얼굴로 말에 올라 돌아갔다. 요나라의 사자를 보낸 뒤 송강이 다시 어두운 얼굴로 오용을 보고 말했다.

"우리에게는 아무래도 적의 진세를 쳐부술 계책이 없소. 적의 젊은 장수를 데려다가 돌려주고 화해한 뒤 싸움을 그만두는 게 좋겠소이다."

오용도 뾰족한 수가 없는지 고개를 끄덕였다.

"잠시 사람과 말을 쉬게 하고 달리 방도를 내보는 것도 좋겠지요. 마땅한 계책이 생기면 그때 다시 와서 적을 깨뜨려도 늦지 않을 것입니다."

이에 송강은 잠시 싸움을 거두기로 결정하고 날이 밝기를 기다렸다.

다음 날 송강은 급히 사람을 보내 사로잡아 두었던 올안연수를 데려오게 하는 한편 올안에게도 사자를 보내 자신의 뜻을 알렸다.

한편 올안 도통군은 두 번의 싸움에서 거듭 이긴 뒤라 한껏 기세가 올라 있는데, 사람이 와서 송강이 사자를 보내왔다고 알렸다. 올안 도통군이 그를 안으로 불러들이게 하자 사자가 말했다.

"우리 송 선봉께서는 오늘 아드님 되시는 올안 장군과 사로잡힌 우리의 두령을 바꾸자고 하셨습니다. 아울러 지금은 날씨가 차 군사들의 고생이 매우 심하고 동상을 입을 우려가 있으니 싸움을 거두는 게 어떠한가 물으셨습니다. 내년 봄에 다시 보자고 하시는데 통군의 의향은 어떠하십니까?"

그러자 올안 도통군이 불같이 화를 내며 소리쳤다.

"그 못난 자식놈이 네놈들에게 사로잡혔으니 살아 있은들 무슨 낯으로 나를 다시 만난단 말이냐? 바꿀 생각 없으니 아예 그 놈의 목을 베어 버려라! 그리고 만약 싸움을 그만두고 싶거든 송강더러 스스로 결박을 짓고 항복하라고 하라. 그러면 목숨만은 붙여 줄 수도 있거니와, 내가 대군을 몰아 쳐부술 때는 아무도 살려 주지 않을 것이다!"

그런 다음 호통 치며 사자를 돌려보냈다. 사자는 말에 올라 영채로 돌아오기 바쁘게 송강에게 그대로 알렸다. 송강은 이규를 구해 내지 못할까 봐 두렵고 걱정이 되었다. 때마침 끌려온 올안연수를 진세 앞에 세운 뒤에 군사들을 시켜 외치게 했다.

"우리 두령을 놓아주면 나도 너희 젊은 장군을 돌려보내겠다! 싸움을 그만두는 것은 싫다면 할 수 없다. 너희와 다시 한바탕 크게 싸워 보겠다!"

그러자 오래지 않아 요나라의 진세 앞으로 말을 탄 이규가 끌려나왔다. 이쪽에서도 말 한 필을 가져와 올안연수를 태웠다. 양편이 그렇게 준비가 된 뒤 서로 정한 말 한마디로 잡은 자는 놓아주고 잃었던 자는 받아들여 맞바꿈이 이루어졌다. 이규는 송나라 진채로 돌아오고 올안연수는 저희 편 진채로 돌아갔다.

그날 양편은 싸움 없이 보냈다. 송강은 군사를 물려 진채로 돌아온 뒤 이규가 돌아온 것을 축하했다. 하지만 더 큰 일은 그대로 남아 있었다.

"요나라의 군사는 세력이 크고 우리에게는 깨뜨릴 계책이 없으니 실로 걱정스럽소. 간담을 말리는 것 같구려. 아무것도 얻지 못하고 날만 보내고 있으니 이를 어찌했으면 좋겠소?"

송강이 모인 두령들을 보고 다시 그렇게 의논을 꺼냈다. 호연작이 나와 말했다.

"내일 인마를 열 갈래로 나누어 다시 한번 싸워 보는 게 어떻겠습니까? 두 갈래는 적의 앞머리를 치고 여덟 갈래는 한꺼번에 밀고 들어 결판을 내도록 합시다."

송강도 별수가 없었다. 어떻게든 한번 싸워 보기로 하고 여럿에게 일렀다.

"여러 형제들이 한마음으로 힘을 다해야 될 거요. 그럼 내일 꼭 그대로 해 봅시다."

그때 오용이 나서서 말했다.

"우리가 두 번이나 저것들을 들이쳐 보았습니다만 끄떡도 하지 않았습니다. 차라리 지키면서 기다리다가 저것들이 몰려오면 맞받아치는 게 어떻겠습니까?"

"가만히 앉아서 적이 오기를 기다리는 것은 좋은 계책이 아닌 듯싶소. 여러 형제들이 힘껏 맞서 싸워 준다면 싸움마다 질 리야 있겠소?"

송강이 그렇게 말하고 명을 내려 다음 날의 싸움을 채비하게 했다.

이튿날 송강은 진채를 거둔 뒤 전군을 열 갈래로 나누어 나는 듯 밀고 나아갔다.

앞서 간 송강의 두 갈래 인마는 먼저 뒤로 돌아가서 뒤를 받쳐 주는 적병을 끊고 나머지 여덟 갈래 인마는 다짜고짜로 함성과 함께 혼천진 속으로 뛰어들었다. 갑자기 적진 안에서 우레 같은 소리가 터지더니 스물여덟 개의 진문이 한꺼번에 열리고 적병이 한 줄의 장사진(長蛇陣)을 친 채 밀고 나왔다.

말 그대로 긴 뱀처럼 한 줄로 힘을 모아 뚫고 나오니 여덟 갈래로 나누어져 적진을 치던 송강의 군마로서는 막아 낼 수가 없었다. 창칼 한번 제대로 휘둘러 보지 못하고 급히 물러나게 되니 또다시 대패였다. 깃발은 가지런하지 못하고 북과 징은 기울어졌으며 달아나는 인마는 어지럽기 짝이 없었다. 간신히 본채에 이르러 헤아려 보니 꺾인 군마가 적지 않았다.

송강은 명을 내려 산 어귀의 진채를 굳게 지키기만 했다. 참호를 깊게 파고 나무 울타리를 든든하게 두른 뒤 영채를 닫고 나아가지 않았다. 그렇게 찬 겨울을 보내 놓고 볼 셈이었다.

한편 부추밀(副樞密)인 조안무는 여러 차례 도성에 글을 올려 천자께 군사들이 입을 옷을 보내 주기를 청했다. 겨울철이 다가오고 있어 여름옷으로는 송나라 군사들이 견뎌 낼 수 없었기 때문이었다. 조정에서는 팔십만 금군의 창봉교두이자 정주의 단련사인 왕문빈을 뽑아 송강에게 보내기로 했다.

왕문빈은 문무에 뛰어나 조정의 모든 사람이 흠모하고 우러렀다. 그는 도성에 있는 군사 만여 명을 거느리고 겨울옷 오십만 벌을 수레에 실어 송 선봉에게 전해 주라는 명을 받았다. 그리고 아울러 싸움터에 눌러 있으면서 송강의 장졸을 독촉하여 하루빨리 개선가를 올리게 하라는 명도 받았다.

왕문빈은 천자의 뜻이 담긴 문서를 받은 뒤 병장기와 갑옷을 갖추고 말에 올랐다. 수레와 인부를 독촉하여 동경을 나온 그는 진교역을 향해 떠났다. 끌고 가는 백여 대의 수레에는 '천자께서 내리신 옷'이라고 쓰인 누른 깃발이 꽂혀지고 그들이 지나가는 고을에서는 벼슬아치들이 나와 먹을 것을 댔다.

며칠 걸려 싸움터 근처에 이른 왕문빈은 조 추밀을 찾아보고 중서성에서 받은 문서를 바쳐 올렸다. 조 추밀이 문서를 읽은 뒤 몹시 기뻐하며 말했다.

"장군이 오셔서 참으로 잘되었소. 지금 송 선봉은 요나라의 올안 도통군에게 걸려 그 혼천진을 깨지 못하고 여러 차례 거듭해 싸움에 졌소. 두령들 중에는 다친 사람이 많아 지금 이곳에서 쉬면서 안도전에게 치료를 받고 있소. 송 선봉도 영청현 땅에 굳게 진채를 얽고 지키고만 있을 뿐이오. 감히 나가 싸울 엄두를 내지 못하고 있으니 오죽이나 답답하겠소."

"조정에서는 그 때문에 저를 뽑아 보내셨습니다. 군사들을 재촉하여 하루빨리 적을 무찌르고 싸움을 끝내라는 말씀이 계셨습니다. 그런데 벌써 여러 번 싸움에 졌다니 제가 이대로 도성으로 돌아가 아뢰기는 어렵겠습니다. 제가 비록 재주 없으나 어려서부터 병서를 읽어 진법을 좀 알고 있습니다. 제가 진 앞으로 나아가 보잘것없는 계책이나마 한바탕 결판을 내서 송 선봉의 근심을 덜어 주었으면 합니다. 추밀 상공의 뜻은 어떠하십니까?"

그 씩씩한 말에 조 추밀은 몹시 기뻐하였다. 술을 내 왕문빈을 대접하고 그가 이끌고 온 군사들이며 마부들도 잘 먹이고 쉬게 했다. 그런 다음 왕문빈에게 도성에서 가져온 옷을 송강의 군사들에게 나누어 주게 하는 한편 송강에게도 사람을 보내 그 소식을 알렸다.

한편 송강은 그 무렵 거듭 싸움에 진 뒤라 걱정에 잠겨 있었다. 그날도 역시 어두운 얼굴로 장막 안에서 걱정에 잠겨 있는데 조 추밀이 보낸 사람이 와서 알렸다.

"동경에서 정주 단련사 왕문빈을 뽑아 보냈습니다. 겨울옷 오십만 벌을 가져옴과 아울러 우리 군진에서 싸움을 재촉하라는 명을 받았다고 합니다."

송강은 사람을 보내 왕문빈을 진채로 맞아들인 뒤 장막 안으로 불러들여 술을 대접했다. 술이 몇 잔 돈 뒤 왕문빈이 송강에게 싸움에 진 까닭을 물었다. 송강이 어두운 낯빛으로 대답했다.

"이 송 아무개는 조정이 변방으로 보낸 후 천자의 홍복에 힘입어 네 개의 큰 고을을 얻었소이다. 그러나 이번 유주에 이르러서는 뜻밖으로 오랑캐 장수 올안 도통군과 그가 펼친 혼천진을 만나게 되었지요. 그가 거느린 이십만 군사도 날래고 정연하거니와 요나라 국왕까지 친히 어가를 몰고 와 싸움을 독려하는 바람에 이 송강은 거듭하여 싸움에 지고 말았소이다. 이제는 펼쳐 볼 계책도 남아 있지 않아 감히 가볍게 움직이지 못하고 이렇게 지키고만 있는 것입니다. 다행히 이번에 장군께서 여기까지 오셨으니 부디 좋은 가르침을 내려 주십시오."

그러자 왕문빈이 기세 좋게 대답했다.

"그따위 혼천진이 무에 그리 대단할 게 있겠습니까? 비록 이왕 아무개가 재주 없으나 함께 가셔서 한번 살펴보기로 하지요. 따로이 좋은 방도가 있을 듯도 합니다만."

그 말을 들은 송강은 몹시 기뻤다. 다음 날 함께 적진을 살피기로 하고 우선 배선을 불러 왕문빈이 가져온 겨울옷을 장졸들에게 나눠 주게 했다. 추위에 떨다가 옷을 받아 입게 된 장졸들은 모두 남쪽을 향해 감사를 올렸다.

그날 송강은 중군에 술자리를 열어 왕문빈을 대접하고 삼군에게도 술과 밥을 배불리 먹였다.

다음 날이 되었다. 송강의 군사들은 모두 싸움 채비를 갖추고 진채를 나섰다. 왕문빈은 가지고 온 투구와 갑옷으로 몸을 감싸고 말에 올라 앞장을 섰다.

송나라 군사들이 싸우러 왔다는 소식은 적 중군에게도 곧 전해졌다. 징과 북이 울리고 크게 함성이 일더니 여섯 갈래의 인마가 앞장서서 달려 나왔다.

송강은 군사를 나누어 그런 적을 쳐부수게 하였다. 장대 위에 올라가 한 차례 살펴본 왕문빈이 구름사다리를 내려와 말했다.

"저 진세는 별게 아닙니다. 사람을 놀라게 하는 데가 없군요."

그런데 뜻밖에도 왕문빈은 그 진세를 알지 못하고 있었다. 그저 사람을 속여 이름이나 떨치려고 곧 싸움 북을 울리게 했다. 맞은편 요나라군에서도 징과 북소리가 요란하게 울렸다. 왕문빈이 엉터리인 줄도 모르고 힘을 얻은 송강이 적진을 향해 외쳤다.

"이 여우 같고 개 같은 놈들아, 이래도 나와 싸우겠느냐?"

그러자 미처 그 말이 끝나기도 전에 검은 기를 앞세운 부대의 네 번째 진문이 열리더니 한 장수가 나는 듯 달려 나왔다. 그 오랑캐 장수는 풀어헤친 머리칼에 누른 비단 전포와 검은 갑옷을 걸치고 있었다. 역시 검고 빛나는 오추마에 삼첨도를 들고 뛰쳐나오는데, 그 등 뒤로 수많은 아장들이 따르고 있었다. 그의 머리 위에 있는 검은 깃발에는 '대장 곡리출청'이란 글자가 은박으로 쓰여 있었다. 그가 말을 달려 나와 싸움을 거는 걸 보고 왕문빈은 속으로 생각했다.

'이때 내 무예 솜씨를 보이지 않고 언제 보이겠는가.'

그러고는 대뜸 창을 꼬나들고 말을 박차 달려 나갔다. 왕문빈은 곡리출청과 말 한마디 주고받는 법 없이 곧바로 어울렸다. 왕문빈은 창을 내지르고 곡리출청은 칼을 휘둘러 곧 두 사람 사이에 불꽃 튀기는 싸움이 벌어졌다.

그런데 한 스무 합이나 싸웠을까, 갑자기 오랑캐 장수가 몸을 돌려 달아나기 시작했다. 그걸 보고 기세가 오른 왕문빈은 말 배를 박차 그런 적장을 뒤쫓았다.

송강, 끝내 요나라 군사를 쳐부수다

기실 요나라 장수가 달아나는 것은 힘이 달려서가 아니었다. 속셈이 따로 있어 일부러 허점을 내보이고 달아남으로써 왕문빈으로 하여금 뒤쫓게 한 것이었다.

그걸 알 리 없는 왕문빈은 금세라도 적장을 사로잡을 듯 바짝 뒤쫓았다. 두 사람의 거리가 닿을 만큼 가까워졌을 때 요나라 장수가 몸을 뒤집으며 등 뒤로 한칼을 후려쳤다. 칼은 어김없이 왕문빈에게 맞았다. 왕문빈은 어깨로부터 가슴팍까지로 두 토막이 나 말 아래로 떨어져 죽었다.

그 광경을 본 송강은 얼른 군사를 거둬들이게 했다. 기세가 오른 요나라 군사들이 다시 밀고 들어와 송나라 군사는 또 한바탕 싸움에 지고 말았다. 급하게 쫓겨 본채로 돌아온 뒤에야 겨우 혼란을 수습할 수 있었다. 왕문빈이 죽는 걸 보고 겁을 먹은 여러 장수들이 제대로 싸우지 못한 까닭이었다.

진채로 돌아온 송강은 얼른 종이와 붓을 꺼내 조 추밀에게 올리는 문서를 썼다. 왕문빈이 스스로 나가 싸우다가 죽임을 당했음을 알리는 글이었다.

조 추밀은 그 일을 알자 더욱 근심에 찼다. 그러나 숨길 수는 없는 노릇이라 조정에 글을 올려 왕문빈의 죽음을 알리고 그를 따라왔던 관리들은 모두 도성으로 돌려보냈다.

한편 진채 안에 처박혀 있는 송강의 걱정은 날로 커졌다. 백 가지로 생각을 짜내 보아도 적을 깨뜨릴 계책은 전혀 나오지 않았다. 그 바람에 먹는 것이며 자는 것까지 뜻이 없고 꿈속에서도 마음이 편치 못했다.

그러던 어느 날 밤이었다. 그사이 겨울은 깊어 날은 추운데, 송강은 홀로 장막 안에서 잠들지 못하고 걱정에 잠겨 있었다. 밤 이경쯤이나 되었을까?

생각에 지친 송강이 옷을 입은 채 서안에 기대앉아 졸고 있는데 돌연 한줄기 미친 듯한 바람이 일더니 찬 기운이 뼛속으로 스며드는 듯했다. 놀란 송강이 몸을 일으켜 보니 푸른 옷을 입은 소녀가 다가와 머리를 조아렸다.

"낭자는 어디서 왔는가?"

송강이 얼른 그렇게 물었다. 소녀가 대답했다.

"낭랑의 뜻을 받들어 장군을 모시러 왔사오니 번거로우시겠지만 함께 가 주셨으면 합니다."

"낭랑께서는 지금 어디 계시냐?"

송강이 다시 그렇게 묻자 푸른 옷의 소녀가 한쪽을 가리키며 말했다.

"이곳에서 멀지 않은 곳에 계십니다."

이에 송강은 그 소녀를 따라 장막을 나섰다. 바깥에 나와 보니 금빛과 푸른빛이 서로 어우러진 가운데 향기로운 바람이 불고 상서로운 아지랑이마저 이는 것이 마치 봄철 같았다. 두서너 마장 가니 푸른 소나무와 잣나무가 무성한 가운데 계수나무며 돌난간이 어렴풋이 보였다. 양쪽으로 대나무가 짙푸르고 수양버들이 늘어진 가운데, 복사꽃이 한창인 나무가 늘어섰다.

구불구불한 난간을 지나 돌다리를 건너서니 붉은 대문이 나타나고 이 세상의 집 같지 않은 큰 대궐이 한 채 나타났다. 마루 난간과 대들보에는 조각이 아로새겨지고 나무에 박힌 못은 죄다 금이었으며, 지붕은 푸른 기와로 덮여 있었다. 푸른 옷의 소녀는 송강을 왼쪽 낭하로 이끌고 가 동쪽을 향해 지어진 작은 정각 앞으로 데려갔다. 붉은 창살의 문 앞에 이른 소녀는 송강에게 그 안에서 잠시 기다리라 하였다. 송강이 눈을 들어 살펴보니 사방은 고요한데 계단에는 여러 빛깔의 노을이 비끼고 기이한 향기가 풍겼다.

안으로 들어갔던 푸른 옷의 소녀가 다시 나와서 송강에게 알렸다.

"낭랑께서 부르십니다. 성주(星主)께서는 어서 일어나시지요."

이에 송강은 앉은 자리가 데워지기도 전에 몸을 일으켰다. 그때 밖에서 두 명의 선녀가 들어왔다. 머리에는 연꽃이 아로새겨진 벽옥관(碧玉冠)을 쓰고 몸에는 금실로 테를 두른 비단옷을 걸친 선녀들이었다.

두 선녀가 머리를 숙여 송강에게 공손하게 예를 표했다. 그러나 송강은 선녀들의 알지 못할 기품에 눌려 감히 눈을 뜨고 쳐다보지 못했다.

“장군께서는 어찌 이리도 겸손하십니까? 낭랑께서는 옷을 갈아입으시는 대로 나오시어 장군과 함께 나라의 큰일을 의논하고자 하십니다. 어서 가도록 하시지요.”

그 두 선녀가 송강에게 다시 그렇게 일렀다. 송강은 말없이 그런 그녀들을 따라갔다. 안에서는 금으로 된 종과 옥으로 깎은 경쇠의 울림소리가 들렸다. 푸른 옷을 입은 소녀가 송강을 전각 안으로 안내했다.

두 선녀가 앞서서 송강을 동쪽 계단을 통해 오르게 한 뒤 구슬로 만든 발 앞에 세웠다. 발에서는 구슬이 부딪치는 영롱한 소리가 나고 안에서는 옥패(玉佩) 소리가 쟁그랑거렸다. 푸른 옷을 입은 소녀는 송강을 발 안으로 이끈 뒤 향안(香案) 앞에 무릎을 꿇게 하였다.

송강이 가만히 눈을 들어 전상을 보니 상서로운 구름이 어리고 자줏빛 안개가 피어오르는데, 앞편에 아홉 마리 용을 아로새긴 보좌에는 구천현녀가 앉아 있었다. 머리에는 구룡비봉관을 쓰고 몸에는 칠보로 치장한 붉은 저고리에 산하일월(山河日月) 치마를 둘렀다. 진주를 박고 구름과 안개를 수놓은 신을 신고 티없이 맑은 백옥으로 된 홀을 들었는데 그 곁에는 시중을 드는 선녀 스무남은 명이 줄지어 서 있었다. 구천현녀가 송강을 가만히 내려보다 입을 열었다.

"내가 그대에게 천서를 전해 준 지도 벌써 여러 해가 지났으나 그대는 충의를 굳게 지켜 조금도 게으름이 없었다. 그런데 이번 송나라 천자의 명을 받고 요나라를 치러 간 일은 어떻게 되었는가?"

송강이 바닥에 엎드려 절하며 아뢰었다.

"저는 낭랑의 은혜를 입어 천서를 받은 뒤로 한 번도 가볍게 다루지 않고 세상 사람들에게 새어나가게 하지도 않았습니다. 하오나 이번에 천자의 칙령을 받아 요나라를 쳐부수는 일은 쉽지 않았습니다. 뜻밖에도 올안 도통군의 혼천상진에 걸려 여러 번 패하였고 이제는 어떻게 해볼 도리조차 없습니다. 실로 위급한 처지에 빠져 있으니 낭랑께서는 불쌍히 여기시어 도와주십시오."

그러자 구천현녀가 가만히 물었다.

"그대는 혼천상진법을 아시오?"

"저는 보잘것없고 어리석은 사람이라 그 진법을 모릅니다. 낭랑께서 가르쳐 주시기를 빕니다."

송강이 두 번 절을 올리며 간곡히 청했다.

"그 진법은 양상(陽象)을 모아서 이룬 것이라 이제껏 한 것처럼 쳐서는 아무래도 깨뜨리지 못할 것이오. 꼭 그 진법을 깨뜨리고 싶으면 상생상극(相生相剋)의 이치를 따라야 할 것이외다. 이제부터 내가 그 이치를 일러 드릴 터이니 잘 듣고 꼭 그대로 행하도록 하시오."

구천현녀는 먼저 그렇게 말해 놓고 차분한 목소리로 혼천상진을 깨뜨리는 법을 일러 주었다.

"저들이 앞세운 검은 깃발 든 부대 안에는 수성(水星)이 배치되어 상계의 북방오기진성(北方五炁辰星) 방위를 누르고 있소. 따라서 송나라 군사는 대장 일곱 명을 골라 누른 갑옷, 누른 전포를 입히고 누른 말에 태워 요나라 군사의 검은 깃발 든 부대의 일곱 진문을 치면 될 것이오. 그리고 용맹스러운 장수 하나를 골라 누른 전포를 입고 달려가서 수성을 빼앗게 하시오. 그렇게 하는 것은 토(土)가 수(水)를 이기는 이치에 따르는 것이외다.

그다음 흰 전포, 흰 말을 탄 인마를 장수 여덟에게 주어 요나라 군사의 왼쪽에 있는 푸른 깃발 든 부대를 치게 하시오. 이것은 금(金)이 목(木)을 이기는 이치에 따르는 것이오.

흰 깃발을 앞세운 적의 군사는 송나라 장수 여덟 명에게 붉은 전포를 입힌 말을 주어 치게 하면 될 것이오. 그것은 화(火)가 금을 이기는 이치외다.

적의 뒤편에 있는 붉은 깃발 앞세운 부대는 검은 기를 든 인마를 장수 여덟에게 맡겨 치게 하시오. 그것은 수가 화를 이기는 이치외다.

적의 중앙에 있는 누른 깃발 든 부대의 주장은 이편의 푸른 깃발 든 인마에게 치게 하시오. 장수 아홉을 뽑아 특히 적의 으뜸되는 장수를 치게 해야 하오. 그것은 목이 토를 이기는 이치에 따르는 것이외다. 그 밖에 따로이 두 갈래의 인마를 내야 할 것인바, 한 갈래는 수놓은 기를 들고 고운 전포를 입혀 나후성(羅睺星)으로 꾸며 요나라의 태양군진(太陽軍陣)을 쳐부수며 다른 한 갈래는 흰 깃발에 은으로 된 갑옷을 입혀 계도성(計都星)으로서 적의 태음군진(太陰軍陣)을 치게 해야 하오.

요나라의 임금이 탄 수레 쪽을 칠 때에는 이쪽에도 수레가 필요할 것이오. 스물네 대의 뇌거(雷車)를 만들어 화석(火石) 화포를 장치한 뒤 요나라 군사들의 진중으로 밀고 들되 공손승에게 풍뢰천강정법(風雷天罡正法)을 일으켜 돕게 하시오.

모든 것을 그렇게 내가 시킨 대로만 하면 반드시 싸움에 이길 것이오. 하지만 낮에는 군사를 움직이지 말고 있다가 밤이 되거든 군사를 내시오. 반드시 그대가 몸소 군사들을 거느리고 중군이 되어 싸워야 하오. 인마를 재빨리 휘몰아 들이치면 북소리 한 번으로 공을 이룰 수 있을 것이오. 단, 내가 한 말은 반드시 가슴 속 깊이 묻어 두고 오직 나라와 백성들을 편안케 할 것만 생각해야 하오. 그래야만 뒷날 후회하는 일이 없을 거외다.

하늘나라와 땅 위의 세계는 서로 다르니 앞으로 우리는 길이 만나지 못할 것이오. 뒷날 천상의 금궐(金闕)에서 다시 만나기로 하고 오늘은 이만 돌아가시오. 오래 이곳에 머물러서는 아니 되오."

그런 다음 푸른 옷 입은 소녀에게 차를 바쳐 올리게 하였다. 송강이 그 차를 다 마시자 구천현녀는 다시 푸른 옷 입은 소녀를 시켜 송강을 진채까지 데려다주라 일렀다.

송강은 두 번 절을 올려 구천현녀에게 감사한 뒤 그곳을 떠났다. 푸른 옷을 입은 소녀는 송강을 서쪽 계단으로 이끌어 영성문을 나온 뒤 오던 길로 들어섰다. 돌다리를 건너 솔숲길로 들어서자 그 소녀가 한곳을 가리키며 말했다.

"요나라 군사가 저기 있으니 어서 쳐부수도록 하시오."

그 말에 송강이 놀라 돌아보니 갑자기 푸른 옷 입은 소녀가 손을 내밀어 송강의 등을 밀었다. 송강이 깜짝 놀라 깨어 보니 장막 안에서 꾼 한바탕의 꿈이었다.

때마침 진중에서는 시각을 알리는 북소리가 들려왔다. 송강이 귀 기울여 들어 보니 사경을 알리는 북소리였다.

송강은 곧 군사 오용을 불러 자신의 꿈을 풀이해 보고 싶었다. 오용이 장막에 이르자 송강이 꿈이야기를 제쳐 놓고 불쑥 물었다.

"군사께서는 혼천진을 쳐부술 계책을 세우셨소?"

"아직 좋은 계책을 얻지 못했습니다."

오용이 풀 죽은 목소리로 대답했다. 그제야 송강이 털어놓았다.

"나는 이미 꿈속에서 구천현녀께로부터 비결을 전해 받았소. 생각 끝에 정한 바가 있어 특히 군사를 부른 것이오. 함께 의논한 뒤 여러 장수들을 모아 각자 할 일을 맡겨야겠소."

그러고는 오용에게 간밤 구천현녀에게서 들은 이야기를 자세히 일러 주었다. 곧 구천현녀가 알려 준 비결에 따라 계책이 정해졌다. 송강은 그 계책을 조 추밀에게도 알린 뒤 시행할 채비에 들어갔다.

송강은 먼저 특별한 수레 스물네 대를 밤낮없이 다그쳐 만들도록 했다. 모두 옻칠한 널판자와 철패를 붙인 수레로 밑층에는 기름과 장작을 싣고 위층에는 화포를 장치하게 했다.

큰 수레 스물네 대가 만들어지자 송강은 장수들을 모아 놓고 모두에게 임무를 주었다. 중앙의 무기토(戊己土) 방위를 맡은 누른 옷의 군사들은 요나라의 수성진(水星陣)을 치게 하였다. 대장은 쌍창장 동평이요, 부장은 주동, 사진, 구붕, 등비, 연순, 마린, 목춘 등이었다. 동평은 그 일곱 명의 부장과 누른 옷 입은 병졸들을 이끌고 요나라의 검은 깃발 든 부대를 일곱 진문으로 들이치게 되었다.

서쪽의 경신금(庚辛金) 방위를 맡은 흰옷 입은 인마들은 요나라의 목성진(木星陣)을 치기로 했다. 대장은 표자두 임충이요, 부장은 서령, 목홍, 황신, 손립, 양춘, 진달, 양림 일곱으로 적의 푸른 깃발을 든 부대의 일곱 진문을 짓밟기로 되었다.

남쪽의 병정화(丙丁火) 방위를 맡은 붉은 옷 입은 부대는 요나라의 금성진(金星陣)을 치기로 했다. 대장은 벽력화 진명이요, 그를 도와 적의 흰 깃발 든 부대를 칠 부장들은 유당, 뇌횡, 선정규, 위정국, 주통, 공왕, 정득손 일곱이었다.

북쪽의 임계수(壬癸水)를 맡은 검은 옷 입은 인마는 요나라의 화성진(火星陣)을 치기로 되었는데 대장은 쌍편 호연작이었다. 호연작은 양지, 삭초, 한도, 팽기, 공명, 추연, 추윤 일곱 부장을 거느리고 적의 일곱 깃발 든 부대를 좌충우돌 닥치는 대로 휩쓸기로 되었다.

동쪽의 갑을목(甲乙木) 방위를 맡은 푸른 옷 입은 인마는 요나라의 토성(土星) 방위에 주장의 진채를 휩쓸기로 되었다. 대장은 대도 관승이요, 부장은 화영, 이응, 시진, 선찬, 학사문, 시은, 설영

일곱으로 적의 누른 깃발 든 부대를 상대했다.

송강은 또 한 갈래의 수놓은 깃발 든 부대를 골라 요나라의 왼쪽 태양진을 치게 하고 대장 일곱을 앞세워 냈다. 노지심, 무송, 양웅, 석수, 초정, 탕륭, 채복이 그들이었다. 그리고 다시 한 갈래 흰옷 입은 군사들에게는 요나라의 오른편 태음진을 치게 했는데 그 대장은 호삼랑, 고대수, 손이랑, 왕영, 손신, 장청, 채경 일곱이었다.

마지막으로 송강은 중군에서 한 갈래의 날래고 용맹한 인마를 골라 바로 요나라의 임금을 사로잡으러 가게 했다. 대장은 노준의, 연청, 여방, 곽성, 해진, 해보 여섯 명이었다. 그 밖에 특별히 만든 수레를 호위할 장수 다섯을 뽑았는데 이규, 번서, 포욱, 항충, 이곤이 그들이었다. 나머지 수군 두령과 인마들도 하나 남김없이 싸움에 나서서 적을 쳐부수는 걸 돕기로 되었다.

모든 배치가 끝난 뒤 진 앞에 오방기(五方旗)를 세우고 여덟 방향으로 인마를 배치해 구궁팔괘진을 벌였다. 장수들은 모두 송강에게 받은 명대로 채비를 갖췄다.

한편 요나라의 올안 도통군은 송강이 여러 날째 싸우러 나오지 않으니 그쪽 움직임이 궁금해졌다. 진채를 지키던 군사들을 보내 송강의 진채 앞으로 가 정탐하게 했다. 그때는 마침 모든 채비를 끝낸 송강이 싸움을 그날로 정한 뒤였다. 진세를 한 줄로 죽 벌여 세우고 앞쪽에는 강한 활과 쇠뇌를 든 군사들을 배치해 진을 지키면서 날이 저물기만을 기다리고 있었다.

날이 저물자 갑자기 삭풍이 휘몰아치며 구름이 두껍게 밀려와 하늘을 덮었다. 그 바람에 아직 날이 채 저물지도 않았는데 사방은 캄캄해지고 말았다. 송강은 군사들에게 갈대 피리를 만들어 입에 물고 있다가 그걸 신호로 삼게 하였다.

그날 밤 먼저 네 갈래의 군사가 송나라 군사의 진채를 나서고 누른 옷 입은 군사들만 남아 진 앞을 지켰다. 먼저 나간 네 갈래 인마는 이쪽 형편을 살피러 온 요나라 군사를 짓두들겨 내쫓고 적진의 모퉁이를 돌아 북쪽으로 치고 들었다.

이어 초경 무렵이 되자 송강의 진중에서 연주포 소리가 울리더니 호연작이 다시 진문을 열고 달려 나와 요나라의 후군에 있는 화성(火星) 자리를 들이쳤다. 관승은 바로 중군으로 뛰어들어 토성(土星)의 대장을 두들기고 임충은 왼편으로 뛰어들어 목성(木星)을 덮쳤다. 진명은 장졸들과 함께 오른쪽으로 뛰어들어 금성(金星)을 짓부수고 동평은 수성(水星)을 쳤다.

공손승은 법술을 일으켜 송나라 장졸을 도왔다. 진중에서 검을 짚은 채 북두(北斗)를 밟고 서서 주문을 외니 우레가 치고 바람이 크게 일었다. 나무둥치가 땅에 누울 듯 휘어지고 돌과 모래가 날 만큼 세찬 바람이었다.

그런 이변을 틈타 스물네 대의 뇌거가 움직였다. 이규, 번서, 포욱, 항충, 이곤 등이 오백의 방패 든 군사들과 함께 그 수레를 에워싸고 요나라 군사들의 진중으로 뛰어들었다. 일장청 호삼랑은 태음진중을 치고 화화상 노지심은 태양진중을 쳤다.

옥기린 역시 인마를 이끌고 뇌거진을 따라 적의 중군으로 뛰어들었다. 모두가 미리 명 받은 대로 제자리를 찾아 뛰어드니 싸움은 크게 어우러졌다. 뇌거는 밤의 어둠을 불길로 사르고 하늘에서는 번개가 치며 우레가 터졌다. 뭇별이 제자리를 벗어나 헤매고 해와 달이 빛을 잃으며 귀신이 통곡하는 듯했다.

올안 도통군은 중군에 자리하고 앉아 여러 장수들을 나눠 보내려 하는데, 사방에서 함성이 크게 일며 송나라 군사들이 밀려들었다. 급히 말 위에 올라 보니 송나라 군사들이 끌고 들어온 뇌거는 이미 중군에 이르러 뜨거운 불길을 뿜고 있었다.

이어 포성이 울리더니 관승이 한 갈래 군마를 이끌고 중군의 장막 앞으로 밀고 들었다. 올안 도통군은 급히 방천화극을 집어 들고 관승과 싸웠다. 그때 장청이 돌팔매를 날리기 시작했다. 올안 도통군이 거느리고 있던 장수들이 그 돌팔매에 상처를 입고 살기 위해 흩어져 달아났다. 뒤이어 이응, 시진, 선찬, 학사문이 말을 내달리며 칼로 요나라 군사들을 닥치는 대로 찍어 넘겼다.

아장들을 잃고 군사들이 흩어지니 올안 도통군 혼자서는 싸워볼 도리가 없었다. 급히 말 머리를 돌려 북쪽으로 도망치자 관승이 그를 바짝 뒤쫓았다. 마치 염마천(閻魔天)으로 달아나는 자를 구름을 타고 뒤쫓는 듯했다.

그때 등 뒤에 있던 화영이 올안 도통군이 져서 달아나는 모습을 보았다. 얼른 시위에 화살을 메겨 올안 도통군을 향해 쏘아붙였다. 화살은 정통으로 올안 도통군의 잔등에 가 맞았다. 그러나 화살은 호심경을 맞혀 쇳소리와 함께 불꽃을 튀기며 떨어져 버렸다.

화영이 다시 활을 쏘려 했으나 관승이 더 빨랐다. 그새 올안 도통군을 따라잡은 관승은 청룡도를 들어 힘껏 내리찍었다. 그러나 올안 도통군은 쇠갑옷 위에 해수피(海獸皮) 갑옷을 껴입고 그 위에 다시 황금으로 된 비늘 갑옷을 걸쳐 목숨을 건질 수 있었다. 관승의 한칼은 겨우 두 번째 갑옷까지를 갈랐을 뿐이었다.

힘들인 한칼이 헛손질이 되자 관승은 다시 청룡도를 치켜들어 올안 도통군을 찍으려 했다. 그때 올안 도통군이 말고삐를 당겨 몸을 돌린 뒤 방천화극으로 그런 관승을 맞았다. 두 사람이 서너 합 싸웠을 때 화영이 뒤쫓아와 올안 도통군의 얼굴을 향해 화살 한 대를 날렸다. 올안 도통군이 급히 몸을 숙여 그 화살은 귓바퀴를 스치고 투구에 박혔다.

간담이 서늘해진 올안 도통군은 다시 말 머리를 돌려 달아나기 시작했다. 이때 장청이 나는 듯 말을 달려와 올안 도통군의 뒤통수를 향해 돌멩이를 던졌다. 투구 때문에 머리가 깨지지는 않았지만 올안 도통군은 다시 한번 놀랐다. 몸을 말 잔등에 납작 붙인 채 방천화극을 끌고 정신없이 달아났다.

관승이 어느새 그런 올안 도통군을 뒤쫓아가 청룡도로 후려쳤다. 이번에는 제대로 들어맞아 올안 도통군이 머리에서 허리까지 짜개지며 말에서 굴러떨어졌다. 뒤따라 달려온 화영이 먼저 올안 도통군이 타고 있던 좋은 말을 낚아채 갈아타고 다시 장청이 달려와 한 창으로 올안 도통군을 찔렀다. 가엾게도 호걸로 이름을 떨치던 올안 도통군은 그 칼질과 창질에 목숨을 잃고 말았다.

그 무렵 노지심은 무송을 비롯한 여섯 장수들과 함께 군사들을 거느리고 함성도 드높이 요나라 군사의 태양진 안으로 쳐들어갔다. 그곳을 지키던 야율득중은 싸워 보지도 않고 급하게 도망치다가 무송이 계도로 말 머리를 후려치는 바람에 말에서 떨어졌다. 무송은 그런 그의 머리칼을 움켜쥐고 단칼에 목을 벤 뒤 요나라 군사들의 태양진을 그대로 휩쓸어 버렸다. 노지심이 신바람을 내는 무송에게 외쳤다.

"이제는 중군 쪽으로 가세. 요나라의 임금만 붙잡으면 일은 다 끝나는 셈이네!"

한편 요나라의 태음진을 지키던 천수공주는 사방에서 함성이 일자 황망히 병장기를 꺼내 들고 말 위에 올랐다. 그리고 여인들로 이루어진 군사들을 일으켜 싸울 채비를 하는데 일장청 호삼랑이 쌍칼을 휘두르며 달려왔다. 일장청 뒤에는 그녀를 따라온 고대수를 비롯한 여섯 두령이 한꺼번에 쏟아져 들어오고 있었다.

곧 일장청과 천수공주 사이에 싸움이 벌어졌다. 싸운 지 몇 합 되기도 전에 일장청이 문득 쌍칼을 내던지고 천수공주의 가슴께로 다가들어 그 멱살을 움켜잡았다. 천수공주도 무기를 버리고 일장청을 움켜잡으니 곧 둘은 한 덩이가 되었다. 왕왜호가 뒤따라오다가 아내를 도와 천수공주를 사로잡아 버렸다. 손이랑이 그 틈을 놓치지 않고 진중에 있는 요나라의 여군들을 무찔렀다. 손신, 장청, 채경이 밖에서 힘을 합쳐 들이치니 가엾게도 금지옥엽인 천수공주는 사로잡힌 몸이 되어 끌려가고 말았다.

그때 노준의는 중군으로 다가들고 있었다. 해진, 해보가 수자기를 찍어 넘어뜨리고 그 기세를 휘몰아 요나라 군사들을 마구잡이로 쳐 죽이기 시작했다. 요나라의 대신들과 아장들은 힘을 다해 그런 송나라 군사들을 막으며 저희 임금을 호위해 북쪽으로 달아났다.

진채 안의 나후성과 월패성의 방위를 맡았던 요나라의 두 황질(皇姪)은 모두 창칼에 찔려 말에서 떨어져 죽고, 계도성을 맡았던 황질은 말 위에서 산 채로 잡혔으며, 자기성을 맡았던 황질은 어디로 갔는지 알 수가 없었다. 많은 군사가 겹겹이 에워싸고 들이치다가 사경 무렵에야 멈춰 보니 요나라의 이십만 대군은 열에 일고여덟이 죽거나 상해 있었다.

날이 밝자 여러 장수들이 모두 돌아왔다. 송강은 징을 울려 군사를 거두고 진채를 내린 뒤 적을 사로잡은 사람들은 모두 와서 상을 청하라 일렀다.

일장청은 태음성 자리를 맡고 있던 천수공주를 데려왔고 노준의는 계도성 자리를 맡고 있던 야율득화를 잡아 왔다. 주동은 곡리출청을 잡아 왔고 등비와 마린은 소대관(蕭大觀)을 잡아 왔다.

양림과 진달은 배직(裵直)을, 선정규와 위정국은 고표(高彪)를, 한도와 팽기는 뇌춘(雷春)과 적성(狄聖)을 사로잡아다 바쳤다. 그 외에 적장의 목을 바친 장수는 헤아릴 수 없이 많았다.

송강은 사로잡힌 적의 여덟 장수를 모두 묶어 조 추밀이 있는 중군으로 보내 가두었다. 그리고 얻은 말은 각기 그 말을 끌어온 장수들에게 타라고 내주었다.

한편 간신히 싸움터를 빠져나간 요나라 임금은 황망히 연경으로 돌아가 네 성문을 굳게 닫고 들어앉았다. 한번 혼이 난 뒤라 성을 단단히 지키고 있을 뿐 감히 나와서 싸울 생각을 못했다.

송강은 요나라 임금이 연경으로 달아났다는 소리를 듣자 곧 군마를 휘몰아 연경으로 달려가서 겹겹이 에워싸 버렸다. 그리고 한편으로는 조 추밀을 그곳으로 불러 뒷영채에 있으면서 송나라 군사들이 성을 치는 것을 감독하게 하였다. 이어 송강은 연경성 밖에 수없이 구름사다리를 세우고 포석을 재고 목책을 세웠다. 채비가 갖춰지는 대로 한꺼번에 성을 쳐부술 기세였다.

요나라 임금은 두렵고도 황망했다. 여러 신하들을 모아 놓고 어찌할까를 의논했다.

"일이 매우 위태롭고 급하게 되었습니다. 대송(大宋)에 항복하는 것이 가장 좋은 계책이 될 듯싶습니다."

겁을 먹은 요나라 신하들이 한결같이 입을 모아 그렇게 말했다. 요나라 임금도 그 뜻에 따르지 않을 수가 없었다. 성벽 위에 항복을 뜻하는 깃발을 내건 뒤에 사람을 뽑아 송강에게 보내 다짐했다.

"해마다 소와 말을 바치고 구슬과 보배를 올리겠습니다. 다시는 중원을 침범하지 않을 것이니 너그럽게 보아주십시오."

송강은 그 사자를 뒤 진채에 있는 조 추밀에게 데려가 그들의 항복의 뜻을 알리게 했다. 듣고 난 조 추밀이 말했다.

"이는 나라의 큰일이니 반드시 위로부터의 처분이 있어야 될 것 같소. 내 마음대로 할 수 없는 일이외다. 그대들 요나라가 진심으로 항복할 마음이 있다면 마땅히 높은 벼슬아치를 뽑아 동경으로 보내 우리 천자를 뵙게 하시오. 천자께서 조서를 내려 그대들 요나라의 죄를 사면해 주신다면 우리도 군사를 물리고 싸움을 거둘 수 있소."

사자는 그 말을 듣고 곧 성안으로 돌아가 저희 임금에게 알렸다. 이에 요나라 임금은 다시 문무의 여러 신하들을 모아 놓고 그 일을 의논했다. 우승상 태사 저견이 나와 말했다.

"지금 우리나라는 군사가 적고 장수도 모자라며 싸울 만한 사람과 말이 아울러 없는데 어떻게 맞설 수가 있겠습니까? 어리석은 생각으로는 제가 직접 송 선봉의 영채로 가서 후한 뇌물로 싸움을 거두도록 달래 보겠습니다. 그때 다른 한편에서는 예물을 가지고 동경으로 가서 그곳의 여러 벼슬아치들을 매수하도록 하십시오. 그래서 그들이 저희 천자에게 좋은 말로 아뢰게 함으로써 우리 일이 잘되도록 하는 게 좋겠습니다. 듣기로 중원에는 채경, 동관, 고구, 양전이란 네 명의 간신이 있어 그들이 나라의 권세를 오로지하고 있다고 합니다. 어린 황제는 다만 그들 넷이 시키는 대로 따를 뿐이라니, 금과 비단을 뇌물로 보내 그 네 사람만 매수하면 반드시 일이 잘될 듯합니다. 천자는 틀림없이 송강에게 조서를 내려 군사를 거두고 물러가도록 명할 것입니다."

개선

요나라 임금도 달리 수가 없어 그런 저견의 말을 따랐다. 다음날이었다. 요나라의 승상 저견은 성을 나와 송강의 진채로 갔다. 송강은 그를 장막 안으로 맞아들이고 찾아온 까닭을 물었다.

저견은 먼저 요나라 임금이 항복하려 한다는 뜻을 밝히고 다시 송강에게 금과 비단을 바쳤다. 저견의 말을 듣고 난 송강이 뇌물은 거들떠보지도 않고 준엄하게 일렀다.

"우리가 며칠만 힘들여 성을 친다면 이따위 성쯤이야 못 깨뜨릴 것도 없다. 그때 풀을 베고 뿌리를 뽑아 싹이 다시 돋지 못하도록 하는 것처럼 너희를 모조리 없앨 수도 있다. 그러나 너희 성벽 위에 항복을 뜻하는 깃발이 걸렸기에 잠시 싸움을 거두고 기다리고 있을 뿐이다. 예로부터 나라와 나라끼리 싸우다가 힘이 모자라는 쪽이 항복하는 수도 있는 법. 우리도 너희가 이렇게 항복해 오는 것을 못 본 체할 수 없어 군사를 움직이지 않고 있는 중이다. 너희들로 하여금 우리 조정에 가서 죄를 빌고 용서받을 여유를 준 것인데, 너희들은 이 송강을 어찌 보고 이같이 뇌물로 달래려고 드느냐? 그런 말은 두 번 다시 입에 담지 마라."

이에 저견은 기가 죽어 다시 더 어떻게 말을 붙여 볼 엄두도 내지 못했다.

송강이 그런 저견을 재촉했다.

"우리 조정에 아뢰어 폐하께서 내리는 처분을 가지고 오도록 하라. 군사를 움직이지 않고 너희들이 다녀올 때까지 기다릴 테니 너무 늦어서는 아니 된다."

저견은 더 말해 봤자 소용없음을 알고 송강과 작별한 뒤 연경으로 돌아갔다.

저견이 송강에게 들은 대로 전하자 임금은 여러 대신들과 상의한 끝에 바로 송나라 조정과 이야기해 보기로 결정을 보았다.

다음 날이었다. 요나라 임금은 금은보화와 비단, 진주 들을 예물로 내어 수레에 싣게 하고 승상 저견에게 벼슬아치 열다섯을 붙여 동경으로 떠나게 했다. 안장 얹은 말 서른 필에 사죄하는 표문까지 받은 저견은 그것을 가지고 연경을 나와 송강의 영채로 갔다. 저견을 맞은 송강은 저견을 데리고 조 추밀에게로 가 요나라가 항복하려 함을 알렸다. 조 추밀은 저견을 자신의 장막에 머무르게 하고 예로 대접하는 한편 송강과 상의하여 천자에게 올릴 표문을 지었다.

표문이 다 꾸며지자 송강은 시진과 소양에게 표문과 함께 다른 여러 문서를 주어 요나라 승상 저견과 같이 동경으로 가게 했다. 일행은 여러 날 만에 동경에 이르렀다. 시진과 소양은 요나라에서 가지고 온 열 수레의 예물과 인마를 역관에 보내고 우선 성원(省院)으로 가서 군사에 관한 문서를 올리면서 말했다.

"우리 군사가 연경성을 에워싸고 이내 성을 떨어뜨릴 즈음이 되었는데 요나라 임금이 성 위에다 항복을 뜻하는 깃발을 내걸었습니다. 그리고 승상 저견을 보내 표문을 올리면서 죄를 빌고 항복의 뜻을 아뢰어 왔습니다. 그러나 요나라를 용서하고 군사를 물리는 일은 저희가 함부로 할 수 없는 일이라 폐하의 뜻을 들으려고 왔습니다."

그 말을 들은 성원의 관원이 대답했다.

"그대들은 잠시 역관에 가서 쉬면서 기다리시오. 우리가 의논하여 처리하리다."

그 무렵은 채경, 동관, 고구, 양전뿐만 아니라 성원의 높고 낮은 벼슬아치들도 모두가 재물만을 탐하는 무리들이었다. 요나라의 승상 저견은 사람을 풀어 먼저 태사 채경을 비롯한 네 명의 간신들에게 뇌물을 먹인 뒤 다시 성원의 여러 벼슬아치들에게도 골고루 뇌물을 뿌렸다.

소금 먹은 놈이 물 켜는 법, 뇌물을 얻어먹은 입이 순해지지 않을 수가 없었다. 다음 날 조례가 끝난 뒤 추밀사인 동관이 먼저 나와서 아뢰었다.

"선봉사 송강이 요나라 군사를 물리치고 연경까지 밀고 들어가 지금 그 성을 단단히 에워싸고 있다고 합니다. 오늘내일이면 깨뜨릴 수 있는 지경에 이르자 요나라 왕은 항복의 뜻을 알리는 깃발을 내걸고 우리 송조에 항복하고자 승상 저견을 보내왔습니다. 요나라 왕이 스스로 신하라 일컬으며 항복하고 죄를 빌며 화평을 원하고 있습니다. 군사를 거두고 싸움을 그만두면 해마다 조공을 올릴 뿐만 아니라 다시는 적대하는 일이 없을 것이라 다짐하고 있사오니 폐하께서는 굽어살피옵소서."

"그렇다면 화평을 맺는 것이 옳지 않은가. 짐은 군사를 거두고 싸움을 그만둘까 싶은데 여러 경들의 의견은 어떠시오?"

천자가 멀뚱히 좌우를 돌아보며 그렇게 물었다. 곁에 있던 태사 채경이 나와 동관을 거들었다.

"저희들 여러 관원들이 의논한 바는 이러합니다. 예로부터 지금에 이르기까지 사방의 오랑캐가 모두 없어진 적은 없었습니다. 어리석은 생각으로는 요나라를 그대로 부지하게 하여 북쪽의 병풍으로 삼는 것이 어떨는지요? 해마다 조공을 바쳐 오면 그 또한 나라의 이로움이 될 것입니다. 폐하께서는 저들의 항복을 받아주시어 송강으로 하여금 싸움을 그만두고 군마를 도성으로 되돌리게 조서를 내리시는 게 옳을 듯합니다. 하오나 이는 신들이 함부로 정할 수 있는 일이 아니라 폐하의 어지신 살피심을 기다릴 뿐입니다."

그렇게 되니 요나라의 항복을 받아들이는 일은 일사천리로 진행되었다. 천자가 성지를 내려 요나라의 사자를 불러들이게 하자 전두관이 곧 저견을 비롯한 요나라 사자들을 불러들였다.

그들은 금전(金殿) 아래 이르러 머리를 조아려 절을 올린 뒤 만세를 불렀다. 곁에 있던 신하가 요나라 국왕이 보낸 표문을 받아 어안(御案) 위에 놓자 학사가 큰 소리로 읽었다.

요나라의 주인이며 폐하의 신하인 야율휘(耶律輝)는 머리를 조아려 백 번 절하며 아룁니다.

신은 북쪽의 사막에서 태어나 오랑캐 땅에서 자란 까닭에 성인의 경전을 읽지 못하고 신하 된 자의 예를 배우지도 못했습니다. 글도 거짓 되고 무예도 잘못된 데다 좌우에는 또 늑대 같은 마음에 개 같은 행실의 무리와 뇌물을 탐내고 재물만을 아는 것들을 거느렸고 앞뒤로는 쥐 같은 눈에 노루 대가리 같은 무리가 있을 뿐입니다. 이와 같이 소신은 어리석고 어두우며 거느린 무리는 미친 것들이라 함부로 폐하의 강토를 침범하였으나 이제 천병(天兵)을 만나 엄한 토벌을 받게 되었습니다. 망령되이 사람과 말을 몰고 들어갔다가 왕실로 하여금 군사를 일으키는 수고로움에 빠지게 하였으니 그 죄 실로 큽니다. 하오나 개미가 어찌 태산을 흔들 수 있겠습니까. 여러 갈래의 물은 반드시 흘러흘러 대해(大海)로 들게 되어 있는 법입니다. 오늘 특히 사신 저견을 보내 감히 하늘 같은 위엄 아래 서게 하는 것은 땅을 바치고 죄를 빌기 위함입니다. 성상께서 저희 보잘것없는 무리를 가엾게 여기시어 윗대로부터 물려받은 왕업이 끝나지 않게 해 주시고 지은 죄를 사면하여 앞날을 새롭게 도모할 수 있게 해 주신다면 물러가 북쪽 오랑캐 땅에 머물면서 영원히 천조(天朝)를 지키는 울타리가 되겠습니다. 저희 땅의 모든 늙은것 어린것은 참으로 다시 태어난 은혜를 입은 것으로 알고 자자손손 영원토록 폐하의 은혜에 감사할 것이며 해마다 조공을 바쳐 다시는 저버림이 없을 것입니다. 저희는 두려워 떨림을 이기지 못하면서 삼가 표문을 올려 화평을 구합니다.

선화 4년 동월(冬月)

요나라 주인이며 폐하의 신하인 야율휘 올림

휘종 황제가 요나라에서 올라온 표문을 다 읽자 계하의 여러 신하들이 모두 치하를 올렸다. 황제는 술을 가져오게 하여 사자에게 내리고 요나라가 바친 금은보화는 궁궐의 창고에 넣어 두게 하였다.

이미 화평을 받아들이기로 한 터라 저견을 비롯한 요나라 사신들에게도 대접이 박하지 않았다. 해마다 바칠 공물을 소와 말 따위로 정한 뒤 천자는 비단 필을 가져오게 해 사신들에게 내렸다. 그리고 광록시(光祿寺)에 명을 내려 그들을 잘 대접한 뒤 요나라로 돌려보냈다. 조정에서 내리는 조서는 따로 사람을 뽑아 보내리라는 언질과 함께였다.

저견을 비롯한 요나라 사신들은 그런 송나라 황제에게 감사한 뒤 조정을 나와 역관에서 쉬었다. 이튿날이 되자 저견은 다시 사람을 시켜 여러 관원들에게 뇌물을 뿌렸다. 후한 뇌물에 입이 벌어진 채경이 저견에게 말했다.

"승상은 모든 일을 우리 네 사람에게 맡기고 돌아가시오. 반드시 원하는 대로 이루어지게 해 드리겠소."

이에 저견은 채 태사에게 다시 한번 감사를 드리고 요나라로 돌아갔다.

다음 날 채 태사는 백관을 데리고 대궐로 들어가 요나라에 하루빨리 조서를 내릴 것을 천자에게 힘써 아뢰었다.

천자는 그 말을 따라 한림학사를 불러 그날로 조서를 꾸미게 하고 어전 태위 숙원경을 요나라에 보내 조서를 읽게 했다. 또한 조 추밀에게도 칙령을 내려 송강으로 하여금 군사를 거두고 싸움을 그만두라 일렀다. 사로잡은 요나라의 장졸들은 모두 놓아주고 빼앗은 성들은 요나라에 돌려주며 그 창고와 그 안에 들어 있던 여러 병기들도 역시 요나라에 돌려주라는 명과 함께였다.

모든 결정이 나자 천자는 조회를 끝냈고 관원들은 모두 흩어져 돌아갔다.

다음 날 성원의 관원들은 모두 숙 태위의 부중으로 가서 떠날 채비며 날짜를 정하였다.

한편 어명을 받은 숙 태위는 오래 머뭇거리지 않고 곧 거느리고 갈 사람과 타고 갈 말을 마련한 뒤 천자께 하직했다. 이어 성원의 여러 관원들과도 작별한 숙 태위는 시진과 소양을 데리고 도성을 나와 요나라로 향했다.

그들이 진교역을 지나 변방으로 가는데, 때는 한겨울이라 검은 구름이 하늘을 뒤덮고 함박눈이 펄펄 날리었다. 세상은 눈으로 덮이고 숲과 나무들도 은가루를 뒤집어쓴 듯했다. 숙 태위 일행은 그런 눈보라를 무릅쓰고 길을 재촉했다.

눈이 채 멎기도 전에 변방이 가까워 왔다. 시진과 소양은 먼저 파발마를 띄워 조 추밀에게 조정의 사신이 오고 있음을 알리고 송강에게도 기별하게 하였다. 소식을 들은 송강은 곧 술을 마련하고 여러 사람과 함께 오십 리 밖까지 나와 길에 엎드려 숙 태위를 맞았다.

송강이 숙 태위를 맞고 술을 올리자 숙 태위를 비롯한 모든 사람들은 기뻐해 마지않았다. 송강은 그들을 영채 안으로 모셔 들이고 술자리를 열어 대접하며 조정의 일을 함께 의논했다.

숙 태위는 송강에게 그간에 조정에서 있었던 일을 모두 들려주었다. 채경과 동관, 고구, 양전의 무리가 모두 요나라부터 뇌물을 받고 천자께 힘써 상주함으로써 요나라의 항복이 받아들여졌다는 것과 싸움을 그만두고 군사를 돌려 도성으로 돌아오라는 칙령이 내렸다는 내용이었다. 듣고 난 송강이 탄식하며 말했다.

"이 송 아무개가 감히 조정을 원망하는 것은 아닙니다만 지금까지 세운 공은 다 헛일이 되고 말았군요."

"선봉께서는 너무 근심하지 마시오. 이 숙원경이 조정으로 돌아가면 천자께 잘 말씀드려 반드시 장군을 무겁게 쓰도록 하리다."

숙원경이 그렇게 송강을 위로했다. 곁에 있던 조 추밀도 숙원경을 거들어 다짐했다.

"내가 보증을 서는 한이 있더라도 장군의 큰 공이 헛되게는 하지 않을 것이오!"

송강이 그런 그들에게 감사했다.

"저희들 백여덟 명은 힘을 다해 나라에 보답할 뿐 다른 뜻은 없습니다. 아울러 대단찮은 공으로 조정의 은혜를 입고자 함도 아니니 너무 마음 쓰지 마십시오. 지금처럼 모든 형제들이 함께 있으면서 고생을 같이하는 것만도 더없는 다행입니다. 만약 추밀 상공께서 조정에 좋게 말씀드려 주신다면 저희는 그저 그 은덕에 감격할 따름입니다."

싸움에 이긴 뒤끝이라 그런지 그날의 술자리는 모두가 기뻐하며 즐기는 가운데 늦도록 이어지다가 끝이 났다. 송강은 조정에서 온 사신들을 편히 쉬게 하는 한편 사람을 뽑아 요나라에 보내 천자의 조서를 받을 채비를 하라 일렀다.

다음 날이었다. 송강은 대장 열 명을 뽑아 숙 태위를 호송하고 요나라로 가게 했다. 모두 비단 전포에 금빛 갑옷으로 위엄을 갖추고 떠났는데 관승과 임충, 진명, 호연작, 화영, 동평, 이응, 시진, 여방, 곽성이 그들이었다.

그들 열 명의 장수들은 마보군 삼천을 이끌고 태위를 호위하며 연경성 안으로 들어갔다. 연경의 백성들은 수백 년 동안 중원 군사의 위용을 본 적이 없는 데다 송나라 조정에서 태위가 왔다는 말을 듣자 그냥 있을 수가 없었다. 모두 기쁜 얼굴로 거리에 쏟아져 나와 향을 사르고 등불을 밝혔다. 요나라 임금도 문무의 여러 벼슬아치들을 거느리고 남문까지 나와 송나라의 사신을 맞아들인 뒤 금난전으로 안내했다.

송강이 딸려보낸 열 명의 대장이 좌우로 늘어선 가운데 숙 태위가 자리 잡고 요나라 임금과 그 신하들은 계하에 무릎을 꿇었다. 전두관이 절을 올리라고 하자 요나라 임금과 신하들이 조서를 향해 절을 올렸다. 요나라의 시랑이 천자의 은혜를 받들어 조서를 읽어 나갔다.

대송(大宋)의 황제는 칙지를 내려 알리노라.

삼황(三皇)이 제위를 세우고 오제(五帝)가 그 자리를 이어받아 중화의 주인이 있게 되었도다. 그러하되, 오랑캐에겐들 어찌 그 임금이 없겠느냐? 너희 요나라는 천명을 거슬러 수차 변경을 침범하였으니 마땅히 북소리 한 번으로 쳐 없애야 할 것이나, 짐은 오늘 그 표문에 쓰인 말과 깊은 정을 보고 마음을 돌렸도다. 비는 바가 심히 애절하고 가련하여 차마 요나라를 쳐 없애지 못하고 그대로 남겨 두기로 하였으니 그리 알라. 조서가 닿는 날로 싸움에서 사로잡힌 장정들은 모두 요나라로 돌려보낼 것이요, 빼앗은 성들도 되돌려줄 것인즉 너희도 해마다 게으름 없이 조공을 바치도록 하라. 큰 나라를 우러러 섬기고 천지신명을 두려워할 줄 알며 받드는 것이 너희 오랑캐 땅 무리의 해야 할 바이거니 부디 잊지 말고 그대로 행할지어다.

선화 4년 동월

시랑이 읽기를 마치자 요나라 임금과 그 신하들은 두 번 절하여 천자의 은혜에 감사를 올리고 신하 된 자의 예를 다하였다. 이어 조서가 얹힌 상이 치워지자 요나라 임금은 숙 태위를 후원으로 청해 들여 크게 잔치를 열었다. 뭍과 물의 진귀한 고기와 음식과 좋은 술이 넘쳐 나는 잔치였다. 요나라의 벼슬아치들이 끊임없이 술을 들여오고 그 장수들이 번갈아 잔을 들어 권하는데, 춤과 노래가 흥겹기 그지없고 되피리 소리는 귀를 간질였다. 북쪽의 미녀들이 각기 저희 악기를 들고 나와 혹은 뜯고 혹은 불며 혹은 거기 맞춰 너울너울 춤을 추었다. 숙 태위는 잔치가 끝나자 호위해 준 여러 장수들을 모두 역관으로 가 편히 쉬게 하고 데리고 온 시중꾼들에게는 후하게 상을 내렸다.

다음 날 요나라 국왕은 승상 저견을 송강의 영채로 보내 조 추밀과 송 선봉도 연경성으로 청해 오게 하였다. 송강은 군사 오용과 앞날의 일을 의논하느라 가지 못하고 조 추밀만 연경성 안으로 들어가 숙 태위와 함께 잔치 자리에 앉았다.

요나라 국왕은 그날도 호화롭기 그지없는 잔치를 베풀어 조정의 사자들을 대접하였다. 향기 나는 술은 은동이에 가득했고 맛좋은 고기는 금쟁반에 수북이 쌓였으며 귀한 과일과 아름다운 꽃들도 술상 위를 풍성하게 꾸몄다. 잔치가 끝날 무렵에는 요나라 임금이 금쟁반에 진귀한 보물을 들고 나와 숙 태위와 조 추밀에게 바쳤다.

사흘째 되는 날 요나라 임금은 여러 신하들을 이끌고 성 밖까지 나가 송나라 진채로 돌아가는 숙 태위와 조 추밀을 배웅했다. 아울러 승상 저견에게는 소와 양과 말과 금은, 비단 등을 싣고 송강의 영채로 가서 크게 잔치를 열고 삼군을 위로하게 함과 아울러 송강의 여러 장수들에게도 상을 내리게 하였다.

송강은 천수공주를 비롯한 사로잡힌 여러 요나라 장수들을 모두 저희 나라로 돌려보내고 졸개들도 놓아주었다. 빼앗았던 단주, 계주, 패주, 유주 네 곳도 요나라에 돌려주었다.

그렇게 칙령을 시행한 송강은 이어 도성으로 돌아가는 숙 태위 일행을 예를 다해 배웅하고 다시 장졸들과 수레들을 마련해 조 추밀을 호송하여 먼저 도성으로 떠나게 했다. 그리고 한차례 잔치를 베풀어 수군 두령들을 위로한 뒤 그들더러 먼저 도성으로 돌아가 그곳에 머물며 기다리라 일렀다.

송강은 또 사람을 연경성 안으로 보내 요나라의 좌우 두 승상을 불렀다.

요나라 임금은 좌승상 유서패근(幽西孛瑾)과 우승상 태사 저견을 송강의 영채로 보내 그 말을 들어 보라 일렀다.

요나라의 좌우 승상이 오자 송강은 그들을 장막 안으로 청해 들였다. 그리고 주인과 손님의 자리를 정해 앉은 뒤 엄한 얼굴로 입을 열었다.

"우리 장졸들은 이미 성 밖 참호에까지 이르러 큰 공을 이루기가 어렵지 않았소. 원래는 그대들의 항복을 받아들이지 않고 성을 깨뜨린 뒤 모두 쳐 없애는 것이 이치에 맞았을 것이오. 그러나 우리 진중의 으뜸가는 원수(元帥)께서는 그대들의 항복을 받아들이고 그대들로 하여금 조정에 그 뜻을 아뢰도록 허락하였소이다. 또 성상께서는 그대들을 가엾게 여기시고 측은하게 보아 쳐 없애는 대신 항복을 허락하시었소. 이에 우리도 할 일이 끝났는지라 도성으로 돌아가나 결코 이 송강이 그대들을 이기지 못해 돌아가는 것으로 알아서는 아니 될 것이오. 이번에 먹은 마음을 바꾸어서도 아니 되며 해마다 잊어버리지 말고 조공을 바쳐야 될 것이오. 아울러 우리가 돌아간 뒤 그대들은 본분을 지켜 다시는 변경을 침범하는 일이 없도록 해야 하오. 만약 이걸 어겨 다시 천병이 이곳에 이르는 날에는 아무도 살아남을 수 없을 것이외다!"

송강에 기세에 눌린 요나라의 두 승상은 엎드려 머리를 조아리고 죄를 빌며 앞날을 다짐했다. 송강은 또한 좋은 말로도 그들을 타일러 다시는 중원을 넘보는 일이 없도록 했다.

요나라의 두 승상이 감사하고 떠난 뒤에 송강은 한 갈래의 인마를 떼어 내어 일장청에게 주고 먼저 떠나게 했다. 이어 석수들을 불러 알맞은 돌을 캐내 비석을 세우게 했는데, 소양이 글을 짓고 김대견이 써서 비문으로 새겼다. 그 비석은 영청현에서 동쪽으로 십오 리 되는 모산(茅山) 아래에 세웠는데 지금까지 전하고 있다.

변방에서의 모든 일을 끝낸 송강은 인마를 다섯 갈래로 나눈 뒤 날을 골라 그곳을 떠났다. 그때 노지심이 송강의 장막을 찾아와 합장하며 말했다.

"이 아우는 지난날 진관서를 때려죽인 뒤 대주 안문현으로 피한 적이 있습니다. 그때 그곳의 조 원외라는 사람이 나를 오대산의 지진 장로에게 보내 머리를 깎고 중이 되게 하였지요. 그런데 뜻하지 않게 술에 취해 두 번이나 절 안에서 소동을 부린 탓에 스승님은 저를 동경의 대상국사(大相國寺)로 보내게 되었습니다. 대상국사의 지청선사(智淸禪師)는 저를 집사승으로 삼아 그 절의 채마밭을 지키게 했지만 그것도 길지는 못했습니다. 임충을 구해내는 바람에 고 태위가 해치려 들므로 할 수 없이 숲속으로 숨어들게 된 것입니다. 그 뒤 형님을 따라다니면서도 이 몇 년 늘 스승님을 생각했으나 아직껏 한 번도 찾아뵙지 못해 안타깝습니다. 스승님께서는 늘 제게 말씀하시기를 제가 비록 사람을 죽이고 불을 지른 흉악한 심성을 타고났지만 오랜 뒤에는 깨달음을 얻어 참다운 나를 되찾으리라 하셨습니다. 이제 싸움은 끝나고 별일 없으니 형님께서는 제게 말미를 주십시오. 오대산으로 가서 스승님을 뵈옵고 그간에 얻은 재물을 모두 시주한 뒤 앞일을 묻고자 합니다. 형님께서는 인마를 이끌고 먼저 가시면 아우는 그렇게 스승님을 뵈온 뒤에 뒤쫓아가도록 하지요."

그 말을 들은 송강은 깜짝 놀라더니 문득 마음속으로 생각나는 게 있는지 노지심을 보고 말했다.

"거기에 그런 살아 계신 부처님 같은 분이 계시다면 왜 일찍 말하지 않았는가? 나도 함께 가겠네. 가서 스승님을 뵈옵고 앞일을 물어보도록 하세."

그런 다음 여러 사람을 불러 오대산으로 갈 일을 의논했다. 모든 두령들이 다 함께 가기를 원했으나 오직 공손승만은 도교를 닦는 사람이라 가지 않으려 했다. 송강은 오용과 의논한 끝에 결정했다.

"김대견, 황보단, 소양, 악화 네 사람을 남겨 부선봉 노준의와 함께 인마를 거느리고 떠나게 합시다. 우리는 여러 형제들과 함께 천여 명을 거느리고 노지심을 따라 지진 장로를 뵈러 가는 게 좋겠소."

결정이 그렇게 나자 곧 그대로 이루어졌다. 송강을 비롯해 오대산을 찾아볼 두령들은 향과 비단과 금은보화를 마련해 지진 장로를 찾아 떠나고, 노준의는 나머지 인마를 거느리고 도성을 향하였다.

오대산의 지진 장로는 송나라 때의 살아 있는 부처 같은 고승으로 지난 일뿐만 아니라 앞일까지 훤히 내다보고 있었다. 벌써 여러 해 전에 노지심이 뉘우쳐 깨달을 사람이란 것을 알았지만, 아직 속세와의 인연이 다하지 않고 갚아야 할 살생의 업보가 남아 있는 터라 잠시 그를 속세로 내려보낸 것이었다.

노지심도 원래는 도에 뿌리를 가진 사람이었다. 속세에서의 업보가 다 차자 스스로 도를 구하는 마음이 생겨 이제 다시 옛날의 스승을 찾아보게 됐다. 송공명 또한 평소부터 착한 마음을 품고 있는지라 노지심이 구하는 바와 다르지가 않았다. 인연이 닿자 노지심과 함께 지진 장로를 찾아뵙기로 했다.

다시 이는 구름

송강은 노지심을 비롯한 여러 두령들과 뒤따르는 인마를 거느리고 오대산 아래에 이르렀다. 인마는 산 아래에 영채를 얽어 머물게 하고 먼저 산 위로 자신들이 온 것을 알린 그들은 모두 싸움 옷을 벗고 평상시의 옷으로 갈아입었다.

그들이 걸어서 산을 오른 뒤 도량 문 앞에 이르자 안에서 종소리, 북소리가 울리면서 여러 스님들이 마중을 나왔다. 그들 가운데는 노지심을 알아보는 이가 많았다. 그들은 노지심뿐만 아니라 송강을 뒤따라온 여러 두령들을 보고 속으로 놀라움을 금치 못했다. 그중의 우두머리가 되는 스님이 나와 송강에게 말했다.

"장로께서는 좌선(坐禪)에 들어가셔서 장군을 맞으러 나오실 수가 없었습니다. 너무 허물하지 마십시오."

그러고는 여럿을 청해 손님을 받는 방으로 들게 했다. 차 대접이 끝날 무렵 지진 장로를 시중드는 스님이 와서 알렸다.

"장로께서는 방금 참선을 마치시고 돌아와 방장(方丈)에서 기다리고 계십니다. 장군께서는 들어가 뵙도록 하시지요."

이에 송강을 비롯한 백여 명은 모두 방장실로 들어가 지진 장로를 뵈었다. 기다리고 있던 장로가 급히 층계를 걸어 내려와 그들을 맞아들였다. 예를 올린 뒤 송강이 눈을 들어 지진 장로를 바라보니 나이는 예순을 넘었고 눈썹과 수염이 모두 새하얗게 세었다. 골격은 말쑥하면서도 기이하였으며 위엄이 있는 게 마치 하늘 높이 우뚝 솟은 산 같은 상이었다.

방장실 안으로 들어간 송강 일행은 먼저 지진 장로를 윗자리에 앉힌 뒤 향을 사르고 절을 올렸다. 모든 장수들의 배례가 끝난 뒤 노지심이 나와 마지막으로 향을 사르며 절을 올리자 지진 장로가 말했다.

"너는 이곳을 떠난 지 여러 해가 되었건만 사람을 죽이고 불을 놓는 짓은 고치지 못했구나."

비록 의로운 싸움이라 할지라도 한 짓은 어쩔 수가 없는지라 노지심은 아무런 대답을 못했다. 송강이 그런 노지심을 대신해 말했다.

"장로님의 맑은 덕은 오랫동안 들어 왔사오나 인연이 얕은 속세의 사람이라 뵈올 길이 없었습니다. 이번에 조서를 받들어 요나라를 치다가 이곳까지 이르게 되어 큰스님의 존안을 우러르게 되었으니 평생에 이보다 더 광영스러운 일도 없겠습니다. 지심 아우는 비록 사람을 죽이고 불을 놓았다 하나 마음이 충직하여 죄 없는 양민을 해친 적은 없습니다. 오늘 이 송강을 비롯한 여러 형제들을 이곳으로 데려와 대사님을 뵙게 해 준 것도 바로 지심 아우였습니다."

그러자 지진 장로가 부드럽게 받았다.

"이곳에는 덕이 높은 스님들이 있어 가끔씩 세상일을 이야기할 때가 있습니다. 장군께서 하늘을 대신해 도를 행하며 그 마음이 충의에 의지하고 있음은 오래전부터 들어 알고 있습니다. 나의 제자 지심이 장군을 따라다녔다 하니 어찌 조금이라도 그릇된 일이야 있었겠습니까?"

그 말을 들은 송강은 오히려 황송해서 몸 둘 바를 몰랐다.

노지심은 한 자루의 금은과 좋은 비단 보따리를 스승에게 바쳤다. 지진 장로가 손을 내저었다.

"얘야, 이것들은 어디서 난 거냐? 의롭지 못한 돈과 재물은 받아들일 수가 없다."

"이 재물들은 제자가 여러 차례 공을 세워 상으로 받은 것들을 모아 둔 것입니다. 제게는 쓸데가 없어 스승님께 올리려 하오니 여럿을 위해 써 주십시오."

노지심이 그렇게 해명했지만 장로는 여전히 받으려고 하지 않았다.

"다른 이도 역시 이 재물을 쓸 수는 없다. 대신 내 너를 위해 경서 한 벌을 만들어 이 절에 보존해 두마. 네가 죄악을 씻고 하루빨리 선과(善果)를 얻을 수 있도록 바치는 정성이다."

그 같은 지진 장로의 배려에 노지심은 감사해 마지않았다. 몇 번이고 머리를 조아려 절을 올리고 물러났다.

송강도 금은과 비단을 내와 지진 장로에게 바쳤다. 장로는 이번에도 받아들이려 하지 않았다. 송강이 그런 장로에게 간곡히 권했다.

"스승님께서 받아들이지 않으시더라도 달리 쓰일 데가 있을 것입니다. 창고에 넣어 두셨다가 재를 올릴 때 쓰시거나 이곳의 여러 스님들에게 나누어 줄 수도 있지 않겠습니까?"

이에 지진 장로도 마지못해 송강이 바친 예물을 거두어들였다.

그날 송강 일행은 오대산의 절 안에서 하룻밤을 쉬었다. 장로는 그들에게 절의 격식에 맞춰 음식을 대접하게 하고 잠자리에 불편이 없게 하도록 일렀다.

이튿날 절 살림을 사는 스님이 법당에다 재를 올릴 채비를 갖추고 종과 북을 울리자 지진 장로는 여러 스님들과 법당에 올라 설법을 하고 참선을 드렸다. 오래잖아 절 안의 모든 스님들이 가사를 걸치고 법당에 모여들어 앉았다. 송강과 노지심을 비롯한 여러 두령들은 양쪽에 늘어서서 참례했다. 경쇠 소리가 울리더니 두 개의 홍사초롱이 장로를 맨 위쪽 법좌로 모셔 앉혔다.

법좌에 오른 지진 장로는 향을 피워 들고 정성스레 축원했다.

"이 한 줄기 향으로 엎드려 비옵나니 위로 천자께서는 만수무강하시고 아래로 만백성은 즐겁게 살 수 있기를 원합니다. 다시 한 줄기 향을 사르오니 바라건대 이 재를 올리도록 해 준 시주의 몸과 마음이 평안하고 오래오래 살도록 해 주옵소서. 또 한 줄기 올리는 향은 세상을 위한 것입니다. 나라는 평안하고 백성들은 넉넉하며 해마다 풍년이 들게 해 주옵소서. 삼교(三教)가 두루 흥성하고 사방은 널리 안정되기를 비나이다."

축원을 끝낸 지진 장로가 법좌에 앉자 스님들이 모두 일어나 합장하여 배례했다. 송강이 앞으로 나아가 향을 피워 들고 배례하더니 합장하며 물었다.

"스승님께 한마디 물을 일이 있습니다. 뜬구름 같은 세상에서 받은 세월은 끝이 있어도 건너야 할 고해는 끝이 없습니다. 사람의 몸은 지극히 미천한 것이나 그래도 죽고 사는 것이 가장 큰일이 아니겠습니까?"

송강은 그렇게 넌지시 자신의 앞날을 물었다. 지진 장로가 게(偈)로 대답했다.

육근(六根, 여섯 인식 기관. 눈, 귀, 코, 혀 등)은 여러 해 얽매이고

사대(四大, 만물의 구성 요소. 물, 불, 땅, 바람. 또는 사람의 몸) 또한 묶인 지 오래도다

활활 타는 불속에서 몇 번이나 더 곤두박질해야 할꼬

아아, 뜬세상의 중생들은 흙모래 더미에서 아우성을 치는구나

장로가 그렇게 게를 마치자 송강은 물러나 시립했다. 다른 두령들도 모두 앞으로 나가 절을 올렸다. 그러나 맹세하는 바는 하나였다.

"우리 형제가 오직 바라는 것은 함께 죽고 함께 살며 다시 태어나는 세상마다 만나게 되는 것뿐입니다!"

분향이 끝나자 스님들은 모두 물러가고 재를 올린 사람들은 운당(雲堂)에서 잿밥을 먹었다. 재가 끝난 뒤 송강은 노지심과 함께 지진 장로를 따라 방장실로 들어갔다. 그곳에서 저녁까지 이런저런 이야기를 나누던 중에 송강이 장로에게 물었다.

"저와 노지심은 원래 스승님을 여러 날 모시면서 어리석음을 깨우쳐 보려 하였으나 대군을 거느린 터라 오래 머물 수가 없습니다. 그러나 스승님의 말씀을 알아들을 수가 없어 여쭈어 보려 합니다. 오늘 우리는 스승님을 하직하고 도성으로 돌아가려 하는 바, 우리 형제들의 앞길이 어떠한지 스승님께서 또렷하게 일러 주옵소서."

그러자 지진 장로는 종이와 붓을 가져오게 해 네 구절의 게어(偈語)를 써 주었다.

바람이 불면 기러기 날아
동궐(東闕)에 모여 즐길 수 없네
한눈에 공로는 넉넉하고
쌍림(雙林)에는 수복(壽福)이 모두 있네

쓰기를 마친 지진 장로는 그 글을 송강에게 주며 말했다.

"이는 장군의 일생에 걸친 일을 말한 것이외다. 깊이 간직하고 있다 보면 뒷날 반드시 이대로 될 것이오."

송강은 그 글을 받아 읽어 보았으나 도무지 뜻을 알 수 없었다. 지진 장로에게 다시 한번 청했다.

"저는 어리석어 내려 주신 법어의 뜻을 깨닫지 못하겠습니다. 스승님께서 밝게 풀이해 주시어 제 걱정과 의심을 덜어 주십시오."

"이것은 선기(禪機)가 감추어진 말이니 장군께서 스스로 깨달으셔야 합니다. 내가 일러 드릴 수는 없습니다."

장로는 그렇게 대답한 뒤 노지심을 불러 말했다.

"너는 이번에 가면 나와는 영영 못 만나게 되나 장차 깨달음을 얻게 될 것이다. 너에게도 네 마디를 일러 줄 테니 거두어 죽을 때까지 지니도록 하라."

이어 지진 장로는 다시 붓을 들어 썼다.

하(夏)를 만나면 사로잡고[擒]
납(臘)을 만나면 붙들라[執]
조(潮)를 들으면 두르고[圓]
신(信)을 보면 적하리라[寂]

노지심은 절을 올리고 그 게어를 받은 뒤 몇 번 읽어 보고 몸에 간수했다.

그날 밤 하루를 더 오대산에 머문 송강과 노지심 일행은 다음날 아침 그곳을 떠났다. 지진 장로와 작별하고 산을 내려가는데 장로를 비롯한 여러 스님들이 절 문 앞까지 나와 배웅했다.

산 아래로 내려온 송강은 그곳에 머물고 있던 인마를 일으켜 대군이 있는 본채로 달려갔다. 노준의와 공손승이 남아 있던 여러 두령들과 함께 송강을 맞았다. 송강은 노준의에게 오대산에서 있었던 일을 모두 이야기하고 지진 장로에게서 받은 게어를 내보였다. 그러나 노준의도 공손승도 그 뜻을 알지 못하기는 마찬가지였다.

"선기 쥔 법어인데 어찌 그리 쉽게 알아들을 수 있겠습니까?"

소양이 그렇게 말했으나 두령들은 모두 궁금함을 이기지 못하였다.

송강이 명을 내려 떠나기를 재촉하자 장수들은 모두 그 명에 따라 동경으로 향했다. 지나는 고을마다 군사들이 조금도 해치지 않으니 백성들은 늙고 젊고를 가리지 않고 길에 나와 관군을 구경했다. 백성들은 송강을 비롯한 여러 장수들의 늠름한 풍채와 위엄에 하나같이 감복하고 칭송해 마지않았다.

며칠 안 가 쌍림진(雙林鎭)이란 곳이 나왔다. 거기서도 백성들과 가까운 마을의 농부들까지 모두 송강의 인마를 구경하러 모여들었다.

송강을 비롯한 여러 장수들이 줄을 서서 나란히 나아가는데 갑자기 전군의 한 장수가 말에서 뛰어내렸다.

"형이 어찌하여 여기 계시오."

길 왼편에 선 구경꾼 속에 있는 사람 하나를 붙들고 소리쳤다. 그쪽에서도 알은체를 했다. 송강이 다가가 보니 연청이 웬 사내와 이야기를 나누다가 손을 모으면서 그 사내에게 말했다.

"허 형, 이분이 바로 송 선봉이오."

송강이 그 사내를 뜯어보니 생김이나 차림이 하나같이 비범했다. 숲속에 숨어 지내는 뛰어난 선비 같았다. 송강이 얼른 말에서 내려 허리를 굽혀 예를 올리며 물었다.

"감히 묻거니와 고사(高士)의 크신 이름은 어떻게 됩니까?"

그러나 그 사내가 얼른 송강에게 절을 올리며 말했다.

"장군의 큰 이름은 들은 지 오랩니다만 오늘에야 뵙게 되었습니다."

"이 하찮은 송강이 어찌 이리 과분한 예를 감당하겠습니까?"

놀란 송강이 그렇게 말하며 사내를 부축해 일으켰다. 그러자 비로소 스스로를 밝혔다.

"저는 대명부 사람으로 허관충(許貫忠)이라 하오며 지금 산속에 살고 있습니다. 지난날 연(燕) 장군과 가까이 사귀었으나 한번 헤어진 뒤로는 십 년이 넘도록 만날 수가 없었습니다. 그 뒤 저는 강호에서 연청 형이 장군님 밑에 있다는 말을 듣고 흠모해 마지않았는데, 오늘 장군님께서 요나라를 쳐부수고 돌아가신다는 소문을 들었기에 일부러 예까지 왔습니다. 연청 형을 이렇게 만났을 뿐만 아니라 여러 영웅들까지 뵙게 되었으니 평생의 소원을 풀었다 할 수 있습니다. 하오나 이대로는 헤어질 수 없어 장군께 청하오니 연청 형을 하룻밤만 제집으로 데려가게 해 주십시오. 함께 이야기라도 나누며 묵은 회포를 풀까 합니다."

연청도 옆에서 거들었다.

"저도 허 형과 함께 가고 싶습니다. 오랫동안 헤어져 지낸 데다 또 허 형이 이렇게 간절히 청하니 형님께서는 여러 장수들을 거느리고 먼저 가십시오. 저도 곧 뒤따라가도록 하겠습니다."

그제야 송강도 문득 생각나는 게 있었다.

"이제 생각이 납니다. 연청 아우는 늘상 선생이 영웅답다는 말을 했으나 이 송 아무개는 복이 없어 이제껏 뵙지를 못했습니다. 이번에 이렇게 만나게 되었으니 저희들과 함께 계시면서 가르침을 주실 수는 없겠습니까?"

그러자 허관충이 사양하며 말했다.

"장군께서 충의롭다는 말을 듣고 저도 진작부터 장군을 가까이서 모시고 싶었습니다. 하오나 늙으신 어머님이 이미 나이 칠순에 이르러 멀리 떠날 수가 없습니다."

송강은 서운하였지만 그렇게 되니 더는 어쩔 수가 없었다.

"정히 그러하시다면 제가 어찌 감히 억지로 권하겠습니까."

그러고는 연청을 돌아보며 말했다.

"아우는 그럼 갔다가 빨리 돌아오도록 하게. 그래야만이 내 마음이 놓이겠네. 더군다나 도성에 이르면 우리 모두 함께 폐하를 뵈어야 할 게 아닌가."

"아우는 형님의 명을 어기는 일이 없을 것입니다."

연청은 그렇게 송강에게 다짐하고 노준의에게도 그 일을 알렸다. 연청을 떠나보낸 송강이 다시 말에 올랐을 때는 다른 두령들이 벌써 화살 한 대가 날아갈 만큼 앞서 가 있었다. 그들은 송강이 허관충과 이야기를 나누는 걸 보고 고삐를 당겨 말을 세운 뒤 송강이 오기를 기다렸다. 송강이 말을 박차 달려가자 그들은 곧 한 덩이가 되어 길을 재촉했다.

한편 연청은 데리고 다니는 군졸을 불러 봇짐을 마련하고 말 한 필을 가져오게 했다. 그리고 자신이 타던 좋은 말은 허관충에게 주어 타게 하고 자신은 군졸이 끌고 온 말을 타기로 했다. 가까이 있는 주막에서 싸움터의 차림을 벗고 보통의 옷으로 갈아입은 그는 곧 허관충과 함께 말에 올라 길을 떠났다. 늘 데리고 다니던 군졸은 이번에도 봇짐을 지고 그런 연청의 뒤를 따랐다.

쌍림진을 떠난 그들은 서북쪽 샛길로 접어들었다. 마을과 수풀 우거진 언덕을 지나자 앞에 꼬불꼬불한 길이 나왔다. 그들은 옛날의 정을 되살리고 가슴을 털어놓으며 이야기를 나누었다. 그사이 산길에서 벗어나 넓은 개울을 건너고 삼십 리를 지났다.

허관충이 손을 들어 한곳을 가리키며 말했다.

"저기 보이는 저 높고 험한 산속에 내가 사는 집이 있소."

그러나 두 사람은 십 리를 더 가서야 그 산으로 접어들 수 있었다. 그 산의 풍광이 하도 아름다워 연청은 구경으로 날이 저무는 것도 몰랐다.

그 산은 대비산(大丕山)이라 하는데 까마득한 옛적에 우임금이 물길을 다스리시느라고 그곳에 이른 적이 있었다. 『서경』에 보면 '대비에 이르렀다'란 말이 있는데 그게 바로 증거이다. 그때는 대명부의 준현에 속하는 이름난 산이었다.

허관충은 연청을 안내해 몇 개의 산굽이를 지났다. 한 군데 우묵한 곳이 나타났는데 넓이가 가로세로 서너 마장이 넘는 평평한 땅이었다. 그리고 그곳의 수풀 속에는 초가집 세 채가 보였는데, 그중 남쪽 시냇물을 끼고 있는 초가집이 특히 눈에 띄었다.

연청이 보니 문밖에는 대나무 울타리가 둘러쳐 있고 사립문은 반쯤 열려 있었다. 그리고 둘레에는 쭉쭉 뻗은 대나무와 푸른 소나무에 단풍나무와 측백나무가 빽빽하게 들어서 있었다.

"저것이 바로 내 변변찮은 거처요."

허관충이 손가락으로 그 집을 가리키며 말했다.

연청이 그 집 대나무 울타리 안을 들여다보니 머리칼 누른 시골아이 하나가 무명옷 차림으로 일을 하고 있었다. 땅에 널어 말린 소나무 가지와 나무토막을 거두어서 처마 아래 쌓는 중이었다. 그러다가 그 아이도 말발굽 소리를 들었는지 힐끗 돌아보더니 이상하다는 듯 말했다.

"이곳에 웬 말이지?"

그러나 자세히 보니 뒤에 있는 말을 타고 있는 것이 주인이라 황망히 뛰어나와 손을 모으며 놀란 눈으로 올려다보았다. 그제야 연청은 길 떠나기 전 말안장을 얹을 때 허관충이 말방울을 달지 말자던 연유를 깨달았다.

그 초가 안으로 들어간 연청과 허관충은 곧 주인과 손님으로 자리를 나누어 앉았다. 차 한 잔을 나눈 뒤 허관충은 따라온 군졸을 시켜 말에서 안장을 내리고 뒤채 마구간으로 끌어가게 하였다. 그리고 아이 녀석에게 말먹이 풀을 내준 뒤 그 군졸을 앞채 모퉁이 방에서 쉬게 해 주라 말했다.

이어 연청은 허관충의 늙은 어머니를 찾아보았다. 연청이 절을 올리고 나자 허관충은 그를 서쪽에 있는 동향의 초가집으로 데려갔다. 뒤창을 열어 보니 맑은 개울 한 줄기가 가까이 지나가고 있었다. 두 사람은 그 창문 가에 자리 잡고 앉았다.

"내 집이 비좁고 지저분하더라도 형은 비웃지 마시오."

허관충이 그렇게 말하자 연청이 정색으로 대답했다.

"산과 물이 빼어나게 아름다우니 저로서는 구경하기도 바쁠 지경입니다. 실로 얻기 어려운 곳이군요."

그러나 관충은 다시 연청에게 요나라를 치던 때의 일을 물었다. 연청이 아는 대로 자세히 들려주니 그사이 적지 않은 시간이 흘러갔다. 심부름하는 아이 녀석이 등을 밝혀 들어오더니 창문을 닫고 탁자를 가져와 상을 폈다.

채소 반찬 대여섯 접시에 닭고기 한 쟁반, 물고기 한 쟁반, 그리고 집에 갈무리해 두었던 산속의 과일을 상 위에 펼친 녀석은 이어 술 한 주전자를 데워 왔다.

허관충이 연청에게 술 한 잔을 따라 주며 말했다.

"모처럼 형을 이곳까지 모셨으나 시골 탁주와 산나물뿐입니다. 이걸 어찌 손님 접대라 할 수 있겠습니까?"

"오히려 제가 폐를 끼쳐 드린 것 같습니다."

연청은 그렇게 대꾸하고 술잔을 받았다. 몇 잔 술을 나누는 동안에 창밖의 달은 낮처럼 환해졌다. 연청이 창을 열고 내다보니 또 색다른 풍경이 눈에 들어왔다. 구름은 가볍게 뜨고 바람은 고요한데 달빛이 냇물에 비쳐 산 그림자를 드리우고 있었다. 연청은 감동을 이기지 못해 말했다.

"지난날 대명부에 살 때 형과 가장 가까이 지냈지요. 그러다가 형이 무과를 보러 간 뒤로 다시는 뵙지 못했습니다. 이토록 좋은 곳에 살고 계시니 달리 구할 게 무엇 있겠습니까? 그러나 이 아우는 동서로 쏘다녀야 할 신세니 언제 하루라도 이렇게 깨끗하고 한가롭게 지낼 수 있을는지요."

그러자 허관충이 웃으며 대답했다.

"송공명과 여러분 장군들은 모두 세상을 뒤덮을 만한 영웅들이오. 위로는 하늘에 있는 별의 운세를 타고, 이제는 강한 오랑캐까지 위세로 눌렀소이다. 산골짜기에 달팽이처럼 묻혀 사는 나 같은 것이 어찌 형과 비할 수나 있겠소? 나는 세상의 시속과 어울리지 않는 사람이외다. 간신들이 권세를 오로지하고 조정을 가득 메우고 있는 걸 보니 벼슬길에 나설 마음이 없어 강호를 떠돌면서 여러 곳을 가 보았소. 그 끝에 자리 잡은 곳이 여기니 나도 꽤나 마음이 여린 사람인 듯하오."

말을 마친 허관충은 잔을 들어 마신 뒤 다시 연청에게 한 잔을 따랐다. 연청은 백금 스무 냥을 주며 말했다.

"하찮은 예물이지만 내 성의니 받아 주십시오."

그러나 관충은 굳이 사양하며 받지 않았다. 연청이 그런 관충에게 다시 한번 권하며 말했다.

"형이 그만한 재략(才略)을 갖추었으니 이번에 나와 함께 도성으로 가는 게 어떻겠습니까? 찾아보면 출세할 길도 없지 않을 것입니다."

그러자 관충이 긴 한숨과 함께 대답했다.

"지금은 간신들이 때를 얻어 어질고 능력 있는 이를 시기하고 있소. 못된 귀신 같고 불여우 같은 것들이 높은 관을 쓰고 번쩍

이는 띠를 둘렀으며 충성스럽고 올곧은 자들은 모두 모함을 받아 옥에 갇히었소. 나는 벼슬할 생각을 버린 지 이미 오래외다. 형도 공명을 이루는 날에는 마땅히 물러날 길을 찾아야 할 것이오. 옛날에 이르기를 '높이 뜬 솔개가 없어지면 좋은 활은 곳간에 걸린다.' 하였소."

들어 보니 옳은 말이었다. 연청도 반색하며 고개를 끄덕이고 더는 권하지 못하였다. 그날 밤 두 사람은 밤늦도록 이야기를 나누다가 잠이 들었다.

이튿날 아침 세수를 하고 나자 밥상이 들어왔다. 연청이 밥상을 물리고 얼마 안 돼 관충이 들어와 연청을 데리고 앞뒷산을 구경시켰다.

연청이 높은 산에 올라서 보니 산이 겹겹으로 둘러싸, 들리는 것은 날짐승의 울음소리뿐 사람의 자취는 전혀 없었다. 그 산속에 사는 인가를 세어 보니 다 합쳐 스물을 넘지 않았다.

"여기가 무릉도원보다 더 나을 듯싶군요."

구경을 하던 연청은 진심으로 그렇게 말하였다. 그날 두 사람은 온종일 산수를 돌아보다가 저물어서야 집으로 돌아와 쉬었다. 다음 날 연청은 허관충에게 작별을 했다.

"송 선봉께서 하신 말씀도 있고 하니 이만 떠날까 합니다."

허관충도 함께 들은 말이 있는지라 굳이 연청을 말리지 못했다. 문밖까지 배웅을 나왔다가 무슨 생각을 했는지 문득 연청을 불러 세웠다.

"잠깐만 기다리시오."

이어 관충은 심부름하는 아이에게서 두루마리 하나를 받아 연청에게 넘겨주었다.

"이것은 내가 요즘 들어 긁적거려 본 시원찮은 그림이외다. 도성에 이르거든 한번 세밀하게 살펴보시오. 나중에 혹 쓰일 데가 있을지도 모르겠소."

연청은 관충에게 감사하고 데리고 온 군졸에게 주어 봇짐 속에 갈무리하게 했다. 이것으로 작별 인사는 마무리된 셈이었으나 두 사람은 바로 헤어질 수 없었다. 관충이 연청을 따라와 다시 두어 마장을 더 걸었다. 연청이 관충을 돌아보며 말했다.

"'천리를 배웅해도 끝내는 이별이라.'는 말도 있지 않습니까? 더 멀리 나오실 것 없이 이만 돌아가십시오. 뒷날 다시 만나기를 기약합시다."

이에 관충도 아쉬운 듯 작별을 끝내고 돌아갔다. 연청은 허관충이 멀리 사라질 때까지 바라보고 섰다가 그가 안 보이게 된 뒤에야 말에 올랐다. 그리고 군졸도 말에 올라 함께 내닫기 시작했다.

두 사람은 하루도 안 돼 동경에 이르렀다. 그때 송 선봉은 군사를 진교역에 머물게 하고 천자의 분부를 기다리는 중이었다. 연청은 그리로 찾아가 다시 그들과 한 덩이가 되었다.

먼저 돌아간 숙 태위와 조 추밀은 중군 인마와 함께 도성 안으로 들어가 천자에게 송강을 비롯한 여러 호걸들이 세운 공을 아뢰었다. 그리고 아울러 송강을 비롯한 여러 장수들과 인마가 도성으로 돌아와 관 밖에 머물고 있음도 알렸다. 특히 조 추밀이 천자 앞에 나와 송강 등이 싸움터에서 고생한 일들을 낱낱이 아뢰자 천자는 그들을 칭찬해 마지않았다. 곧 황문 시랑에게 성지를 내려 송강 등으로 하여금 갑옷 차림으로 도성에 들어 천자를 뵙게 하였다.

성지를 받은 송강과 여러 장수들은 갑옷, 투구에 천자께서 내린 금패, 은패를 달고 동화문(東華門)으로 들어갔다. 문덕전(文德殿) 아래 이르러 천자를 뵙는데 절을 올리고 만세를 부르는 기상들이 여간 씩씩하지 않았다.

천자가 내려다보니 송강을 비롯한 여러 장수들이 하나같이 영웅 호걸이었다. 모두가 다 비단 전포에 금띠를 둘렀는데, 오직 오용과 공손승, 노지심, 무송만은 원래의 차림대로였다. 천자가 흐뭇한 얼굴로 그들에게 말했다.

"과인은 경들이 싸움에 나가 변방에서 애쓴 바를 여러 번 들었노라. 다친 자가 많다기에 걱정이 컸다."

"어지신 폐하의 홍복에 의지해 저희들이 비록 다치기는 하였으나 아무 일 없었습니다. 이제 조정에 거역하던 오랑캐 무리가 항복을 하고 변방이 조용해진 것은 모두가 폐하의 위엄과 은덕 덕분입니다. 저희들에게 무슨 공로가 있겠습니까?"

송강이 그렇게 아뢰며 두 번 절하여 감사의 뜻을 나타냈다. 천자는 성원의 관리들에게 명하여 송강을 비롯한 여러 장수들에게 관작을 내릴 의논을 하게 했다.

태사 채경과 추밀사 동관이 머리를 맞대고 의논한 뒤 천자께 아뢰었다.

"송강 등에게 벼슬을 내리는 것은 저희들이 잘 의논해서 다시 여쭙겠습니다."

천자는 그 말에 따르기로 하고 곧 광록시에 명을 내려 잔치를 베풀게 했다. 그리고 송강에게는 비단 전포 한 벌과 황금 갑옷 한 벌에 명마 한 필을 내리고 노준의를 비롯한 나머지 장수들에게는 모두 금은보화를 상으로 주었다.

송강을 비롯한 호걸들은 천자의 그 같은 은혜에 감사하고 궁궐을 나왔다. 서화문에 이르러 말을 타고 진채로 돌아간 그들은 그곳에서 피로를 풀며 성지가 내리기를 기다렸다. 그러나 며칠이 지나도 조정에서는 아무런 기별이 없었다. 채경과 동관이 송강 등에게 내릴 관작을 의논하지 않고 시간만 질질 끈 탓이었다.

그러던 어느 날이었다. 하루는 송강이 영채에서 군사 오용과 함께 한가로이 이야기를 나누고 있는데 대종과 석수가 평복 차림을 하고 불쑥 들어섰다.

"진채 안에 박혀 있기가 너무도 심심합니다. 오늘 석수와 함께 바깥 나들이나 할까 해서 형님을 찾아왔습니다."

대종이 그같이 말하자 송강은 선선히 허락했다.

"그렇다면 한 바퀴 돌아보고 얼른 돌아오게. 자네들이 돌아오면 술이나 한잔하도록 하세."

이에 대종과 석수는 진교역을 떠나 북쪽으로 천천히 걸음을 옮겼다. 골목 몇과 거리 몇을 지나니 문득 길가에 한 개의 큰 비석이 서 있는 게 보였다. 그 비석에는 '조자대(造字臺)' 석 자가 쓰여 있고 또 그 밖에 여러 자 작은 글씨가 쓰여 있었으나 풍우에

깎여 그 내용이 뚜렷하지가 않았다. 대종이 가만히 살펴보다가 말했다.

"여기가 바로 창힐(蒼頡)이 문자를 만들었던 곳이로군."

"우리에게는 그리 쓰임이 많지 않은 것이지요."

석수가 쿡쿡 웃으며 받았다. 대종도 마주 보고 웃다가 다시 걸음을 옮겨 놓았다. 얼마나 갔을까, 한곳에 이르니 땅에 기와 조각들이 흩어져 있는 빈터가 나왔다. 그 정북쪽에 돌로 쌓은 축대가 있는데 거기에는 박랑성(博浪城)이라 새겨진 석판이 가로로 박혀 있었다. 대종이 그 석판을 한참 들여다보다가 말했다.

"이곳이 바로 한유후(漢留侯) 장량이 창해역사를 시켜 철퇴로 진시황을 친 곳이로군."

그러고는 다시 한번 감탄과 감개에 차서 덧붙였다.

"참으로 훌륭한 유후셨지!"

"그렇지만 애석하게도 그 철퇴는 바로 맞히지를 못하였지요."

석수도 옛일을 들은 게 있어 그렇게 맞받았다. 두 사람은 새삼 옛일을 애석해하며 그곳을 지나 다시 북쪽으로 향했다. 그러다 보니 어느새 진채로부터 이십 리가 넘게 멀어져 있었다. 석수가 문득 대종을 보고 말했다.

"이렇다 하게 한 것도 없이 벌써 반나절이나 지나갔군요. 어디 가서 술이나 한 사발 마시고 진채로 돌아갑시다."

그러자 대종이 한쪽을 가리키며 말했다.

"저 앞에 있는 것이 바로 주막 아닌가?"

두 사람은 걸음을 재촉해 그 주막으로 갔다. 창가의 환한 곳에 놓인 식탁에 자리 잡은 뒤 대종이 상을 치며 소리쳤다.

"술을 가져오너라."

그러자 술집 주인이 채소 안주 대여섯 접시를 가져와 상 위에 놓으며 물었다.

"나리들, 술은 얼마나 드시렵니까?"

"먼저 술 두 각을 가져오고, 안주 할 만한 것이 있으면 무엇이든 좋으니 다 내놓게."

석수가 그렇게 호기롭게 말했다. 오래잖아 술집 주인은 술 두 각에 쇠고기, 양고기와 삶은 닭을 한 접시씩 내왔다. 대종과 석수는 출출하던 참이라 서둘러 술잔을 나누며 별로 긴치 않은 이야기들을 주고받았다.

그때 어떤 사내 하나가 그 주막으로 들어왔다. 손에는 우산과 몽둥이를 들었고 등에는 봇짐을 졌으며 검은 윗도리에 전대를 매고 있었다. 다리에는 행전을 치고 발에는 여덟 날짜리 미투리를 신었는데 어찌나 급하게 달려왔던지 몹시 숨을 헐떡거렸다. 그는 주막 안에 들어서기 바쁘게 우산과 몽둥이며 짐을 한 켠에 내려놓고 아무렇게나 앉으면서 소리쳤다.

"빨리 술과 고기를 가져오너라."

술집 주인이 술 한 각에 안주 세 접시를 내왔다. 사내가 술잔을 들며 재촉하듯 말했다.

"여러 소리 할 것 없이 고기가 있거든 한 접시 썰어 오너라. 어서 먹고 성안으로 들어가 일을 봐야겠다."

그러고는 큰 잔에 술을 따라 벌컥벌컥 마시기 시작했다. 대종은 그를 보며 속으로 생각했다.

'저자는 틀림없이 공인 같은데 무슨 일로 저리 급해할까.'

그러자 그냥은 궁금해 견딜 수가 없었다. 슬그머니 일어나 그 사내에게로 다가가서 손을 모으며 물었다.

"형씨, 무슨 일이 있기에 그리 바삐 서두시오?"

대종의 물음에 사내가 젓가락을 놓고 입을 문지르며 대답했다.

"하북의 전호(田虎)가 난리를 일으켰소. 당신은 아직도 그걸 모르시오?"

"나도 조금은 알고 있소만."

대종이 그러면서 사내를 쳐다보았다. 사내가 거침없이 늘어놓았다.

"전호란 놈이 주를 치고 현을 빼앗아도 관군은 막아 내지를 못하고 있소. 근래에는 개주를 깨뜨렸고, 위주도 곧 떨어질 것이오. 성안의 백성들은 밤낮없이 두려움에 차 있고 성 밖에 사는 사람들은 사방으로 흩어져 달아나는 중이오. 이에 위주에서는 나를 뽑아 성원으로 보냈소. 여기 급함을 알리는 공문이 있소."

그러더니 얼른 몸을 일으켜 봇짐을 지고 우산과 몽둥이를 집어들었다. 급하게 술집을 나가던 사내가 한숨과 함께 말했다.

"참으로 관청의 심부름꾼이란 못해 먹을 노릇이구나. 내 식구들이 모두 위주성 안에 있는데 큰일이야. 하느님, 부디 하루빨리 구원병이 오도록 해 주십시오."

그러고는 도성을 향해 뛰듯이 달려갔다.

대종과 석수도 그 소식을 듣고는 가만히 있을 수가 없었다.

얼른 술값을 치르고 주막을 나와 진채로 돌아갔다. 두 사람이 송강을 찾아보고 들은 대로 알리자 송강은 오용을 불러 놓고 의논했다.

"우리 여러 장수들이 이곳에 한가롭게 머물고 있는 게 온당치 못한 것 같소. 천자께 아뢰어 군사들과 함께 하북을 평정하러 가는 것이 어떻겠소?"

"그 일은 숙 태위로 하여금 천자께 아뢰도록 해야 할 것입니다."

오용이 그렇게 방책을 일러 주었다. 송강은 곧 여러 장수들을 불러 놓고 하북으로 갈 일을 의논했다. 그러잖아도 여러 날 빈둥거려 몸이 근질거리던 장수들은 하나같이 그 일을 기뻐했다.

하북으로

다음 날이었다. 송강은 관복으로 갈아입고 십여 기만 딸린 채 성안으로 들어갔다. 곧바로 태위부를 찾아간 송강은 그곳에서 말을 내려 안으로 들어갔다.

마침 숙 태위는 안에 있었다. 송강이 기별을 넣으니 태위가 얼른 들어오라 일렀다. 송강이 안으로 들어가 절을 올리자 태위가 반가움과 놀라움이 반반 섞인 말투로 물었다.

"장군께선 무슨 일로 이곳까지 오셨소?"

"이 송 아무개가 들으니 하북의 전호가 모반을 일으켜 여러 고을을 차지한 뒤에 연호를 갈고 개주까지 빼앗았다고 합니다. 이제 머지않아 위주를 칠 것이라는데 상공께서는 알고 계시는지요? 제가 거느린 장수와 인마는 오래 한가롭게 지냈으니 이제 움직일 때가 된 듯합니다. 바라건대 저희들로 하여금 인마를 이끌고 가서 역적을 물리치고 나라의 은혜에 보답할 수 있도록 해 주십시오. 상공께서 천자께 아뢰어 그 성지를 받게 해 주신다면 그보다 더한 고마움도 없겠습니다."

송강이 그렇게 말하자 숙 태위는 기뻐해 마지않았다.

"장군이 그토록 충성스러워 나라를 위해 힘을 쏟겠다 하니 마땅히 내가 도와야지요. 반드시 천자께 아뢰어 장군의 뜻대로 되도록 하겠소이다."

그렇게 선선히 승낙했다. 송강이 그런 숙 태위에게 감사했다.

"태위께서 여러 차례 저희에게 두터운 은혜를 베푸시니 무어라 말씀드려야 할지 모르겠습니다. 뼈에 아로새긴다 한들 어찌 그 은혜를 다 갚을 수 있겠습니까?"

그날 숙 태위는 송강의 청을 기꺼이 들어주었을 뿐만 아니라 술상까지 차려 잘 대접했다. 송강은 밤이 되도록 숙 태위와 함께 술잔을 나누다가 진채로 돌아와 여러 형제들에게 성안에서 있었던 일을 들려주었다.

다음 날 숙 태위가 조회에 들어가니 천자는 피향전(披香殿)에 머물고 있었다. 성원의 관리들이 하북의 전호가 모반을 일으킨 것을 아뢰었다. 전호는 다섯 주와 쉰여섯 현을 차지한 뒤 연호까지 고쳐 부르며 스스로 왕이라 일컬을 뿐 아니라 이제는 능주와 화주까지 엿보고 있다는 내용이었다. 그 바람에 각처에서 위급을 알리는 글이 도성으로 쏟아져 들어오고 있다는 말을 들은 천자는 크게 놀랐다. 눈앞에 줄지어 선 여러 문무의 벼슬아치들을 굽어보며 물었다.

"그대들 중에서 누가 나를 위해 나아가 그 역적들을 쓸어 없애겠는가?"

그러자 숙 태위가 반열에서 나와 홀을 가슴에 대고 엎드리며 말했다.

"신이 듣기로 전호는 마치 칼로 대쪽을 쪼개는 기세로 밀고 든다 합니다. 바야흐로 천하는 불붙는 들판같이 되어 용맹한 장수와 날랜 군사가 아니고서는 쓸어 없앨 수가 없을 것입니다. 마침 지금 요나라를 쳐부수고 돌아온 송 선봉이 성 앞에 머물러 있으니 천자께서는 그에게 조칙을 내리시어 한 갈래 군마를 이끌고 가서 전호를 치게 하십시오. 송 선봉을 보내면 반드시 큰 공을 세울 수 있을 것입니다."

그 말을 들은 천자는 몹시 기뻐했다. 그 자리에서 성원의 관리를 뽑아 송강과 노준의에게 보냈다. 얼른 조정으로 들라는 당부와 함께였다.

송강과 노준의는 어명을 받기 바쁘게 피향전 아래 이르러 천자를 뵈었다. 두 사람이 절을 올려 예를 마치자 천자가 말했다.

"짐은 그대들이 영웅답고 충의로움을 잘 알고 있노라. 이제 명하노니 하북의 역적을 쳐 없애라. 수고로움을 마다 않고 얼른 이겨 돌아오면 짐은 반드시 그대들을 높이 쓸 것이니라."

송강과 노준의는 기쁨을 감추지 못하며 머리를 조아렸다.

"저희들은 이미 성은을 크게 입은 몸입니다. 어찌 이 한 몸 다 바쳐 죽기로 싸우기를 마다하겠습니까?"

천자는 두 사람의 씩씩한 대답에 몹시 흐뭇해하며 그 자리에서 송강을 평북정선봉(平北正先鋒)으로, 노준의를 부선봉으로 삼았다. 그리고 어주를 내리면서 금은으로 만든 띠와 비단 전포와 황금 갑옷, 좋은 비단 따위를 상으로 주었다. 그 밖에 송강이 거느린 장수들에게도 각기 비단과 은이 내려졌다. 전호를 쳐 없애면 공에 따라 상을 주고 벼슬을 내리리라는 다짐도 함께 있었다.

송강과 노준의는 그 같은 천자의 명을 받자 두 번 절하여 성은에 감사하고 대궐을 물러 나왔다. 말을 타고 영채로 돌아온 그들은 중군의 장막에 자리 잡고 앉아 여러 장수들을 불러 모았다. 말에 안장을 지우고 깃발과 갑옷을 갖추어 전호를 치러 갈 채비를 하라는 군령을 내리기 위함이었다.

다음 날 대궐의 창고에서 내온 비단과 은이 송강의 영채에 이르렀다. 송강은 그 하사품을 여러 장수들과 삼군의 우두머리에게 골고루 나누어 주었다. 송강은 오용과 의논한 끝에 먼저 수군부터 움직이게 했다. 싸움배를 몰고 변하(汴河)로부터 황하(黃河)로 들어가 원무현 경계에 이르러 대군이 오기를 기다리란 명과 함께였다. 송강의 대군은 거기서 수군들의 힘을 빌려 황하를 건널 작정이었다.

송강은 또 마군의 두령들에게도 말과 마구를 정돈하게 하였다. 물과 뭍으로 배와 말이 함께 나아갈 수 있게 하기 위함이었다.

하북의 전호는 원래가 위승주(威勝州) 심원현(沁源縣)의 한낱 사냥꾼으로서 힘이 뛰어난 데다 무예도 깊이 익혔으나 사귀는 것은 모두가 좋지 못한 건달들이었다. 거기다가 그가 사는 땅도 주위가 모두 산이어서 도둑 떼가 모여들기 좋았고 가뭄과 홍수가 번갈아들어 인심도 언제나 어지러웠다. 전호는 그러한 자신의 바탕과 그곳 민심을 이용해 일을 꾸몄다. 도망쳐 온 무리들을 그러모으고 요사스러운 말을 지어내어 어리석은 백성들을 부추기니 오래잖아 큰 세력을 이룰 수 있었다.

전호는 그 세력을 바탕으로 재물을 노략질하는 일부터 시작했다. 그러나 차차 큰 고을을 차지하고 세력이 커지면서 드디어는 관군도 그들의 기세를 막을 수가 없었다.

하지만 한낱 사냥꾼에 지나지 않는 전호가 어찌 그토록 쉽게 큰 세력을 얻을 수 있었는가에 대해서는 따로 설명이 필요하다. 그것은 바로 썩은 벼슬아치들 때문이었다. 문관들이래야 돈에만 눈이 어두운 자들이요, 무관들은 죽음을 두려워하는 겁쟁이들뿐이니 무슨 수로 그들을 막아 낼 수 있겠는가?

게다가 각 고을을 지키는 관군이 있다고는 하지만 모두가 이름뿐이고 실제로는 늙은이가 아니면 모두가 어린아이들이었다. 더러는 윗사람을 속이고 혼자서 두세 사람 몫의 군량을 타 먹기도 하고, 더러는 권세 있는 집에서 일없이 지내는 종놈들에게 십여 냥 은을 주어 자기 대신 점고나 받게 하는 군사도 있었다. 돈을 내고 다른 사람을 사서 내보낸 뒤 자신의 몫으로 나온 군량을 잘라먹으면서 점고나 조련에만 낯을 내미는 자도 있었는데, 아래위가 어찌나 손발을 맞춰 짜고 해 먹는지 좀체 그 내막이 드러나지 않았다.

그 바람에 조정에서는 돈을 퍼붓듯 해도 관군은 미약하기 짝이 없었다. 싸움판으로 내보내면 싸울 줄은 전혀 모르고 개미 떼 같이 흩어지는데, 앞에서 먼지가 일고 포 소리가 나도 저만 살고자 대오를 벗어나 뺑소니치기 일쑤였다.

군관 몇이 전호를 치겠다고 관군을 이끌고 나간 적도 있었으나 소용없기는 마찬가지였다. 감히 맞서 싸우지는 못하고 뒤꽁무니만 따라다니고 허세만 부리다가 죄 없는 백성을 살해해 공을 꾸미는 게 고작이었다. 그 바람에 백성들은 더욱 관군들을 미워하게 되고 전호의 무리를 따르게 되었다.

그사이 전호의 무리는 다섯 개의 주와 쉰여섯 개의 현을 차지하고 말았다. 주는 첫째가 위승주로 오늘날의 심주(深州)이고, 둘째는 분양으로 오늘날의 분주(汾州)이며, 셋째는 소덕으로 오늘날의 노안(潞安)이고, 넷째는 진녕으로 오늘날의 평양(平陽)이며, 다섯째는 개주로 오늘날의 택주(澤州)이다. 그리고 쉰여섯 개의 현은 바로 그 다섯 주에 속한 현들이 된다.

전호는 분양에 크게 궁궐을 짓고 임금 놀음에 들어갔다. 엉터리 문무백관에 안으로는 재상을 세우고 밖으로는 장수를 내보내 그 어름의 적잖은 땅을 주름잡으면서 스스로 진왕(晉王)이라 칭하였다. 그의 군사들은 날래고 장수는 용맹스러웠으며 그가 의지하고 있는 산천은 험해 기세는 날로 자라 갔다. 그리하여 이제는 군사를 둘로 나누어 송나라의 심장을 향해 밀고 드는 중이었다.

한편 송강은 싸움터로 나가기 위해 성원의 여러 관원들에게 하직을 했다. 숙 태위가 몸소 나와 배웅하고 조안무가 칙지를 받들고 영채에까지 와서 삼군을 상주며 위로했다. 송강과 노준의는 숙 태위와 조 추밀에게 감사를 드리고 군사를 세 갈래로 나누었다.

선두에 선 오호장(五虎將)은 대도 관승, 표자두 임충, 벽력화 진명, 쌍편 호연작, 쌍창장 동평 다섯 명이었고 팔표기(八驃騎)는 소이광 화영, 금창수 서령, 청면수 양지, 급선봉 삭초, 몰우전 장청, 미염공 주동, 구문룡 사진, 몰차란 목홍으로 여덟 명이었다.

또 열여섯 명의 소표장(小彪將)을 따로 뽑아 그들에게는 후군을 맡겼다. 진삼산 황신, 병울지 손립, 추군마 선찬, 정목안 학사문, 백승장 한도, 천목장 팽기, 성수장군 선정규, 신화장군 위정국, 마운금시 구붕, 화안산예 등비, 금모호 연순, 철적선 마린, 도간호 진달, 백화사 양춘, 금표자 양림, 소패왕 주통이 바로 열여섯 소표장이었다.

송강과 노준의, 오용, 공손승은 나머지 장수들과 마보군의 우두머리를 이끌기로 했다.

모든 배치가 끝나자 송강의 인마는 그날로 서둘러 출발했다. 신호로 쓰는 포향이 세 번 터지고 북과 징이 한꺼번에 울리자 대군은 진교역을 떠나 동북쪽을 향하였다. 송강의 명이 엄해 대오는 가지런하고 그들이 지나가는 곳에는 터럭만큼도 백성을 해치는 일이 없었음은 다시 말할 나위도 없었다.

인마가 원무현 경계에 이르자 현의 벼슬아치들이 성 밖까지 나와 맞아들였다. 살피러 나갔던 군사들이 돌아와 수군 두령들이 이끈 배들도 이미 물가에 이르러 기다리고 있음을 알려 왔다.

송강은 이준을 비롯한 몇몇 두령에게 수군 육백 명을 주며 두 부대로 나누어 좌우에서 정탐을 맡게 했다. 그리고 그 고을에 배들을 더 그러모아서는 말과 수레를 싣고 강을 건너게 했다.

송강의 대군이 차례로 황하를 건너 북쪽 언덕에 부려졌다. 송강은 다시 이준에게 명을 내려 싸움배를 거느리고 위주의 위하로 들어가 모이게 하고 스스로도 대군을 몰아 앞으로 나아갔다.

송강의 앞 부대가 위주에 이르러 진채를 얽었다. 위주의 관원들이 크게 잔치를 열고 송강이 오기를 기다리다가 그가 오자 성안으로 청해 들여 잘 대접했다. 술잔이 오가는 중에 위주의 관원들이 소상하게 그곳의 사정을 일러 주었다.

"역적 전호의 군사는 세력이 커서 함부로 가볍게 맞서서는 아니 됩니다. 택주는 전호의 부하인 엉터리 추밀 유문충(鈕文忠)이 지키고 있는데 그는 또 부하인 장상(張翔), 왕길(王吉)에게 군사 일만을 주어 우리 고을의 휘현을 치게 하고 심안(沈安), 진승(秦升)에게도 일만을 주어 회주의 무섭(武涉)을 치게 했습니다. 선봉께서는 그걸 아시고 하루빨리 저희를 구해 주셨으면 고맙겠습니다."

그 말을 듣고 영채로 돌아온 송강은 오용을 장막으로 불러들였다. 그리고 그와 함께 군사를 내어 어려움에 빠진 고을들을 구할 의논을 했다.

"능천(陵川)은 개주의 요충이 됩니다. 먼저 군사를 이끌고 가서 능천을 치면 다른 두 현의 에움은 절로 풀릴 것입니다."

오용이 잠시 생각하다가 의견을 내놓았다. 노준의가 곁에서 스스로 나섰다.

"아우가 비록 재주 없으나 군사를 이끌고 나아가 능천을 빼앗아 보겠습니다."

그 말을 들은 송강은 몹시 기뻐하면서 노준의에게 마군 일만과 보군 오백을 딸려 주었다. 마군 두령은 화영, 진명, 동평, 삭초, 황신, 손립, 양지, 사진, 주동, 목홍이었고 보군 두령은 이규, 포욱, 항충, 이곤, 노지심, 무송, 유당, 양웅, 석수였다.

다음 날이 되자 노준의는 군사를 이끌고 떠나갔다. 송강은 장막 안에서 다시 오용과 함께 군사를 낼 의논을 했다. 오용이 두 번째 계책을 내놓았다.

"역적의 군사는 여러 번 싸움에 이겨 교만해진 지 오래이니 노선봉은 이번에 가서 반드시 공을 이룰 것입니다. 그러나 삼진(三晉)은 산과 내가 거칠고 험한 곳이니 지리를 잘 알지 못하고는 함부로 움직일 수 없습니다. 먼저 두령 둘을 세작으로 뽑아 산과 내의 형세를 살핀 뒤에 밀고 들도록 하는 게 좋겠습니다."

그런데 미처 그 말이 끝나기도 전에 연청이 장막 안으로 들어오며 말했다.

"군사께서는 그 일로 너무 마음 쓰지 마십시오. 산과 내의 형세는 이미 여기 다 그려져 있습니다."

그러고는 소매에서 한 장의 종이를 꺼내 탁자 위에 펼쳤다. 송강과 오용이 자세히 들여다보니 그 종이에 그려진 것은 삼진의 지도였다. 산의 높고 낮음이며 내의 굽이침이 모두 잘 그려져 있고 성과 관이며 험한 길목 따위도 남김없이 나타나 있었다. 뿐만 아니라 군사를 머물게 할 수 있는 곳과 숨길 수 있는 곳과 싸움터로 쓸 수 있는 곳까지 모두 세밀하게 나타나 있었다.

오용이 놀라 물었다.

“이 지도는 어디서 났는가?”

“지난번 요나라를 쳐부수고 돌아올 때 쌍림진에서 허관충이란 사람을 만난 적이 있지 않습니까? 그는 저를 자기 집으로 데려가 며칠 묵게 하였는데, 헤어질 무렵 하여 이 지도를 주더군요. 그가 말하기를 서투른 그림이라고 하였으나 아우가 영채로 돌아와 한가로울 때 펼쳐 보니 바로 삼진의 지도였습니다.”

연청이 송강을 보고 그렇게 밝혔다. 송강이 문득 생각나는 게 있는지 연청에게 물었다.

“자네가 돌아왔을 때는 조정으로 들어가 천자를 뵈올 일에 몹시 바빴네. 그 바람에 묻지를 못했는데 이제 생각이 나는구먼. 그때 허관충이란 사람을 보니 호걸 같았네. 자네도 평소에 늘 그의 좋은 점만 말했는데 그래 지금 그 사람은 어디서 무얼 하는가?”

“허관충은 널리 배우고 아는 것도 많으며 무예에도 솜씨가 뛰어났습니다. 간이 크고 거문고 같은 악기를 다루는 일이나 그림에도 재주가 있지요. 그러나 벼슬하기를 원치 않아 산속에 숨어 삽니다.”

연청은 그런 대답과 함께 허관충의 살이를 자세히 이야기해 주었다. 듣고 난 오용이 감탄하였다.

“실로 세상에서 흔치 않게 속이 깊은 친구로군!”

송강도 그런 허관충을 찬탄해 마지않았다.

한편 인마를 이끌고 능천으로 떠난 노준의는 먼저 손립과 황신에게 삼천 인마를 거느리고 능천성 동쪽 오 리 밖에 매복하게 하였다. 또 사진과 양지에게는 삼천 인마와 더불어 능천성 서쪽 오 리 밖에 매복하게 한 뒤 일렀다.

"오늘 밤 오경이 되면 군사들에게 하무를 물리고 말방울을 뗀 뒤 가만히 나아가도록 하시오. 내일 우리가 쳐들어갈 때 만약 적이 아무런 채비가 없어 우리가 쉽게 성을 뺏으면 남문에 깃발을 내걸겠소. 그 깃발이 보이거든 여러 두령들은 천천히 인마를 끌고 성안으로 들어오면 되오. 그렇지만 만약 적에게 준비가 있어 어려운 싸움이 되게 되면 포향을 울려 신호를 하게 하겠소. 그때는 두 갈래 인마가 한꺼번에 뛰어나와 거들어 주시오."

명을 받은 네 장수는 거느린 군사를 이끌고 떠나갔다.

노준의는 다음 날 새벽 무렵 아침밥을 지어 먹고 날 샐 무렵 하여 인마를 능천성 아래로 몰아갔다. 그리고 군사를 세 갈래로 나눈 다음 기를 흔들고 북을 치며 싸움을 걸었다.

성을 지키던 적군이 황급히 달려가 저희 장수 동징(董澄)과 편장 심기(沈驥), 경공(耿恭)에게 알렸다. 동징은 유문충 밑에서 싸우는 선봉으로 키가 아홉 자에 팔심이 뛰어나 서른 근이나 되는 발풍도를 썼다. 동징은 송나라 조정이 보낸 양산박의 군사들이 이미 성 아래 이르러 진채를 얽고 성을 치려 한다는 말을 듣자 급히 인마를 점고하여 나가 싸울 채비에 들어갔다. 경공이 그런 동징을 말렸다.

"제가 듣기로 송강의 무리는 하나같이 영웅호걸이라 가볍게 맞설 수 없습니다. 굳게 지키면서 사람을 뽑아 개주로 보내 구원병을 부르는 게 좋을 것입니다. 구원병이 이르거든 안팎에서 들이쳐야만 우리가 이길 수 있습니다."

그 말을 들은 동징은 대뜸 성부터 냈다.

"그놈들이 어찌 이리 사람을 얕볼 수 있느냐. 감히 내가 지키는 성을 치러 오다니! 겁낼 것 없다. 저놈들은 멀리서 왔으니 지쳐 있을 게다. 내 이제 달려 나가 저것들로 하여금 갑옷 조각 하나 제대로 거두어 돌아갈 수 없게 만들리라!"

그렇게 소리치니 경공은 더 이상 말려 볼 도리가 없었다. 동징이 그런 경공을 보고 말했다.

"네가 굳이 그렇게 걱정한다면 일천 인마를 남겨 두겠다. 너는 성루에 올라가서 이 성을 지키면서 내가 그놈들을 사로잡는 걸 구경이나 하라."

그러고는 갑옷, 투구를 갖춘 뒤 발풍도를 들고 심기와 함께 성을 나갔다.

능천성의 성문이 열리며 적교가 내려지자 이삼천의 인마가 쏟아져 나왔다. 송나라 군사의 진채에서 강한 활과 굳은 쇠뇌가 쏟아졌다. 이어 북소리가 몇 차례 울리더니 능천 쪽 군사들 중에서 한 장수가 나타났다. 한껏 위엄을 차려 치장한 동징이었다. 동징이 말 위에서 칼을 뽑아 들고 큰 소리로 외쳤다.

"물가의 좀도둑들아, 죽으려고 예까지 왔느냐?"

그 말이 떨어지기도 전에 주동이 말을 몰아 나아가며 외쳤다.

"천병(天兵)이 여기까지 이르렀는데 무얼 하고 있느냐? 어서 빨리 말에서 내려 밧줄을 받는다면 칼과 도끼 아래 죽는 일은 면할 수 있으리라!"

그러자 양쪽 군사들이 높이 함성을 질러 댔다. 그 뒤로는 더 말을 주고받음 없이 주동과 동징은 양군 한가운데서 싸움을 벌였다. 그들이 탄 말이 엇갈리고 손에 든 병기가 부딪쳤다.

두 장수가 어울려 싸운 지 여남은 합이 되었을 때였다. 주동이 문득 말 머리를 동쪽으로 돌려 달아나기 시작하였다. 동징이 기세가 나 그런 주동을 뒤쫓았다. 동쪽에서 화영이 창을 끼고 달려 나와 그런 동징과 맞붙었다.

두 사람의 싸움이 서른 합을 넘겨도 승부는 가려지지 않았다. 적교 곁에 있던 심기는 동징이 이길 것 같지 않자 창날이 희게 번쩍이는 점강창을 수레바퀴처럼 휘두르며 달려 나왔다.

화영은 적장 둘이 한꺼번에 덤벼들자 더 맞서지 않고 말 머리를 돌려 동쪽으로 달아났다. 동징과 심기는 그런 화영을 바짝 뒤쫓았다. 화영은 달아나다 멀 머리를 돌려 다시 그들과 싸우기 시작했다.

성 위에서 그 광경을 구경하던 경공은 혹시라도 동징과 심기가 적의 꾐에 말려들까 걱정이 되었다. 북을 울려 그들을 거두어들이려 하는데, 송나라 군사의 진 쪽에서 갑자기 이규, 노지심, 포욱, 항충 등 여남은 명의 두령이 나는 듯 달려와 적교를 덮쳤다. 그 기세가 어찌나 사나운지 성을 지키던 경공의 졸개들은 도무지 당해 내지를 못했다.

적교가 빼앗긴 걸 보고 경공은 급히 성문을 닫으라고 소리쳤다. 하지만 때는 벌써 늦어 노지심과 이규가 어느새 성안으로 뛰어들었다. 문을 지키던 경공의 졸개들이 한꺼번에 덤벼들었으나 될 일이 아니었다. 노지심이 벽력같은 소리를 내지르며 선장을 내지르는 바람에 두 놈이 자빠지고 이규가 휘두르는 도끼에 대여섯 명이 쓰러졌다.

그때 포욱을 비롯한 나머지 두령들이 사납게 밀고 들어 성문을 빼앗고 그곳을 지키는 경공의 졸개를 물리치니 마치 그 기세가 터진 둑으로 쏟아지는 홍수 같았다. 경공은 일이 이미 글러버린 것을 알고 얼른 성문에서 내려와 북쪽으로 달아났다. 하지만 뒤쫓는 보군들이 그를 놓아두지 않았다. 곧 송나라 군사에게 사로잡혀 꽁꽁 묶이는 신세가 되고 말았다.

한편 동징과 심기는 정신없이 화영과 싸우다가 문득 적교 가에서 일어나는 함성 소리를 들었다. 그제야 놀란 그들은 얼른 말머리를 돌려 성문 쪽으로 달려갔다. 화영이 그런 그들을 뒤쫓다가 창을 안장에 걸고 활과 화살을 꺼내 들었다. 화영이 동징을 겨누어 화살을 날리자 화살은 그대로 동징의 등판을 꿰뚫었다. 동징은 두 다리를 하늘로 하고 말에서 떨어져 땅에 처박혔다.

그 틈을 놓치지 않고 노준의가 군사를 휘몰아 치고 들었다. 가뜩이나 동징이 죽는 걸 보고 얼이 빠져 있던 심기는 제대로 싸워보지도 못하고 동평의 창에 찔려 죽었다. 동징과 심기가 이끌고 온 인마도 태반은 죽고 살아남은 자는 사방으로 뿔뿔이 흩어져 달아났다.

노준의의 장졸들은 기세를 놓치지 않고 일제히 성안으로 밀고 들었다. 그들이 보니 흑선풍 이규는 한창 신이 나서 사람들을 도끼로 찍어 죽이고 있었다. 노준의가 그런 이규를 말렸다.

"이보게 아우, 죄 없는 백성들을 함부로 죽여서는 아니 되네!"

이규는 노준의가 몇 번이나 소리쳐 말린 뒤에야 겨우 도끼질을 멈추었다. 노준의는 군사들을 시켜 남문에다 미리 약속한 깃발을 내걸게 했다. 동서로 매복해 있던 군사들에게 아무 일 없이 성을 차지했음을 알리기 위해서였다. 오래지 않아 황신과 손립, 사진, 양지가 이끄는 두 갈래 복병이 모두 성으로 들어왔다. 이어 장수들이 각기 세운 공을 알려 왔다.

화영은 동징의 목을 바쳤고 동평은 심기의 목을 바쳤다. 포욱은 사로잡은 경공과 그의 부하 두목 몇 명을 묶어 왔다. 노준의는 사로잡혀 온 이들을 모두 풀어 준 뒤 경공을 손님 자리에 앉히고 자신은 주인 자리에 앉아 예로 대접했다. 경공이 감동해 절을 올리며 말했다.

"저는 한낱 사로잡힌 장수에 지나지 않습니다. 그런데 오히려 이렇게 예로 대해 주시니 몸 둘 바를 모르겠습니다."

그런 경공을 노준의가 부축해 일으키며 말했다.

"장군이 성 밖으로 나와 싸우지 않은 것만 보아도 뜻이 깊고 안목이 있음을 알겠소. 어찌 동징의 무리와 비할 수 있겠소? 송선봉은 어진 이를 널리 받아들이시는 분이니 만약 장군께서 조정에 귀순하신다면 반드시 무겁게 써 주실 것이오."

그러자 경공이 머리를 조아려 감사하며 말했다.

"이미 살려 주시는 은혜를 입었으니 무얼 더 바라겠습니까? 바라건대 장군 아래서 한낱 졸개로 남아 일할 수 있게 해 주십시오."

노준의는 그 말에 매우 기뻐하며 다시 좋은 말로 다른 두목들도 달랬다. 그리고 성안에는 방문을 내붙여 놀란 백성들을 안심 시켰다.

이어 노준의는 술과 밥을 내어 군사들을 배불리 먹이고 술상을 차려 경공과 여러 장군들을 위로했다. 술잔이 오가는 중에 노준의가 경공에게 물었다.

"개주의 장졸은 얼마나 되오?"

"개주는 유문충이 많은 군사들로 지키고 있습니다. 양성(陽城)과 심수(沈水)는 모두 개주 서쪽에 있으니 여기서는 멀고 오직 고평현(高平縣)만은 여기서 육십 리밖에 안 되지요. 그 성은 한왕산(韓王山)을 등지고 있는데 성안에는 장례(張禮)와 조능(趙能) 두 장수가 이만의 인마와 함께 지키고 있습니다."

경공이 그렇게 아는 대로 대답했다. 어렵잖게 적정을 알게 된 노준의가 잔을 들어 경공에게 권하면서 말했다.

"장군은 이 잔을 가득 받아 마시시오. 내 오늘 밤 장군에게 크게 공을 세울 길을 일러 줄 터이니 부디 사양하지 않았으면 좋겠소."

"제가 이미 선봉의 두터운 은혜를 입었는데 어찌 마음을 다해 따르지 않을 수 있겠습니까?"

경공이 그렇게 응낙의 뜻을 비치자 노준의가 기뻐하며 말했다.

"그렇다면 형제 몇을 딸려 보낼 테니 장군이 거느리던 두목들과 함께 가서 이 노 아무개가 시키는 대로 해 주시오."

그러고는 이미 생각해 둔 계책을 경공에게 자세히 일러 주었다. 또 새로 항복한 적의 두목 예닐곱도 장막으로 불러다 술과 밥을 먹이고 은냥을 준 다음, 공을 세우면 다시 무거운 상을 주겠다고 다짐했다.

술자리가 끝난 뒤 노준의는 이규와 포욱을 비롯한 보군 두령 일곱에게 보군 백 명을 딸려 주며 적병의 차림을 하고 그 깃발을 들게 했다. 또 사진과 양지에게는 마군 오백 명을 주면서 사람은 입에 하무를 물고 말은 방울을 뗀 채 경공이 거느린 병사들 뒤를 가만히 뒤쫓게 하였다. 이어 성은 화영 등 나머지 장수들에게 맡긴 뒤 자신은 삼천 인마를 거느리고 다시 사진과 양지를 뒤따르기로 했다. 계책에 따라 각기 할 일이 주어지자 경공은 성을 나섰다.

고평현성 남문 밖에 이르니 때는 이미 황혼이 지나 날이 저물고 있었다. 별빛 아래서도 성의 방비가 단단함은 쉽게 알아볼 수 있었다. 성벽 위에는 깃발이 촘촘히 늘어섰고 성안에서는 시각을 알리는 북소리가 엄숙하였다. 성문 밖에 이른 경공이 성벽 위를 올려 보며 큰 소리로 외쳤다.

"나는 능천을 지키던 장수 경공이다. 동징과 심기 두 장군이 내 말을 듣지 않고 성문 밖으로 나가 가볍게 적을 맞다가 성을 잃게 되어 나만 이렇게 거느리고 있던 백여 명과 함께 북문으로 빠져나올 수 있었다. 샛길로 해서 겨우 여기까지 왔으니 어서 빨리 문을 열어라!"

성을 지키던 군사들이 횃불을 밝혀 내려다보고 얼른 장례와 조능에게 알렸다. 장례와 조능이 몸소 성으로 올라가 군사들로 하여금 횃불을 여러 개 밝히게 하고 아래를 내려다보았다.

"비록 우리 편 인마라도 자세히 살펴봐야겠소이다."

경공을 알아본 장례가 그렇게 말하고 찬찬히 살펴보았다. 틀림없이 능천을 지키던 경공이 백여 명의 졸개를 거느리고 섰는데 복색이며 깃발이 모두가 저희 편 것이었다. 성벽 위에 서 있던 군사들 중에도 경공을 따라온 두목들을 알아보는 이가 많았다.

"저건 손여호(孫如虎)로군"

"저건 이금룡(李擒龍)이야"

그렇게 손가락질하는 걸 보고 장례도 비로소 웃음을 띠며 말했다.

"저들을 들여놓아라."

그 명을 따라 성문이 열리고 적교가 내려졌다. 그러나 장례는 조심성이 많은 장수였다. 적교를 내려놓고도 좌우로 삼사십 명의 졸개를 풀어 만일에 대비하면서 경공을 성안으로 맞아들였다. 경공을 따르던 군사 중에서 뒤쪽에 있던 이들이 한꺼번에 안으로 우르르 몰려들며 소리쳤다.

"빨리 가라고. 빨리 가! 뒤에서 적이 쫓아온단 말이야."

그러고는 저희 편 장수인 경공도 밀쳐내 가며 안으로 밀고 드는 것이었다. 성문을 지키던 군사들이 그런 그들을 꾸짖었다.

"여기가 어딘 줄 알고 함부로 날뛰느냐?"

그 바람에 한바탕 옥신각신이 벌어졌는데 갑자기 한왕산 기슭에서 불길이 일며 한 떼의 인마가 달려오고 있었다. 그 인마 앞에는 두 명의 장수가 말 머리를 나란히 하고 크게 외쳤다.

"역적 놈의 장수는 달아나지 마라."

그러자 마치 그 소리에 화답이나 하듯 경공이 거느린 졸개들 속에서 이규, 포욱, 항충, 이곤, 유당, 양웅, 석수가 일곱 마리의 호랑이처럼 뛰쳐나왔다. 모두 각기 손에 병기를 들고 함성을 지르며 성안으로 덮쳐 가고 나머지 백여 명도 그들을 따라 한꺼번에 밀고 들었다.

너무도 갑작스럽게 당하는 일이라 성안의 군사들은 어떻게 손써 볼 틈이 없었다. 미처 성문을 닫아걸지 못하고 있는 사이에 벌써 여남은 명이나 칼과 도끼에 찍혀 쓰러졌다.

성문을 지키던 군사들이 그 지경이 되니 성문이 빼앗긴 건 말할 나위도 없었다. 장례는 그 광경을 보고 놀라 성벽 아래로 뛰어내린 뒤 경공을 찾았다. 그러나 경공은 만나지 못하고 엉뚱하게 석수와 만나 싸움을 벌이게 되었다. 하지만 이미 당황한 장례에게 제대로 싸울 마음이 있을 리 없었다. 네댓 합 싸우다가 갑자기 창을 거두며 달아나기 시작했다.

때마침 이규가 그런 장례 앞을 가로막고 도끼로 내려찍었다. 장례는 비명 한마디 지르지 못하고 이규의 도끼에 맞아 죽었다. 그때 한왕산 쪽에서 달려온 인마가 열린 성문으로 물밀듯 밀고 들어왔다. 그들은 바로 사진과 양지가 이끈 군사들이었다.

그렇게 되니 이미 성안은 무인지경이나 다름없었다. 조능은 어지럽게 싸우는 군사들 틈에서 누구에게 당했는지도 모르게 죽고 고평현을 지키던 군사들도 태반이 죽었다. 장례의 가족들도 늙고 젊고를 가리지 않고 죽임을 당했으며, 성안 백성들은 자다가 놀라 깨어 아우성치고 울부짖었다.

이윽고 노준의가 이끄는 군사들이 다시 성안에 이르렀다.

노준의는 군사를 나누어 성문을 지키게 한 다음 여남은 명 목청 높은 군사를 풀어 백성들을 함부로 죽이지 말라고 소리치게 하였다. 그리고 날이 밝은 뒤에는 방문을 내붙여 백성들을 안심시키고 군사들에게 상을 내리는 한편 송강에게도 소식을 알렸다.

노준의가 그토록 쉽게 성 둘을 잇따라 깨뜨릴 수 있었던 데는 까닭이 있었다. 전호의 졸개들은 오랫동안 함부로 내달려도 적수를 만나지 못해 관군을 한없이 얕봐 왔다. 그런 까닭에 송강의 장수들도 지금까지 싸워 본 관군들같이만 여겨 마음 놓고 있다가 당한 것이었다. 그들은 송강의 장수들이 그렇게 용맹하리라곤 짐작조차 하지 못했다. 노준의가 이용한 것은 그들의 그 같은 방심이었으며, 오용도 진작부터 노준의가 공을 세우리라고 예언할 수 있었다.

그 무렵 송강은 위주성 밖에 인마를 머무르게 하고 있었다. 그날도 장막 안에 앉아 여러 장수들과 함께 앞일을 의논하고 있는데 문득 노준의가 보낸 사람이 달려와 이긴 소식을 전했다. 송강은 몹시 기뻐하며 오용을 돌아보고 말했다.

"노선봉이 하루에 두 개의 성을 깨뜨렸으니 역적들은 가슴이 철렁할 것이오."

그때 다시 두 길로 나누어 나갔던 염탐꾼들이 돌아와서 알렸다.

"휘현과 무섭 두 곳을 에워쌌던 적군들이 능천을 빼앗겼다는 소식을 듣고 모두 물러가 버렸습니다."

그 말에 송강은 새삼 오용을 돌아보며 찬탄을 금치 못했다.

"군사의 신묘한 계책은 실로 고금에서 짝이 드물 게요!"

송강은 그쪽의 진채를 거두어 서쪽으로 갈 생각이었다. 노준의와 함께 만나 다시 군사를 낼 계책을 상의하려고 했는데 오용이 그를 말렸다.

"위주는 왼쪽으로 맹문(孟門)이 있고 오른쪽으로 태항산(太行山)이 있습니다. 남쪽으로는 대하(大河)요, 서쪽으로는 상당(上黨)이 있어 군사를 부리는 데 매우 요긴한 땅입니다. 만약 역적들이 우리 대군이 서쪽으로 간 걸 알게 된다면 소덕(昭德)을 따라 남쪽으로 내려올 것입니다. 그렇게 되면 우리는 동쪽과 서쪽이 서로 돌볼 수 없게 되는데 그 일을 어찌하시렵니까?"

송강도 듣고 보니 그 말이 옳았다.

"군사의 말씀이 맞소!"

그러면서 고개를 끄덕인 다음 관승과 호연작, 공손승에게 오천 인마를 주고 위주를 지키게 하였다. 이어 송강은 이준과 장횡, 장순 그리고 완씨 삼 형제와 동씨 형제로 하여금 위하 가에 배를 묶어 놓고 성안의 인마와 함께 서로 의지하는 형세를 이루게 하였다.

그같이 위주를 지킬 채비를 단단히 한 뒤에야 송강은 남은 장수들과 함께 영채를 거두고 노준의가 있는 곳으로 떠났다. 가는 길에는 이렇다 할 일이 없었다. 송강이 고평현으로 들어서자 노준의가 성 밖까지 나왔다.

"형제들이 잇따라 두 성을 깨뜨렸으니 그 공로가 작지 않소. 모두 공적부에 올리도록 하겠소."

송강은 노준의에게 그렇게 치하했다. 노준의는 새로 항복해 온 경공을 송강에게 데려왔다.

"장군이 바른길로 들어서서 이 송강 등과 함께 나라를 위해 힘을 다하겠다 하니 기쁘기 짝이 없소. 조정에서도 반드시 높이 쓸 것이오."

송강이 그렇게 말하자 경공은 엎드려 절하며 감사했다.

송강이 거느리고 온 인마가 너무 많아 좁은 고평현의 성안에는 다 들 수가 없었다. 하는 수 없이 송강의 인마는 성 밖에 진채를 내리고 다시 어디로 군사를 낼 것인가 하는 의논에 들어갔다. 오용이 이미 세워 둔 계책을 말하였다.

개주성의 싸움

"개주는 산이 높고 골이 깊으며 길은 좁고 험합니다. 그러나 개중에 속한 두 현을 이미 쳐부수어 지금은 외롭게 되어 있으니 먼저 개주를 쳐서 적의 세력을 갈라놓아야겠습니다. 그런 뒤에 군사를 두 길로 나누어 치고 들면 위승주도 넉넉히 깨뜨릴 수 있습니다."

"군사의 말씀이 바로 내 뜻과 같소."

송강은 그렇게 오용의 계책을 받아들였다. 곧 시진으로 하여금 이응과 함께 능천을 지키게 하고 화영을 비롯한 여섯 장수는 본채로 돌아와 장명을 따르게 했다. 또 사진에게는 목홍과 함께 고평으로 보내 그곳을 지키라 일렀다. 시진을 비롯한 네 사람은 명을 받은 즉시로 떠나갔다. 몰우전 장청이 문득 나와서 말했다.

"저는 며칠째 감기에 걸려 앓고 있습니다. 잠시 이 고평현에서 쉬며 몸을 추스른 뒤 다시 와서 명을 받들겠습니다."

이에 송강은 신의 안도전도 고평에 남아 장청을 치료하게 했다.

다음 날 화영을 비롯한 여섯 장수가 본진에 이르자 송강은 화영, 진명, 삭초, 손립에게 오천 군사를 이끌고 선봉을 맡게 했다. 동평, 양지, 주동, 한도, 팽기 등에게는 각기 군사 일만을 이끌고 왼쪽 날개가 되게 했으며 황신, 임충, 선찬, 학사문, 구붕, 등비는 역시 일만의 군사와 함께 오른쪽 날개가 되게 하였다. 서령, 연순, 마린, 진달, 양춘, 양림, 주통, 이충은 후대가 되었고 송강, 노준의는 그 나머지 장수들과 함께 중군으로서 대군 전체를 통솔했다.

송강은 그와 같이 전군을 다섯 갈래로 나누어 개주로 밀고 들어갔다. 개주 쪽의 염탐꾼이 그 소식을 듣고 성안으로 달려가 알렸다.

성을 지키던 장수 유문충은 원래가 숲속에서 도둑질하던 자로서 강호를 휩쓸면서 노략질한 금은을 모두 전호에게 바치고 함께 모의해서 반란을 꾸민 자였다. 반군이 세력을 얻어 송의 고을들을 차지하게 되자 그 덕에 추밀사의 직을 얻게 된 터였다.

그는 삼첨양인도를 잘 쓰고 무예 솜씨가 뛰어나며 아래로 사위장(四威將)이라고 불리는 네 명의 장수와 더불어 개주를 지키고 있었다. 그 네 맹장의 이름은 예위장(猊威將) 방경(方瓊), 비위장(貔威將) 안사영(安士榮), 표위장(彪威將) 저형(褚亨), 웅위장(熊威將) 우옥린(于玉麟)이었다.

그 네 장수는 다시 수하에 각기 네 명의 편장을 두어 개주에는 합쳐 열여섯 명의 편장이 있었다. 양단, 곽신, 소길, 장상, 방순, 심안, 노원, 왕길, 석경, 진승, 막진, 석손, 혁인, 조홍, 성본, 상영이었다.

유문충은 그들 여러 장수와 삼만의 군사를 거느리고 개주를 지키고 있었는데, 그 무렵 능천과 고평이 떨어진 것을 이미 듣고 있었다. 한편으로는 관군을 맞을 채비를 단단히 하고 다른 한편으로는 위승과 진령에 글을 띄워 구원병을 청해 놓았다. 그러던 중에 송나라 군사가 왔다는 말을 듣자 예위장 방경에게 편장 양단, 곽신, 소길, 장상 네 명을 붙이고 군사 오천을 주며 성을 나가 싸우게 했다.

"장군은 조심해 싸우시오. 나도 곧 군사를 거느리고 나가 도와주겠소."

방경이 성을 나갈 무렵 하여 유문충이 그렇게 말했다. 방경이 씩씩하게 대답했다.

"추밀 상공께서 말씀하지 않으셔도 알 만합니다. 저 두 곳의 성은 힘이 모자라서 무너진 것이 아니라 적의 속임수에 빠져 그리된 것입니다. 이 방 아무개는 오늘 나가 몇 명이라도 그놈들을 죽이지 않고서는 결코 성안으로 되돌아오지 않겠습니다!"

말을 마친 방경은 갑옷, 투구를 갖춘 뒤 말에 올랐다. 유문충으로부터 나누어 받은 네 편장과 오천 군사를 거느리고 동문으로 달려 나가는데 그 기세가 제법이었다. 송나라 군사의 선봉이 그를 맞아 진세를 벌이고 하늘을 뒤흔들듯 북을 울려 댔다. 반군의 문기가 열리며 방경이 말을 타고 나왔다. 그를 따라온 편장도 좌우로 호위해 나섰다.

방경은 머리에 호화스러운 투구를 쓰고 몸에는 용의 비늘 같은 갑옷과 비단 전포를 걸치고 있었다. 허리에 맨 띠도 발에 신은 신도 하나같이 호화스러웠다. 그가 황총마에 높이 올라 한 자루 창을 휘두르며 소리쳤다.

"물가의 좀도둑놈들아! 우리 성도 꾀로 빼앗을 수 있겠느냐?"

그러자 송나라 군사의 진중에서 손립이 맞받아 꾸짖었다.

"역적을 도와 나라에 반역한 놈아. 이제 천병이 여기까지 이르렀는데 아직도 어찌하면 죽고 어찌하면 살지를 모르느냐?"

그러고는 말을 박차 똑바로 방경을 덮쳐 갔다.

두 장수는 오래잖아 한 덩이로 엉겼다. 살기가 감도는 가운데 서른 합이 넘자 방경은 점점 힘이 달렸다.

반군의 진중에서 방경이 손립을 이기지 못하는 걸 본 장상이 슬며시 활을 꺼내 들었다. 장상은 화살을 시위에 메긴 뒤 말을 몰아 저희 진 앞으로 나오더니 손립을 겨누고 한 대를 날렸다.

손립이 그 눈치를 채고 말고삐를 당겨 말 머리를 돌리려 했다. 그러나 날아온 화살이 빨라 눈에 화살을 맞은 손립의 말이 아픔을 이기지 못해 곤두섰다. 손립은 할 수 없이 말을 버리고 땅바닥에 뛰어내려 방경과 맞섰다. 손립의 말은 아픔을 참지 못해 북쪽으로 여남은 걸음 뛰다가 풀썩 쓰러졌다.

장상은 자신의 화살이 손립을 맞히지 못하자 나는 듯 말을 달려 나와 칼을 휘두르며 방경을 도와 손립을 치려 했다. 그러나 진명이 달려 나오는 바람에 손립에게는 이르지 못하고 그와 맞붙게 되었다.

손립은 본진으로 돌아가 말을 바꿔 타고 나오려 했으나 방경이 창질을 해 대는 통에 몸을 빼낼 수가 없었다. 그걸 본 소이광 화영이 한소리 외쳤다.

"네놈들이 먼저 몰래 활을 쏘았으니 이번에는 내 화살 한 대를 받아 보아라!"

그러고는 활을 한 대 잡더니 화살을 메겨 힘껏 시위를 당겼다 놓았다. 화살은 어김없이 방경의 얼굴에 가 박혀 방경은 몸을 뒤집으며 말에서 떨어졌다. 손립이 그런 방경에게 다가가 한 창으로 숨통을 끊어 놓고 말을 바꿔 타러 본진으로 돌아갔다.

한편 진명과 맞닥뜨린 장상은 어려운 싸움을 벌이고 있었다. 진명의 가시 방망이가 연신 장상의 머리통 근처를 오락가락하니 장상은 그저 피하는 데만 급급할 뿐이었다. 거기다가 방경이 말에서 떨어져 죽는 걸 보자 마음속으로 겁까지 나서 점점 몰리기 시작했다.

반군 쪽에서 곽신이 창을 끼고 달려 나와 장상을 도우려 했다. 진명은 혼자서 두 적장을 맞아 싸우면서도 겁내는 기색이 전혀 없었다. 세 필의 말이 한 덩이가 되어 진 앞에서 어지럽게 싸움을 벌였다.

화영이 다시 두 번째 화살을 꺼내 시위에 얹었다. 화영은 장상의 등판을 겨누어 힘껏 시위를 당겼다 놓았다.

"받아라!"

하는 소리와 함께 유성처럼 날아간 화살은 장상의 잔등을 꿰뚫었다. 어찌나 세게 날아갔는지 화살 끝이 장상의 앞가슴으로 삐죽이 뚫고 나왔을 정도였다.

장상은 외마디 소리와 함께 두 다리를 허공으로 쳐들고 투구를 아래로 하여 땅에 떨어졌다. 곽신은 장상이 화살에 맞아 말에서 떨어지는 것을 보자 더 싸울 마음이 없었다. 짐짓 헛손질을 한 뒤 말을 몰아 저희 편 진채로 달아나기 시작했다. 진명이 놓칠세라 그런 곽신을 바짝 뒤쫓았다.

그때는 손립도 이미 말을 갈아타고 다시 싸움터로 나온 뒤였다. 손립은 화영, 삭초와 더불어 군사를 휘몰아 밀고 들었다. 그 기세에 적병은 크게 어지러워졌다.

반군의 장수인 양단, 곽신, 소길은 그 같은 송나라 군사들의 기세를 당할 수 없어 급히 군사를 물렸다. 그런데 갑자기 자기편 뒤쪽에서 크게 함성이 일었다. 알아보니 유문충이 보낸 응원군이었다. 유문충은 혹시라도 방경이 실수할까 걱정되어 안사영과 우옥린에게 군사 오천을 주어 두 길로 밀고 들게 한 것이었다.

화영을 비롯한 송나라 군사의 네 장수는 급히 군사를 나누어 그런 적병에 맞섰다.

하지만 쫓기던 양단, 곽신, 소길까지 인마를 돌려세워 덤비는 통에 거꾸로 적에게 에워싸이고 말았다.

그때 다시 동쪽에서 크게 함성이 울리더니 유문충의 군사가 어지러워졌다. 이번에는 송나라 군사 쪽의 구원병이었다. 동평을 비롯한 일곱 장수는 왼쪽으로부터 쳐 오고, 황신을 비롯한 일곱 장수는 오른편으로부터 치고 들었다. 그 바람에 반군은 다시 몰리어 죽은 자만 해도 헤아릴 수가 없을 지경이었다.

안사영과 우옥린은 급히 남은 군사를 거느리고 성안으로 들어가서 성문을 닫아걸었다. 송나라 군사는 성 밑까지 뒤쫓았으나 성벽 위에서 통나무와 바위가 어지럽게 쏟아지는 바람에 도로 물러나지 않을 수 없었다.

이윽고 송강이 거느리는 대군이 개주성 근처에 이르렀다. 송강은 성에서 오 리 떨어진 곳에 진채를 내린 뒤 중군의 장막에 앉아 화영이 첫 공을 세운 것을 장부에 적어 넣게 하였다. 그때 홀연 괴이한 바람이 서쪽으로부터 불어와 흙먼지가 날리고 깃발들이 심하게 요동쳤다.

"이 바람을 보니 오늘 밤 적병이 틀림없이 야습을 해 올 것 같습니다. 얼른 그것들을 맞아 싸울 채비를 해야겠습니다."

오용이 바람 부는 방향과 형세를 살피다가 송강을 보고 그렇게 말했다.

"과연 이 바람이 예사롭지 않소."

송강도 오용의 말에 고개를 끄덕였다. 그리고 곧 적의 야습에 대비한 배치를 시작했다. 구붕, 등비, 연순, 마린은 삼천 인마를 거느리고 영채 왼편에 매복하고 화영, 진달, 양춘, 이충은 삼천 인마와 더불어 영채 오른편에 매복했다. 노지심, 무송, 이규, 포욱, 항충, 이곤은 오백 인마를 이끌고 영채 안에 매복하고 있다가 포향이 울리면 일제히 뛰어나와 적을 치기로 했다. 그 모든 조처가 끝나자 송강은 오용과 더불어 촛불을 밝혀 놓고 한가롭게 군사 부리는 법에 대한 이야기를 나누며 기다렸다.

한편 성안의 유문충은 두 장수를 잃은 데다 군사까지 이천 명이나 줄어 있어 몹시 걱정에 잠겼다. 비위장 안사영이 그런 유문충을 찾아와 계책을 내놓았다.

"추밀께서는 너무 걱정하지 마십시오. 송강의 무리는 몇 차례의 싸움에서 거듭 이긴 다음이라 오만해져 있을 것입니다. 틀림없이 제대로 방비를 않고 있을 터이니 오늘 밤 제가 한 갈래 인마를 거느리고 나가 볼까 합니다. 그것들의 영채를 짓부수고 그동안의 원수를 갚을까 하오니 부디 허락하여 주십시오."

유문충이 들어 보니 그도 그럴듯한 계책이었다.

"장군이 나가겠다니 나도 군사를 거느리고 뒤따라가 도울까 하오. 성안에는 우옥린과 저형 두 장수를 두어 지키게 하면 될 것이오."

유문충의 그 같은 말에 안사영은 몹시 기뻐했다.

"추밀께서 몸소 나가 싸우신다면 반드시 송강을 사로잡을 수 있을 것입니다."

그러면서 자신이 짠 계책의 자세한 시행을 의논했다.

두 사람이 계책을 다 정했을 때는 이경이 가까울 무렵이었다. 안사영은 편장 심안, 노원, 왕길, 석경에다 오천의 인마를 거느리고 성을 나갔다. 군사들은 가벼운 차림에 하무를 물고 말은 방울을 뗀 채였다.

가만히 송나라 군사의 진채 앞에 이른 안사영의 군사들은 갑자기 함성을 내지르며 진채를 덮쳤다. 그런데 이게 어찌 된 일인가, 갑자기 진문이 활짝 열리는데 안에는 등불과 촛불이 훤히 밝혀져 있었다.

안사영은 자신이 거꾸로 걸려든 줄 알고 황급히 군사를 물려 돌아섰다. 그때 송나라 군사의 진채 안에서 포향이 울리더니 왼쪽에서는 연순을 비롯한 네 장수가 짓쳐 나오고 오른쪽에서는 왕영을 비롯한 네 장수가 한꺼번에 내달아 나왔다. 뿐만 아니었다. 진채 안에서는 이규를 비롯한 여섯 장수가 방패를 든 보군을 거느리고 뛰쳐나왔다.

그 바람에 적병은 다시 크게 패했다. 장졸이 서로를 돌볼 틈이 없이 사방으로 흩어져 달아나다가 심안은 무송의 계도에 찔려 죽고 왕길은 왕영에게 죽임을 당했다. 송나라 군사는 그 기세를 타고 안사영, 노원, 석경이 거느린 인마를 겹겹이 에워쌌다.

그때 적장 유문충이 조홍, 석손과 함께 대군을 이끌고 성을 나와 저희 편의 장졸을 구했다. 그러자 형세는 다시 변해 두 편 군사들은 밤새도록 어지럽게 얽혀 치고 받다가 날이 밝아서야 각기 자기편 진채로 물러났다.

다음 날 유문충이 군사를 점고해 보니 잃은 졸개가 천 명이 넘고 장수도 심안과 왕길 두 사람이 목숨을 잃었다. 거기다가 석손이 또 크게 다쳐 숨이 넘어갈 판이니 낙담하지 않을 수가 없었다. 그런 유문충에게 홀연 사람이 와서 알렸다.

"위승주에서 사신이 왔습니다."

얼른 말에 오른 유문충은 북문으로 나가 사신을 성안으로 맞아들였다. 사신이 큰 소리로 전호의 명을 읽어 주었다.

요사이 사천감(司天監)이 밤에 천문을 보니 강성(罡星)이 진(晉) 땅을 범하고 있다. 장군은 이를 알고 성을 지키는 데 소홀함이 없게 하라.

말은 길어도 대강 그런 내용이었다.

유문충은 사신에게 말하였다.

"송나라 조정에서 보낸 송강의 인마가 잇따라 두 성을 빼앗고 지금 개주까지 밀고 들었소. 어제만 해도 장수 다섯을 잃었으니 급히 구원병을 보내야만 이 성을 지킬 수 있을 것이오."

그러자 사신이 오다가 주워들은 소식을 전해 주었다.

"내가 위승주를 떠날 때만 해도 그런 말이 없었는데 오다가 들으니 송나라 조정에서 대군을 보내 자리 말듯 밀고 든다 합니다."

그것도 소식이라고 전하는 걸 보니 반군이 얼마나 이쪽 형편에 어두운지 알 만했다. 그래도 유문충은 잔치를 열어 그 사신을 잘 대접하고 뇌물까지 주어 보냈다. 그리고 통나무며 바위 활과 쇠뇌 따위를 마련해 성을 지키면서 구원병이 오기만을 기다렸다.

적의 야습을 가볍게 막아 낸 송강은 이튿날 병기를 수습하여 성을 들이칠 채비를 하도록 명을 내렸다. 임충, 삭초, 선찬, 학사문은 일만의 군사를 거느리고 동문을 치기로 했고 서령, 진명, 한도, 팽기는 일만의 군사와 더불어 남문을 치게 되었다. 동평, 양지, 선정규, 위정국은 일만 군사로 서문을 치기로 했다. 북문은 남겨 두었는데 그 까닭은 적의 구원병이 올 때에 대비하기 위함이었다. 적의 구원병이 이르렀을 때 성안에서도 치고 나오면 앞

뒤에서 몰릴 우려가 있기 때문이었다.

적의 구원병을 막기 위한 대비는 그 밖에도 더 있었다. 사진, 주동, 목홍, 마린은 오천의 인마를 거느리고 성 동북쪽 높은 언덕에 매복하고 황신, 손립, 구붕, 등비는 오천의 인마와 함께 성 서북쪽 빽빽한 숲속에 매복하게 했다. 또 화영, 장청, 왕영, 손신, 이립은 마군 천 명을 거느리고 네 성문을 돌며 정황을 탐지하기로 했고, 이규, 포욱, 항충, 이곤, 유당, 뇌횡은 보군 삼백을 거느리고 화영의 부대와 서로 호응하기로 되었다.

각기 할 일이 정해지자 장수들은 모두 맡은 곳으로 갔다. 송강과 노준의, 오용은 영채를 성 동쪽 한 마장쯤 되는 곳으로 옮기고 이운과 탕륭은 구름사다리나 성을 치는 데 쓰는 다락 같은 것을 만들어 각 영채에 보내게 했다.

임충을 비롯한 네 장수는 구름사다리와 다락을 가져다 동쪽 성벽에 세우고 성을 공격하기 시작했다. 날랜 군사들은 다락에 오르게 하고 밑에서는 함성을 질러 위세를 돋우며 성벽을 기어오르는데 성안에서 불화살이 메뚜기 떼처럼 날아왔다. 그 바람에 다락에 불이 붙어 거기 올라가 있던 군사들이 미처 피할 틈도 없이 죽거나 다쳤다.

그 같은 형편은 서쪽과 남쪽도 마찬가지였다. 성안에서 쏘아대는 불화살과 화포에 군사들이 죽고 다쳐 예닐곱 날을 잇따라 들이쳐도 성을 깨뜨릴 수가 없었다.

송강은 성이 쉽게 떨어지지 않자 싸움판의 형세가 궁금했다. 노준의와 오용을 데리고 남문 쪽 성 아래로 가 싸우는 군사들을 몸소 감독하는데 화영을 비롯한 다섯 장수가 성을 돌다가 서쪽에서부터 동쪽으로 왔다. 그때 마침 성벽 위에는 적장 우옥린이 양단, 곽신과 함께 졸개들을 다그치고 있었다. 화영이 성루로 가까이 다가오는 것을 보고 양단이 말하였다.

"며칠 전 저놈에게 우리 편 두 장군을 잃었소. 오늘은 그 원수를 갚아야겠소이다."

그러고는 말이 끝나기 바쁘게 활에 화살을 메겨 화영의 가슴을 겨누고 쏘았다.

화영은 시위 소리를 듣자 얼른 몸을 뒤로 젖히며 날아오는 화살을 손으로 덥석 잡았다. 그리고 그 화살을 입에 물더니 다시 몸을 일으키고 창을 안장에 걸었다. 이어 왼손으로 활을 꺼내 든 화영은 오른손으로 입에 물었던 화살을 시위에 메겨 양단을 향해 날렸다. 양단은 바로 자기가 쏜 화살에 목줄을 얻어맞고 뒤로 자빠졌다.

"이 쥐새끼 같은 놈들이 어디다 대고 몰래 활질이냐? 내 이제 네놈들을 하나하나 모조리 숨통을 끊어 놓겠다!"

양단이 쓰러지는 것을 본 화영이 그렇게 외치며 오른손으로 다시 화살을 꺼내 들자 성벽 위의 적병은 그 귀신같은 활 솜씨에 겁을 먹었다. 모두 급한 외마디 소리를 지르며 우르르 성벽 아래로 숨어 버렸다.

우옥린과 곽신도 얼굴이 흙빛이 되어 숨을 곳만 찾았다. 화영이 그런 그들을 비웃어 주었다.

"이제야 신전장군(神箭將軍)을 알아보겠느냐?"

송강과 노준의는 그런 화영의 활 솜씨를 찬탄해 마지않았다. 그때 오용이 송강을 보고 말했다.

"형님, 우리도 화영 장군과 같이 성벽을 한 바퀴 둘러봅시다."

이에 화영을 비롯한 여러 장수는 송강과 노준의, 오용을 에워싸고 성 둘레를 한바퀴 둘러보았다.

성을 한 바퀴 둘러보고 진채로 돌아온 오용이 무슨 생각을 했는지 항복한 적장 경공을 불렀다. 오용이 개주성 안의 길을 묻자 경공이 아는 대로 대답했다.

"유문충은 성 한가운데 있는 옛날의 관아를 원수부로 삼고 있습니다. 성 북쪽에는 절이 몇 채 있고 빈터는 모두 말먹이 풀을 쌓아두는 곳이 되어 있지요."

그 말을 듣자 오용은 송강과 더불어 무언가를 의논했다. 이윽고 오용이 시천과 석수를 불러 가만히 계책을 일러 준 뒤 말했다.

"이 계책대로 하되 화영의 부대로 가서 몰래 명을 전하고 때를 보아 시킨 일을 하라 이르게."

그다음 오용은 다시 능진, 해진, 해보에게 군사 이백 명을 주면서 굉천자모포(轟天子母砲)를 끌고 자신의 계책에 따라 움직이게 했다. 노지심, 무송에게는 북과 징을 멘 군사 삼백을 거느리게 하고 유당, 양웅, 욱보사, 단경주는 각기 군사 이백 명을 거느리되 사람마다 횃불을 한 자루씩 준비해 동서남북으로 나뉘어 있다가 계책대로 움직이게 했다. 대종은 동서남 세 영채를 왔다 갔다 하며 명을 전하여 성안에서 불이 나면 한꺼번에 성을 치도록 했다. 이윽고 각기 할 일을 지정받은 장졸들은 모두 맡은 곳으로 떠났다.

한편 유문충은 밤낮없이 구원병을 기다렸으나 영 소식이 없었다. 갈수록 걱정에 빠져 군사들을 다그치고 통나무와 바위를 날라다 성을 지키는 데 빈틈이 없게 하였다.

그러던 어느 날이었다. 해 질 무렵 해서 문득 북문 쪽에서 함성이 크게 일며 북소리, 피리 소리가 일시에 울려 퍼졌다. 유문충은 급히 북문으로 달려가 성벽 위에서 바라보았다. 어찌 된 셈인지 함성도 북소리도 딱 멎어 어디 군사들인지 알 길이 없었다.

유문충이 의심에 잠겨 있는데 이번에는 성 남쪽에서 함성이 일어나고 북소리, 징 소리가 요란했다. 이에 유문충은 우옥린에게 북문을 단단히 지키게 하고 자신은 성 남쪽으로 달려가 보았다. 그런데 이번에도 그가 남문에 이르자마자 북소리, 징 소리가 딱 그쳤다. 한참을 서서 살펴보아도 송나라 군사의 영채 쪽에서는 시각을 알리는 경쇠 소리만 은은하게 울릴 뿐 불빛도 없고 그저 조용하기만 했다.

유문충은 하는 수 없이 성을 내려가 원수부로 돌아갔다. 그리고 장졸들을 점고하려는데 갑자기 동문 쪽에서 연주포 소리가 터지고 서문 쪽에서는 함성과 북소리가 땅을 뒤흔드는 듯했다. 유문충이 다시 서문과 동문을 둘러보았으나 역시 별일은 없었다.

하지만 밤새껏 여기저기를 살펴보느라 유문충은 눈 한번 붙이지 못하고 날을 밝혔다. 송나라 군사는 이튿날도 계속해서 성을 들이치는 척하다가 날이 밝아서야 물러났다.

다시 밤이 되었다. 이경쯤 해서 또 북소리, 징 소리와 함성이 들려왔으나 지친 유문충은 움직이고 싶지가 않았다.

"이것은 저놈들이 거짓으로 군사를 내는 척하며 계책을 쓰고 있음에 틀림이 없다. 가만히 내버려 두고 성만 단단히 지키면서 어쩌는지 보자."

그렇게 중얼거리는데 문득 급한 소식이 들어왔다. 동문에 불빛이 하늘을 찌를 듯 솟고 수없는 횃불이 밝혀진 가운데 적병이 구름사다리와 다락을 밀고 성벽으로 접근한다는 내용이었다. 이에 유문충은 득달같이 동쪽 성벽으로 달려갔다. 그리고 저형, 석경, 진승과 함께 군사들을 몰아쳐 불화살과 포석을 쏘아붙이게 했다.

그 무렵이었다. 갑자기 요란한 화포 소리가 터져 산골짜기를 울리고 성벽까지 떨리게 만들었다. 성안의 군사들과 백성들이 놀라고 불안스러워했음은 더 말할 나위도 없었다.

송나라 군사는 그 뒤로도 똑같은 짓을 이틀 밤이나 되풀이했다. 날이 밝으면 다시 군사를 내서 힘껏 성을 들이치는 것도 그 전날과 마찬가지였다.

그 바람에 성안의 반군들은 잠시도 눈을 붙일 수가 없었고 유문충 또한 뜬눈으로 성안을 오락가락하며 밤을 보냈다.

그런데 그 사흘째 날이었다. 문득 서북쪽에서 깃발이 하늘을 가리며 한 갈래의 군사들이 동남쪽을 향해 달려오는 게 보였다. 염탐을 하는 송나라의 기병이 나는 듯이 말을 달려 저희 진채로 가는 것으로 보아 구원병이 온 듯했다. 이에 유문충은 우옥린을 시켜 성 밖에 나가 그들을 맞아들이게 했다.

서북쪽에서부터 온 군마는 진령(晉寧)을 지키는 장수요, 전호의 아우인 삼대왕(三大王) 전표(田彪)가 보낸 구원병이었다. 그는 개주에서 구원병을 청하는 글을 받자 거느리고 있던 용맹스러운 장수 봉상(鳳翔)과 왕원(王遠)에게 이만의 군사를 주며 개주를 구하게 했다. 하지만 처음부터 성하게 개주로 들게 되어 있지 못한 구원병이었다.

진령의 군사들이 양성을 지나 개주성에서 십여 리 떨어진 곳에 이르렀을 때였다. 갑자기 포향이 요란하게 울리더니 동쪽 언덕과 서쪽 숲속에서 두 갈래의 인마가 쏟아져 나왔다. 오용이 미리 감춰둔 사진, 주동, 목홍, 마린, 황신, 손립, 구붕, 등비와 그들이 거느린 일만 명의 날랜 군사였다.

전표가 이끌고 온 진령의 군사는 이만이나 되었지만 먼 길을 오느라고 지쳐 있었다. 그런 군사가 벌써 열흘이나 앉아서 기다리며 기세를 키워 좌우에서 치고 드는 송나라 군사를 어찌 당해낼 수 있겠는가. 진령의 군사들은 싸움다운 싸움도 해 보지 못하고 크게 지고 말았다. 북과 징과 깃발이며 활과 창, 갑옷에 싸움말을 수없이 잃고 군사도 태반이나 꺾였다. 봉상과 왕원도 겨우 목숨이나 건져 남은 졸개들을 이끌고 진령으로 돌아가고 말았다.

유문충은 송나라 쪽에서 두 갈래의 인마가 뛰쳐나가 자기편 구원병의 길을 막는 걸 보고 급히 우옥린을 보내 구원병을 돕게 했다. 우옥린은 송나라 군사들이 에워싸지 않은 북문으로 달려나갔다. 그런데 적교를 건너자마자 서쪽으로부터 오는 화영의 인마와 만나게 되었다. 화영의 활 솜씨를 본 적이 있는 우옥린의 졸개들은, '신전장군이 온다!'는 놀란 외침과 함께 우르르 성안으로 달아나 버렸다. 우옥린도 남쪽 성벽 위에서 한번 혼이 난 적이 있는 터라 감히 화영과 싸울 생각을 못하고 도로 성안으로 쫓겨 들어갔다.

화영을 비롯한 네 명의 장수와 그 군사들은 그런 우옥린을 뒤쫓아가 졸개 이십여 명을 죽였다. 하지만 성안까지 쫓아 들어가지는 않았다. 그 바람에 겨우 목숨을 건져 돌아간 우옥린의 군사들은 황황히 성문을 닫아걸었다.

그 무렵 석수와 시천은 이미 북군의 옷차림을 하고 사람들 속에 섞여 성안으로 들어가 있었다. 바깥의 소동으로 왁자한 틈을 타 몸을 빼낸 두 사람은 한 작은 골목으로 빠져 들어갔다. 그 골목을 돌아가니 작은 사당이 있는데 처마에는 '당경토지신사(當境土地神祠)'라고 쓰인 편액이 걸려 있었다.

시천과 석수가 가만가만 안으로 들어가 보니 한 도인이 동쪽 벽 밑에 앉아 불을 쬐고 있었다.

"나리들, 바깥일이 어떻게 되었소?"

시천과 석수가 군사들의 복색을 하고 있어 도인이 그렇게 물었다.

"말도 마시오. 방금 우리는 우 장군에게 불리어 싸우러 나갔다가 신전장군과 맞부딪쳐 죽을 뻔했소. 우 장군도 그와는 감히 싸우지 못합디다. 우리는 급히 쫓겨 도로 성안으로 들어왔는데 그 북새통에 어찌어찌 이리로 오게 되었소."

적당히 둘러댄 시천과 석수는 은냥을 꺼내 도인에게 주며 말했다.

“혹시 부엌에 술 가진 게 있으시면 두어 사발 나누어 주시오. 도대체 추워서 못 견디겠소.”

“나리들, 요새는 싸움판이 급박하게 돌아가니 이곳도 말이 아닙니다. 신명(神明)께 올릴 향조차 없을 정도지요. 그러니 어디서 한 방울 술인들 얻을 수 있겠습니까?”

도인이 씁쓸하게 웃으며 그렇게 대답하고 은을 되돌려 주었다. 석수가 도인의 손을 막으며 말했다.

“이미 드린 것이니 넣어 두시오. 다만 우리는 며칠 밤을 잇따라 성을 지키느라 한숨도 자지 못했소. 오늘 밤은 잠시 여기서 자고 갔으면 하오.”

그러자 도인은 겁먹은 얼굴로 손을 내저었다.

“두 분께서는 너무 괴이쩍게 여기지 마시고 제 말을 들어주십시오. 유 장군은 군령이 엄해서 이제 곧 이곳까지 순찰을 보낼 것입니다. 그때 두 분이 여기 계시면 서로 간 무사하지 못합니다.”

“그렇다면 하는 수 없군. 딴 곳을 찾아보지.”

시천이 그렇게 받았다. 그러나 석수는 무슨 생각에선지 도인 곁으로 가서 함께 불을 쬐기 시작했다. 시천이 사방을 둘러보다가 아무도 없는 걸 알고 석수에게 가만히 눈짓을 보냈다. 석수가 칼을 뽑아 불을 쬐고 있는 도인의 목을 후려쳐 버렸다.

그렇게 사당을 차지한 두 사람은 얼른 문에 빗장을 질렀다. 때는 벌써 유시가 가까웠다. 시천이 제단 뒤쪽으로 돌아가 보니 문이 하나 있고 문밖에는 작은 뜰이 있는데 처마 밑으로 짚 더미가 쌓여 있었다. 시천은 그 짚 검불을 한아름 안아다 도인의 시체

위에 덮었다.

사람 죽인 흔적을 감춘 시천과 석수는 사당 문을 열고 뒤뜰로 나가 지붕 위로 기어올랐다. 하늘에는 수많은 별이 반짝이고 있었다. 얼마 뒤 지붕에서 내려온 두 사람은 사당 밖을 살펴보았으나 지나가는 사람은 보이지 않았다.

사당을 나간 두 사람은 몇 걸음 걷지 않아 다시 좌우를 살펴보았다. 문을 닫아건 근처의 인가에서 은은한 울음소리만 들려올 뿐 여전히 사람의 자취는 없었다.

시천은 다시 남쪽으로 걸음을 옮겨 놓았다. 한 군데 흙담을 돌아서니 넓은 빈터가 있고 거기에는 마른풀 더미 여남은 개가 보였다.

'이건 말먹이 풀을 쌓아 둔 것임에 분명한데 어째서 지키는 군사가 없을까?'

시천은 속으로 그런 의심이 들었다.

마초장에 파수하는 군사가 없게 된 데는 까닭이 있었다. 성벽을 막는 일이 워낙 급해 말먹이 풀 쌓아 둔 곳에까지 파수를 세울 만한 군사도 없었거니와 몇 명 보냈다 해도 그 자리에 지키고 있을 리 없었다. 송나라 군사가 저희 편 구원병을 두들겨 쫓아 버렸다는 소식을 들은 터라 이제는 개주성도 끝장이라고 여겨 목숨이라도 건지려고 달아나 버렸기 때문이었다.

다시 사당으로 돌아간 시천과 석수는 그곳에서 불씨를 얻었다. 둘은 먼저 도인의 시체를 덮은 짚 검불에 불을 붙이고 이어 마초장으로 달려가서도 예닐곱 더미의 말먹이 풀에 불을 질렀다.

마초장은 금세 불길에 휩싸이고 사당에도 불길이 옮아 붙었다. 그때 말먹이 풀 재어 둔 곳 서쪽에 사는 한 백성이 불이 났다는 소식을 듣고 달려 나왔다. 횃불을 들고 사방을 두리번거리는 것을 본 시천이 달려가 그 횃불을 빼앗았다.

"빨리 가서 유 원수에게 알리도록 하세."

석수가 곁에서 그렇게 바람을 잡았다.

수작뿐만 아니라 차림까지도 자기편 군사들이라 성안 백성들은 시천과 석수를 더는 의심하지 않았다. 두 사람은 횃불을 들고 남쪽으로 달려가며 원수에게 알려야 한다고 소리치는 한편, 길가에 있는 백성들의 집에도 몇 군데 불을 놓았다.

성안 여기저기에 불길이 일었다. 어지간히 됐다 싶은 석수와 시천은 횃불을 내던지고 한쪽으로 숨어들어가 반군의 옷을 벗어 던졌다. 그리고 으슥한 곳으로 숨어들어 자기편 군사들이 밀고 들기만을 기다렸다.

네댓 곳에서 한꺼번에 불길이 일자 그걸 본 성안은 물 끓듯 들끓었다. 유문충은 말먹이 풀을 쌓아 둔 곳에 불이 붙은 것을 보고 급히 군사들을 거느리고 그리로 달려갔다. 성 밖의 송나라 군사는 안에서 불이 난 걸 보고 시천과 석수의 솜씨임을 알았다. 곧 힘을 다해 성을 들이치기 시작했다.

송강은 오용과 함께 해진, 해보 형제를 거느리고 성 남쪽으로 달려갔다.

"이곳 성벽이 다른 곳보다 좀 낮습니다."

오용이 송강에게 그렇게 말하고 진명 등을 불러 사다리와 다락을 성벽에 기대게 했다.

"역적들은 이미 간이 오그라들고 그 군사들도 어지간히 지쳤으니 형제들은 힘을 아끼지 말고 성벽 위로 오르게!"

오용이 다시 해진, 해보 형제를 돌아보며 그렇게 명을 내렸다. 해진은 칼을 뽑아 들고 다락에 올라 성벽 담장을 넘은 뒤 훌쩍 성벽 위에 뛰어내렸다.

해보도 뒤따라 뛰어내렸다. 두 형제는 고함을 지르며 칼을 휘둘러 닥치는 대로 적병을 찍어 넘겼다. 성 위 군사들은 지쳐 늘어진 데다 놀라고 겁까지 먹어 처음부터 싸울 태세가 되어 있지 않았다. 거기다가 해진과 해보가 어찌나 무섭고 사납게 설쳐 대는지 맞서 볼 수가 없었다. 모두 쥐 새끼처럼 몰리다가 성벽 안쪽으로 밀려 내려갔다.

적장 저형은 해진 형제가 성벽 위에 오른 것을 보자 창을 꼬나들고 덤벼들었다. 하지만 저형은 그들 형제의 적수가 못 되었다. 여남은 합을 넘겼을 무렵 해보가 박도로 그를 찍고 해진이 달려들어 머리를 잘라 버렸다.

그 무렵 송나라 군사는 벌써 여남은 명이나 다락과 사다리를 타고 성 위로 올라와 있었다. 해진과 해보가 앞장서서 그들과 함께 성 아래로 뛰어들며 큰 소리로 외쳤다.

"올라오는 놈은 다진 고깃덩이를 만들어 버릴 테다."

이어 기세를 탄 그들은 적장 석경과 진승을 죽이고 성문을 지키던 적병도 남김없이 베어 넘겼다. 성문이 곧 그들의 손에 떨어져 열리고 적교가 내려졌다. 밖에서 기다리던 서령을 비롯한 여러 장수들이 성문 안으로 밀고 들어왔다.

서령은 한도와 더불어 동문으로 달려갔다. 적장 안사영이 당해내지 못하고 서령의 한 창에 찔려 죽었다. 서령은 동문을 빼앗자 다시 밖에서 기다리던 임충을 비롯한 여러 장수들을 불러들였다.

진명과 팽기도 서문을 빼앗고 동평을 비롯한 여러 장수들을 들여놓았다. 그곳을 지키던 적장 막진과 혁인, 조홍은 어지럽게 싸우는 군사들 틈에서 누구에게인지도 모르게 목숨을 잃고 말았다. 그렇게 되니 성안은 시체가 더미를 이루고 흐르는 피는 개울을 만들었다.

유문충은 성문을 모두 빼앗기자 말에 올라 성을 내버리고 달아났다. 그를 뒤따르는 것은 우옥린과 졸개 이백여 명뿐이었다. 하지만 멀리 갈 팔자는 못 되었다. 북문을 나선 그들이 한 마장도 가기 전에 어둠 속에서 한 떼의 군사들이 길을 막았다.

길을 막은 것은 이규와 노지심이 거느린 보군이었다.

"우리는 송 선봉의 명을 받들어 이곳에서 네놈들을 기다린 지 오래다!"

이규가 그런 고함과 함께 쌍도끼를 휘두르며 덮쳐 왔다. 이규의 도끼가 번쩍하자 적장 곽신과 상영이 찍혀 넘어졌다. 유문충은 그 광경에 얼이 빠져 손 한번 제대로 써 보지 못하고 노지심의 선장에 얻어맞아 투구와 함께 머리가 부서지고 말았다. 거느리고 있던 졸개 이백여 명도 모두 떼죽음을 당하고 우옥린과 성본만이 죽기로 싸워 겨우 빠져나갈 수 있었다.

"저 당나귀 같은 두 놈은 살려 두기로 하세. 저희 편에 가서 소식이라도 전해야 되지 않겠나?"

노지심이 그렇게 말한 뒤 세 적장의 목과 갑옷을 거두고 그들이 탔던 말도 모두 끌고 성안으로 돌아갔다.

한편 송강은 대군을 거느리고 개주성 안으로 들어가 먼저 불부터 끄게 하고 죄 없는 백성들을 해치지 못하게 하였다. 이어 여러 장수들이 들어와 각기 세운 공을 알리고 상을 청해 왔다.

송강은 군사들을 시켜 잘린 적장의 목들을 성문에 내걸게 하는 한편, 성안 곳곳에 방문을 내걸어 백성들을 안심시켰다. 삼군 인마를 성내에 머물게 하며 여러 장졸들에게 상을 내리는 한편, 석수와 시천, 해진, 해보는 그 공을 특히 장부에 올리게 하였다.

이어 송강은 개주를 되찾았다는 표문을 올리고 성안 창고의 금은보화를 동경으로 보냈다. 숙 태위에게도 따로이 글을 보내 싸움에 이겼다는 전갈을 하였다.

그사이에 그해 섣달도 다 되어 해가 저물어 갔다. 송강이 이런 저런 군무를 처리하느라 며칠을 바삐 보내고 있는데, 어느 날 몰우전 장청이 몸이 나아 안도전과 함께 찾아왔다. 송강은 몹시 기뻐하며 말하였다.

"잘됐군. 내일은 마침 선화 5년의 설날인데 모두 한자리에 모이게 되었네!"

다음 날 새벽이었다. 여러 장수들은 관복 차림으로 나와 송강과 함께 황성을 향해 다섯 번 절하고 세 번 머리를 조아려 세배를 올렸다. 의식이 끝나자 그들은 모두 관복을 벗고 붉은 비단 전포로 갈아입었다.

그다음은 자기들끼리의 잔치였다. 아흔두 명의 두령과 이번에 새로이 항복한 장군 경공은 줄지어 서서 송강에게 세배를 올렸다. 송강은 그들에게 답례한 뒤 새해를 경하하는 잔치를 열었다. 여러 형제들이 차례로 잔을 들어 권하며 서로를 축수하였다.

술이 몇 순배 돌았을 무렵 송강이 여러 장수들을 보며 말하였다.

"여러 형제들이 힘써 준 덕분에 나라에서는 잃었던 세 성을 되찾게 되었소. 거기다가 설날을 맞아 여러 형제가 함께 즐기게 되었으니 이보다 더 기쁜 일이 어디 있겠소? 다만 안된 것은 이 자리에 함께하지 못한 형제들이 있다는 것이오. 공손승, 호연작, 관승과 이준을 비롯한 수군 두령 여덟 명에다 능천을 지키는 시진과 이응, 고평을 지키는 사진과 목홍 등 열다섯 형제가 이 자리에 없는 게 매우 서운하구려!"

말뿐만이 아니었다. 송강은 곧 그 자리에서 작은 두령 하나와 군사 이백을 뽑아 그들에게 각기 상을 준 뒤 양고기와 술을 주어 그 자리에 오지 못한 형제들에게로 보냈다.

"너희들은 위주와 능천, 고평으로 가서 그곳을 지키는 두령들에게 이 술과 고기를 전하고 아울러 우리가 싸움에 이겼다는 소식도 전하도록 하라."

그런데 미처 송강의 명이 끝나기도 전에 그 세 성을 지키는 두령들로부터 사자가 왔다.

(9권에서 계속)

수호지 8

하늘을 대신해 도를 행한다

개정 신판 1쇄 인쇄 2021년 6월 1일
개정 신판 1쇄 발행 2021년 6월 15일

지은이 이문열

발행인 양원석 **편집장** 최두은 **책임편집** 정효진
디자인 김유진, 김미선 **표지 일러스트** 김미정
영업마케팅 양정길, 강효경, 정다은

펴낸 곳 ㈜알에이치코리아
주소 서울시 금천구 가산디지털2로 53, 20층(가산동, 한라시그마밸리)
편집문의 02-6443-8847 **도서문의** 02-6443-8800
홈페이지 http://rhk.co.kr
등록 2004년 1월 15일 제2-3726호

ISBN 978-89-255-8848-3 (04820)
978-89-255-8856-8 (세트)